中国历代诗歌精选

宋

王兆鹏 主编

陕西师范大学出版总社 西安

图书代号 WX24N2416

图书在版编目（CIP）数据

中国历代诗歌精选．宋 / 王兆鹏主编．-- 西安 ：陕西师范大学出版总社有限公司，2025. 1. -- ISBN 978-7-5695-5183-9

Ⅰ. I222

中国国家版本馆 CIP 数据核字第 20248AF285 号

中国历代诗歌精选：宋

ZHONGGUO LIDAI SHIGE JINGXUAN : SONG

王兆鹏　主编

出 版 人 / 刘东风

出版统筹 / 冯晓立 侯海英 曹联养

责任编辑 / 张爱林

责任校对 / 马康伟

出版发行 / 陕西师范大学出版总社

（西安市长安南路 199 号　　邮编　710062）

网　　址 / http://www.snupg.com

印　　刷 / 西安五星印刷有限公司

开　　本 / 787 mm × 1092 mm　　1/16

印　　张 / 24

字　　数 / 380 千

版　　次 / 2025年1月第1版

印　　次 / 2025年1月第1次印刷

书　　号 / ISBN 978-7-5695-5183-9

定　　价 / 98.00 元

读者购书、书店添货或发现印刷装订问题，请致电（029）85216658 85303635

总序

中华诗歌，源远流长，《诗经》《楚辞》，初创辉煌。《诗经》以四言为主，又杂以三言、五言、六言、七言乃至九言的各种句式；有通篇四言的齐言诗，又有一篇之中长短句交错的杂言诗。这既表明《诗经》的形式并不单一，又可以清楚地看出，这里已孕育着此后产生多样诗体的萌芽。《楚辞》从内容到形式，是特定历史情况下楚地文化与中原文化交融的产儿，句式加长，句中或句末的“兮”字曼声咏叹，情韵悠扬。《诗经》《楚辞》以后，各种新体诗不断出现。由汉魏而六朝，五言诗已十分成熟，七言诗也已形成；而在乐府民歌中，既有五言、七言的齐言诗，又有句式多变的杂言体。到了唐代，近体诗基本定型，便把唐前的各种诗体分别称为古体诗、乐府诗。近体诗是严格的格律诗，古体诗和乐府诗则相对自由。近体诗包括五言绝句、五言律 诗、五言排律和七言绝句、七言律诗、七言排律，在唐代盛开灿烂的艺术之花，争奇斗丽；而各种古体诗和乐府诗的创作，也精益求精，盛况空前。晚唐以后，宋词、元曲大放异彩，名家辈出，灿若群星，流风余韵，至今未衰。值得特别指出的是：每一种新诗体的出现，只给诗歌的百花园中增光添彩，而不取代任何尚有生命力的原有诗体。相反，原有的各种诗体，也在适应反映新的社会生活、抒发新的思想情感、表现新的时代精神的要求，不断开拓和创新。中华民族是饶有诗情诗意的民族，也是自强不息、富有创造力的民族。这在三千多年的诗歌发展中得到了完美的体现。巍巍中华素有“诗国”之誉，良非偶然。

诗歌不仅是文学的瑰宝，更是中华文化的重要组成部分。它承载着历史的记忆，反映了社会的变迁，表达了人民的情感。诗歌中的意象和典故，是中华文化的精髓，它们跨越时空，与读者产生共鸣。为了全面展现中国诗歌的风貌与精髓，我们聘请霍松林先生为总主编，邀请李浩、尚永亮、王兆鹏、欧阳光等知名学者，精心编撰了《中国历代诗歌精选》系列丛书，包括先秦汉魏六朝、唐、宋、元明清四卷。从《诗经》的古朴纯真到唐诗的雄浑壮阔，从宋词的婉约细腻到元曲的清新质朴，再到明清诗歌的多元风格，本丛书精心遴选各个时期具有代表性的诗作，力求为读者呈现一幅完整的中国诗歌历史长卷。

希望广大读者能够通过这套丛书，领略中国诗歌的无穷魅力，感受中华民族深厚的文化底蕴，让这些经典之作在新时代焕发出更加耀眼的光彩，为中华优秀传统文化的复兴与发展贡献一份力量。愿这套丛书成为您心灵的伴侣，陪伴您在文学的道路上不断探索与前行。

前言

说起宋代文学，人们首先想到的是宋词，是苏轼的“大江东去”，岳飞的“怒发冲冠”，李清照的“人比黄花瘦”。的确，就文学的创造性和独特性而言，宋词无疑是宋代最有特色的文学样式，具有唐诗不可替代的艺术魅力。不过，在传统的观念里，至少在宋人的文学观念里，能跟唐诗比拼抗衡的是宋诗而不是宋词。

宋代文人对诗歌的热情比唐人还要高涨。诗，在当时是人们日常交往的主要媒介。写诗，是当时文人日常生活的一部分，是文人文化身份的标志。文人们见面时要写诗，分别时要写诗，孤独时要写诗抒发苦闷，开心时要写诗传达快乐。正因为如此，宋代写诗的人，比唐代要多得多。唐代有诗歌传世的作者仅3300多人，而宋代有诗传存下来的作者多达8900人；唐诗流传下来的只有5万多首，而宋诗传存下来的多达20余万首。虽然我们不能说宋人的诗歌数量超过唐人，宋诗的质量和成就也超过唐人，但至少可以说，宋人对诗歌的热情和喜爱一点也不亚于唐人，宋诗在社会上流行普及的程度绝不让于唐诗。

而且，宋代的明星诗人也不比唐代逊色。唐有“李杜”，宋有“苏黄”。李白是诗仙，苏轼号称“坡仙”，二人旗鼓相当；杜甫是中国诗坛上永远的诗圣，黄庭坚是影响一代的江西诗派的领袖（黄跟杜相比，还是稍逊一筹）；唐有王维，宋有王安石；唐有白居易，宋有陆游；唐有李商隐和杜牧，宋有范成大和杨万里；唐有“初唐四杰”，宋有“苏门四学士”。把这些明星级的唐人宋士放在一起，谁强谁弱，谁胜谁负，还真不好说呢。当然啦，诗是艺术，不是技术，诗人之间，不能像体操运动员那样用规定的动作来比高下、决胜负，实际上，也没有必要比高下。这里之所以把宋代的著名诗人拿来跟唐代的诗人比附，只是想说明，宋代诗坛也是群星璀璨、诗人云集，值得我们永远地仰望，长久地崇拜。

文学艺术，需要的是创造、创新，更需要的是个性、特色。有个性才有生命，有特色才有魅力。跟唐诗相比，宋诗有个性有特色吗？比较而言，唐人像青春才子，激情洋溢，宋人像老成的中年人，冷静沉思；唐人外向，宋人内向；唐人好动，宋人好静；唐人好热烈，宋人好幽静。所以，花，唐人最爱的是外表绚丽的牡丹，宋人最爱的是幽韵冷香的梅花；女性，唐人最爱的是杨贵妃那样丰腴的美人，宋人则爱纤腰一把的骨感美女；瓷器，唐人最爱色泽艳丽的唐三彩，宋人最爱色泽淡雅的青白瓷。

随着印刷术的发展，书籍传播更便捷容易，所以宋人读书比唐人要方便，读的也更多。如果说，唐人普遍比宋人要有激情，那么，宋人普遍比唐人要有学问，宋代的诗人多半是学者。唐人写诗，常常是比才情，宋人写诗，往往要比学问。所以，宋人写诗，常常把诗当作文章来写，好发议论讲道理，好用典故显学问，这就是宋人自己总结的：“以文为诗，以议论为诗，以才学为诗。”（严羽《沧浪诗话》）

宋人写诗，很想超越唐诗，想自树一帜。但唐诗是高峰，是经典，绕不过，避不开。宋人倒也大气大度，于是乎，先老老实实地学习借鉴，后求创造超越。北宋初期，王禹偁主盟诗坛，带着一群“白体诗人”学习白居易。当过宰相的寇准和魏野、林逋、潘阆等隐士，加上一批诗僧，竞相模仿着“晚唐体”。稍后，杨亿、钱惟演等诗坛领袖又引领着诗人们学习李商隐，形成了所谓“西昆体”。他们在模仿中探索，在借鉴中发展。到了北宋中期，欧阳修、梅尧臣和苏舜钦等人崛起于诗坛，在前辈探索的基础上，终于找到了自己时代的发展方向。而此后雄起的王安石、苏轼、黄庭坚等大诗人，进一步开拓，最终开辟出了一个新的诗歌世界——不是恢宏壮阔的边塞战争，而是琐事细物的日常生活；不是政治事件和君臣际会，而是私人交情和书窗所得；不是盖世英雄和绝俗高士，而是普通百姓和里巷人物。于是，诗歌从神坛走向了世俗。宋诗虽然缺乏唐诗那种奇情壮采，但比唐诗要平易近人，而且，它在唐诗的美学境界之外别开新境。诸如欧阳修的平易，梅尧臣的淡泊，苏轼的理趣，黄庭坚的瘦硬，陈师道的质朴，杨万里的活泼，相对唐诗来说，都是新鲜的、陌生的。宋代诗人，虽各有各的个性，各有各的追求，但有一个整体性的时代追求——那就是平淡自然。这种平淡，是走出了少年时代的成熟境界，是平淡而山高水深的厚重风格。如果说丰韵华美的唐诗像热烈开放的唐代服饰，那么，平淡深刻的宋诗就像是淡雅保守的宋代衣装。时代的审美风格，无不烙印在各种物质的和非物质的文化遗产上。

就文学创作而言，唐人多是单项选手，宋人大都是多项全能。比如唐代的李白、杜甫，虽然是写诗的顶级高手，写起文章却不见得特别高明。而宋代的苏轼、黄庭坚，不仅写诗是一流的，写词是高手，写文章也是超级棒，连写字儿也堪称书法大家。唐代诗文兼擅的只有韩愈、柳宗元等人，而宋代，差不多个个都是多面手，能诗又能词，所以，宋人不仅能创立一座与唐诗相媲美的宋诗高峰，还能打造出一座唐人难及的词的艺术高峰。

词在唐代还是刚刚兴起的文学样式，主要在民间流行，一般文人不太熟悉，也不大留意，只有少数诗人偶尔尝试为之，不成气候。到了晚唐，温庭筠一试身手，一不小心就成了词体的定型者。原来词体在民间流行的时候，没有统一固定的格律形式，温庭筠经过加工改造，让词体定型，使同一词调的词都遵守同一格律规范，这就是后来人们总结的：调有定句，句有定字，字有定声。温庭筠不仅定型了词体，而且确立了词与诗完全不同的审美趣味，那就是突出词体的女人味、女性美，词的题材内容多写女性的情感生活，情感基调是女性化的柔软感伤，语言风格是女性化的香艳绮丽。像女人爱化妆一样，词也讲究语言的装饰效果。五代时期，词体基本上是沿着温庭筠开创的路子前行。

宋代建国之初的半个世纪，文人还是喜欢写诗，词并不流行，写词的人很少，50 多年间，流传下来的词作只有十来位作者写的 30 多首。到了 11 世纪初，福建才子柳永来到汴京，用当时市井流行的新声曲调，大力写通俗歌词，用民众易懂的语言写喜闻乐见的人情风物，一下子就把词体唱“红”了天下，使词体成为当时社会最流行的歌曲，使听词成为社会最流行的时尚文化和娱乐形式。宋人说：“凡有井水饮处，皆可歌柳词。”由此不难想象，当年柳永词传唱之广。

柳永把原来局限在贵族沙龙里、上层社会宴席中供少数人欣赏的词，变成了在大众中流行的歌词，变成了老少咸宜、雅俗共赏的娱乐形式。但由于当时词的题材内容大多是男欢女爱、离愁别恨之类的儿女私情，有娱乐性，而没有思想性，有情绪的刺激性，而没有道德教化的感召力，跟传统诗文的观念不一致，跟主流的意识形态不合拍。所以，当时文士们感情上喜欢词，而理性上排斥词，看不起词，藐视词，把词视为小道，视为游戏的文字，不把它当作正儿八经的文学。

到了 11 世纪下半叶，四川大才子苏轼出川来到中原，在诗坛站稳脚跟后，就向词坛发起冲击，颠覆旧有的词体观念，用只写女性化的私情柔情的词来写男子汉的豪情性情，把只合十七八岁女孩儿演唱的柔情软调的词改造成能让关西大汉演唱的高调雄歌。苏轼之后，词渐渐地有了思想，有了品味，有了男子汉的人格精神和力量。从此，词体的文学地位也就逐渐得到认同。写词，不再是一种仅供娱乐休闲的游戏，而是一种有意义的文学创作。

此后秦观、贺铸、周邦彦、李清照和姜夔、吴文英等词人，从不同的层面丰富了词的艺术世界。而南宋的英雄辛弃疾更进一步开拓了词的艺术世界，提升了词的思想含量和文学品味。于是，就有了宋词的辉煌，成为后世难以逾越的巅峰。

同出宋人笔下的宋诗和宋词，在功能上有区别么？

简单地说，宋诗是读的，宋词是唱的；宋诗是传统的、教化的文学，宋词是时尚的、娱乐性的文学；宋诗大多是男人在官方场合或正式的社交场合穿着朝服写给男人看的，宋词大多是男人在娱乐场所穿着休闲服写给女人唱的、男人欣赏的。所以，宋诗的题材一般比较严肃，宋词的题材内容大多比较随意；宋诗的题材内容大多是关涉政治的、社会的，宋词的题材内容大多是非功利的、私人化的。宋诗的说教气味比较浓，有时不免枯燥酸腐；宋词的脂粉气味比较重，有时不免纤弱轻浮。

今天我们读宋词，跟读宋诗是一样的，可宋代的人却不一样。宋代人一般是唱词听词，就像我们今天唱流行歌曲、听流行歌曲是一样的。稍有不同的是，当今唱流行歌曲的，既有男歌手，也有女歌手。可在宋代，演唱词的，主要是女歌手。宋代女歌手唱词的时候，一般都有乐器伴奏，还伴有舞蹈动作的表演，所以宋人听词的审美感受是丰富多彩的。元代以后，词乐失传。后来的人们，就只能跟读宋诗一样阅读宋词，而难以听唱宋词了。当今流行歌坛上也有将宋词谱成歌来演唱的，但曲调是现代的，不是古典的，那韵味已经离宋人的原唱很远了。

如今，我们无缘像宋人那样听唱宋词，只好从书面上阅读体味了。本书所选录的这些作者，都是宋代文学中的闪亮星座；所选择的这些作品，也都是历来披沙拣金式地不断拣选出来的名篇佳作，是经过历史检验的经典文本。我们希望通过这个选本，能让读者欣赏到宋代诗词的精华，梦回宋朝，感受着宋代才子才女们的感受，忧乐着宋代英雄志士们的忧乐。

王兆鹏

2009年3月3日于珞珈山麓

目录

宋

柳　开

柳开（947—1000），原名肩愈，字绍先（一作绍元），后改名开，字仲涂，又号东郊野夫、补亡先生。大名（今属河北）人。开宝进士，官殿中侍御史。以韩愈、柳宗元之继承者自居，力矫五代以来的浮靡文风，开北宋诗文革新之先河，著有《河东先生集》。

塞　上

鸣骹直上一千尺，
天静无风声更干[1]。
碧眼胡儿三百骑，
尽提金勒向云看[2]。

注释　1. 鸣骹(xiāo)：鸣镝，响箭。干：指声音清脆、响亮。2. 碧眼胡儿：指北方少数民族。金勒：金制带嚼口的马络头。

郑文宝

郑文宝（953—1013），字仲贤，宁化（今福建宁化）人。仕南唐至校书郎。入宋，太宗太平兴国八年（983）进士，历官陕西转运副使、兵部员外郎。以诗名世，善篆书，工鼓琴，诗风轻盈纤柔，有文集二十卷，已佚。

柳枝词

亭亭画舸系春潭[1]，
直到行人酒半酣。
不管烟波与风雨，
载将离恨过江南[2]。

注释　1. 画舸：绘有花纹图案的船。2. 载将：载着。将，语助词，无实义。

王禹偁

王禹偁（954—1001），字元之，巨野（今山东巨野）人。出生农家，九岁能文。太平兴国八年（983）进士。官至翰林学士。因曾知黄州，故世称"王黄州"。其文反对宋初浮靡之风，写景小诗明净洗练，颇有情趣，为宋初文坛领袖，有《小畜集》。

寒 食

今年寒食在商山，
山里风光亦可怜[1]。
稚子就花拈蛱蝶，
人家依树系秋千[2]。
郊原晓绿初经雨，
巷陌春阴乍禁烟。
副使官闲莫惆怅，
酒钱犹有撰碑钱[3]。

注释　1. 寒食：古代节日，在清明节的前一天。商山：在陕西商县。可怜：可爱。2. 就花：靠近花朵。拈蛱蝶：捉蝴蝶。系：悬挂。3. 副使：团练副使，安排降职官员的闲职。撰碑钱：为人撰写墓志所得来的酬金，俗称润笔。

春居杂兴二首

两株桃杏映篱斜，
妆点商山副使家[1]。
何事春风容不得，
和莺吹折数枝花[2]。

注释　1. 副使家：指王禹偁自己的家。此时，其为商州团练副使。2. "何事"二句：为什么春风容不得花开？和黄莺一起吹落枝头的花朵。

春云如兽复如禽[1]，

注释　1. "春云"句：春天云朵的形状，像野兽，也像飞禽。

日照风吹浅又深。
谁道无心便容与，
亦同翻覆小人心[2]。

2.“谁道”二句：谁说云朵无心，整日从容、悠闲，它也和小人之心一样，翻覆变化。此指云彩的形状和颜色不断变化。容与，从容、悠闲。

村　行

马穿山径菊初黄，
信马悠悠野兴长[1]。
万壑有声含晚籁[2]，
数峰无语立斜阳。
棠梨叶落胭脂色，
荞麦花开白雪香[3]。
何事吟余忽惆怅？
村桥原树是吾乡[4]。

注释　1. 信马：任凭马随意行走。野兴长：野游的兴致浓烈。2. 壑（hè）：山沟。晚籁：傍晚时发出的各种自然声响。3. 棠梨：落叶乔木，梨树的一种。白雪：指荞麦开的花。4. 原树：原野上的树木。

点绛唇·感兴

雨恨云愁[1]，江南依旧称佳丽。水村渔市，一缕孤烟细。

天际征鸿，遥认行如缀[2]。平生事，此时凝睇[3]，谁会凭栏意[4]。

注释　1. 雨恨云愁：指可以惹人愁怨的云和雨。2. 行如缀：指大雁成行飞行，一只接一只，如同连缀在一起。3. 凝睇：凝视。睇，斜视的样子。4. 会：理解。

魏 野

魏野（960—1019），字仲先，陕州陕县（今河南陕县）人。不求闻达，住州之东郊，景趣幽绝，名曰乐天洞。前为草堂，弹琴赋诗其中，号草堂居士。作诗精苦，有唐人风格，多警策句。著有《草堂集》十卷。

谢知府寇相公降访[1]

昼睡方浓向竹斋，
柴门日午尚慵开[2]。
惊回一觉游仙梦，
村巷传呼宰相来[3]。

注释　1. 寇相公：即寇准。2. 向：依靠。慵开：懒开，未开。3. 宰相：寇准曾拜相，此时已罢相。

寇 准

寇准（961—1023），字平仲，华州下邽（今陕西渭南）人。太平兴国五年（980）进士。累官至宰相。封莱国公，故世称“寇莱公”。谥忠愍。诗有晚唐风貌，含思深婉，富于情韵，有《忠愍公诗集》。

书河上亭壁

岸阔樯稀波渺茫，
独凭危槛思何长[1]。
萧萧远树疏林外[2]，
一半秋山带夕阳。

注释　1. 樯：船的桅杆。槛：栏杆。2. 萧萧：形容风声。

春日登楼怀归

高楼聊引望，杳杳一川平[1]。
野水无人渡，孤舟尽日横[2]。
荒村生断霭[3]，古寺语流莺。
旧业遥清渭[4]，沉思忽自惊。

注释　1. 聊：暂且。引望：伸长脖子远望。杳杳：深远的样子。川：此指长江。2.“野水”二句：化用唐代韦应物《滁洲西涧》的“野渡无人舟自横”诗意。3. 断霭：时起时没的烟雾。4. 旧业：指故乡的家业。清渭：清清的渭水河畔。诗人的老家在渭水南岸。

海康西馆有怀[1]

风露凄清西馆静，
悄然怀旧一长叹[2]。
海云销尽金波冷[3]，
半夜无人独凭栏。

注释　1. 海康：县名，在广东雷州半岛中部。2. 悄然：忧愁貌。3. 金波：月亮，月光。

踏莎行

春色将阑[1]，莺声渐老，红英落尽青梅小[2]。画堂人静雨蒙蒙，屏山半掩余香袅[3]。

密约沉沉，离情杳杳[4]，菱花尘满慵将照[5]。倚楼无语欲销魂[6]，长空暗淡连芳草。

注释　1. 阑：残，尽。2. 红英：红花。3. 屏山：屏风。4. 杳杳：深远无边际的样子。5. 菱花：镜的代称。古铜镜中，六角形的或镜背有菱花的，叫菱花镜。慵：懒，倦怠。6. 销魂：形容极度伤心。

阳关引

塞草烟光阔，渭水波声咽[1]。春朝雨霁轻尘歇[2]。征鞍发[3]。指青青杨柳，又是轻攀折[4]。动黯然[5]，知有后会甚时节[6]。

更尽一杯酒，歌一阕[7]。叹人生，最难欢聚易离别。且莫辞沉醉，听取阳关彻[8]。念故人，千里自此共明月。

注释　1. 渭水：渭河，发源于甘肃，经陕西流入黄河。咽（yè）：声音因阻塞而低沉。2. 霁：雨停。3. 征鞍：即征马，指旅行者所乘的马。4.“指青青”二句：古人送行，多折杨柳枝条赠别。因为柳谐“留”音，表示留恋之情。5. 黯然：心神沮丧的样子。6. 甚：方言，什么。7. 阕：量词，歌曲或词一首为一阕。8. 阳关：王维七绝《送元二使安西》中有“劝君更进一杯酒，西出阳关无故人”之句，后谱入乐府，为送别之曲，又称《渭城曲》《阳关三叠》。

钱惟演

钱惟演（977—1034），字希圣，临安（今浙江杭州）人。为吴越王钱俶之子，随父降宋。仁宗时官至枢密使。博学擅诗词，与杨亿、刘筠共同引领西昆体。其诗风清峭感怆，词风宛转细腻。有《典懿集》。

木兰花

城上风光莺语乱，
城下烟波春拍岸。
绿杨芳草几时休？
泪眼愁肠先已断。
情怀渐觉成衰晚，
鸾镜朱颜惊暗换[1]。

注释　1. 鸾镜：妆镜的美称。据范泰《鸾鸟诗序》记载，从前罽宾王捕获一鸾鸟，然而三年不鸣，王采纳夫人的建议，在鸾鸟面前挂了一面镜子，鸾鸟看到自己的影子以为见了同类，哀鸣不已，奋起冲天，由此气绝身亡。朱颜：即红颜，指青春年少的容貌。

昔年多病厌芳尊[2]，
今日芳尊惟恐浅。

2. 芳尊：酒杯的美称，代指美酒。

潘 阆

潘阆（？—1009），字梦空，号逍遥子，大名（今河北大名）人。太宗至道元年（995），赐进士出身，以诗名世。翰林学士宋白称赞道：“宋朝归圣主，潘阆是诗人。”有《潘逍遥诗》，词存《酒泉子》十首。

题资福院石井

炎炎畏日树将焚[1]，
却恨都无一点云。
强跨蹇驴来到得，
皆疑渴杀老参军[2]。

注释　1. 畏日：烈日。2. 蹇驴：跛驴。渴杀：渴死。参军：官名，为地方上的低级武官。

岁暮自桐庐归钱塘晚泊渔浦

久客见华发，孤棹桐庐归[1]。
新月无朗照，落日有余晖。
渔浦风水急，龙山烟火微[2]。
时闻沙上雁，一一皆南飞。

注释　1. 孤棹：孤舟。2. 风水：风劲吹水。龙山：一名卧龙山，在富春江南岸。

酒泉子

长忆观潮，满郭人争江上望[1]。来疑沧海尽成空，万面鼓声中。

弄涛儿向涛头立，手把红旗旗不湿。别来几向梦中看[2]，梦觉尚心寒。

注释　1.满郭：满城。郭，外城。2.几：几次。

林　逋

林逋（967—1028），字君复，钱塘（今浙江杭州）人。宋初著名隐士，晚年隐居杭州西湖孤山。所居多植梅花，曾畜两鹤，人称“梅妻鹤子”。仁宗闻其名，赐谥和靖先生。诗多描写隐逸情趣，风格淡远，尤以咏梅之作著称于世。有《林和靖诗集》。

孤山寺端上人房写望[1]

底处凭阑思眇然[2]，
孤山塔后阁西偏。
阴沉画轴林间寺，
零落棋枰葑上田[3]。
秋景有时飞独鸟，
夕阳无事起寒烟[4]。
迟留更爱吾庐近，
只待重来看雪天。

注释　1.上人：对和尚的尊称。2.底处：何处。眇然：形容思绪悠远。3.棋枰：棋盘。葑上田：又称架田，将木架浮在水面，架上安放葑泥，可在水面移动。4.“夕阳”句：指夕阳之外唯有寒烟。

山园小梅

众芳摇落独暄妍[1]，
占尽风情向小园。
疏影横斜水清浅，
暗香浮动月黄昏。
霜禽欲下先偷眼，
粉蝶如知合断魂[2]。
幸有微吟可相狎，
不须檀板共金樽[3]。

注释　1. 暄妍：明媚鲜艳。2. 霜禽：羽毛洁白的禽鸟。偷眼：偷窥。合：应当。3. 微吟：低吟。相狎：相亲。檀板：檀木做的拍板，这里指歌舞。金樽：金杯，此指宴饮。

相思令

吴山青[1]，越山青[2]。两岸青山相对迎。争忍有离情[3]。

君泪盈[4]，妾泪盈。罗带同心结未成[5]。江边潮已平。

注释　1. 吴山：泛指钱塘江北岸群山，古时是吴国的地域。2. 越山：泛指钱塘江南岸群山，古时是越国的地域。3. 争忍：怎么忍心。4. 泪盈：含泪欲滴。5. 罗带：质地轻软的丝带，古代男女把带子打成同心结，用以定情，或表示婚配。

点绛唇

金谷年年[1]，乱生春色谁为主？余花落处，满地和烟雨。

又是离歌，一阕长亭暮[2]。王

注释　1. 金谷：在今河南洛阳市东北。晋代以豪奢著名的石崇曾筑园于此，宾客游宴其中，世称金谷园。2. 长亭：古时于道路旁所设供行旅停息的亭舍，常为送别之处。

孙去，萋萋无数[3]，南北东西路。

3.“王孙”二句：用《楚辞·招隐士》“王孙游兮不归，春草生兮萋萋”句意。王孙，代指出门在外的游子。萋萋，草长得很茂盛的样子。

杨亿

杨亿（974—1020），字大年，建州浦城（今福建浦城）人。十一岁，太宗闻其名，诏送阙下试诗赋，授秘书省正字。淳化三年（992）赐进士第，累官至翰林学士。谥文，世称“杨文公”。诗学李商隐，词藻华丽，讲究声律，为西昆体的领导者之一。有《武夷新集》。

南朝

五鼓端门漏滴稀，
夜签声断翠华飞[1]。
繁星晓埭闻鸡度，
细雨春场射雉归[2]。
步试金莲波溅袜，
歌翻玉树涕沾衣[3]。
龙盘王气终三百，
犹得澄澜对敞扉[4]。

注释　1.漏：即滴漏，古代的定时器。夜签声：陈文帝勤于国事，要侍漏鸡人（宫中报晓的卫士）夜掷签于阶上，锵然有声，使其惊醒。翠华飞：指齐武帝豪华的车驾很早就载着宫女出宫门游猎去了。2.“繁星”句：谓天还没有亮，即出游玩乐。埭（dài）：堵水的土堤，此指南京玄武湖堤。“细雨”句：指南齐君王沉湎于射猎。3.“步试”句：谓东昏侯的奢华淫乐。《南史·齐东昏侯纪》：“又凿金为莲花以贴地，令潘妃行其上，曰：‘此步步生莲花也。’”波溅袜：语出曹植《洛神赋》。“歌翻”句：写陈后主宫中淫乐。《陈书·皇后传》：“后主每引宾客对贵妃等游宴，则使诸贵人及女学士与狎客共赋新诗，互相赠答。采其尤艳丽者以为曲词，被以新声。……其曲有《玉树后庭花》《临春乐》等。”4.“龙盘”句：谓由于南朝天子的荒淫无度，号称龙盘虎踞的金陵终于销尽了王气，偏安江左三百年的南朝终结了。“犹得”句：谓金陵王气已尽，唯有澄净的江水仍然映照着南朝的宫殿，见证着它败亡的历史。澄澜，指金陵城下的江水。敞扉，敞开的门扇。

柳 永

柳永（约987—1053），原名三变，字景庄，后改名永，字耆卿，因排行第七，世称“柳七”，崇安（今福建武夷山）人。仁宗景祐元年（1034）进士，累官至屯田员外郎，故世称“柳屯田”。其词脍炙人口，时人称“凡有井水饮处，即能歌柳词”。有《乐章集》。

雨霖铃

寒蝉凄切，对长亭晚，骤雨初歇。都门帐饮无绪[1]，留恋处、兰舟催发[2]。执手相看泪眼，竟无语凝噎[3]。念去去[4]、千里烟波，暮霭沉沉楚天阔[5]。

多情自古伤离别，更那堪、冷落清秋节。今宵酒醒何处？杨柳岸、晓风残月[6]。此去经年[7]，应是良辰好景虚设。便纵有千种风情，更与何人说？

注释　1. 都门帐饮：在京城郊外设帐饮酒饯别。都门，指汴京。帐饮，又称露饮，在户外饮宴，用布帐围住，既防尘土，又防女眷为路人看见。2. 兰舟：相传鲁班以木兰树刻舟，故后世以兰舟为船的美称。3. 凝噎（yē）：喉中气塞，说不出话来。4. 去去：走了又走，表示行程之远。5. 暮霭沉沉：晚间云气浓厚。楚天：指行者所去的南方。6.“杨柳岸”句：俞文豹《吹剑续录》记载：东坡在玉堂日，有幕士善歌，因问：“我词何如柳七？”对曰：“柳郎中词，只合十七八女郎，执红牙板，歌‘杨柳岸、晓风残月’。学士词，须关西大汉，铜琵琶，铁绰板，唱‘大江东去’。”7. 经年：几年，若干年。

八声甘州

对潇潇暮雨洒江天，一番洗清秋。渐霜风凄紧，关河冷落，残照当楼[1]。是处红衰翠减[2]，苒苒物华休[3]。惟有长江水，无语东流。

注释　1.“渐霜风”三句：据宋赵令畤《侯鲭录》卷七记载，苏东坡曾评价此词说：“世言柳耆卿曲俗，非也。如《八声甘州》云：‘霜风凄紧，关河冷落，残照当楼’，此语于诗句不减唐人高处。”关河，山河。关，关山之地。2.“是处”句：到处花木凋零。是处，处处，到处。3. 苒苒：

不忍登高临远，望故乡渺邈[4]，归思难收[5]。叹年来踪迹，何事苦淹留[6]？想佳人、妆楼颙望[7]，误几回、天际识归舟？争知我[8]、倚阑干处[9]，正恁凝愁[10]。

渐渐。物华休：景物凋残。4. 渺邈(miǎo)：遥远。5. 归思：归家心情。6. 淹留：长久滞留。淹，长时间停留。7. 颙(yóng)望：凝望。颙，仰慕。8. 争：犹“怎”。9. 阑干：即栏杆。10. 恁(nèn)：那么，如此，这样。

望海潮

东南形胜，江吴都会[1]，钱塘自古繁华[2]。烟柳画桥，风帘翠幕，参差十万人家[3]。云树绕堤沙。怒涛卷霜雪[4]，天堑无涯[5]。市列珠玑[6]，户盈罗绮竞豪奢[7]。

重湖叠巘清嘉[8]。有三秋桂子，十里荷花[9]。羌管弄晴，菱歌泛夜，嬉嬉钓叟莲娃。千骑拥高牙[10]。乘醉听箫鼓、吟赏烟霞[11]。异日图将[12]好景，归去凤池夸[13]。

注释　1. 江吴都会：杭州旧属吴国，五代时吴越在此建都，故称江吴。2. 钱塘：即杭州。3. 参差（cēn cī）：形容楼阁高低不齐的样子。4.“怒涛”句：言钱塘潮涨之时奔涌的波涛白如霜雪。5. 天堑（qiàn）：天然险阻，指钱塘江。6. 市列珠玑：集市里摆满各种珠宝。玑，不圆的珠子。7. 罗绮：指歌妓。8.“重湖”句：言湖中有湖，山外有山，重重叠叠，秀美清丽。重湖，白堤将西湖分为里湖和外湖。叠巘，重重叠叠的山峰。9.“有三秋”二句：秋天桂花飘香，荷花盛开。桂子，桂花。10.“千骑”句：太守带人出巡，高挂的牙旗飘扬，十分威风。牙，牙旗，军前的大旗。11. 烟霞：指山光水色。12. 图将：画出。13.“归去”句：祝愿杭州帅将来做宰相。凤池，凤凰池，中书省所在地，故唐宋人以凤池指代宰相。

玉蝴蝶

望处雨收云断，凭阑悄悄，目送秋光。晚景萧疏，堪动宋玉悲凉[1]。水风轻、蘋花渐老[2]，月露冷、梧叶飘黄。遣情伤[3]。故人何在，烟水茫茫。

难忘。文期酒会[4]，几辜风月[5]，屡变星霜[6]。海阔山遥，未知何处是潇湘。念双燕、难凭远信[7]，指暮天、空识归航[8]。黯相望。断鸿声里，立尽斜阳。

注释　1. 宋玉悲凉：宋玉的悲凉情绪。宋玉是战国后期楚国的辞赋家，其作品《九辩》首句即云“悲哉秋之为气也”，以悲秋著称于世。2. 蘋花：生长在浅水中的蘋草夏秋间开的小白花。3. 遣情伤：令人心情感伤。遣，使、令。4. 文期：文友们相约在一定的时间诗词唱和。5. 几辜风月：几番辜负了大好时光。辜，辜负。风月，指清风明月的美好景色。6. 星霜：星一年一周天，霜每年而降，因称一年为一星霜。7. “双燕”句：五代王仁裕《开元天宝遗事》记载长安女子郭绍兰曾将书信系在双燕的足上，寄给远在湘中经商的丈夫。此处言燕子不能传信，反用其典。8. 空识归航：南朝谢朓《之宣城郡出新林浦向板桥》诗有“天际识归舟，云中辨江树”之句，此处言“空”，意为归期未卜。

夜半乐

冻云黯淡天气[1]，扁舟一叶，乘兴离江渚[2]。渡万壑千岩[3]，越溪深处[4]。怒涛渐息，樵风乍起[5]，更闻商旅相呼。片帆高举。泛画鹢[6]、翩翩过南浦。

望中酒旆闪闪[7]，一簇烟村，数行霜树。残日下，渔人鸣榔归去[8]。败荷零落，衰杨掩映，岸边两两三三，浣纱游女。避行客、含羞笑相语。

到此因念，绣阁轻抛，浪萍难驻。叹后约丁宁竟何据[9]。惨离怀，空恨岁晚归期阻。凝泪眼、

注释　1. 冻云：凝结不开的云层。2. 江渚（zhǔ）：江中小洲。渚，小洲。3. 万壑千岩：语出《世说新语·言语》，顾长康赞美会稽（今浙江绍兴）一带的景致曰：“千岩竞秀，万壑争流。草木蒙笼其上，若云兴霞蔚。”4. 越溪：此指若耶溪，在浙江绍兴南若耶山下，相传为西施浣纱处，亦名浣纱溪。5. 樵风：顺风。南朝宋孔灵符《会稽记》：“射的山南有白鹤山，此鹤为仙人取箭。汉太尉郑弘尝采薪，得一遗箭，顷有人觅，弘还之，问何所欲，弘识其神人也，曰：‘常患若耶溪载薪为难，愿旦南风，暮北风。’后果然。”后世把若耶溪这种好风称为“郑公风”，又名“樵风”。6. 画鹢：画船。鹢，鸟名，形如鹭鸶。7. 酒旆：酒旗。旆，古代末端像燕尾的旗，泛指旌旗。8. 鸣榔：以木条击船作声，惊鱼入网。此谓击船以为歌声之节拍。9. “叹后约”句：可叹当初的相约，竟然都不能实现。丁宁，即叮咛，反复嘱咐。何据，无据，没有准信。

杳杳神京路[10]。断鸿声远长天暮。

10. 神京：指北宋都城汴京。

蝶恋花

伫倚危楼风细细[1]。望极春愁[2]，黯黯生天际。草色烟光残照里。无言谁会凭阑意。

拟把疏狂图一醉[3]。对酒当歌[4]，强乐还无味[5]。衣带渐宽终不悔[6]。为伊消得人憔悴[7]。

注释 1. 危楼：高楼。2. 望极：望尽。3. 疏狂：狂放不受约束。4. 对酒当歌：饮酒放歌。引用汉末曹操《短歌行》：“对酒当歌，人生几何？”5. 强（qiǎng）：勉强。6. 衣带渐宽：衣带渐渐变得宽松起来，指身形渐渐消瘦。7. 伊：第三人称代词，此处指她。

二郎神

炎光谢[1]。过暮雨、芳尘轻洒。乍露冷风清庭户，爽天如水，玉钩遥挂[2]。应是星娥嗟久阻[3]，叙旧约、飙轮欲驾[4]。极目处、微云暗度，耿耿银河高泻[5]。

闲雅。须知此景，古今无价。运巧思、穿针楼上女[6]，抬粉面、云鬟相亚[7]。钿合金钗私语处[8]，算谁在、回廊影下。愿天上人间，占得欢娱，年年今夜。

注释 1. 炎光谢：炎热的阳光已经消退。2. 玉钩：比喻上弦月，其形如钩。3. 星娥：指织女。唐李商隐《海客》：“海客乘槎上紫氛，星娥罢织一相闻。”4. 飙轮：御风以行的神车。5. 耿耿：明亮的样子。6. 穿针楼上女：南朝梁宗懔《荆楚岁时记》记载：“七月七日为牵牛、织女聚会之夜。是夕，人家妇女结彩楼，穿七孔针，或以金银鍮石为针，陈几筵酒脯瓜果于庭中以乞巧。”7. 亚：通“压”，低垂的样子。8.“钿合”句：指情人私下密谈，互赠信物。典出唐陈鸿《长恨歌传》，言唐明皇与杨贵妃“定情之夕，授金钗钿合以固之”。

倾杯乐

禁漏花深[1]，绣工日永[2]，蕙风布暖[3]。变韶景[4]、都门十二[5]，元宵三五，银蟾光满。连云复道凌飞观[6]，耸皇居丽[7]，嘉气瑞烟葱茜[8]。翠华宵幸[9]，是处层城阆苑[10]。

龙凤烛、交光星汉[11]，对咫尺鳌山开羽扇[12]。会乐府两籍神仙，梨园四部弦管[13]。向晓色、都人未散。盈万井、山呼鳌抃[14]。愿岁岁，天仗里、常瞻凤辇。

注释　1. 禁漏：皇宫里的计时器。2. 绣工：刺绣的劳动，此处比喻春景如锦绣。3. 蕙风：即和风。布暖：把温暖散布在人间。4. 变韶景：变成春天的时光。5. 都门十二：都城之门有十二座，借指整个京城。6. “连云”句：言皇城中极高的通道架在高楼之间。连云，和云层相连，形容其高。复道，两楼之间连通的空中通道。凌，跨过。观，楼阁。7. 耸皇居丽：即皇居耸丽，言皇家居室既高耸又华丽。8. “嘉气”句：言皇城内的嘉气瑞烟缭绕在花草树木之间，有如仙境一般。葱茜，草木繁茂的样子。9. 翠华宵幸：元宵佳节皇帝驾临和大家一起观灯赏月。翠华，皇帝仪仗中一种用翠羽做装饰的旗帜，此处借指皇帝。幸，皇帝临顾。10. “是处”句：指皇帝临幸之处有如神仙居住的地方。是处：此处，指皇帝临幸之处。层城、阆苑：传说中神仙的住所。11. “龙凤烛”句：指蜡光和天空的星月之光交相辉映。龙凤烛，外表饰以龙凤花纹的蜡烛。12. “对咫尺”句：指皇帝亲临皇城灯火晚会现场。鳌山，宋时元宵夜举办灯火晚会，将彩灯叠成山状，称为鳌山。羽扇，舞蹈道具，此处借指跳舞；一说指皇帝仪仗中的掌扇，指代皇帝。13. 乐府：古代音乐官署，掌管朝廷音乐事务、管理乐妓。两籍神仙：指民籍和官籍的乐妓，唐宋以后多称妓女为神女，故称乐妓为两籍神仙。四部：据《新唐书·南蛮下》之说，是指龟兹、大鼓、胡、军乐四部乐工。14. “盈万井”句：言全京城的老百姓都向皇帝高呼万岁，表示拥戴。井，市井。山呼，旧时臣子对君主祝颂的礼节，向君主三叩头，每叩一头高喊一声万岁，第三次叩头则喊万岁万万岁。鳌抃，“鳌戴山抃”的简称。原指神话传说中的大龟背负大山而欢乐起舞。后以“鳌抃”泛指欢呼跳跃。抃，鼓掌。

戚 氏

晚秋天，一霎微雨洒庭轩[1]。槛菊萧疏[2]，井梧零乱惹残烟。凄然，望江关，飞云黯淡夕阳闲。当时宋玉悲感，向此临水与登山[3]。远道迢递，行人凄楚，倦听陇水潺湲[4]。正蝉吟败叶，蛩响衰草[5]，相应喧喧。

孤馆度日如年，风露渐变，悄悄至更阑[6]。长天净，绛河清浅[7]，皓月婵娟[8]。思绵绵，夜永对景，那堪屈指，暗想从前。未名未禄，绮陌红楼[9]，往往经岁迁延。

帝里风光好[10]，当年少日[11]，暮宴朝欢。况有狂朋怪侣，遇当歌对酒竞留连。别来迅景如梭[12]，旧游似梦，烟水程何限？念利名、憔悴长萦绊，追往事、空惨愁颜。漏箭移[13]，稍觉轻寒，渐呜咽、画角数声残[14]。对闲窗畔，停灯向晓，抱影无眠。

注释　1. 一霎：一会儿。庭轩：庭院里的廊子或小屋子。轩，有窗的廊子或小屋子。2. 槛菊萧疏：栏杆边的菊花稀稀落落，满目萧条。槛，栏杆。3.“当时”二句：宋玉在此处登山临水时，心情也感悲凉。宋玉乃战国时楚人，屈原的弟子，其《九辩》云：“悲哉秋之为气也！萧瑟兮草木摇落而变衰。憭栗兮若在远行，登山临水兮送将归。”4. 陇水：乐府《横吹曲辞》中有《陇头水》之曲，多抒发征戍之悲。5. 蛩（qióng）：蟋蟀，又称作“趋织”“促织”。6. 更阑：更声将尽，意为深夜。7. 绛河：银河。8. 婵娟：此处形容月色美好。9. 绮陌红楼：歌楼妓馆所在之地。10. 帝里：京城。11. 当年少日：正值青春年少的时候。12. 迅景如梭：如穿梭一样迅速流走的时光。景，日光。13. 漏箭移：时间推移。漏箭，古代计时器漏壶中插一根有托的标杆，以其浮沉来计时刻。14. 画角：军乐器。形如竹筒，外加彩绘，发声哀厉高亢，古时军中多用以警昏晓。

女冠子

淡烟飘薄。莺花谢、清和院落。树阴翠、密叶成幄。麦秋霁景[1]，夏云忽变奇峰、倚寥廓。波暖银塘，涨新萍绿鱼跃。想端忧多暇，陈王是日[2]，嫩苔生阁。

正铄石天高，流金昼永[3]，楚榭光风转蕙[4]，披襟处、波翻翠幕。以文会友，沉李浮瓜忍轻诺[5]。别馆清闲，避炎蒸[6]、岂须河朔[7]。但尊前随分[8]，雅歌艳舞，尽成欢乐。

注释　1. 麦秋：麦子成熟后的收割季节。霁景：雨过天晴的景象。2. 陈王：三国时魏国曹植的封号。3. “正铄石”二句：形容夏日炎热。铄石、流金，形容温度很高，可以融化金石。4. 榭：建筑在台上的房屋。光风转蕙：指夏天来了。语出《楚辞·招魂》：“光风转蕙，泛崇兰些。”光风，雨止日出时的和风。5. 沉李浮瓜：典出曹丕《与朝歌令吴质书》：“浮甘瓜于清泉，沉朱李于寒水。”谓天热把瓜果用冷水浸后食用，后借指消夏乐事，亦泛指消夏果品。6. 炎蒸：暑热的蒸烤，亦作“炎烝”。7. 河朔：古代泛指黄河以北的地区。8. 尊前随分：言随意饮酒。尊，酒器。随分，随意，任意。

斗百花

煦色韶光明媚[1]。轻霭低笼芳树。池塘浅蘸烟芜[2]，帘幕闲垂风絮。春困厌厌[3]，抛掷斗草工夫[4]，冷落踏青心绪[5]。终日扃朱户[6]。

远恨绵绵，淑景迟迟难度[7]。年少傅粉[8]，依前醉眠何处。深院无人，黄昏乍拆秋千，空锁满庭花雨。

注释　1. 韶光：美好的时光。韶，美好。2. 浅蘸烟芜：草丛上薄薄地笼罩着一层烟雾。蘸，沾上。芜，丛生的草。3. 厌厌：同“恹恹”，精神不振，倦怠无力的样子。4. 斗草：又叫“斗百草”，是古代的一种游戏，采摘花草，比赛多寡优劣以决胜负，女性尤为喜好。5. 踏青：古代清明节前后有游春的习俗，谓之踏青，又名采青。6. 扃（jiōng）：关闭。7. 淑景：良辰美景。8. 傅粉：傅粉何郎的省称，形容美男子。语出《语林》：“何平叔（晏）美姿仪而绝白，魏明帝疑其傅粉。”

黄莺儿

园林晴昼春谁主。暖律潜催[1]，幽谷暄和[2]，黄鹂翩翩，乍迁芳树。观露湿缕金衣[3]，叶映如簧语[4]。晓来枝上绵蛮[5]，似把芳心、深意低诉。

无据[6]。乍出暖烟来，又趁游蜂去。恣狂踪迹，两两相呼，终朝雾吟风舞。当上苑柳秾时[7]，别馆花深处[8]。此际海燕偏饶[9]，都把韶光与。

注释　1. 暖律潜催：春来气候渐渐变暖。律，乐律。古以十二律配合时令的变化，温暖的节候为“暖律”。2. 暄：暖和。3. 缕金衣：即金缕衣，谓缀以金饰的舞衣。此处比喻黄莺金色的羽毛。4. 如簧语：比喻黄莺婉转的鸣叫声。簧语，指乐器簧片发出的声音。5. 绵蛮：鸟叫的声音。6. 无据：无端，没由来。7. 上苑柳秾：皇家园林里柳树繁茂。上苑，帝王的园林。秾，草木茂盛。8. 别馆：此处指皇宫的别殿、偏殿。9. 偏饶：偏偏予以厚赐。

爪茉莉·秋夜

每到秋来，转添甚况味[1]。金风动[2]、冷清清地。残蝉噪晚，甚聒得、人心欲碎，更休道、宋玉多悲[3]，石人、也须下泪。

衾寒枕冷[4]，夜迢迢[5]、更无寐。深院静、月明风细。巴巴望晓[6]，怎生挨[7]、更迢递[8]。料我儿[9]、只在枕头根底，等人来、睡梦里。

注释　1. 况味：景况和情味。2. 金风：秋风。古人以五行对应季节，秋属金，故有此称。3. 宋玉多悲：宋玉是战国后期楚国的辞赋家，以悲秋著称于世。4. 衾：被子。5. 迢迢：漫长，长久。6. 巴巴望晓：眼巴巴地盼望天亮。巴巴，急切，切盼。7. 挨：熬，度日艰难。8. 迢递：时间久长貌。9. 我儿：对意中人的昵称。

诉衷情近

雨晴气爽，伫立江楼望处。澄明远水生光，重叠暮山耸翠。遥认断桥幽径，隐隐渔村，向晚孤烟起。

残阳里。脉脉朱阑静倚[1]。黯然情绪，未饮先如醉。愁无际。暮云过了，秋光老尽[2]，故人千里。竟日空凝睇[3]。

注释　1. 脉脉（mò）：默默地用眼神传情达意。2. 秋光老尽：秋天一派衰飒风光。3. 竟日：尽日，整日。

曲玉管

陇首云飞[1]，江边日晚，烟波满目凭阑久。一望关河萧索[2]，千里清秋，忍凝眸[3]。

杳杳神京[4]，盈盈仙子[5]，别来锦字终难偶[6]。断雁无凭[7]，冉冉飞下汀洲[8]，思悠悠。

暗想当初，有多少、幽欢佳会，岂知聚散难期[9]，翻成雨恨云愁[10]。阻追游[11]，每登山临水，惹起平生心事，一场消黯，永日无言，却下层楼。

注释　1. 陇首：高山之巅。2. 关河：函谷关与黄河，此处泛指江山。3. 忍凝眸：不忍凝神观望。4. 杳杳神京：遥远的京城。杳杳，遥远的样子。神京，指北宋都城汴京。5. 盈盈：形容仪态美好。6.“别来”句：分别后始终没有收到对方的书信。锦字，据《晋书·窦滔妻苏氏传》记载，窦滔的妻子苏蕙，善于写诗作文。窦滔犯了过错被流放到流沙，苏蕙思念丈夫，就把一首回文诗织入锦中寄赠窦滔，以凄婉的词句表达自己的相思之情。后来多用锦字、锦书代指情书，尤其是女子的情书。偶，遇见、碰上。7. 断雁无凭：始终没有书信寄来。古有鸿雁传书之说，典出《汉书·苏武传》：苏武出使匈奴，被遣往北海牧羊十九年，后汉使至匈奴讨还武等，匈奴诡言已死。汉使假称汉天子射上林苑中，得雁，足系帛书，言武等在某泽中，单于方释放苏武等人。

断雁，离群孤雁。8. 冉冉：慢慢地。9. 期：预料。10. 雨恨云愁：男女之间的离愁别恨。11. 阻追游：受阻碍而不能一起追欢游乐。

采莲令

月华收，云淡霜天曙。西征客、此时情苦。翠娥执手送临歧[1]，轧轧开朱户[2]。千娇面[3]、盈盈伫立，无言有泪，断肠争忍回顾。

一叶兰舟，便恁急桨凌波去。贪行色[4]、岂知离绪，万般方寸[5]，但饮恨，脉脉同谁语。更回首、重城不见[6]，寒江天外，隐隐两三烟树。

注释　1. 翠娥：美女的代称。临歧：来到岔路口。歧，岔道。2. 轧轧（yà yà）：开门声。3. 千娇面：指千娇百媚的女子。4. 贪行色：心思都用在出行的事情上。行色，出行的状态。5. 方寸：本指心，这里指心绪、心思。6. 重城：指高大雄伟的城阙。

浪淘沙慢

梦觉、透窗风一线，寒灯吹息。那堪酒醒，又闻空阶，夜雨频滴。嗟因循[1]、久作天涯客。负佳人、几许盟言，便忍把、从前欢会，陡顿翻成忧戚[2]。

愁极。再三追思，洞房深处，

注释　1. 因循：沿袭不变，这里指长期延宕。2. “陡顿”句：突然反而成了忧伤。陡顿，突然。翻，反而。

几度饮散歌阑，香暖鸳鸯被，岂暂时疏散，费伊心力[3]。殢云尤雨[4]，有万般千种，相怜相惜。

恰到如今，天长漏永，无端自家疏隔[5]。知何时，却拥秦云态[6]，愿低帏昵枕[7]，轻轻细说与，江乡夜夜，数寒更思忆。

3.“岂暂时”二句：能让我一时之间纵情任性，全都劳她费心。疏散，狂放不羁。4. 殢（tì）云尤雨：指沉溺于男女欢爱。殢、尤，皆缠绵、亲昵之意。5.“无端”句：自己无缘无故地分离。疏隔，分离，离别。6. 秦云：即秦楼云雨，喻男女欢爱之事。7. 昵：亲近。

定风波慢

自春来、惨绿愁红，芳心是事可可[1]。日上花梢，莺穿柳带，犹压香衾卧。暖酥消[2]，腻云亸[3]。终日厌厌倦梳裹。无那[4]。恨薄情一去，音书无个。

早知恁么[5]。悔当初、不把雕鞍锁。向鸡窗[6]、只与蛮笺象管[7]，拘束教吟课。镇相随[8]，莫抛躲。针线闲拈伴伊坐。和我。免使年少，光阴虚过。

注释　1. 是事：凡事。可可：不在意。2. 暖酥消：指身体消瘦。暖酥，形容体态丰腴。3. 腻云亸（duǒ）：指发髻无心梳理，任其散乱下垂。腻云，形容头发浓密黑亮。亸，下垂。4. 无那（nuò）：无可奈何。5. 恁么：如此，这样。6. 鸡窗：指书房。7. 蛮笺象管：指纸笔。蛮笺，唐时高丽国进贡的蛮纸，泛指纸。象管，象牙做的笔管。8. 镇：镇日，整天。

少年游

长安古道马迟迟[1]。高柳乱蝉栖。夕阳岛外，秋风原上，目断四天垂[2]。

归云一去无踪迹[3]，何处是前期[4]。狎兴生疏[5]，酒徒萧索，不似去年时。

注释　1. 迟迟：行走缓慢的样子。2. 四天垂：指远望四方，天地相接。3. 归云：此指词人所爱的女性。4. 前期：从前的约定。5. 狎兴：冶游之兴。

迷神引

一叶扁舟轻帆卷。暂泊楚江南岸[1]。孤城暮角[2]，引胡笳怨[3]。水茫茫，平沙雁、旋惊散。烟敛寒林簇，画屏展。天际遥山小，黛眉浅[4]。

旧赏轻抛[5]，到此成游宦。觉客程劳，年光晚。异乡风物，忍萧索、当愁眼。帝城赊[6]，秦楼阻，旅魂乱[7]。芳草连空阔，残照满。佳人无消息，断云远[8]。

注释　1. 楚江：长江流经楚地的那一段，此处泛指长江中下游地区之水。2. 暮角：日暮时分响起的画角声。3. 胡笳：古代北方民族的管乐器，其音悲凉。4. 黛眉浅：此指山色如女子淡淡的娥眉。5. 旧赏：过去的知交。6. 赊：远。7. 旅魂：旅途漂泊的心境。8. 断云：孤云、片云。

竹马子

登孤垒荒凉，危亭旷望[1]，静临烟渚。对雌霓挂雨[2]，雄风拂槛[3]，微收烦暑。渐觉一叶惊秋[4]，残蝉噪晚，素商时序[5]。览景想前欢，指神京，非雾非烟深处[6]。

向此成追感，新愁易积，故人难聚。凭高尽日凝伫。赢得消魂无语。极目霁霭霏微[7]，暝鸦零乱[8]，萧索江城暮。南楼画角，又送残阳去。

注释　1. 危亭旷望：在高亭上极目远望。危，高。旷，远。2. 雌霓：彩虹。《尔雅》："虹双出，色鲜盛者为雄，雄曰虹；暗者为雌，雌曰霓。" 3. 雄风：雄骏之风。4. 一叶惊秋：典出《淮南子·说山》："见一叶之落而知岁时之将暮。"后人借此咏叹秋天到来。5. 素商：秋天。秋色尚白，音属商。6. 非雾非烟：《史记·天官书》："若烟非烟，若云非云，郁郁纷纷，萧索轮囷，是谓卿云。卿云，喜气也。若雾非雾，衣冠而不濡，见则其域被甲而趋。"后世遂以"非雾非烟"咏祥瑞征兆。此处形容神京的喜庆热闹。7. 霁霭霏微：雨后云雾迷蒙。霏微，雾气、细雨等弥漫的样子。8. 暝鸦：暮色中的乌鸦。

聂冠卿

聂冠卿（988—1042），字长孺，歙县（今属安徽）人。真宗大中祥符五年（1012）进士，累官至翰林学士。尤工诗，有《多丽》词一首，才情富丽。有《蕲春集》《河东集》，今不传。

多丽·李良定公席上赋

想人生，美景良辰堪惜。问其间、赏心乐事，就中难是并得[1]。况东城、凤台沙苑[2]，泛晴波、浅照金碧。露洗华桐，烟霏丝柳，绿阴摇曳，荡春一色。画堂迥、

注释　1. 就中：其中。2. 凤台：古台名，此处泛指华美的楼台。沙苑：古地名，在渭水边，此处泛指精美的园林。

玉簪琼佩，高会尽词客[3]。清欢久，重然绛蜡[4]，别就瑶席[5]。

有翩若惊鸿体态[6]，暮为行雨标格[7]。逞朱唇、缓歌妖丽，似听流莺乱花隔。慢舞萦回[8]，娇鬟低亸[9]，腰肢纤细困无力。忍分散、彩云归后，何处更寻觅。休辞醉，明月好花，莫谩轻掷[10]。

3. 高会：盛大宴会。4. 然：古同“燃”，燃烧。绛蜡：红烛。绛，大红色。5. 瑶席：指珍美的酒宴。6. 翩若惊鸿：比喻美女的体态轻盈。曹植《洛神赋》描写洛神云：“其形也，翩若惊鸿，婉若游龙。”7. “暮为”句：形容女子多情。暮为行雨：典出宋玉《高唐赋》，战国时楚王梦游高唐，有神女与之幽合，临别时告知：“妾在巫山之阳，高丘之阻，旦为朝云，暮为行雨。朝朝暮暮，阳台之下。”标格：品格。8. 萦回：回旋环绕。9. 娇鬟：指女子美丽的环状发髻。亸（duǒ）：下垂。10. 谩：通“漫”，随便、随意的意思。

范仲淹

范仲淹（989—1052），字希文，祖籍邠州（今陕西彬县），迁居吴县（今江苏苏州）。官至副宰相，曾镇守西北边塞多年，西夏不敢来犯。时人说他“胸中自有数万甲兵”。其《岳阳楼记》被历代传诵，边塞词苍凉悲壮。有《范文正公集》。

江上渔者

江上往来人，但爱鲈鱼美[1]。
君看一叶舟，出没风波里[2]。

注释　1. 但：只。爱：喜欢。鲈鱼：一种头大口大、体扁鳞细、背青腹白、味道鲜美的鱼。2. 君：你。一叶舟：像漂浮在水上的一片树叶似的小船。出没：若隐若现。

松

亭亭百尺栋梁身，

寂寞云根与涧滨[1]。
寒冒雪霜宁是病[2]，
静期风月不须春。
萧萧远韵和于乐，
密密清阴意在人[3]。
高节直心时勿伐，
千秋为石乃知神[4]。

注释　1. 云根：云雾生根的地方，指山巅绝壁。2. 宁是病：哪里是什么缺点。3. 和于乐：与乐声合拍。意在人：意在为人们遮阴。4. 时勿伐：不加砍伐。千秋为石：千年之后，化为石头。神：精神。

渔家傲

塞下秋来风景异，衡阳雁去无留意[1]。四面边声连角起[2]，千嶂里[3]，长烟落日孤城闭。

浊酒一杯家万里，燕然未勒归无计[4]。羌管悠悠霜满地[5]，人不寐，将军白发征夫泪。

注释　1.“衡阳”句：传说衡阳有回雁峰，雁至此不再南飞。2. 角：军中的号角。3. 嶂：像屏障一样并列的山峰。4.“燕然”句：燕然，指燕然山，汉代窦宪抗击北匈奴，登此山，刻石纪功。此句意谓边患未平，征人不能离开前线。5. 羌管：羌笛。

苏幕遮

碧云天，黄叶地，秋色连波，波上寒烟翠。山映斜阳天接水，芳草无情，更在斜阳外。

黯乡魂[1]，追旅思[2]，夜夜除非，

注释　1. 黯乡魂：因思乡而情绪低沉。2. 旅思：人在旅途的愁绪。

好梦留人睡。明月楼高休独倚，酒入愁肠，化作相思泪。

御街行

纷纷坠叶飘香砌[1]，夜寂静，寒声碎。真珠帘卷玉楼空，天淡银河垂地。年年今夜，月华如练[2]，长是人千里。

愁肠已断无由醉。酒未到，先成泪。残灯明灭枕头攲[3]，谙尽孤眠滋味[4]。都来此事，眉间心上，无计相回避。

注释　1. 香砌：对台阶的美称。2. 练：白色的熟绢。3. 攲（qī）：倾斜。4. 谙（ān）：熟悉。

张　先

张先（990—1078），字子野，乌程（今浙江湖州）人。仁宗天圣八年（1030）进士，七十四岁时以尚书都官郎中致仕，优游杭州、吴兴间，以垂钓和诗词自娱。其词中“云破月来花弄影”等名句为世所称颂，号称“张三影”。有《张子野词》。

天仙子

时为嘉禾小倅，以病眠不赴府会。[1]

注释　1. 嘉禾小倅：仁宗庆历元年（1041），张先为嘉禾（今嘉兴）判官，

《水调》数声持酒听[2]，午醉醒来愁未醒。送春春去几时回？临晚镜，伤流景[3]，往事后期空记省[4]。

沙上并禽池上暝，云破月来花弄影[5]。重重帘幕密遮灯，风不定，人初静，明日落红应满径[6]。

年五十二岁。嘉禾，旧郡名，宋代为秀州，治所在今浙江省嘉兴市。倅，副职，此指宋代州府中佐理知州、知府处置政务的通判。府会：知州举行的宴会。2.《水调》：古曲名，相传为隋炀帝游江南时所制，唐宋时十分流行。3. 流景：如流水一般逝去的年华。4. 记省（xǐng）：清楚记得。省，明白。5. 据《遁斋闲览》记载，宋祁因为由衷佩服张先此词，将他称为"云破月来花弄影"郎中。6. 落红：凋落的花瓣。

青门引

乍暖还轻冷[1]，风雨晚来方定。庭轩寂寞近清明[2]，残花中酒[3]，又是去年病。

楼头画角风吹醒，入夜重门静[4]。那堪更被明月，隔墙送过秋千影。

注释　1. 乍暖：天气刚刚放暖。乍，刚刚。2. 庭轩：庭院中的亭廊。清明：二十四节气之一，民俗于此日扫墓。3. 中（zhòng）酒：饮酒过多。中，过量。4. 重（chóng）门：院落之门和堂室之门。重，两层，多层。

醉落魄

云轻柳弱[1]。内家髻要新梳掠[2]。生香真色人难学。横管孤吹[3]，月淡天垂暮。

朱唇浅破桃花萼[4]。倚楼谁在

注释　1. 云轻柳弱：比喻妇女的头发轻柔，腰肢细软。2. 内家：指皇宫、宫廷。一说指妓女坊。3. 横管：指笛子。4."朱唇"句：形容女子吹笛时红唇微张，有如稍稍裂开的桃花萼。

阑干角。夜寒手冷罗衣薄。声入霜林，簌簌惊梅落。

木兰花・乙卯吴兴寒食

龙头舴艋吴儿竞[1]，笋柱秋千游女并[2]。芳洲拾翠暮忘归[3]，秀野踏青来不定。

行云去后遥山暝，已放笙歌池院静。中庭月色正清明，无数杨花过无影。

注释　1. 舴艋（zé měng）：小船。2. 笋柱：即竹竿。3. 拾翠：拾取翠鸟羽毛以为首饰。后多指妇女游春。

千秋岁

数声鶗鴂[1]，又报芳菲歇[2]。惜春更选残红折，雨轻风色暴，梅子青时节。永丰柳[3]，无人尽日花飞雪。

莫把幺弦拨[4]，怨极弦能说。天不老，情难绝，心似双丝网，中有千千结。夜过也，东窗未白凝残月。

注释　1. 鶗鴂（tí jué）：鸟名，即子规、杜鹃，至三月鸣，昼夜不息，夏末乃止。2. 芳菲：此指花草。3. 永丰柳：典出白居易《杨柳枝》诗："永丰西角荒园里，尽日无人属阿谁。"永丰，坊名，在洛阳。4. 幺弦：琵琶的第四弦。因其最细，故名。

醉垂鞭

双蝶绣罗裙，东池宴，初相见。朱粉不深匀[1]，闲花淡淡春。

细看诸处好，人人道，柳腰身[2]。昨日乱山昏，来时衣上云。

注释 1. 朱粉：红粉。匀：均匀地涂抹，此处指往脸上均匀地搽粉化妆。2. 柳腰：形容女子腰肢纤细、身姿婀娜。据唐孟棨《本事诗·事感》记载，唐代大诗人白居易姬妾成群，其中姬人樊素善歌，妓人小蛮善舞，于是白居易作诗赞道："樱桃樊素口，杨柳小蛮腰。"

一丛花

伤高怀远几时穷？无物似情浓。离愁正引千丝乱[1]，更东陌，飞絮蒙蒙。嘶骑渐遥[2]，征尘不断，何处认郎踪？

双鸳池沼水溶溶，南北小桡通[3]。梯横画阁黄昏后[4]，又还是、斜月帘栊[5]。沉恨细思，不如桃杏，犹解嫁东风[6]。

注释 1. 千丝乱：形容内心的愁思像千万条柳枝一样随风乱舞。2. 嘶骑（jì）：嘶叫的马匹。此处借指骑马离去的情人。3. 小桡（ráo）：小船。桡，船桨。4. 画阁：彩绘华丽的楼阁。5. 帘栊：帘幕和窗栊，也泛指门窗的帘子。6. 解：懂得。

晏 殊

晏殊（991—1055），字同叔，临川（今江西抚州）人。十四岁以神童入试，赐进士出身，官至宰相，封临淄公，谥号元献，世称"晏元献"。喜提拔后进，范仲淹、韩琦、欧阳修等皆出其门。以词著于文坛，尤擅小令，风格含蓄婉丽。有《珠玉词》。

无　题

油壁香车不再逢，
峡云无迹任西东[1]。
梨花院落溶溶月，
柳絮池塘淡淡风[2]。
几日寂寥伤酒后，
一番萧瑟禁烟中[3]。
鱼书欲寄何由达，
水远山长处处同[4]。

注释　1. 油壁香车：古代妇女乘坐的一种轻便车。峡云：巫山上的云彩，常用来指恋爱中的女子一方。2. 溶溶：水汽旺盛的样子。淡淡：指春风柔和的样子。3. 寂寥：寂寞。禁烟：指寒食节时，人们熄灭炊火，吃冷食。4. 鱼书：蔡邕《饮马长城窟行》"客从远方来，遗我双鲤鱼。呼儿烹鲤鱼，中有尺素书"。后因称书信为"鱼书"。何由达：指怎样才能到达女方的手中。"水远"句：指山高水远，到处都阻隔得无法通音讯。

浣溪沙

一曲新词酒一杯，去年天气旧池台，夕阳西下几时回？

无可奈何花落去，似曾相识燕归来，小园香径独徘徊。

踏莎行

小径红稀[1]，芳郊绿遍[2]，高台树色阴阴见[3]。春风不解禁杨花，蒙蒙乱扑行人面。

注释　1. 红稀：花已凋残。2. 绿遍：青草遍地。3. 阴阴见：绿树成荫，呈现出一片幽深之色。见，同"现"。

翠叶藏莺，朱帘隔燕，炉香静逐游丝转[4]。一场愁梦酒醒时，斜阳却照深深院。

4. 游丝：飘荡空中的蜘蛛丝。

破阵子·春景

燕子来时新社[1]，梨花落后清明。池上碧苔三四点，叶底黄鹂一两声，日长飞絮轻。

巧笑东邻女伴[2]，采桑径里逢迎[3]。疑怪昨宵春梦好[4]，元是今朝斗草赢[5]，笑从双脸生。

注释　1. 新社：指春社，立春后第五个戊日，在清明前。2. 巧笑：形容少女美好的笑容。3. 逢迎：相逢。4. 疑怪：奇怪，诧异，怪不得。5. 斗草：一种游戏，也叫“斗百草”。

蝶恋花

槛菊愁烟兰泣露，罗幕轻寒[1]，燕子双飞去。明月不谙离恨苦，斜光到晓穿朱户[2]。

昨夜西风凋碧树，独上高楼，望尽天涯路。欲寄彩笺兼尺素[3]，山长水阔知何处。

注释　1. 罗幕：富贵人家用的丝罗帷幕。2. 朱户：犹言“朱门”，指大户人家。3. 彩笺：信笺的美称。尺素：书信的代称。古人写信用素绢，通常长约一尺，故称尺素。

玉楼春

绿杨芳草长亭路，年少抛人容易去[1]。楼头残梦五更钟，花底离愁三月雨[2]。

无情不似多情苦，一寸还成千万缕[3]。天涯地角有穷时[4]，只有相思无尽处。

注释　1. 年少：指少年时光。容易：轻易，随便。2. 五更钟、三月雨：都是离人相思时节。3. 一寸：指心。古人谓心为方寸之地，故称。4. 穷：穷尽，终了。

蝶恋花

帘幕风轻双语燕。午醉醒来，柳絮飞撩乱。心事一春犹未见。余花落尽青苔院。

百尺朱楼闲倚遍[1]。薄雨浓云，抵死遮人面[2]。消息未知归早晚。斜阳只送平波远。

注释　1. 朱楼：贵家楼阁。2. 抵死：老是，总是。

浣溪沙

一向年光有限身[1]，等闲离别易消魂[2]，酒筵歌席莫辞频[3]。

满目山河空念远，落花风雨

注释　1. 一向：一晌，片刻。2. 等闲：寻常。消魂：灵魂离散，此处形容极度的悲愁。3. 歌席：古代文人士大夫聚会饮宴时，常召妓歌舞侑酒，故称。

更伤春，不如怜取眼前人。

清平乐

红笺小字[1]，说尽平生意。鸿雁在云鱼在水[2]，惆怅此情难寄。

斜阳独倚西楼，遥山恰对帘钩。人面不知何处[3]，绿波依旧东流。

注释　1. 红笺：红色笺纸，多用以题写诗词或做名片等。此指情书。2.“鸿雁”句：喻指书信无法传递。古有鱼雁传书之说。3. 人面：女性的代称。语出唐代崔护《题都城南庄》诗：“去年今日此门中，人面桃花相映红。人面不知何处去，桃花依旧笑春风。”

清平乐

金风细细，叶叶梧桐坠。绿酒初尝人易醉[1]，一枕小窗浓睡。

紫薇朱槿花残[2]，斜阳却照阑干。双燕欲归时节，银屏昨夜微寒[3]。

注释　1. 绿酒：新酿造的酒。新酒未滤清时，酒面浮起酒渣，色微绿。2. 紫薇：植物名，又称满堂红、百日红。朱槿：灌木名，叶阔卵形，花红、白色。3. 银屏：装饰有云母等物的屏风，洁白如银，故称银屏或云屏。

木兰花

燕鸿过后莺归去，细算浮生千万绪[1]。长于春梦几多时，散似秋云无觅处。

闻琴解佩神仙侣[2]，挽断罗衣

注释　1. 浮生：短暂虚幻的人生。语出《庄子·刻意》：“其生若浮，其死若休。”2. 闻琴：用卓文君听司马相如弹琴，遂与之私奔，成就一段美满姻缘的故事。解佩：汉代刘向《列仙传·江妃二女》记载，郑交甫在汉水岸边邂逅留不住。劝君莫作独醒人，烂醉花间应有数。

江妃二女，想要得到她们的佩饰，江妃二女随手解下佩带的玉饰交给郑交甫，但转眼仙女和佩玉都不见了。

木兰花

池塘水绿风微暖，记得玉真初见面[1]。重头歌韵响琤琮[2]，入破舞腰红乱旋[3]。

玉钩阑下香阶畔，醉后不知斜日晚。当时共我赏花人，点检如今无一半[4]。

注释　1. 玉真：道教对仙人的称呼，借指美女。2. 重头：词中上下阕节拍完全相同者，又散曲中前后数首重复同一曲调者皆称重头。琤琮：象声词，玉器相击发出的响声，此处形容悦耳的歌声。3. 入破：乐曲由缓转急，骤变为繁碎之音。4. 点检：检查。

踏莎行

祖席离歌[1]，长亭别宴，香尘已隔犹回面[2]。居人匹马映林嘶，行人去棹依波转[3]。

画阁魂消，高楼目断，斜阳只送平波远。无穷无尽是离愁，天涯地角寻思遍。

注释　1. 祖席：送别的宴席。2. 香尘：多指女子步履踏起的尘土。3. 棹（zhào）：船桨。

张　昇

张昇（992—1077），字杲卿，韩城（今陕西韩城）人。大中祥符八年（1015）进士，为楚丘主簿，历知庆州、秦州，官至参知政事兼枢密使，谥康节。存词两首。

离亭燕

一带江山如画。风物向秋潇洒[1]。水浸碧天何处断，霁色冷光相射[2]。蓼岸荻花中[3]，隐映竹篱茅舍。

天际客帆高挂。烟外酒旗低迓[4]。多少六朝兴废事，尽入渔樵闲话。怅望倚危栏，红日无言西下。

注释　1. 潇洒：萧疏爽朗。2. 霁色：雨后初晴的景色。3. 蓼岸：长有蓼草的河岸。4. 迓：迎接。

李　冠

李冠（生卒年不详），字世英，历城（今山东济南）人。举进士不第，后调乾宁主簿。沈谦《填词杂说》赞其《蝶恋花》"数点雨声风约住，朦胧淡月云来去"句，以为"'红杏枝头春意闹''云破月来花弄影'俱不及"。存词五首。

蝶恋花·春暮

遥夜亭皋闲信步[1]。才过清明，渐觉伤春暮。数点雨声风约住[2]。朦胧淡月云来去。

注释　1. 亭皋：水边平地。亭，平。皋，水旁地。2. "数点"句：下了几点雨又停住，雨像被风管束住似的。

桃杏依稀香暗渡。谁在秋千，笑里轻轻语。一寸相思千万绪。人间没个安排处。

石延年

石延年（994—1041），字曼卿，一字安仁，宋城（今河南商丘）人。真宗时，以三举进士补三班奉职。后入为大理评事、直集贤院。工诗善画，诗风俊爽，甚为欧阳修所推重，有《石曼卿集》。

南　朝[1]

南朝人物尽清贤，
不是风流即放言[2]。
三百年间却堪笑[3]，
绝无人可定中原。

注释　1. 南朝：从东晋灭亡到隋朝统一的约一百七十年间，南北对峙，史称南北朝。南朝指偏安于东南的宋、齐、梁、陈四代。2. 清贤：清流，贤士。风流：杰出的人物。放言：洁身自好、不谈世物的言论。3. 三百年：从东晋建武元年（317）到祯明三年（589）陈亡，共二百七十二年，这里说三百年为约数。

宋　祁

宋祁（998—1061），字子京，安陆（今湖北安陆）人。仁宗天圣二年（1024）与兄宋庠同举进士，人呼为“二宋”。官至翰林学士承旨。其词以“红杏枝头春意闹”句最为著名，故人称“红杏尚书”。有《景文集》。

朱云传[1]

朱游英气凛生风，
濒死危言悟帝聪[2]。
殿槛不修旌直谏，
安昌依旧汉三公[3]。

注释　1. 朱云：汉代直臣，事见《汉书·朱云传》。2. 朱游：朱云小字。濒死：临死。危言：直言。悟帝聪：希望能够感动皇帝的明智之心。3. 槛：栏杆。旌：表彰。“安昌”句：安昌侯张禹，以皇帝师傅的关系，位至特进，即接近于三公之尊。

九日食糕[1]

飔馆轻霜拂曙袍，
糗糍花饮斗分曹[2]。
刘郎不敢题糕字，
虚负诗中一世豪[3]。

注释　1. 九日：阴历九月初九重阳节。糕：重阳糕。2. 飔：凉风。糗糍：这里指糕饼。花：这里指菊花。斗分曹：这里指联句唱和。分曹，分组。3. 刘郎：刘禹锡，人称“诗豪”。

玉楼春·春景

东城渐觉风光好，縠皱波纹迎客棹[1]。绿杨烟外晓寒轻，红杏枝头春意闹。

浮生长恨欢娱少，肯爱千金轻一笑？为君持酒劝斜阳，且向花间留晚照。

注释　1. 縠（hú）皱：有皱纹的轻纱，此处比喻波纹之细。

贾昌朝

贾昌朝（998—1065），字子明，获鹿（今河北石家庄）人。真宗天禧元年（1017）赐同进士出身。庆历五年（1045）拜同中书门下平章事。善文，工书。《唐宋诸贤绝妙词选》卷二录其《木兰花令》词一首，并评曰：“平生惟赋此一词，极有风味。”

木兰花令

都城水绿嬉游处。仙棹往来人笑语。红随远浪泛桃花，雪散平堤飞柳絮。

东君欲共春归去[1]。一阵狂风和骤雨。碧油红旆锦障泥[2]，斜日画桥芳草路。

注释　1. 东君：司春之神，古亦称太阳为东君。2.“碧油”句：描写车马。碧油：指车壁上涂饰青色的油彩。红旆(pèi)：指车上挂着红色的旗帜。旆，古代旗帜末端如燕尾的垂饰。障泥：马腹上护泥之布垫，此处代指拉车的马。

曾公亮

曾公亮（999—1078），字明仲，号乐正、晓窗，泉州晋江（今福建晋江）人。历仕仁宗、英宗、神宗三朝，累官至枢密使、同中书门下平章事，封鲁国公，谥宣靖。能诗文，往往以气势见长。

宿甘露寺僧舍

枕中云气千峰近，
床底松声万壑哀[1]。
要看银山拍天浪[2]，

注释　1.“枕中”句：指枕边的云朵好像千百座山峰近在眼前。“床底”句：指床边的松涛声听起来好像百万条深谷中的水声哀鸣。2. 银山：形容白浪如天。

开窗放入大江来。

叶清臣

叶清臣（1000—1049），字道卿，苏州长洲（今江苏苏州）人。天圣二年（1024）进士。历任光禄寺丞、翰林学士、权三司使等职。知永兴军时，修复三白渠，溉田六千顷，实绩显著。存词一首及残词三句。

贺圣朝·留别

满斟绿醑留君住[1]。莫匆匆归去。三分春色二分愁，更一分风雨。

花开花谢、都来几许[2]。且高歌休诉。不知来岁牡丹时，再相逢何处。

注释　1. 绿醑（xǔ）：新酿的美酒。醑，美酒，用以祭神。2. 都来几许：都算在一起有多少时间。

梅尧臣

梅尧臣（1002—1060），字圣俞，宣城（今属安徽）人，世称宛陵先生。荫补河南主簿，历知襄城诸县，官至尚书都官员外郎，世称“梅都官”。工诗，以深远古淡为意，间出奇巧，与苏舜钦齐名，世称“苏梅”。有《宛陵先生集》。

陶者[1]

陶尽门前土[2]，屋上无片瓦。
十指不沾泥，鳞鳞居大厦[3]。

注释　1. 陶者：烧制瓦器的工人。2. 陶：此处做动词，取土制瓦器。3. 鳞鳞：指屋顶上的瓦像层层的鱼鳞。

悼亡

结发为夫妇[1]，于今十七年。
相看犹不足，何况是长捐[2]。
我鬓已多白，此身宁久全。
终当与同穴，未死泪涟涟[3]。

注释　1. 结发：指年轻时代结为伴侣。2. 长捐：指弃世、离去。3. 同穴：同一墓穴，指夫妇合葬。"未死"句：指在自己去世之前，都会一直苦泪不断。

鲁山山行

适与野情惬[1]，千山高复低。
好峰随处改，幽径独行迷。
霜落熊升树，林空鹿饮溪。
人家在何许，云外一声鸡[2]。

注释　1. "适与"句：正好与我热爱山野景色的情趣相投合。惬，契合，投合。2. "人家"二句：诗意与杜牧《山行》诗的"白云生处有人家"相近。

小 村

淮阔洲多忽有村，
棘篱疏败谩为门[1]。
寒鸡得食自呼伴，
老叟无衣犹抱孙[2]。
野艇鸟翘唯断缆，
枯桑水啮只危根[3]。
嗟哉生计一如此，
谬入王民版籍论[4]。

注释　1. 淮：淮河。洲：指水中陆地。棘篱：用荆棘编成的篱笆。谩为门：权且为门。2. 寒鸡：在寒风中觅食的鸡。老叟：老年人。3. 鸟翘：像鸟尾翘起的船头。啮（niè）：咬，此指水浸泡腐蚀之意。4. 王民：臣民。版籍：户籍。

东 溪

行到东溪看水时，
坐临孤屿发船迟[1]。
野凫眠岸有闲意[2]，
老树着花无丑枝。
短短蒲茸齐似剪[3]，
平平沙石净于筛。
情虽不厌住不得[4]，
薄暮归来车马疲。

注释　1. 孤屿：孤岛。2. 野凫：即野鸭。3. 蒲茸：初长出的蒲草。4. 住不得：意谓天快黑了，不能久留。

欧阳修

欧阳修（1007—1072），字永叔，号醉翁，晚号六一居士，庐陵（今江西吉安）人。仁宗天圣八年（1030）进士，官至枢密副使、参知政事。北宋中期文坛领袖，诗、词、散文均为一时之冠。有《欧阳文忠公集》《六一词》。

戏答元珍[1]

春风疑不到天涯[2]，
二月山城未见花。
残雪压枝犹有桔，
冻雷惊笋欲抽芽[3]。
夜闻归雁生乡思，
病入新年感物华[4]。
曾是洛阳花下客，
野芳虽晚不须嗟[5]。

注释　1. 元珍：即丁宝臣，元珍是其字，时任峡州军事判官，与欧阳修相友善。2. 天涯：此指夷陵。3. 冻雷：初春的雷声。4 物华：景物华美。5.“曾是”句：欧阳修曾做过洛阳留守推官。洛阳以牡丹花著称。野芳：野花。嗟：感叹，嗟叹。

再和明妃曲

汉宫有佳人，天子初未识。一朝随汉使，远嫁单于国[1]。绝色天下无，一失难再得。虽能杀画工[2]，于事竟何益！耳目所及尚如此，万里安能制夷狄[3]。汉计诚已拙[4]，女色难自夸。明妃去时泪，洒向枝上花。狂风日暮起，飘泊

注释　1.“汉宫”四句：《后汉书·南匈奴列传》载，汉元帝竟宁元年（前33），匈奴呼韩邪单于入朝请求和亲，时王昭君入宫既久，不得见幸，遂主动请行。临行，“昭君丰容靓饰，光明汉宫，顾景裴回，竦动左右。帝见大惊，意欲留之，而难于失信，遂与匈奴”。2. 杀画工：《西京杂记》载，汉元帝宫女既多，不能一一见幸，遂叫画工图形，按图召见，于是宫女贿赂画师成风。昭君品行端正，亦自恃其美并矜其能，誓不贿画工，遂

落谁家？红颜胜人多薄命，莫怨春风当自嗟[5]。

不得召见。后逢呼韩邪来朝求亲，昭君主动请行，临别辞宫，帝见其才貌俱绝、举止娴雅，追悔莫及，便怒杀画工。3.“耳目”二句：意思是身边的事尚且受人蒙骗，哪里还能抵御外族入侵，决胜于万里之外呢？4.“汉计”句：言汉代用和亲的办法来换取和平是很拙劣的。5.“红颜”二句：意思是说自古以来才貌卓绝的人大多命运不好，王昭君也就只能叹生不逢时，无须去怨恨君恩之浅了。红颜，指女子青春貌美。胜人，指才能卓越的人。春风，这里喻统治者的恩泽。

画眉鸟

百啭千声随意移[1]，
山花红紫树高低。
始知锁向金笼听[2]，
不及林间自在啼。

注释　1.“百啭”句：指鸟的叫声不断变化，婉转动人。2. 向：在。金笼：装饰华丽的鸟笼。

丰乐亭游春

红树青山日欲斜[1]，
长郊草色绿无涯。
游人不管春将老[2]，
来往亭前踏落花。

注释　1. 红树：开满红色花朵的树。日欲斜：太阳将要偏西。2. 春将老：春天将要过去。

别　滁[1]

花光浓烂柳轻明[2]，
酌酒花前送我行。
我亦且如常日醉，
莫教弦管作离声[3]。

注释　1. 别滁：告别滁州（今安徽滁州）。2. 浓烂：形容花色光艳灿烂。3. 亦且：暂且，权且。此句指我只是像平常那样酒醉。莫教：不让。作离声：奏出离别的曲调。

踏莎行

候馆梅残[1]，溪桥柳细，草熏风暖摇征辔[2]。离愁渐远渐无穷，迢迢不断如春水[3]。

寸寸柔肠，盈盈粉泪[4]，楼高莫近危阑倚。平芜尽处是春山[5]，行人更在春山外。

注释　1. 候馆：接待宾客的馆舍。2. 征辔（pèi）：马缰绳，代指马。3. 迢迢：水流绵长貌。4. 粉泪：古代女子面部敷粉，眼泪流出来会沾上脂粉，故称“粉泪”。5. 平芜：平坦草地。

生查子

去年元夜时[1]，花市灯如昼[2]。月到柳梢头，人约黄昏后。

今年元夜时，月与灯依旧。不见去年人，泪满春衫袖。

注释　1. 元夜：农历正月十五为元宵节。这夜称为元夜、元夕。2. 花市：繁华的街市。

朝中措·送刘仲原甫出守维扬[1]

平山阑槛倚晴空[2]。山色有无中[3]。手种堂前垂柳，别来几度春风。

文章太守，挥毫万字，一饮千钟。行乐直须年少，尊前看取衰翁[4]。

注释 1. 刘仲原甫：指作者的友人刘敞，字原甫。维扬：扬州的别称。2. 平山：即平山堂，欧阳修出守扬州时修建，后成为扬州名胜。3.“山色”句：用王维《江汉临泛》诗“江流天地外，山色有无中”之成句。4. 衰翁：作者自谓。

采桑子

群芳过后西湖好[1]，狼藉残红[2]，飞絮蒙蒙，垂柳阑干尽日风。

笙歌散尽游人去，始觉春空，垂下帘栊，双燕归来细雨中。

注释 1. 群芳：百花。西湖：指颍州西湖，在今安徽阜阳市西北，颍水合诸水汇流处。2. 狼藉：纵横散乱。残红：落花。

采桑子

轻舟短棹西湖好[1]，绿水逶迤[2]。芳草长堤。隐隐笙歌处处随。

无风水面琉璃滑，不觉船移。微动涟漪[3]。惊起沙禽掠岸飞[4]。

注释 1. 西湖：指颍州西湖。2. 逶迤：曲折绵延貌。3. 涟漪：波纹，微波。4. 沙禽：沙洲或沙滩上的水鸟。

浣溪沙

堤上游人逐画船[1]，拍堤春水四垂天[2]。绿杨楼外出秋千。

白发戴花君莫笑，六幺催拍盏频传[3]。人生何处似尊前。

注释　1. 画船：装饰华美的游船。2. 四垂天：天幕仿佛从四面垂下。3. 六幺：古曲调名，又名《绿腰》，是曲调中声奇美者。

临江仙

柳外轻雷池上雨，雨声滴碎荷声。小楼西角断虹明[1]。阑干倚处，待得月华生[2]。

燕子飞来窥画栋[3]，玉钩垂下帘旌[4]。凉波不动簟纹平[5]。水精双枕[6]，畔有堕钗横。

注释　1. 断虹：一段彩虹，残虹。2. 月华：月光，月色。3. 画栋：有彩绘装饰的栋梁。4. 帘旌：帘端所缀之布帛，亦泛指帘幕。5. 簟纹：席纹，亦作"簟文"。6. 水精：即水晶。

浣溪沙

湖上朱桥响画轮[1]。溶溶春水浸春云。碧琉璃滑净无尘[2]。

当路游丝萦醉客，隔花啼鸟唤行人。日斜归去奈何春。

注释　1. 画轮：彩饰的车轮，借指装饰华丽的车子。2. 碧琉璃：碧绿色的琉璃，喻指碧绿色的光莹透明之物。此处指西湖的水面。

浪淘沙

把酒祝东风[1]，且共从容[2]。垂杨紫陌洛城东[3]，总是当时携手处，游遍芳丛[4]。

聚散苦匆匆，此恨无穷。今年花胜去年红，可惜明年花更好，知与谁同？

注释　1. 祝：祷告，祈祷。2. 从容：留连。3. 紫陌：帝都郊野的道路。4. 芳丛：花丛。

诉衷情

清晨帘幕卷轻霜，呵手试梅妆[1]。都缘自有离恨[2]，故画作远山长[3]。

思往事，惜流芳[4]，易成伤。拟歌先敛[5]，欲笑还颦[6]，最断人肠。

注释　1. 梅妆：即梅花妆，又称寿阳妆。2. 缘：因为。3. 远山：指远山眉。《西京杂记》记载，司马相如的妻子卓文君眉如远山，时人争相效仿，画远山眉。4. 流芳：流逝的时光。5. 敛：敛容，显出庄重的样子。6. 颦（pín）：皱眉。

生查子

含羞整翠鬟[1]，得意频相顾[2]。雁柱十三弦[3]，一一春莺语。

娇云容易飞，梦断知何处。深院锁黄昏，阵阵芭蕉雨。

注释　1. 翠鬟：指女子乌黑美丽的发髻。鬟，妇女的环形发髻称鬟。2. 得意：领会对方的意思。3. 雁柱：筝柱斜排如雁斜飞，故称雁柱。此代指古筝。

南歌子

凤髻金泥带[1]，龙纹玉掌梳[2]。走来窗下笑相扶。爱道画眉深浅、入时无[3]。

弄笔偎人久，描花试手初。等闲妨了绣功夫[4]，笑问鸳鸯两字、怎生书[5]。

注释　1. 凤髻：状如凤凰的发髻。金泥带：金色的彩带。2. 龙纹玉掌梳：图案作龙形、大小如掌的玉梳。3. 入时无：式样时髦么？4. 等闲：轻易，随便。5. 怎生：怎样。

渔家傲

十月小春梅蕊绽[1]。红炉画阁新装遍。鸳帐美人贪睡暖。梳洗懒。玉壶一夜轻澌满[2]。

楼上四垂帘不卷。天寒山色偏宜远。风急雁行吹字断[3]。红日晚。江天雪意云撩乱。

注释　1. 十月小春：南朝宋《荆楚岁时记》云："十月天气和暖似春，故曰小春。"2. 澌：冰凌。3. "风急"句：意谓急风吹断了大雁的队列。大雁结队飞行时排成"一"字或"人"字，故言"吹字断"。

蝶恋花

海燕双来归画栋。帘影无风，花影频移动。半醉腾腾春睡重[1]。绿鬟堆枕香云拥[2]。

注释　1. 腾腾：朦胧、迷糊貌。2. 香云：形容女子的头发。

翠被双盘金缕凤。忆得前春，有个人人共[3]。花里黄莺时一弄。日斜惊起相思梦。

3. 人人：对所爱之人的昵称。

青玉案

一年春事都来几[1]？早过了、三之二。绿暗红嫣浑可事[2]，绿杨庭院，暖风帘幕，有个人憔悴。

买花载酒长安市，又争似家山见桃李[3]？不枉东风吹客泪[4]，相思难表，梦魂无据，惟有归来是。

注释　1. 来几：来了几许。2. 可事：小事，寻常事。3. 争似：怎似。家山：家乡。4. 不枉：不怪。

玉楼春

艳冶风情天与措[1]，清瘦肌肤冰雪妒。百年心事一宵同，愁听鸡声窗外度。

信阻青禽云雨暮[2]。海月空惊人两处。强将离恨倚江楼，江水不能流恨去。

注释　1.“艳冶”句：意谓女子天生丽质。措：安放，安排。2.“信阻”句：言别后音信不通。青禽，即青鸟，传说中西王母的信使。

浣溪沙

青杏园林煮酒香[1]。佳人初著薄罗裳。柳丝摇曳燕飞忙。

乍雨乍晴花自落[2]，闲愁闲闷昼偏长。为谁消瘦损容光。

注释　1.“青杏”句：古人于春末夏初时以青梅、青杏煮酒，取其新酸醒胃。2. 乍：忽然。

玉楼春

别后不知君远近，触目凄凉多少闷！渐行渐远渐无书，水阔鱼沉何处问[1]？

夜深风竹敲秋韵[2]，万叶千声皆是恨。故欹单枕梦中寻，梦又不成灯又烬[3]。

注释　1. 鱼沉：古人传说鱼能传递书信，鱼沉即鱼不传书，喻音信不通。2. 秋韵：秋声。3. 烬（jìn）：灯芯结灯花，使灯火不明。

苏舜钦

苏舜钦（1008—1048），字子美，号沧浪翁，汴京（今河南开封）人。景祐元年（1034）进士。因范仲淹举荐，任集贤校理。后闲居苏州。工诗，与梅尧臣并称“苏梅”。善书法。有《苏学士集》。

初晴游沧浪亭

夜雨连明春水生，
娇云浓暖弄微晴[1]。
帘虚日薄花竹静，
时有乳鸠相对鸣[2]。

注释　1. 娇云：指天色初晴时的云。2. 帘虚：帘子疏朗。乳鸠：初生之小鸠。

暑中杂咏

嘉果浮沉酒半醺[1]，
床头书册乱纷纷。
北轩凉吹开疏竹，
卧看青天行白云[2]。

注释　1. 嘉果：鲜美的水果。酒半醺：指酒意半醉的样子。2. 轩：窗。开疏竹：指疏朗的竹树在风中摇动。青天行白云：指白云在蓝天上飘动。

览　照[1]

铁面苍髯目有棱[2]，
世间儿女见须惊。
心曾许国终平虏，
命未逢时合退耕。
不称好文亲翰墨，
自嗟多病足风情[3]。
一生肝胆如星斗，

注释　1. 览照：以镜自照。2. 目有棱：目光有威严之气。3. 不称：不相称，不配。翰墨：本指笔和墨，这里借指文学。风情：志趣，怀抱。

嗟尔顽铜岂见明[4]。

4. 星斗：北斗星辰。"嗟尔"句：可叹这块铜镜怎能将我照明？

庆州败[1]

无战王者师，有备军之志[2]。天下承平数十年，此语虽存人所弃。今岁西戎背世盟，直随秋风寇边城[3]。屠杀熟户烧障堡[4]，十万驰骋山岳倾。国家防塞今有谁？官为承制乳臭儿[5]。酣觞大嚼乃事业，何尝识会兵之机[6]。符移火急搜卒乘，意谓就戮如缚尸[7]。未成一军已出战，驱逐急使缘崄巇[8]。马肥甲重士饱喘，虽有弓箭何所施。连颠自欲堕深谷，虏骑笑指声嘻嘻[9]。一麾发伏雁行出，山下奄截成重围[10]。我军免胄乞死所，承制面缚交涕洟[11]。逡巡下令艺者全[12]，争献小技歌且吹。其余劓馘放之去，东走矢液皆淋漓[13]。首无耳准若怪兽[14]，不自愧耻犹生归。守者沮气陷者苦[15]，尽由主将之所为。地机不见欲侥胜[16]，羞辱中国堪伤悲！

注释　1. 仁宗景祐元年（1034）秋，西夏兵犯庆州（今甘肃庆阳），宋兵迎战于龙马岭，败退。宋援兵途中遇敌埋伏，又惨败，士卒被俘无数，主将被活捉。苏舜钦得知，愤然作此诗。2. 无战：不战。《荀子·议兵》："王者有诛而无战。"王者：古称能以德服人的君王为王者。师：军队。有备：即有备无患。军之志：兵书上记载的。3. 西戎：指西夏。背世盟：违背世代盟约。寇：劫掠，侵犯。4. 熟户：指边境地区已经和汉族人民融合的少数民族居民。5. 承制：武官名，即内殿承制。乳臭儿：即乳臭未干的小儿。6. 酣觞：狂饮。识会：通晓，懂得。兵之机：用兵之道。7. 符：即兵符，调兵文书。卒乘：兵力车马。缚尸：捆绑尸体。8. 一军：古代以一万二千五百人为一军。崄巇（xiǎn xī）：艰险崎岖。9. 连颠：行走不稳，歪歪倒倒。虏骑：敌人的骑兵。10. 麾：通"挥"。发伏：出动伏兵。雁行：像雁飞的行列，形容军队严整。奄截：突然截击包围。11. 免胄：摘下头盔示降。交涕洟（yí）：涕泪交流。洟，鼻涕。12. 逡（qūn）巡：顷刻，不一会儿。13. 劓馘（yì guó）：割掉鼻子和耳朵。劓，割鼻。馘，割耳。矢：同"屎"。液：指尿。14. 准：鼻子。15. 沮气：丧气。16. 地机：地形上的机宜。《吴子》卷下《论将第四》："路狭道险，名山大塞，十夫所守，千夫不过，是谓地机。"

城南归值大风雪[1]

一夜大雪风喧豗[2]，未明跨马城南回。四方迷惑共一色，挥鞭欲进还徘徊[3]。旧时崖谷不复见，纵有直道令人猜。低头抢朔风[4]，两眼不敢开，时时偷看问南北，但见白羽之箭纷纷来。既以脂粉傅我面，又以珠玉缀我腮[5]。天公似怜我貌古，巧意装点使莫偕[6]。欲令学此儿女态，免使埋没随灰埃[7]。据鞍照水失旧恶，容质洁白如婴孩[8]。虽然外饰得暂好，自觉面目如刀裁[9]。又不知胸中肝胆挂铁石，安能柔软随良媒[10]。世人饰诈我尚笑，今乃复见天公乖[11]。应时降雪故大好，慎勿改易吾形骸[12]。

注释　1. 庆历三年（1043）冬，京师大雪。其时苏舜钦在京候选，作此诗，以抒发耿介孤高、豪爽豁达的情怀。值：遇上。2. 喧豗（huī）：喧闹。3. 徘徊：犹豫不前貌。4. 抢（qiāng）：逆，挡着。朔风：北风。5. 傅：涂上。缀：点缀，装饰。6. 貌古：面容奇特。苏舜钦“状貌奇伟”（欧阳修《湖州长史苏君墓志铭》）。偕：等同，比并。7. 儿女态：儿女之间表现的容态，此指世间俗态。灰埃：尘埃。8. 照水：以水为镜照看自己的容貌。旧恶：原来奇特的面貌。容质：容貌的肤色质地。9. “自觉”句：语义双关，既指风雪吹面如刀割，又指被改变了原貌心里难以忍受。10. 肝胆挂铁石：肝胆像铁石那样坚硬。此指自己不会随世俗而变其志。随良媒：听从说合者（媒人）的劝导。11. 饰诈：巧饰，奸诈。乖：乖巧。12. 应时：顺应时令。故大好：确实很好。形骸（hái）：人的形体。

大　风

秋半收获登郊原，
攲侧小屋愁夕眠[1]。
是夜大风拔树走，
吹到南壁如崩山。

注释　1. 攲（qī）侧：倾斜。

梦中惊起但呼叫，
病仆未动徒虺喧[2]。
驱令燃火遍照燎，
瓦甓狼藉满我前[3]。
披衣抱枕欲避去，
去此乃是旷野田。
况时风怒尚未息，
直恐泾渭遭吹翻。
露坐不免念禾黍，
必已刮刷无完根。
六事不和暴风作，
尝闻洪范有此言[4]。
昔时大风禾尽偃，
上帝盖直周公冤[5]。
方今天子至神圣，
惟恐臣下辜其恩。
是何此风乃震作，
吹尽秋实伤元元[6]。
有能返风起禾者，
亦足表异知所存[7]。
至诚皎洁固不昧，
时虽今古同乾坤。

2. 虺（huī）喧：形容大风怒号。3. 甓（pì）：砖。狼藉：杂乱的样子。4. 六事：古人谓貌、言、视、听、思心、王极，以为此六者有失必至六气（阴阳风雨晦明）相伤，发生灾害。洪范：《尚书》中的一篇。《洪范》中曾说过风灾是对人君行事蒙昧的报应。5. "昔时"二句：谓周成王时风灾，禾苗都被吹倒，那是因为上天为周公伸冤。直，伸雪。周公冤，谓西周武王死后，成王年幼，周公诚心辅政，却遭管叔、蔡叔的嫉妒诬陷，遭受不白之冤。6. 元元：指平民百姓。7. "亦足"句：也足以表明世上奇异事情的存在。

哭曼卿[1]

去年春雨开百花，
与君相会欢无涯[2]。
高歌长吟插花饮，
醉倒不去眠君家[3]。
今年恸哭来致奠，
忍欲出送攀魂车[4]。
春晖照眼一如昨，
花已破蕾兰生芽。
唯君颜色不复见，
精魄飘忽随朝霞。
归来悲痛不能食，
壁上遗墨如栖鸦[5]。
呜呼死生遂相隔，
使我双泪风中斜。

注释　1. 曼卿：即石延年，为作者好友。2. 无涯：无边。3. 插花：头上插花，形容欢乐状态。“醉倒”句：酒醉之后，直接借宿在曼卿家中。4. 恸哭：大哭，形容哀痛至极。魂车：即灵车。5. 栖鸦：古人多用以形容整齐排列的字迹。此处指曼卿的题诗遗迹。

李　觏

李觏（1009—1059），字泰伯，建昌南城（今江西南城）人。早年以教授为生，世称“盱江先生”。皇祐初，因范仲淹推荐，试太学助教，历任太学说书、权同管勾太学。诗歌力求独创生新，时见奇特，绝句多清新可诵，有《盱江文集》。

乡　思

人言落日是天涯，
望极天涯不见家[1]。
已恨碧山相阻隔，
碧山还被暮云遮[2]。

注释　1. 落日：太阳落山的极远之地。望极天涯：极目天涯。此句是说：人们说落日的地方就是天涯，可是极目天涯还是见不到家乡的影子。可见家乡之遥远。2. 碧山：这里泛指青山。此句是说：已经怨恨青山的重重阻隔，而青山又被层层的暮云遮掩。可见障碍之多。

读长恨辞[1]

蜀道如天夜雨淫，
乱铃声里倍沾襟[2]。
当时更有军中死，
自是君王不动心[3]。

注释　1. 长恨辞：即白居易的《长恨歌》，写唐玄宗与杨贵妃的爱情悲剧。2. 蜀道如天：形容蜀道之高险。夜雨淫：夜雨下个不停。淫，过量。沾襟：流泪貌。3. 军中死：军中战死的士兵。“自是”句：即使如此，有谁见过君王为他们伤心。

忆钱塘江

昔年乘醉举归帆，
隐隐山前日半衔[1]。
好是满江涵返照，
水仙齐著淡红衫[2]。

注释　1. 举：挂。日半衔：太阳半落。2. 涵：容纳。返照：落日的回光。水仙：水中仙子。此处指钱塘江上的余晖好像水中仙子一齐穿上淡红色的衣衫。

解 昉

解昉（生卒年不详），字方叔，籍里不详。曾官苏州司理。存词两首。

永遇乐·春情

风暖莺娇，露浓花重，天气和煦。院落烟收，垂杨舞困，无奈堆金缕[1]。谁家巧纵[2]，青楼弦管[3]，惹起梦云情绪[4]。忆当时、纹衾粲枕，未尝暂孤鸳侣。

芳菲易老[5]，故人难聚，到此翻成轻误。阆苑仙遥[6]，蛮笺纵写[7]，何计传深诉。青山绿水，古今长在，惟有旧欢何处。空赢得、斜阳暮草，淡烟细雨。

注释　1. 金缕：形容杨柳枝条如金线。2. 巧纵：此指巧妙弹奏。3. 弦管：泛指乐器。4. 梦云：指幽会之事。典出宋玉《高唐赋》"楚襄王梦神女"的记载。5. 芳菲易老：指青春易逝。芳菲，芳香的花草，代指青春。6. 阆苑：传说中神仙居住的地方。7. 蛮笺：此指书信。

沈 唐

沈唐（生卒年不详），字公述。官大名府签判，后改渭州签判。李清照《词论》谓其词"时时有妙语"。黄升谓沈唐《望海潮》词"典雅有味"。存词五首，断句两则。

念奴娇

杏花过雨，渐残红零落，胭脂颜

色。流水飘香人渐远，难托春心脉脉。恨别王孙，墙阴目断，手把青梅摘。金鞍何处[1]，绿杨依旧南陌。

消散云雨须臾[2]，多情因甚，有轻离轻折[3]。燕语千般，争解说、些子伊家消息[4]。厚约深盟，除非重见，见了方端的[5]。而今无奈，寸肠千恨堆积。

注释　1. 金鞍：装饰华美、贵重的马鞍，此处借指骑马出行的游子。2. 须臾：片刻，一会儿。3. 轻离轻折：轻易分离。折，分散。4. 些子：少许，一点儿，亦作"些仔"。5. 端的：真的，确实。

邵　雍

邵雍（1011—1077），字尧夫，谥康节，先为范阳人，后随父迁共城（今河南辉县）。隐居苏门山百源之上，后人称为百源先生。屡授官不赴，后居洛阳，有新居名"安乐窝"，因自号安乐先生，与司马光等人从游甚密，为北宋象数之学创始者，有《伊川击壤集》。

插花吟

头上花枝照酒卮[1]，
酒卮中有好花枝。
身经两世太平日，
眼见四朝全盛时[2]。
况复筋骸粗康健，
那堪时节正芳菲[3]。

注释　1. 酒卮：酒杯。2. 两世：三十年为一世，两世即六十年。四朝：指宋真宗、仁宗、英宗、神宗四代皇帝。3. 况复：况且又。筋骸：筋骨。"那堪"句：应该及时行乐意。芳菲，这里指百花盛开的美好时节。

酒涵花影红光溜，
争忍花前不醉归[4]。

4. 争忍：怎么舍得。此句谓应大醉而始归。

安乐窝[1]

半记不记梦觉后[2]，
似愁无愁情倦时。
拥衾侧卧未欲起，
帘外落花撩乱飞[3]。

注释　1. 安乐窝：邵雍在洛阳时的园宅名。2. 梦觉：梦醒。3. 撩乱：同“缭乱”，纷乱。

天津感事[1]

烟树尽归秋色里[2]，
人家常在水声中。
数行旅雁斜飞去，
一簇楼台峭倚空[3]。

注释　1. 天津：桥名，在洛阳西南，作者家附近。2. 归：笼罩。此句谓远树都笼罩在烟气蒙蒙的秋色之中。3. 峭：陡直，高出。

文同

文同（1018—1079），字与可，号笑笑居士，人称石室先生。梓州郡永泰县（今四川盐亭东）人。仁宗皇祐元年（1049）进士，历知洋州、湖州等地，人称文湖州。与苏轼是表兄弟，以学名世，擅诗文书画，诗风质朴自然，有《丹渊集》。

早晴至报恩山寺

山石巉巉磴道微[1]，
拂松穿竹露沾衣。
烟开远水双鸥落，
日照高林一雉飞。
大麦未收治圃晚，
小蚕犹卧斫桑稀[2]。
暮烟已合牛羊下，
信马林间步月归。

注释　1. 巉巉（chán chán）：险峻陡峭的样子。磴道：石阶山道。此句谓山势高险，山路又细又长。2. 斫：砍，这里作“采”讲。

此君庵[1]

斑斑堕箨开新筠，
粉光璀璨香氛氲[2]。
我常爱君此默坐，
胜见无限寻常人。

注释　1. 此君庵：作者郡署中的书斋名。“此君”为竹的代称。2. 斑斑：众多貌。堕箨：竹的脱皮。箨（tuò）：竹笋皮，笋壳。筠：竹子的新皮。氛氲：茂盛的样子。

王　珪

王珪（1019—1085），字禹玉，成都华阳人。王琪之从弟，李清照之外祖父。庆历二年（1042）进士。后官翰林学士、知开封府。神宗朝，拜尚书左仆射、门下侍郎。卒谥文恭。其文闳侈瑰丽，自成一家，有《华阳集》。

宫词（选二）

内苑宫人学打球，
青丝飞控紫骅骝[1]。
朝朝结束防宣唤，
一样真珠络辔头[2]。

注释　1. 内苑：宫苑、皇宫内。球：古代的一种皮球，以皮革为之，中实以物，又称为鞠。骅骝：传说中周穆王的八匹骏马之一，这里代指良马。2. 朝朝：天天。结束：装束，打扮。防宣唤：准备迎接皇帝的召唤。真珠：即珍珠。辔头：马笼头。

内人稀见水秋千，
争擘珠帘帐殿前[1]。
第一锦标谁夺得，
右军输却小龙船[2]。

注释　1. 内人：宫人，宫女。擘：分开。2. 锦标：绣锦制作的旗子，古时用以赠给得胜者。“右军”句：右军输掉了他们的小龙船。

韩　缜

韩缜（1019—1097），字玉汝。其先为真定灵寿（今河北灵寿）人，徙居雍丘（今河南杞县）。庆历二年（1042）进士，累官至尚书右仆射兼中书侍郎。存《凤箫吟》词一首，乃韩缜奉命出使西夏时，与爱妾刘氏的留别之作。

凤箫吟

锁离愁，连绵无际，来时陌上初熏[1]。绣帏人念远[2]，暗垂珠露[3]，泣送征轮。长行长在眼，更重重、远水孤云。但望极楼高，

注释　1. 熏：此指春草散发出芳香。2. 绣帏：精美华丽的帷帐。帏，同“帷”，指围在四周的帐幕。3. 珠露：此处喻泪珠。

尽日目断王孙。

消魂，池塘别后[4]，曾行处、绿妒轻裙[5]。恁时携素手[6]，乱花飞絮里，缓步香茵。朱颜空自改，向年年、芳意长新[7]。遍绿野、嬉游醉眼，莫负青春。

4. 池塘：用谢灵运《登池上楼》句："池塘生春草，园柳变鸣禽。" 5. 绿妒轻裙：化用牛希济《生查子》词"记得绿罗裙，处处怜芳草"之句，写与心爱的女子依依不舍地别离。6. 恁时：那时候。素手：指女性白净的手。7. "向年年"句：用白居易《赋得古原草送别》诗"离离原上草，一岁一枯荣。野火烧不尽，春风吹又生"之意。

阮逸女

阮逸女（生卒年不详），其父阮逸，字天隐，建阳（今福建建阳）人，仁宗天圣五年（1027）进士，累官至户部员外郎。事迹不详，存词一首。

花心动・春词

仙苑春浓，小桃开，枝枝已堪攀折。乍雨乍晴，轻暖轻寒，渐近赏花时节。柳摇台榭东风软[1]，帘栊静、幽禽调舌[2]。断魂远[3]、闲寻翠径，顿成愁结[4]。

此恨无人共说。还立尽黄昏，寸心空切。强整绣衾，独掩朱扉，枕簟为谁铺设。夜长更漏传声远[5]，纱窗映、银缸明灭。梦回处，梅梢半笼淡月。

注释　1. 台榭：泛指楼台等建筑物。2. 幽禽：鸣声幽雅的禽鸟。调舌：啼鸣。3. 断魂：灵魂与肉体离散，指爱得很深或十分苦恼、哀伤。4. 愁结：忧愁郁结。5. 更漏：古时夜间凭漏壶标示的时刻报更，故漏壶又叫更漏。

曾　巩

曾巩（1019—1083），字子固。南丰（今江西南丰）人。嘉祐二年（1057）进士，历知福、明、亳诸州，颇有政声。后任史馆修撰，拜中书舍人。“唐宋八大家”之一。诗作风格清新，写景状物颇有情致。有《元丰类稿》。

西　楼[1]

海浪如云去却回，
北风吹起数声雷。
朱楼四面钩珠箔[2]，
卧看千山急雨来。

注释　1. 西楼：即诗中的朱楼，依山面海。2. 钩珠箔：把帘子挂起。珠箔，用珠子装饰的帘子。

咏　柳

乱条犹未变初黄，
倚得东风势便狂[1]。
解把飞花蒙日月，
不知天地有清霜[2]。

注释　1. 倚得：借助。2. 解：知道，懂得。飞花：此指柳絮。清霜：代指正气。此句谓：柳絮可以暂时把日月蒙蔽，但是天地之间自有正气。

雾　凇

园林初日静无风，
雾凇开花处处同[1]。

注释　1. 初日：初升的太阳。“雾凇”句：指枝上的雾凇如同梨树开花一样美丽。

记得集英深殿里，
舞人齐插玉珑松[2]。

2. 集英深殿：即集英殿，为北宋皇宫中举行御宴和应试举人的地方。玉珑松：泛指白玉首饰。

王安石

王安石（1021—1086），字介甫，号半山，临川（今江西抚州）人。世称王荆公、临川先生。庆历二年（1042）进士，神宗熙宁二年（1069）拜参知政事，推行新法。“唐宋八大家”之一。其诗自成一家，号“荆公体”。有《临川先生文集》《临川先生歌曲》。

明妃曲[1]

明妃初出汉宫时，
泪湿春风鬓角垂[2]。
低徊顾影无颜色，
尚得君王不自持[3]。
归来却怪丹青手，
入眼平生未曾有[4]。
意态由来画不成，
当时枉杀毛延寿[5]。
一去心知更不归，
可怜着尽汉宫衣。
寄声欲问塞南事[6]，
只有年年鸿雁飞。
家人万里传消息，
好在毡城莫相忆[7]。

注释　1. 此诗意在翻案，也隐含着诗人怀才不遇的感慨。明妃：即王嫱，字昭君，汉元帝宫女。2. 春风：此指面容。杜甫《咏怀古迹》有“画图省识春风面”之句。3. 低徊：低头迟疑。顾影：回顾身影。无颜色：因伤心而失去动人的面色。不自持：指汉元帝看到王昭君虽然愁云惨淡，但仍控制不住自己的常态。4. 丹青手：画师。因王昭君不肯贿赂，画师便故意将她画得很丑，使其不被元帝召见。入眼平生：平生所见。5. 毛延寿：当时宫廷画工。刘歆《西京杂记》卷二：“元帝后宫既多，不得常见，乃使画工图形，案图召幸之。诸宫人皆赂画工，多者十万，少者亦不减五万。独王嫱不肯。遂不得见。匈奴入朝求美人为阏氏（yān zhī）。于是上案图以昭君行，及去，召见。貌为后宫第一，善应对，举止闲雅。帝悔之，而名籍已定。帝重信于外国，故不复更人。乃穷案其事，画工皆弃市。籍其家资皆巨万。画工有杜陵毛延寿，为人形，丑好老少必得其真；……同日弃市。”6. 塞南：边塞以南，指汉朝。7. 毡城：指匈奴单于所在地。北方游牧民族以毛毡为帐篷居住。

君不见咫尺长门闭阿娇[8]，
人生失意无南北。

8. 咫尺：形容距离很近。咫，周人以八寸为咫。长门：汉长安宫名，即长门宫。阿娇：汉武帝陈皇后的小名，曾深得汉武帝宠爱，后失宠，被幽闭在长门宫。

雪　干[1]

雪干云净见遥岑，
南陌芳菲复可寻[2]。
换得千颦为一笑，
春风吹柳万黄金[3]。

注释　1. 诗写初春景象。2. 遥岑：远山。南陌：即南郊。3. 千颦：意思是冬天柳叶不能生长，就像女子总是皱着眉头一样。颦，皱眉。黄金：形容柳叶的嫩黄色。

书湖阴先生壁[1]

茅檐长扫静无苔，
花木成畦手自栽[2]。
一水护田将绿绕，
两山排闼送青来[3]。

注释　1. 湖阴先生：即杨骥，字德逢，别号湖阴先生，是王安石居金陵时的邻居。2. 畦（qí）：田园中划分出的长行。3. 护田：护卫田园。排闼：推门。

贾　生[1]

一时谋议略施行，
谁道君王薄贾生[2]。

注释　1. 贾生：即贾谊，汉初著名政论家、文学家。2. 谋议：策略，主张。略施行：大体上施行了。君王：指汉文帝。薄：薄待，不重用。

爵位自高言尽废，
古来何啻万公卿[3]。

3. 何啻（chì）：何止，哪里止。万公卿：一万个公卿。此极言其多，并非实数。

元　日[1]

爆竹声中一岁除，
春风送暖入屠苏[2]。
千门万户曈曈日，
总把新桃换旧符[3]。

注释　1. 元日：农历正月初一，一年中的第一天。2. 屠苏：用屠苏草泡的酒。古代风俗，正月初一，家人先幼后长，饮屠苏酒。3. 曈曈：太阳初升貌。桃符：古代风俗，用桃木板写神荼、郁垒二神名，悬挂在门旁，以此镇邪。后来，人们在桃符上题写联语，后遂以桃符为春联的别名。

登飞来峰[1]

飞来峰上千寻塔，
闻说鸡鸣见日升[2]。
不畏浮云遮望眼，
只缘身在最高层[3]。

注释　1. 飞来峰：在越州（今浙江绍兴）飞来山，据史志记载，山上有塔高二十三丈，站在山上可见海上日出。2. 千寻：极言其高。古以八尺为一寻。"鸡鸣"句：孟浩然《越中逢天台太乙子》诗："鸡鸣见日出，每与仙人会。"此用其语意。3. 浮云：暗喻奸佞的小人。李白《登金陵凤凰台》："总为浮云能蔽日，长安不见使人愁。"只缘：只因为。

北　山[1]

北山输绿涨横陂，
直堑回塘滟滟时[2]。

注释　1. 北山：此处指金陵钟山。2. 直堑：直的护城河。回塘：环曲的池水。滟滟：水光波动貌。

细数落花因坐久，
缓寻芳草得归迟。

示长安君[1]

少年离别意非轻，
老去相逢亦怆情[2]。
草草杯盘供笑语，
昏昏灯火话平生。
自怜湖海三年隔，
又作尘沙万里行[3]。
欲问后期何日是，
寄书应见雁南征[4]。

注释　1. 长安君：王安石的大妹王文淑，封长安县君。2.“少年”二句：谓年轻时与妹妹离别，心情就不能平静，何况现在老来相逢，更加伤感。3.“又作”句：指作者将要出使辽国。4. 雁南征：古人有鸿雁传书之说，此指寄信到南方来。

南　浦

南浦东冈二月时，
物华撩我有新诗[1]。
含风鸭绿粼粼起，
弄日鹅黄袅袅垂[2]。

注释　1. 物华：犹言风物。2. 鸭绿：指水光。鹅黄：指新柳。

初夏即事

石梁茅屋有弯埼，
流水溅溅度两陂[1]。
晴日暖风生麦气[2]，
绿阴幽草胜花时。

注释　1. 埼：弯曲的石岸。陂：山坡。2. 麦气：指小麦生长茂盛。此句指晴日暖风令小麦生长得更加旺盛。

河北民[1]

河北民，生近二边长苦辛[2]。家家养子学耕织，输与官家事夷狄[3]。今年大旱千里赤，州县仍催给河役[4]。老小相携来就南[5]，南人丰年自无食。悲愁白日天地昏，路旁过者无颜色[6]。汝生不及贞观中，斗粟数钱无兵戎[7]。

注释　1. 河北：黄河北岸。2. 二边：宋与辽、宋与西夏的边界。3. 输与：缴给。夷狄：古代对少数民族的称呼，这里指辽和西夏。4. 给河役：出河工治理黄河。5. 就南：到黄河南岸谋生。6. 无颜色：又黄又瘦，面无人色。7. 不及：没赶上。贞观：唐太宗李世民的年号，是和平强盛的时代。粟：谷物，这里泛指粮食。

送和甫至龙安微雨因寄吴氏女子[1]

荒烟凉雨助人悲，
泪染衣巾不自知。
除却春风沙际绿，

注释　1. 和甫：作者弟弟王安礼。吴氏女子：作者的长女，嫁吴姓。

一如看汝过江时[2]。

2.“除却”二句：谓除了青青春日的季节不同，这凉雨助泪的离别情景，正和当年送女儿时一样。

悟真院[1]

野水从横漱屋除[2]，
午窗残梦鸟相呼。
春风日日吹香草，
山北山南路欲无[3]。

注释　1. 悟真院：在今江苏南京钟山的东南，王安石晚年居于钟山，常游于此。2. 屋除：房屋的台阶。3.“春风”二句：谓草高叶茂，将山径遮掩。

梅　花

墙角数枝梅，凌寒独自开[1]。
遥知不是雪，为有暗香来[2]。

注释　1. 数：几。凌：冒着。2. 遥：远。为：因为。暗香：幽香。

泊船瓜洲[1]

京口瓜洲一水间，
钟山只隔数重山[2]。
春风又绿江南岸，
明月何时照我还[3]？

注释　1. 泊：停船靠岸。瓜洲：在今江苏省长江北岸，扬州市南面。2. 京口：在长江南岸，现在的江苏省镇江市。钟山：南京市的紫金山。数重：几层。3. 绿：吹绿。还：指回到金陵钟山。

郊　行

柔桑采尽绿阴稀，
芦箔蚕成密茧肥[1]。
聊向村家问风俗，
如何勤苦尚凶饥[2]？

注释　1. 柔桑：嫩桑。芦箔：用芦苇或芦竹编的养蚕工具。这两句说：嫩桑叶采光了，树荫也稀了，芦箔上的蚕茧结得又密又大。2. 聊：暂且。风俗：这里指年景、收成。凶饥：凶年饥岁。此句谓：你们这样勤劳辛苦，为什么还闹饥荒呢？

鱼　儿

绕岸车鸣水欲干，
鱼儿相逐尚相欢[1]。
无人挈入沧江去，
汝死那知世界宽[2]。

注释　1. 车：水车。这两句谓：围绕在岸上的水车轰鸣，池水快要干涸，而其中的鱼儿尚在欢快地追逐嬉戏。2. 挈：提，拿。沧江：大江。这两句谓：没有人将你们带到大江中去，你们到死也不知道外面的世界有多么宽大。

夜　直[1]

金炉香烬漏声残，
翦翦轻风阵阵寒[2]。
春色恼人眠不得[3]，
月移花影上栏干。

注释　1. 夜直：值夜半。直，通“值”。2. 金炉：铜制香炉。漏：漏壶，古代的一种计时器。翦翦：形容微风貌。3. 恼：撩动，引逗。

桂枝香

登临送目，正故国晚秋[1]，天气初肃[2]。千里澄江似练，翠峰如簇。归帆去棹残阳里，背西风、酒旗斜矗。彩舟云淡，星河鹭起[3]，画图难足。

念往昔、繁华竞逐，叹门外楼头，悲恨相续[4]。千古凭高，对此漫嗟荣辱[5]。六朝旧事如流水[6]，但寒烟、衰草凝绿。至今商女[7]，时时犹唱，《后庭》遗曲[8]。

注释　1. 故国：指金陵，今江苏南京，是六朝的故都。2. 初肃：刚刚转为萧索。3. 星河鹭起：星河原指天河，此指长江。南京西南长江中有白鹭洲。4.“叹门外”二句：用唐代杜牧《台城曲》中“门外韩擒虎，楼头张丽华”诗意，感慨陈后主迷恋女色为隋所灭的历史兴亡之事。5. 漫嗟：空叹。嗟，叹息。6. 六朝：吴、东晋、宋、齐、梁、陈等六朝，皆以南京为都。7. 商女：指歌妓。语出杜牧《泊秦淮》诗：“商女不知亡国恨，隔江犹唱《后庭花》。”8.《后庭》遗曲：指陈后主所制艳曲《玉树后庭花》，陈后主因逸乐而亡国，此曲遂被后人认为是亡国之音。

千秋岁引

别馆寒砧[1]，孤城画角，一派秋声入寥廓。东归燕从海上去，南来雁向沙头落。楚台风[2]，庾楼月[3]，宛如昨。

无奈被些名利缚，无奈被他情担阁，可惜风流总闲却。当初漫留华表语[4]，而今误我秦楼约[5]。梦阑时，酒醒后，思量着。

注释　1. 砧（zhēn）：捣衣石。2. 楚台风：指劲爽的风。宋玉《风赋》云：“楚王游于兰台，有风飒至，王乃披襟以当之曰：‘快哉此风！’”3. 庾楼月：指明月。《世说新语·容止》记载：晋庾亮在武昌，与诸佐吏乘夜月共上南楼，据胡床咏谑。4. 华表语：《搜神记》记载：辽东城门有华表柱，有白鹤集其上言曰：“有鸟有鸟丁令威，去家千年今来归；城郭如故人民非，何不学仙冢累累！”5. 秦楼：相传为秦穆公所筑，亦名凤楼。据汉刘向《列仙传》记载，穆公的女儿弄玉喜好音乐。年轻公子萧史擅长吹箫作凤鸣。秦穆公便把弄玉许配给他，还为他们造了凤楼。后用来泛指女子的居处。

渔家傲

平岸小桥千嶂抱，柔蓝一水萦花草[1]。茅屋数间窗窈窕[2]。尘不到，时时自有春风扫。

午枕觉来闻语鸟，欹眠似听朝鸡早[3]。忽忆故人今总老。贪梦好，茫然忘了邯郸道[4]。

注释　1. 柔蓝：亦作“揉蓝”，古代揉取蓝草之汁做染料，故称。此形容水色碧蓝。2. 窈窕：幽深。3. 朝鸡：古代臣子清晨闻鸡鸣即起，准备上朝，故称“朝鸡”。4. 邯郸道：比喻荣华富贵的虚幻。唐人小说《枕中记》写卢生在邯郸旅舍昼眠入梦，历尽荣华富贵。醒时，主人炊黄粱犹未熟。

郑　獬

郑獬（1022—1072），字毅夫，一作义夫，安州安陆（今湖北安陆）人。仁宗皇祐五年（1053）状元及第，通判陈州。英宗治平中出知荆南，后拜翰林学士，权知开封府。为文有豪气，工诗词，有《郧溪集》。

采凫茨[1]

朝携一筐出[2]，暮携一筐归。
十指欲流血，且急眼前饥[3]。
官仓岂无粟，粒粒藏珠玑[4]。
一粒不出仓，仓中群鼠肥[5]。

注释　1. 凫茨：即荸荠，俗称地栗、乌芋，球茎可食。2. 携：提着，携带。3. 且急：暂且应付。4. 玑：不圆的珠子。珠玑：此指粮食颗粒饱满。5.“一粒”二句：粮食一粒也不得运出仓去，把仓中的老鼠养得又大又肥。

雪 晴

天外丹霞一抹红[1]，
瓦沟已见雪花溶。
前山未放晓寒散，
犹锁白云三两峰[2]。

注释　1. 丹霞：红霞，这里指朝霞。2. 锁：笼罩。这两句指：对面山上的寒气尚未消散，白云还笼罩着两三座山峰。

西 施[1]

千重越甲夜城围，
战罢君王醉不知[2]。
若论破吴功第一，
黄金只合铸西施[3]。

注释　1. 西施：名夷光，春秋时越国的著名美女。2. 君王：指吴王夫差。3.“黄金”句：越王勾践灭吴后，为了表彰范蠡的功勋，用黄金铸成范蠡像，每逢初一和十五都要礼拜。这里作者论到要用黄金铸西施像，是为了表彰西施在这一历史事件中的功绩。

章 粢

章粢（1027—1102），字质夫，浦城（今福建浦城）人。英宗治平二年（1065）进士。徽宗时除同知枢密院事。卒谥庄简。文武兼备，曾建边功。其词风婉约，以《水龙吟》最负盛名，得到苏轼的唱和。

水龙吟

燕忙莺懒花残，正堤上、柳花飘坠。轻飞点画青林，谁道全无才思。闲趁游丝，静临深院，日长门闭。傍珠帘散漫[1]，垂垂欲下，依前被、风扶起。

兰帐玉人睡觉[2]，怪春衣、雪沾琼缀[3]。绣床旋满，香球无数，才圆却碎。时见蜂儿，仰粘轻粉，鱼吹池水。望章台路杳，金鞍游荡，有盈盈泪[4]。

注释　1. 散漫：零散，分散。2. 玉人：指美丽的女子。睡觉（jué）：睡醒。3. 雪沾琼缀：喻指落满了柳絮。4. "望章台"三句：指闺中人看不见丈夫游荡的章台路，独居寂寞，只有暗自流泪。

王安国

王安国（1028—1074），字平甫，王安石之弟。神宗熙宁元年（1068）召试，赐进士及第，历任西京国子监教授、崇文院校书、秘阁校理。后被夺去官籍，放归田里。曾巩谓"其文闳富典重，其诗博而深"。有《王校理集》。

清平乐

留春不住，费尽莺儿语。满地残红宫锦污[1]，昨夜南园风雨。

小怜初上琵琶[2]，晓来思绕天涯。不肯画堂朱户，春风自在杨花。

注释　1. 宫锦：宫中铺地的织锦，此喻落花。2. 小怜：北齐后主高纬宠妃冯淑妃名小怜，聪慧狡黠，能弹琵琶，工于歌舞。此处借指善弹琵琶的歌妓。

孙 洙

孙洙（1031—1079），字巨源，广陵（今江苏扬州）人。年十九登进士第，官至翰林学士。元丰二年（1079）病卒，年四十九。有《孙贤良集》，不传。存词二首。

河满子·秋怨

怅望浮生急景[1]，凄凉宝瑟余音[2]。楚客多情偏怨别[3]，碧山远水登临。目送连天衰草，夜阑几处疏砧[4]。

黄叶无风自落，秋云不雨长阴。天若有情天亦老[5]，摇摇幽恨难禁。惆怅旧欢如梦，觉来无处追寻。

注释　1. 急景：急驰的日光，此指急促的时光。景，日光。2. 宝瑟：瑟的美称。3. 楚客：泛指客居他乡的人。4. 疏砧：稀疏的捣衣声。5. “天若有情”句：用唐代李贺《金铜仙人辞汉歌》中成句：“衰兰送客咸阳道，天若有情天亦老。”

王 令

王令（1032—1059），字逢原，元城（今河北大名）人。五岁时父母双亡，随叔祖居广陵（今江苏扬州），世称广陵先生。十六岁即自谋生计，以教授生徒为业。诗风雄健峭拔，气象阔大，富于浪漫色彩。有《广陵先生文集》。

暑旱苦热[1]

清风无力屠得热，
落日着翅飞上山[2]。

注释　1. 诗写身处酷暑之中的感受和心愿。2. 屠得：消除掉，解除掉。着翅：插上翅膀。

人固已惧江海竭，
天岂不惜河汉干[3]？
昆仑之高有积雪，
蓬莱之远常遗寒[4]。
不能手提天下往，
何忍身去游其间！

3. 河汉：天河，银河。4. 昆仑：即昆仑山，在我国西部，山极高，终年积雪。蓬莱：神话传说中三座仙山之一。遗寒：留存有余寒。

送　春

三月残花落更开[1]，
小檐日日燕飞来。
子规夜半犹啼血，
不信东风唤不回[2]。

注释　1. 更：又，再。2. 子规：杜鹃。啼血：形容叫声之悲苦。东风：春风，这里指春光。此句谓：子夜时分，杜鹃还在声声呼唤，它不相信已经飞逝的春光不能够再唤回。

晁端友

晁端友（生卒年不详），字君成，巨野（今山东巨野）人。宋熙宁中为新城令，有善政。为人淳朴耿介，同僚多忌之。工诗词，邑中胜迹多有题咏。与苏轼相友善，苏轼曾谓其诗“清厚静深，一如其人”。有《新城集》。

宿济州西门外旅馆[1]

寒林残日欲栖乌，
壁里青灯乍有无[2]。

注释　1. 济州：在今山东巨野县南。2. 乍有无：忽明忽灭。

小雨愔愔人假寐，
卧听疲马啮残刍[3]。

3. 愔愔：安静。此指雨丝细细，落地无声。疲马：疲惫的老马。刍：草料。

早　行

马上鸡初唱，天涯星未稀。
惊风时坠笠，零露暗沾衣[1]。
山下疏钟发，林梢独鸟飞。
远峰烟霭淡，迤逦见朝晖[2]。

注释　1. 坠：吹下。笠：斗笠。零露：下露。暗：不知不觉。2. 迤逦：逐渐，曲折连绵。

程　颢

程颢（1032—1085），字伯淳，世称明道先生，北宋著名理学家，洛阳（今河南洛阳）人。早年师事周敦颐。宋仁宗嘉祐年间进士，曾任太子中允，后出任主簿、判官、县令等地方官。与其弟程颐被世人合称为“二程”。今有《二程集》。

偶　成

云淡风轻近午天，
望花随柳过前川。
旁人不识余心乐，
将谓偷闲学少年[1]。

注释　1.“旁人”二句：人们不知道我心中对自然风景的热爱，怕是将要说我和那些偷懒的少年一样闲逛呢。

张舜民

张舜民（生卒年不详），字芸叟，自号浮休居士，邠州（今陕西彬州）人。英宗治平二年（1065）进士。后入元祐党籍，贬楚州团练副使、商州安置，卒于政和中。为文豪重有理致，刻意于诗，晚好乐府，有《画墁集》。

西征回途中

青铜峡里韦州路[1]，
十去从军九不回。
白骨似沙沙似雪，
将军休上望乡台[2]。

注释　1. 青铜峡：黄河上游的峡谷之一。2. 望乡台：古代军人久戍不归，或旅人流落异地，在怀念家乡时，往往登高或垒土为台，以眺望家乡，这种建筑被称为“望乡台”。

村　居

水绕陂田竹绕篱，
榆钱落尽槿花稀[1]。
夕阳牛背无人卧，
带得寒鸦两两归[2]。

注释　1. 陂：山坡。槿花：木槿花。2. 带得：这里指驮着。

王安礼

王安礼（1034—1095），字和甫，临川（今江西抚州）人。王安石之弟。嘉祐六年（1061）进士。为开封府判官，执法严明。苏轼下御史台狱，无敢救者，安礼请于神宗，轼以故得轻责。官至尚书左丞。有《王魏公集》。

潇湘忆故人慢

熏风微动[1]，方樱桃弄色，萱草成窠[2]。翠帏敞轻罗。试冰簟初展，几尺湘波[3]。疏帘广厦，寄潇洒、一枕南柯[4]。引多少、梦中归绪，洞庭雨棹烟蓑。

惊回处，闲昼永，但时时，燕雏莺友相过。正绿影婆娑[5]。况庭有幽花，池有新荷。青梅煮酒，幸随分、赢得高歌。功名事、到头终在，岁华忍负清和[6]。

注释　1. 熏风：指初夏时的东南风。2. 萱草：植物名。古人以为种植此草，可以使人忘忧，因称忘忧草。3.“试冰簟”二句：谓铺上凉席，席上的纹路有如细细的水波。4. 一枕南柯：指一场梦幻。典出唐代李公佐《南柯太守传》，说的是淳于棼梦到槐安国，娶了公主，任南柯太守，享尽富贵荣华。醒后才知道是一场大梦，原来槐安国就是庭前槐树下的蚁穴。5. 婆娑：枝叶纷披的样子。6. 清和：天气清明和暖，也指国家的升平气象。

王　观

王观（生卒年不详），字通叟，如皋（今江苏如皋）人，一说高邮（今属江苏）人，嘉祐二年（1057）进士。先后任建昌军参军、江都县令、大理寺丞。后谪居永州。能词，词风新丽。

庆清朝慢·踏青

调雨为酥，催冰做水，东君分付春还。何人便将轻暖，点破残寒。结伴踏青去好，平头鞋子小双鸾[1]。烟郊外、望中秀色，如有无间。

注释　1. 双鸾：鞋面绣着双鸾图案。

晴则个，阴则个[2]，饾饤得天气[3]，有许多般。须教镂花拨柳，争要先看。不道吴绫绣袜[4]，香泥斜沁几行斑[5]。东风巧，尽收翠绿，吹上眉山。

2.“晴则个”二句：有时晴，有时阴。则个，表示动作进行时之语助词，近于“着”或“者”。3. 饾饤（dòu dìng）：比喻文辞堆砌，此指天气变化无章。4. 吴绫：吴地所产绫罗丝绸。5. 沁：渗入，浸润。

雨中花令・夏词

百尺清泉声陆续。映潇洒、碧梧翠竹。面千步回廊，重重帘幕，小枕欹寒玉[1]。

试展鲛绡看画轴[2]。见一片、潇湘凝绿。待玉漏穿花[3]，银河垂地，月上栏干曲。

注释　1. 寒玉：玉石。玉质清凉，故称。2. 鲛绡：又名“龙纱”，相传是南海中鲛人（美人鱼）所织之绡，十分轻薄，价值百金。画轴：裱后带轴的图画。3. 玉漏：古代计时漏壶的美称。

卜算子・送鲍浩然之浙东

水是眼波横[1]，山是眉峰聚[2]。欲问行人去那边？眉眼盈盈处[3]。

才始送春归，又送君归去。若到江南赶上春，千万和春住。

注释　1. 水是眼波横：形容江水像佳人的眼波一样清亮。2. 山是眉峰聚：形容山峰像美女微蹙着的双眉。3. 眉眼盈盈处：喻指山水秀丽的地方。盈盈，美好的样子。

苏　轼

苏轼（1037—1101），字子瞻，号东坡居士，眉山（今四川眉山）人。北宋著名文学家、书画家，与父亲苏洵、弟弟苏辙并称“三苏”。仁宗嘉祐二年（1057）进士。因不满新法，被贬为黄州团练副使。哲宗时官至礼部尚书，后远谪惠州、儋州。卒谥文忠。其诗内容广阔，风格多样。其词自成一家，开豪放词的先河。有《东坡先生全集》。

和子由渑池怀旧[1]

人生到处知何似？
应似飞鸿踏雪泥[2]。
泥上偶然留指爪，
鸿飞那复计东西！
老僧已死成新塔，
坏壁无由见旧题[3]。
往日崎岖还记否？
路长人困蹇驴嘶[4]。

注释　1. 嘉祐六年（1061）冬，苏轼赴凤翔任签判，苏辙送他到郑州，分别时作《怀渑池寄子瞻兄》，苏轼和作此诗。子由：苏轼弟苏辙之字。渑池：今河南省渑池县。2. 飞鸿踏雪泥：比喻人生飘忽不定，离合无端。成语“雪泥鸿爪”源于此。3. 老僧：指奉闲和尚。新塔：新建的埋葬奉闲和尚骨灰的墓塔。无由：无从，无法。旧题：苏辙原诗第六句自注：“昔与子瞻应举，过宿县中寺舍，题老僧奉闲之壁。”4. 蹇驴：指行步艰难的驴。蹇（jiǎn），跛足。苏轼自注：“往岁马死于二陵，骑驴至渑池。”二陵：位于河南渑池县西崤山的南陵和北陵。

祭常山回小猎

青盖前头点皂旗，
黄茅冈下出长围[1]。
弄风骄马跑空立，
趁兔苍鹰掠地飞[2]。
回望白云生翠巘[3]，
归来红叶满征衣。

注释　1. 点：点缀。黄茅冈：在密州常山东南。出：排列成。2. 弄风：迎风奔跑。空立：凌空而立。趁：追逐。掠地：贴着地面。3. 翠巘：青翠的山峰。

圣明若用西凉簿，
白羽犹能效一挥[4]。

4. 西凉簿：晋朝的西凉主簿谢艾，善用兵，故以之自喻。

出颍口初见淮山是日至寿州[1]

我行日夜向江海，
枫叶芦花秋兴长[2]。
长淮忽迷天远近，
青山久与船低昂[3]。
寿州已见白石塔，
短棹未转黄茅冈。
波平风软望不到，
故人久立烟苍茫[4]。

注释　1. 颍口：颍水入淮河之口。寿州：今安徽寿县。2.“枫叶”句：化用白居易《琵琶行》“枫叶荻花秋瑟瑟”句意。3.“青山”句：写人在舟中产生的错觉。本来是船在水中高低起伏，但由于人站在船中看山，时间长了，就觉得是山在时起时落。4. 故人：指为苏轼送行的人。

东　坡[1]

雨洗东坡月色清，
市人行尽野人行[2]。
莫嫌荦确坡头路，
自爱铿然曳杖声[3]。

注释　1. 东坡：黄州（今湖北黄冈）城外东面山坡上有一块荒地，作者曾在此筑室躬耕，自号东坡居士。2. 市人：城市中的人。野人：山野中的人，此是作者自谓。3. 荦确：石块突露的样子。铿然：形容声音短脆。曳杖：拖着手杖。

题西林壁[1]

横看成岭侧成峰，
远近高低各不同[2]。
不识庐山真面目，
只缘身在此山中[3]。

注释 1. 西林：指庐山西林寺。2.“横看”二句：指横看是连绵的山岭，侧看是陡峭的山峰，远近高低各个方位去看，山景都会有所不同。3. 缘：因为。

六月二十七日望湖楼醉书[1]

黑云翻墨未遮山，
白雨跳珠乱入船。
卷地风来忽吹散，
望湖楼下水如天[2]。

注释 1. 望湖楼：亦名看经楼、先德楼。五代时吴越王钱氏所建，在西湖边上。2. 水如天：湖水像天空一样明澈平静。

荔支叹[1]

十里一置飞尘灰，
五里一堠兵火催[2]。
颠坑仆谷相枕藉[3]，
知是荔支龙眼来。
飞车跨山鹘横海[4]，
风枝露叶如新采。
宫中美人一破颜[5]，

注释 1. 哲宗绍圣二年（1095），苏轼谪居广东惠州，第一次品尝荔枝，十分赞赏，曾作《四月十一日初食荔支》，他又由荔枝想到历史上进献贡品的祸害，于是写下这首《荔支叹》。2. 置：古代驿站。堠：原是驿站上记里程的土堆，这里借指驿站。3. 颠坑仆谷：跌入坑谷。坑、仆，仆倒。枕藉：相枕而卧，形容尸体之多。4. 鹘：鹰一类的猛禽，形容车船速度快如鹘飞。一说“鹘”指海船，亦通。5. 宫中美人：指杨贵妃。

惊尘溅血流千载。
永元荔支来交州，
天宝岁贡取之涪[6]。
至今欲食林甫肉，
无人举觞酹伯游[7]。
我愿天公怜赤子，
莫生尤物为疮痏[8]。
雨顺风调百谷登，
民不饥寒为上瑞。
君不见武夷溪边粟粒芽，
前丁后蔡相笼加[9]。
争新买宠各出意，
今年斗品充官茶。
吾君所乏岂此物？
致养口体何陋耶！
洛阳相君忠孝家，
可怜亦进姚黄花[10]。

6. 永元：汉和帝刘肇的年号（89—104）。交州：今广东、广西一带。苏轼自注："汉永元中，交州进荔支、龙眼，十里一置，五里一堠，奔驰死亡，罹猛兽毒虫之害者无数。唐羌，字伯游，为临武长，上书言状，和帝罢之。唐天宝中盖取涪州荔支，自子午谷路进入。"涪：今四川涪陵市。7. 林甫：即李林甫，唐玄宗时的宰相。觞（shāng）：酒杯。酹（lèi）：将酒倒在地上，以表祭奠。8. 尤物：最特出之物。疮痏（wěi）：毒疮，这里指祸害。9. 粟粒芽：初春时最细嫩珍贵的茶叶。丁：指丁谓，真宗时曾任宰相，封晋国公。蔡：指蔡襄，字君谟，通于茶道。苏轼自注："大小龙茶始于丁晋公，而成于蔡君谟。欧阳永叔闻君谟进小龙团，惊叹曰：'君谟，士人也，何至作此事耶？'"10. 洛阳相君：指钱惟演。钱晚年以使相留守西京洛阳。忠孝家：钱惟演是吴越王钱俶的儿子。钱俶主动归降宋朝，被太宗称赞为"以忠孝而保社稷"，故称钱是忠孝家。可怜：可悲，可叹。姚黄花：牡丹中的极品。

六月二十日夜渡海[1]

参横斗转欲三更，
苦雨终风也解晴[2]。
云散月明谁点缀[3]，
天容海色本澄清。
空余鲁叟乘桴意，

注释　1. 此诗是元符三年（1100）苏轼在海南获赦北归渡琼州海峡时作。2. 参（cēn）横斗转：参、斗，皆为二十八星宿之名。横、转，指星座位置移动。3."云散"句：典出《世说新语·言语》，苏轼用此典，喻小人诬陷清白。

粗识轩辕奏乐声[4]。
九死南荒吾不恨[5]，
兹游奇绝冠平生。

4. 鲁叟乘桴意：语出《论语·公冶长》。孔子说："道不行，乘桴浮于海。"轩辕奏乐声：《庄子·天运》："帝张（演奏）咸池之乐于洞庭之野。"这里用"奏乐声"比喻大海的波涛声。5. 九死：多次死去。化用屈原《离骚》"亦余心之所善兮，虽九死其犹未悔"句意。

有美堂暴雨

游人脚底一声雷，
满座顽云拨不开，
天外黑风吹海立，
浙东飞雨过江来[1]。
十分潋滟金樽凸，
千杖敲铿羯鼓催[2]。
唤起谪仙泉洒面，
倒倾鲛室泻琼瑰[3]。

注释　1. 浙东：指钱塘江对岸。2. 十分潋滟：形容酒满貌。敲铿：打击撞击的声音。羯鼓：西域传来的一种乐器，击鼓时疾如飞雨。3. 谪仙：指李白。据说玄宗在沉香亭召李白赋诗，李白正酒醉，玄宗命人以酒洒其面，使他醒来。鲛室：传说南海中有鲛人，哭出的眼泪都是珍珠。琼瑰：美玉名，此处指好诗。

望海楼晚景[1]（选一）

海上涛头一线来，
楼前指顾雪成堆[2]。
从今潮上君须上，
更看银山二十回[3]。

注释　1. 望海楼：又名望潮楼，在杭州凤凰山上。2. 指顾：指点、顾盼之间，即刹那间。3. 银山：形容白浪如山。二十回：极言次数之多。此句谓：这银山似的海浪，不妨一天看上二十回。

惠崇春江晚景[1]

竹外桃花三两枝，
春江水暖鸭先知。
蒌蒿满地芦芽短，
正是河豚欲上时[2]。

注释　1. 惠崇：宋代的诗僧，又是一位画家，《春江晚景》即是他的一幅画作。2. 蒌蒿：一种野菜。河豚：鱼名，肉味鲜美，但肝脏有毒。此鱼生活于近海，春水回暖始溯江而上，于淡水中产卵。

海　棠

东风袅袅泛崇光，
香雾空蒙月转廊[1]。
只恐夜深花睡去，
故烧高烛照红妆[2]。

注释　1. 袅袅：轻轻拂动的样子。泛：透出。崇光：此处指海棠花的光泽。空蒙：形容雾气迷漫的样子。月转廊：指月影移过回廊。2. 故：特意。高烛：高大的蜡烛。红妆：指海棠花。

李思训画长江绝岛图[1]

山苍苍，江茫茫，大孤小孤江中央[2]。崖崩路绝猿鸟去，惟有乔木搀天长[3]客舟何处来，棹歌中流声抑扬[4]。沙平风软望不到，孤山久与船低昂[5]。峨峨两烟鬟，晓镜开新妆。舟中贾客莫漫狂，小姑前年嫁彭郎[6]。

注释　1. 李思训：唐代著名画家。长江绝岛图：其上画大小孤山，此画已失传。2. 大孤小孤：大小孤山在江西彭泽县附近。3. 搀天：即参天，高入云霄。4. 棹歌：划船人唱的歌。5. 低昂：高低起伏貌。6. 小姑：指小孤山。彭郎：指澎浪矶，在小孤山对岸。民间传说，彭郎是小姑的夫婿。

花　影

重重叠叠上瑶台，
几度呼童扫不开[1]。
刚被太阳收拾去，
却教明月送将来[2]。

注释　1. 重重叠叠：形容地上的花影一层又一层，很浓厚。瑶台：华贵的亭台。几度：几次。童：男仆。2. 收拾去：指日落时花影消失，好像被太阳收拾走了。教：让。送将来：指花影重新在月光下出现，好像是月亮送来的。将，语气助词。

赠刘景文

荷尽已无擎雨盖，
菊残犹有傲霜枝[1]。
一年好景君须记，
最是橙黄橘绿时[2]。

注释　1. 擎雨盖：指荷叶，状如遮雨的伞盖。擎，举。傲霜：在寒霜面前傲然不屈。2. 橙黄橘绿时：指深秋初冬时节。

中秋月

暮云收尽溢清寒，
银汉无声转玉盘[1]。
此生此夜不长好，
明月明年何处看[2]？

注释　1. 银汉：即银河。玉盘：指月亮。2. "此生"二句：我这一生中每逢中秋之夜，月光多为风云所掩，很少碰到像今天这样的美景，真是难得啊！可明年的中秋，我又会到何处观赏月亮呢？

琴　诗

若言琴上有琴声，
放在匣中何不鸣[1]？
若言声在指头上，
何不于君指上听[2]？

注释　1.“若言琴上”二句：如果说琴可以自己发声，那么为什么把它放在盒子里就没了乐声？ 2.“若言声在”二句：如果说声音是由手指头发出的，那么为什么不将耳朵靠近指头直接去听乐声呢？

新城道中

东风知我欲山行，
吹断檐间积雨声。
岭上晴云披絮帽，
树头初日挂铜钲[1]。
野桃含笑竹篱短，
溪柳自摇沙水清。
西崦人家应最乐，
煮葵烧笋饷春耕[2]。

注释　1. 铜钲：古代的一种乐器，形似钟而狭长，这里比喻初升的太阳。2. 西崦：西山。饷春耕：给春耕的人送饭。

澄迈驿通潮阁二首[1]

倦客愁闻归路遥，
眼明飞阁俯长桥[2]。
贪看白鹭横秋浦，
不觉青林没晚潮。

注释　1. 澄迈驿：设在澄迈县（今海南省北部）的驿站。通潮阁：在澄迈西，是驿站上的建筑。2. 归路：回归中原的路。飞阁：高高的阁楼，即指通潮阁。

余生欲老海南村，
帝遣巫阳招我魂[1]。
杳杳天低鹘没处，
青山一发是中原[2]。

注释　1. 帝：天帝。巫阳：古代女巫名。《楚辞·招魂》云，天帝因怜悯屈原的灵魂离体，曾派巫阳去招他的魂魄回来。2. 杳杳：无影无声貌。一发：形容极细。此句谓：在遥远的鹘鸟飞没的尽头，连绵横亘的青山细如发丝，那里就是中原大地。

念奴娇·赤壁怀古[1]

大江东去，浪淘尽、千古风流人物。故垒西边[2]，人道是、三国周郎赤壁。乱石穿空[3]，惊涛拍岸，卷起千堆雪[4]。江山如画，一时多少豪杰！

遥想公瑾当年，小乔初嫁了[5]，雄姿英发[6]。羽扇纶巾[7]，谈笑间、强虏灰飞烟灭。故国神游[8]，多情应笑我，早生华发。人生如梦，一尊还酹江月[9]。

注释　1. 赤壁：周瑜破曹操的赤壁在今湖北赤壁市，苏轼所游为黄州赤壁，一名赤鼻矶。2. 故垒：古代的军事堡垒。3. 穿空：形容峭壁耸立，好像刺破了天空似的。4. 千堆雪：形容白色的浪花重重叠叠。5. 小乔初嫁：小乔为乔玄次女，嫁周瑜在建安四年（199），为赤壁之战九年前事。言“初嫁”是为突出周瑜的风流倜傥，少年得志。6. 英发：指谈吐不凡，卓有见识。7. 羽扇纶（guān）巾：魏、晋时儒雅之士的装束。羽扇，白羽做成，可用作督战指挥的标帜。纶巾，用青丝带做的头巾。8. 故国神游：即神游故国。故国，此指旧地、古战场。9. 酹（lèi）：把酒浇在地上祭奠。

水调歌头

丙辰中秋[1]，欢饮达旦[2]，大醉，作此篇兼怀子由[3]。

明月几时有[4]，把酒问青天。不知天上宫阙[5]，今夕是何年。我欲乘

注释　1. 丙辰：宋神宗熙宁九年（1076）。2. 达旦：直到天亮。3. 子由：苏轼的弟弟苏辙，字子由。4. “明月”句：从李白《把酒问月》诗“青天有月来几时？我今停杯一问之”化出。5. 宫阙：指宫殿。阙，宫门两边的望楼。

风归去，又恐琼楼玉宇[6]，高处不胜寒。起舞弄清影，何似在人间。

转朱阁，低绮户[7]，照无眠。不应有恨，何事长向别时圆？人有悲欢离合，月有阴晴圆缺，此事古难全。但愿人长久，千里共婵娟[8]。

6. 琼楼玉宇：指月中宫殿。7. 绮户：雕画美丽的窗户。8. 婵娟：原是色态美好的意思，此处指美丽的月光。

水龙吟・次韵章质夫《杨花词》[1]

似花还似非花，也无人惜从教坠[2]。抛家傍路，思量却是，无情有思[3]。萦损柔肠[4]，困酣娇眼[5]，欲开还闭。梦随风万里，寻郎去处，又还被、莺呼起[6]。

不恨此花飞尽，恨西园、落红难缀[7]。晓来雨过，遗踪何在？一池萍碎[8]。春色三分，二分尘土，一分流水。细看来，不是杨花，点点是离人泪。

注释　1. 章质夫：即章楶，浦城（今福建浦城县）人，与苏轼同官京师。作有咏杨花的《水龙吟（燕忙莺懒芳残）》，苏轼用章词的韵字并按照其用韵次序创作了这首词，故称为“次韵”。2. 从教坠：任凭杨花坠落。3. 无情有思：言杨花看似无情，却自有它的愁思。思，心绪，情思。4. 萦损柔肠：愁绪损坏了肚肠。萦，萦绕、牵念。柔肠，比喻细而柔软的杨柳枝条。5. 困酣：困倦之极。娇眼：美人娇媚的眼睛，比喻柳叶。6.“梦随风”三句：化用唐人金昌绪《春怨》诗：“打起黄莺儿，莫教枝上啼。啼时惊妾梦，不得到辽西。”把杨花比喻为一个想万里寻郎的思妇。7. 缀：连结。8. 萍碎：作者原注：“杨花落水为浮萍，验之信然。”

卜算子・黄州定惠院寓居作[1]

缺月挂疏桐，漏断人初静[2]。谁见幽人独往来[3]，飘渺孤鸿影[4]。

注释　1. 定惠院：在湖北黄冈市东南。2. 漏断：漏壶里水滴光了，此指白天漏断天刚黑下来。3. 幽人：深居简出惊起却回头，有恨无人省[5]。
拣尽寒枝不肯栖，寂寞沙洲冷。

之人。4. 飘渺：即缥缈，隐隐约约，似有似无。5. 省（xǐng）：了解，明白。

江城子·乙卯正月二十日夜记梦[1]

十年生死两茫茫，不思量，自难忘。千里孤坟，无处话凄凉。纵使相逢应不识，尘满面，鬓如霜[2]。

夜来幽梦忽还乡，小轩窗[3]，正梳妆。相顾无言[4]，惟有泪千行。料得年年肠断处，明月夜，短松冈[5]。

注释　1. 乙卯：宋神宗熙宁八年（1075）。2. 鬓如霜：两鬓全白。此指饱经沧桑，衰老得很快。鬓，指面颊两旁近耳的头发。3. 小轩窗：小室的窗前。4. 相顾：相视，对望。5. “料得”三句：据唐孟棨《本事诗·征异》记载，唐代开元年间，幽州衙将张某之妻孔氏死后，一日忽从冢中出，题诗赠张曰：“欲知肠断处，明月照松冈。”此三句化用其意，表达了感念亡妻长眠于地下的凄凉处境。

蝶恋花·春景

花褪残红青杏小[1]。燕子飞时，绿水人家绕。枝上柳绵吹又少[2]。天涯何处无芳草。

墙里秋千墙外道。墙外行人，墙里佳人笑。笑渐不闻声渐悄[3]。多情却被无情恼[4]。

注释　1. 花褪残红：残花凋谢。褪，减色，消退。2. 柳绵：柳絮，亦作“柳棉”。3. “笑渐”句：指墙外行人渐渐听不到墙里荡秋千的女子的笑声了。4. 多情：指墙外行人。无情：指墙里的女子。恼：引起烦恼。

定风波

三月七日，沙湖道中遇雨[1]。雨具先去，同行皆狼狈，余独不觉。已而遂晴，故作此。

莫听穿林打叶声，何妨吟啸且徐行[2]。竹杖芒鞋轻胜马[3]，谁怕？一蓑烟雨任平生[4]。

料峭春风吹酒醒[5]，微冷，山头斜照却相迎。回首向来萧瑟处，归去，也无风雨也无晴。

注释　1. 沙湖：在湖北黄冈市东南三十里处，又名螺师店。2. 吟啸：高声吟唱，吟咏。3. 芒鞋：草鞋。4. 蓑：蓑衣，用草或棕编的防雨用具。5. 料峭：风寒貌。

江城子・密州出猎[1]

老夫聊发少年狂。左牵黄，右擎苍[2]。锦帽貂裘，千骑卷平冈[3]。为报倾城随太守[4]，亲射虎，看孙郎[5]。

酒酣胸胆尚开张。鬓微霜，又何妨。持节云中，何日遣冯唐[6]。会挽雕弓如满月[7]，西北望，射天狼[8]。

注释　1. 密州：今山东诸城。2. "左牵黄"二句：左手牵着黄狗，右手举着苍鹰。黄，黄犬。苍，苍鹰。3. "锦帽"二句：谓随从们盛装出行，随太守飞马疾驰在平冈上。锦帽貂裘：汉羽林军戴锦蒙帽，穿貂鼠裘，这里指打猎武士们的装束。4. 倾城：倾动一城之意，此指整个城里的人。太守：时苏轼任密州太守。5. "亲射虎"二句：言效仿当年的孙权，亲自射虎。6. "持节云中"二句：汉时冯唐曾奉文帝之命持节复用魏尚为云中太守，自己也被封为车骑都尉。持节：指奉有朝廷重大使命。节，符节，古代使节用以取信的凭证。7. "会挽"句：是说要把弓拉足，像满月一样圆。会，当。挽，拉开。8. 天狼：星名。古时以天狼星主侵掠，这里以天狼喻对北宋边境屡有侵犯的西夏等国。

南乡子·重九涵辉楼呈徐君猷[1]

霜降水痕收，浅碧鳞鳞露远洲。酒力渐消风力软，飕飕。破帽多情却恋头[2]。

佳节若为酬，但把清尊断送秋[3]。万事到头都是梦，休休。明日黄花蝶也愁[4]。

注释　1. 重九：重阳节，在阴历九月九日。徐君猷：时为黄州知州。2.“破帽”句：反用孟嘉落帽之典。据《晋书·孟嘉传》，孟嘉为桓温参军，尝于重阳节共登龙山，风吹帽落，嘉浑然不觉，谈笑自若。后世多用此典写名士风流气度。但东坡谓不落帽，颇见新意。3.“佳节”二句：意谓以饮酒的方式来庆贺重阳节。若为：如何，怎样。4.“明日”句：谓明日菊花色香俱减，故蝶见亦愁。黄花：即菊花。

浣溪沙

簌簌衣巾落枣花[1]。村南村北响缫车[2]。牛衣古柳卖黄瓜[3]。

酒困路长惟欲睡，日高人渴漫思茶。敲门试问野人家[4]。

注释　1.“簌簌”句：意谓枣花纷纷落在衣巾上。簌簌：下落貌。2. 缫：把蚕茧浸在滚水里抽丝。3. 牛衣：用麻或草织的给牛保暖的护被，此处指卖瓜者衣着粗劣。4. 漫：随便。野人家：田野人家，农家。

西江月

顷在黄州[1]，春夜行蕲水中[2]，过酒家饮，酒醉，乘月至一溪桥上，解鞍[3]，曲肱醉卧少休[4]。及觉已晓，乱山攒拥，流水锵然，疑非尘世也。书此语桥柱上。

照野弥弥浅浪[5]，横空隐隐层

注释　1. 顷在黄州：此词作于苏轼贬谪黄州期间。顷，短时间、前不久。黄州，在今湖北。2. 蕲水：今名蕲河，源出湖北蕲春县东北四流山，在黄州附近。3. 解鞍：解下马鞍。表示停驻。4. 曲肱：弯着胳膊作枕头。肱，胳膊由肘到肩的部分。5. 弥弥：水盛的样子。

霄[6]。障泥未解玉骢骄[7]，我欲醉眠芳草。

可惜一溪风月[8]，莫教踏碎琼瑶[9]。解鞍欹枕绿杨桥，杜宇一声春晓[10]。

6. 横空：弥漫空中。层霄：层云。7. 障泥：马腹上护泥之布垫。玉骢：白马。8. 可惜：可爱。9. 琼瑶：美玉，此处比喻皎洁的水上月色。10. 杜宇：即杜鹃鸟。

水调歌头·快哉亭作[1]

落日绣帘卷，亭下水连空。知君为我，新作窗户湿青红[2]。长记平山堂上[3]，欹枕江南烟雨，渺渺没孤鸿。认得醉翁语，山色有无中[4]。

一千顷，都镜净，倒碧峰[5]。忽然浪起，掀舞一叶白头翁[6]。堪笑兰台公子，未解庄生天籁，刚道有雌雄[7]。一点浩然气，千里快哉风。

注释　1. 快哉亭：在黄州临皋，下临长江。亭由张偓佺建造，苏轼命名。2. 湿青红：形容新涂油漆，色泽鲜明。青红，指油漆之色。3. 平山堂：在扬州大明寺侧，欧阳修所建。4. "认得"二句：意谓欧阳修《朝中措》词有"平山栏槛倚晴空，山色有无中"之句。醉翁：欧阳修号。山色有无中：语出王维《汉江临泛》诗："江流天地外，山色有无中。"为欧阳修引入词中。5. "一千顷"三句：谓江水广阔，明净如镜，倒映出两岸碧绿的山峰。6. 一叶：指小船。白头翁：指船上船夫。7. "堪笑"三句：谓宋玉不明白庄子天籁自然的道理，硬把风分为"雄风"与"雌风"，很可笑。兰台公子：指宋玉，曾任兰台令。庄生天籁：《庄子·齐物论》谓天籁乃发于自然的声响，此借指风。刚道：硬说。有雌雄：据《风赋》，宋玉随侍楚王游兰台之宫时，将风分为"大王之雄风"及"庶人之雌风"。

临江仙·夜归临皋[1]

夜饮东坡醒复醉[2]，归来仿佛三更。家童鼻息已雷鸣[3]，敲门都不应，倚杖听江声。

长恨此身非我有[4]，何时忘却营营[5]。夜阑风静縠纹平[6]，小舟从此逝，江海寄余生。

注释　1. 临皋：在湖北黄冈市南的江边，苏轼曾寓居其地。2. 东坡：原是黄州的一片荒地，苏轼曾在此开垦耕种，并以“东坡”自号。3. 鼻息已雷鸣：已经熟睡。鼻息，鼾声。4. 此身非我有：指不能掌握自己的命运。5. 营营：纷扰的样子，这里指为名利奔忙。6. 縠纹：形容水中的细小波纹。縠，表面起皱褶的丝织品。

八声甘州·寄参寥子[1]

有情风、万里卷潮来，无情送潮归。问钱塘江上，西兴浦口[2]，几度斜晖。不用思量今古，俯仰昔人非。谁似东坡老，白首忘机[3]。

记取西湖西畔，正暮山好处，空翠烟霏。算诗人相得[4]，如我与君稀。约他年、东还海道，愿谢公、雅志莫相违[5]。西州路，不应回首，为我沾衣[6]。

注释　1. 参寥子：即僧人道潜，字参寥，乃苏轼的友人。2. 西兴：即西陵，在钱塘江南。3. 忘机：指没有巧诈的心思，与世无争。4. 相得：相投合。5.“约他年”二句：用东晋谢安的故事喻归隐之志。《晋书·谢安传》云：“安虽受朝寄，然东山之志始末不渝。”6.“西州路”三句：典出《晋书·谢安传》，羊昙者，太山人，知名士也，为安所爱重。安薨后，辍乐弥年，行不由西州路。尝因石头大醉，扶路唱乐，不觉至州门。左右白曰：“此西州门。”昙悲感不已，以马策扣扉，诵曹子建诗曰：“生存华屋处，零落归山丘。”恸哭而去。此处是说自己要实现谢公之志，要参寥子不要像羊昙一样痛哭于西州路。

西江月·梅花

玉骨那愁瘴雾[1]，冰肌自有仙风。海仙时遣探芳丛，倒挂绿毛幺凤[2]。

素面常嫌粉涴[3]，洗妆不褪唇红。高情已逐晓云空，不与梨花同梦[4]。

注释　1. 瘴雾：南方山林中的湿热之气。2.“海仙”二句：谓梅花的仙姿艳态引起了海仙的美爱，经常派遣倒挂树上状如幺凤的绿毛小鸟作为使者来到花丛中探望。幺凤：鸟名，即桐花凤。3. 涴：玷污。4.“不与”句：作者自注：“诗人王昌龄，梦中作梅花诗。”

满庭芳

蜗角虚名[1]、蝇头微利[2]，算来着甚干忙。事皆前定，谁弱又谁强。且趁闲身未老，尽放我、些子疏狂[3]。百年里，浑教是醉，三万六千场[4]。

思量。能几许，忧愁风雨，一半相妨[5]。又何须，抵死说短论长。幸对清风皓月，苔茵展、云幕高张[6]。江南好，千钟美酒，一曲《满庭芳》。

注释　1. 蜗角虚名：微小而没有作用的名声。蜗角，蜗牛的角，比喻细微。2. 蝇头微利：如同苍蝇头那样的小利，比喻非常微小的利益。3. 些子：少许，一点儿。4.“百年里”三句：意谓日日饮酒自遣。语本李白《襄阳歌》：“百年三万六千日，一日须倾三百杯。”5.“能几许”三句：计算下来，一生中有一半日子被忧愁干扰。6.“苔茵”句：谓以青苔为褥席铺展，把白云当帐幕高张。

满江红·东武会流杯亭

东武南城[1]，新堤固、涟漪初溢。隐隐遍、长林高阜[2]，卧红堆碧。枝上残花吹尽也，与君更向江头觅。问向前、犹有几多春，三之一。

官里事，何时毕。风雨外，无多日。相将泛曲水，满城争出。君不见兰亭修禊事[3]，当时坐上皆豪逸[4]。到如今、修竹满山阴，空陈迹。

注释　1. 东武：今山东诸城。2. 高阜：高的土山。3. 兰亭修禊事：东晋永和九年（353）三月三日，王羲之和谢安、孙绰等四十二位文人学士、社会名流，在浙江山阴的兰亭作“修禊”之会。众人曲水流觞，饮酒赋诗，王羲之为此写下著名的《兰亭集序》。修禊，又称“祓禊”，古俗农历三月上旬“巳日”，人们相约到水边沐浴、洗濯，借以除灾去邪。后文人饮酒赋诗的集会，也称为修禊。4. 豪逸：指才智杰出、豪放洒脱的人。

蝶恋花

春事阑珊芳草歇[1]。客里风光，又过清明节。小院黄昏人忆别。落红处处闻啼鴂[2]。

咫尺江山分楚越。目断魂销，应是音尘绝。梦破五更心欲折，角声吹落梅花月[3]。

注释　1. 阑珊：零落。2. 啼鴂：杜鹃鸟的叫声。3.“角声”句：意谓月色角声中听到《梅花落》的笛曲。

江神子·恨别

天涯流落思无穷。既相逢。却匆匆。携手佳人，和泪折残红。为问东风余几许，春纵在，与谁同。

隋堤三月水溶溶[1]。背归鸿[2]。去吴中[3]。回首彭城，清泗与淮通[4]。寄我相思千点泪，流不到，楚江东。

注释　1. 隋堤：隋炀帝大业元年（605）开通济渠，渠广四十步，旁筑御道，并植杨柳，后人谓之"隋堤"。溶溶：水流动的样子。2. 背归鸿：此词作于春天，此时大雁北归，而作者南去，与鸿飞的方向相背。3. 吴中：泛指吴地。4."清泗"句：通济渠引黄河入汴水，经泗水达淮河，故云。

点绛唇

红杏飘香，柳含烟翠拖轻缕。水边朱户。尽卷黄昏雨[1]。

烛影摇风，一枕伤春绪[2]。归不去。凤楼何处[3]。芳草迷归路。

注释　1."水边"二句：谓临水而居的佳人黄昏卷帘时，唯见一片雨景。2. 一枕：犹言卧。卧必以枕，故称。伤春绪：此指相思愁绪。3. 凤楼：泛指女子的居处。

西江月·重九

点点楼头细雨，重重江外平湖。当年戏马会东徐[1]，今日凄凉南浦[2]。

莫恨黄花未吐，且叫红粉相扶[3]。酒阑不必看茱萸[4]，俯仰人间今古。

注释　1. 戏马：驰马取乐。东徐：此指徐州。2. 南浦：泛指水滨，常用来指称送别之地。3. 红粉：妇女化妆用的胭脂和粉，此处借指美女。4. 茱萸：植物名，生于川谷，其味香烈。古俗九月九日佩之，以祛邪避灾。

虞美人

波声拍枕长淮晓[1]，隙月窥人小[2]。无情汴水自东流[3]。只载一船离恨、向西州[4]。

竹溪花浦曾同醉，酒味多于泪。谁教风鉴在尘埃，酝造一场烦恼、送人来[5]。

注释　1. 长淮：淮河。2. 隙月：从缝隙中照进来的月光。3. 汴水：自开封东流，经应天府、宿州，于泗州汇入淮水。4. 西州：扬州，在采石之西，故称。5."谁教"二句：谁教你的风度和鉴识超群，让我如今为与你离别感到烦恼不已。风鉴：风度和鉴识。尘埃：指污浊的尘世。酝造：酿造，制作。

晏几道

晏几道（1038—1110），字叔原，号小山，抚州临川人。与父晏殊并称为"二晏"。历任颍昌府许田镇监、乾宁军通判、开封府判官等。词风深婉缠绵，工于言情，有《小山词》。

鹧鸪天

彩袖殷勤捧玉钟[1]，当年拚却醉颜红[2]。舞低杨柳楼心月，歌尽桃花扇底风。

从别后，忆相逢，几回魂梦与君同。今宵剩把银釭照[3]，犹恐相逢是梦中。

注释　1. 玉钟：酒杯。2. 拚却：不顾惜，甘愿。3. 剩把：尽把。银釭：银灯。釭，油灯。

临江仙

梦后楼台高锁，酒醒帘幕低垂。去年春恨却来时[1]，落花人独立，微雨燕双飞[2]。

记得小苹初见，两重心字罗衣[3]。琵琶弦上说相思，当时明月在，曾照彩云归[4]。

注释　1. 却来：又来。2.“落花”二句：用翁宏《春残》诗成句：“又是春残也，如何出翠帏？落花人独立，微雨燕双飞。”3. 心字罗衣：衣领相交，屈曲如“心”字。4.“当时”二句：化用李白《宫中行乐词八首》其一“只愁歌舞散，化作彩云飞”之句。彩云：此处喻指小苹。

蝶恋花

醉别西楼醒不记，春梦秋云[1]，聚散真容易。斜月半窗还少睡，画屏闲展吴山翠[2]。

衣上酒痕诗里字，点点行行，总是凄凉意。红烛自怜无好计，夜寒空替人垂泪[3]。

注释　1. 春梦秋云：用白居易《花非花》“来如春梦不多时，去似朝云无觅处”诗意，意谓人生聚散无常。2. 画屏：装饰有精美图画的屏风。吴山：指屏风上画的江南山水。3.“红烛”二句：化用杜牧《赠别》诗句：“蜡烛有心还惜别，替人垂泪到天明。”

生查子

金鞭美少年，去跃青骢马[1]。牵系玉楼人，绣被春寒夜。

消息未归来，寒食梨花谢。无处说相思。背面秋千下。

注释　1. 青骢（cōng）马：青白色杂毛的马，今名菊花青马，也泛指马。

思远人

红叶黄花秋意晚[1]，千里念行客。飞云过尽，归鸿无信[2]，何处寄书得？

泪弹不尽临窗滴，就砚旋研墨[3]。渐写到别来，此情深处，红笺为无色。

注释　1. 红叶黄花：红色的枫叶与黄色的菊花。2. 归鸿无信：归来的鸿雁没有带回书信。古有鸿雁传书之说。3. 旋：急忙。

阮郎归

天边金掌露成霜[1]，云随雁字长[2]。绿杯红袖趁重阳[3]，人情似故乡。

兰佩紫，菊簪黄，殷勤理旧狂。欲将沉醉换悲凉，清歌莫断肠[4]。

注释　1. 金掌：汉武帝刘彻曾在建章宫作柏梁台，上铸铜柱二十丈，有仙人掌托承露盘以贮露水，和玉屑服之，以求长生。2. 雁字：雁群成列飞行时常排成“一”或“人”字，故称“雁字”。3. 绿杯：碧玉制成的酒杯，借指美酒。红袖：借指艳妆女子、美女。4. 清歌：指不用乐器伴奏的歌唱，也指清亮的歌声。

木兰花

秋千院落重帘暮，彩笔闲来题绣户[1]。墙头丹杏雨余花，门外绿杨风后絮。

朝云信断知何处？应作襄王春梦去[2]。紫骝认得旧游踪[3]，嘶

注释　1. 彩笔：指词藻富丽的文笔。据《南史·江淹传》记载，江淹少时，曾梦人授以五色笔，从此文思大进，晚年又梦一个自称郭璞的人索还其笔，自后作诗，再无佳句，人称“江郎才尽”。绣户：雕绘着锦绣图案的华美门户。2.“朝云”二句：用宋玉《高唐赋》中楚襄王梦中与巫山神女朝云有云雨之欢的典故，暗示词人所爱

过画桥东畔路。

恋的佳人已为他人所有。3. 紫骝：古骏马名。此处指马。

蝶恋花

庭院碧苔红叶遍。金菊开时，已近重阳宴。日日露荷凋绿扇[1]，粉塘烟水澄如练[2]。

试倚凉风醒酒面，雁字来时，恰向层楼见。几点护霜云影转[3]，谁家芦管吹秋怨[4]。

注释　1. 绿扇：指荷叶。2. 澄如练：用南朝谢朓《晚登三山还望京邑》诗中"澄江静如练"句意。练，白绢。3. 护霜：方言，指酝酿结霜。4. 芦管：亦称"芦笳"，古代的一种管乐器。

菩萨蛮

哀筝一弄《湘江曲》[1]，声声写尽湘波绿。纤指十三弦，细将幽恨传[2]。

当筵秋水慢[3]，玉柱斜飞雁[4]。弹到断肠时，春山眉黛低[5]。

注释　1. 哀筝：悲凉的筝声。一弄：一曲音乐叫"一弄"。弄，奏乐。2. 幽恨：内心深处的绵长愁怨。3. 秋水：形容女子清澈明亮的眼睛。4. "玉柱"句：形容筝柱整齐地斜列如雁飞成行。5. 春山眉黛：称为"远山眉"，因西汉卓文君眉色淡如远山而得名。古代女子以黛（一种青黑色颜料）画眉，故称"眉黛"。

蝶恋花

梦入江南烟水路，行尽江南，

不与离人遇。睡里消魂无说处，觉来惆怅消魂误。

欲尽此情书尺素[1]，浮雁沉鱼[2]，终了无凭据[3]。却倚缓弦歌别绪，断肠移破秦筝柱[4]。

注释　1. 尺素：书信。素，白色的生绢。2. 浮雁沉鱼：喻指书信无法传递。3. 终了：终于。4. 秦筝：战国时筝已流行于秦地，故又名秦筝。

生查子

关山魂梦长[1]，塞雁音书少。两鬓可怜青[2]，只为相思老。

归傍碧纱窗，说与人人道。真个别离难[3]，不似相逢好。

注释　1. 关山：关口和山岳，泛指遥远的地方。2. 可怜：可惜。3. 真个：真正。

玉楼春

东风又作无情计，艳粉娇红吹满地[1]。碧楼帘影不遮愁，还似去年今日意。

谁知错管春残事，到处登临曾费泪。此时金盏直须深[2]，看尽落花能几醉。

注释　1. 艳粉娇红：指落花。2. 金盏：酒杯的美称。直须：就要。

清平乐

留人不住，醉解兰舟去。一棹碧涛春水路[1]，过尽晓莺啼处。

渡头杨柳青青，枝枝叶叶离情。此后锦书休寄，画楼云雨无凭[2]。

注释 1. 一棹：一船。2. 无凭：没有准信。

阮郎归

旧香残粉似当初，人情恨不如。一春犹有数行书，秋来书更疏。

衾凤冷[1]，枕鸳孤[2]，愁肠待酒舒。梦魂纵有也成虚，那堪和梦无[3]。

注释 1. 衾凤：即凤衾，绣着凤凰图案的被子。2. 枕鸳：即鸳枕，绣有鸳鸯图案的枕头。3. 那堪：怎能忍受。

御街行

街南绿树春饶絮[1]，雪满游春路。树头花艳杂娇云，树底人家朱户。北楼闲上，疏帘高卷，直见街南树。

阑干倚尽犹慵去，几度黄昏雨。晚春盘马踏青苔[2]，曾傍绿阴

注释 1. 饶：多。2. 盘马：跨马盘旋。盘，指骑马。

深驻。落花犹在，香屏空掩[3]，人面知何处？

3. 香屏：指女子居室的屏风。

虞美人

曲阑干外天如水，昨夜还曾倚。初将明月比佳期，长向月圆时候、望人归。

罗衣着破前香在，旧意谁教改。一春离恨懒调弦[1]，犹有两行闲泪、宝筝前。

注释　1. 调弦：弹奏弦乐器。

苏　辙

苏辙（1039—1112），字子由。苏洵之子，苏轼之弟。嘉祐二年（1057）进士，官至尚书右丞、门下侍郎。晚年居颍川（今河南许昌），自号颍滨遗老。其文深受父兄影响。早期古文议论风发，晚期风格趋于淡泊沉静，为“唐宋八大家”之一。有《栾城集》。

神水馆寄子瞻兄[1]（选一）

谁将家集过幽都，
逢见胡人问大苏[2]。
莫把文章动蛮貊，
恐妨谈笑卧江湖[3]。

注释　1. 神水馆：在河北涿县。苏辙使辽，返程途中曾住宿于此。2. 家集：指苏家父子的文集。幽都：指燕京，当时为辽国的国都。大苏：指苏轼。3.“莫把”二句：不要将文章写得太好，以至于惊动了北方少数民族，恐怕这要妨碍你谈笑归隐江湖的志愿了。蛮貊：泛指北方一带的少数民族。

中秋夜

长空开积雨，清夜流明月[1]。
看尽上楼人，油然就西没[2]。

注释 1.“长空”二句：指雨后月出，更觉幽明。2. 油然：渐渐地，舒缓貌。此处指当赏月的人一个一个地上楼去了，月亮才徐徐地向西面躲藏起来。

梁山泊见荷花忆吴兴（选一）

菰蒲出没风波际[1]，
雁鸭飞鸣雾雨中。
应为高人爱吴越，
故于齐鲁作南风[2]。

注释 1. 菰蒲：泛指水边植物。2. 应为：想必是为了。吴越：指今浙江一带，这里指吴兴（今浙江湖州）。齐鲁：今山东地区，这里指梁山泊。南风：江南的风物。

舒　亶

舒亶（1041—1103），字信道，号懒堂。明州慈溪（今浙江宁波）人。英宗治平二年（1065）举进士第一。他曾同李定弹劾苏轼作歌诗讥讪时事，酿成“乌台诗案”，颇为后世所鄙。有《舒学士集》，不传。存词五十余首。

虞美人

芙蓉落尽天涵水[1]，日暮沧波起。背飞双燕贴云寒[2]，独向小楼东畔倚阑看。

浮生只合尊前老，雪满长安道[3]。故人早晚上高台[4]，寄我江南春色一枝梅[5]。

注释 1. 芙蓉：即荷花。2. 背飞双燕：犹言"劳燕分飞"，比喻夫妻、情侣别离。3. 长安：借指京城。4. 早晚：此处为随时、每日之意。5. "寄我"句：用南朝宋陆凯折梅题诗以寄范晔的故事。《荆州记》记载："陆凯与范晔交善，自江南寄梅花一枝，诣长安与晔。赠诗曰：'折梅逢驿使，寄与陇头人。江南无所有，聊赠一枝春。'"

刘 泾

刘泾（生卒年不详），字巨济，简州（今四川简阳）人。神宗熙宁六年（1073）进士，历任经义所检讨、太学博士、职方郎中等职。善画林石槎竹，笔墨狂逸。有《前溪集》，不传。存词二首。

夏初临·夏景

泛水新荷，舞风轻燕，园林夏日初长。庭树阴浓，雏莺学弄新簧[1]。小桥飞入横塘[2]。跨青苹、绿藻幽香。朱阑斜倚，霜纨未摇[3]，衣袂先凉[4]。

歌欢稀遇[5]，怨别多同，路遥水远，烟淡梅黄。轻衫短帽，相携洞府流觞[6]。况有红妆[7]。醉归来、宝蜡成行[8]。拂牙床[9]。纱厨

注释 1. "雏莺"句：谓幼莺发出新学会的清脆鸣声。簧：乐器里的发声薄片。2. 横塘：泛指水塘。3. 霜纨（wán）：此指纨扇。纨，细致洁白的薄绸。4. 衣袂（mèi）：衣袖，借指衣衫。5. 歌欢：欢歌。6. 流觞：谓饮酒。7. 红妆：女性以胭脂、红粉涂染面颊的面部妆饰，又称"红粉妆"，此处代指美女。8. 宝蜡：蜡烛的美称。9. 牙床：用象牙装饰的床，泛指制作精美的床。

半开[10]，月在回廊。

10. 纱厨：纱帐。

黄　裳

黄裳（1044—1130），字勉仲，号演山，又自号紫玄翁，延平（今福建南平）人。神宗元丰五年（1082）进士第一。历官礼部侍郎等职。其词语言明艳，有动人处。有《演山集》《演山词》。

喜迁莺·端午泛湖

梅霖初歇[1]。乍绛蕊海榴，争开时节[2]。角黍包金[3]，香蒲切玉[4]，是处玳筵罗列[5]。斗巧尽输少年，玉腕彩丝双结[6]。舣彩舫[7]，看龙舟两两，波心齐发。

奇绝。难画处，激起浪花，飞作湖间雪。画鼓喧雷，红旗闪电，夺罢锦标方彻[8]。望中水天日暮，犹见朱帘高揭。归棹晚[9]，载荷花十里，一钩新月。

注释　1. 梅霖：梅雨。2.“乍绛蕊”句：忽然到了红色的石榴花争相开放的时节。绛（jiàng）：赤色，火红。海榴：即石榴，因来自海外，又名“海石榴”。此指石榴花。3. 角黍：即粽子。以箬（ruò）叶或芦苇叶等裹米黍蒸煮使熟，状如三角，故称。金：黍色黄，故以“金”喻之。4. 香蒲：此指蒲根切段腌制而成的菜。玉：香蒲色绿，故以“玉”喻之。5. 玳筵：又称“玳瑁筵”，谓豪华、精美的宴席。6.“玉腕”句：民俗端午节以五色丝系臂腕，以驱鬼祛邪。7 舣（yǐ）：使船靠岸。8.“画鼓”三句：描写龙舟竞渡的激烈场面。锦标：锦制的标旗，后泛指授予竞赛优胜者的奖品。彻：结束，完结。9. 归棹：指归舟。

王　雱

王雱（1044—1076），字元泽，临川（今江西抚州）人。王安石子。性敏甚，未冠已著书数万言。治平四年（1067）进士，历任太子中允、崇政殿说书等职。善属文，工诗。存词一首。

倦寻芳慢

露晞向晚，帘幕风轻，小院闲昼。翠径莺来，惊下乱红铺绣[1]。倚危墙，登高榭，海棠经雨胭脂透。算韶华，又因循过了[2]，清明时候。

倦游燕[3]、风光满目，好景良辰，谁共携手。恨被榆钱，买断两眉长斗[4]。忆高阳[5]，人散后。落花流水仍依旧。这情怀，对东风、尽成消瘦。

注释　1.“翠径”二句：谓黄莺飞来，惊落枝上经雨的花瓣，绿径上点缀着落红，色彩斑斓，犹如织锦盖地，故曰“铺绣”。2. 因循：等闲，随意，轻易。3. 倦游燕：谓春来懒事游宴。燕，通“宴”。4.“恨被榆钱”二句：谓一春常在愁中。榆钱：即榆荚。榆荚成串如钱，因称榆钱。两眉长斗：形容因愁苦而双眉紧锁的样子。5. 高阳：据《史记·郦生陆贾列传》记载，汉郦食其求见沛公刘邦时，自称“高阳酒徒”。此指游宴时的狂朋怪侣。

黄庭坚

黄庭坚（1045—1105），字鲁直，号山谷道人，又号涪翁，洪州分宁（今江西修水）人。英宗治平四年（1067）进士，历任校书郎、起居舍人等职。后屡遭贬谪，死于宜州贬所。擅文章诗词，尤工书法。诗与苏轼并称“苏黄”，为江西诗派开山之祖；词与秦观齐名。有《豫章黄先生文集》《黄山谷诗》《山谷词》等。

寄黄几复[1]

我居北海君南海，
寄雁传书谢不能[2]。
桃李春风一杯酒，
江湖夜雨十年灯。

注释　1. 黄几复：名介，与黄庭坚是同乡好友和同榜进士，时任广东四会知县。2. 寄雁传书：托鸿雁传递书信。寄，拜托。谢：拒绝，谢绝。

持家但有四立壁，
治病不蕲三折肱[3]。
想得读书头已白，
隔溪猿哭瘴溪藤[4]。

3. 四立壁：语出《史记·司马相如列传》：“家居徒四壁立。”这里指黄几复为官清正廉洁，家中空无资财，唯有四壁。治病：此指治民、治理地方。蕲（qí）：需求。三折肱（gōng）：三次折断手臂。《左传》：“三折肱，知为良医。”此句谓黄几复为官精明能干，不需要经受多少挫折就能把地方治理好。4. 瘴溪：有瘴气的溪水。

双井茶送子瞻[1]

人间风日不到处，
天上玉堂森宝书[2]。
想见东坡旧居士，
挥毫百斛泻明珠[3]。
我家江南摘云腴，
落硙霏霏雪不如[4]。
为君唤起黄州梦，
独载扁舟向五湖[5]。

注释　1. 双井茶：黄庭坚家乡江西分宁双井出产的茶。子瞻：即苏轼。2. 玉堂：指翰林院。森：森然陈放，言书籍众多。宝书：珍贵的图书。3. 东坡：元丰二年（1079），苏轼因“乌台诗案”被贬到黄州，筑室于东坡，因以自号。居士：苏轼以“居士”自称，表示要修心养性，不以利名为念。“挥毫”句：想象苏轼才思横溢，持笔挥洒，文词就像千斗明珠倾泻。4. 云腴：指茶。茶以产于山腰多云雾者为佳。腴，肥美。“落硙”句：谓精心磨制的茶叶比雪花还轻。硙（wèi）：小石磨，磨制茶叶的器具。5. 黄州梦：指苏轼积极用世，以诗文讽喻时政获罪被贬黄州的人生不幸。扁舟：小舟，轻舟。五湖：太湖的别称。

雨中登岳阳楼望君山二首[1]

投荒万死鬓毛斑，
生入瞿塘滟滪关[2]。
未到江南先一笑[3]，
岳阳楼上对君山。

注释　1. 岳阳楼：在湖南岳阳的洞庭湖边上。君山：又称洞庭山，在岳阳西南洞庭湖中。2. 投荒：被贬到荒僻的地方。万死：即九死一生。鬓毛斑：鬓发花白。“生入”句：谓贬谪六七年，历经险恶，竟然能活着通过瞿塘滟滪堆的天险。滟滪关：即滟滪堆，原为瞿塘峡口突出江面的巨石，是古代出入三峡的险关。3. 江南：作者的故乡分宁，在宋代属江南西路。

满川风雨独凭栏，
绾结湘娥十二鬟[1]。
可惜不当湖水面，
银山堆里看青山[2]。

注释　1. 绾（wǎn）结：盘结。湘娥：湘妃，即舜之二妃娥皇和女英。十二鬟：泛指君山各峰，有如女神头上美丽的发髻。鬟，发髻。2.“可惜”二句：因为只是凭栏眺望，不能身在湖面，在湖水波涛中看君山。

题落星寺[1]（选一）

落星开士深结屋，
龙阁老翁来赋诗[2]。
小雨藏山客坐久[3]，
长江接天帆到迟。
宴寝清香与世隔[4]，
画图妙绝无人知。
蜂房各自开户牖，
处处煮茶藤一枝[5]。

注释　1. 落星寺：江西星子县（现庐山市）鄱阳湖西北有落星石，寺因此得名。2. 开士：僧人的尊称。深结屋：即在幽深之处建起房屋。龙阁老翁：指黄庭坚的舅父李常，曾任龙图阁直学士。3. 小雨藏山：指细雨迷蒙挡住了视线，青山仿佛被掩藏起来了。客：指诗人自己。4. 宴寝：休息安寝的居室。5. 蜂房：即蜂巢。这里形容依山而建的落星寺僧房有如蜂巢一样重叠排比。户牖：门窗。“处处”句：写寺中古藤煮茶，四处飘香，清雅幽绝。

夜发分宁寄杜涧叟

阳关一曲水东流，
灯火旌阳一钓舟[1]。
我自只如常日醉，
满川风月替人愁[2]。

注释　1. 阳关：即《阳关曲》，古代的离别之曲。旌阳：旌阳山，在分宁县东，作者离家时在此登舟。2.“我自”二句：我也只像平常那样喝得大醉，满江的清风明月自会替我生愁。

跋子瞻《和陶诗》[1]

子瞻谪岭南，时宰欲杀之[2]。
饱吃惠州饭，细和渊明诗[3]。
彭泽千载人[4]，东坡百世士。
出处虽不同，风味乃相似[5]。

注释　1. 此首是以诗代跋文，题于苏轼《和陶诗》之后。子瞻：苏轼的字。2."时宰"句：当时的宰相，指章惇。3. 惠州：今广东惠州市。渊明：即陶渊明，东晋大诗人。4. 彭泽：古代地名，在今江西湖口东。陶渊明曾在此做县令。此处以彭泽指代陶渊明。5. 出处(chǔ)：出仕、隐居。出，指苏轼。处，指陶渊明。风味：人生风格情调。

登快阁

痴儿了却公家事[1]，
快阁东西倚晚晴。
落目千山天远大，
澄江一道月分明[2]。
朱弦已为佳人绝，
青眼聊因美酒横[3]。
万里归船弄长笛，
此心吾与白鸥盟[4]。

注释　1. 痴儿：不谙世事的人，此是作者自指。了却：处理完。此句指作者自嘲自己痴心，要办完一天的公事后才去休息游玩。2. 澄江：清澈的江水，此指赣江。3. 朱弦：代指琴。佳人：代指知音，指道德美好的人。青眼：《晋书·阮籍传》载，阮籍能做青白眼，用白眼来看庸俗之人，用青眼来看所喜欢的知己之士。4. 白鸥盟：指和白鸥打交道，表示要辞官归隐。

病起荆江亭即事[1]（选三）

司马丞相昔登庸，
诏用元老超群公[2]。
杨绾当朝天下喜，

注释　1. 荆江亭：在今湖北江陵。即事：就眼前所见所感而赋诗。2. 司马丞相：指司马光。登庸：选拔任用。诏用元老：司马光主政以后，起用旧时老臣。

断碑零落卧秋风[3]。

3. 杨绾：唐玄宗天宝年间进士，唐肃宗时的辅政大臣，处事公平，政绩卓著。当朝：主持朝政。“断碑”句：感叹世事沧桑，政局多变。

翰墨场中老伏波，
菩提坊里病维摩[1]。
近人积水无鸥鹭，
时有归牛浮鼻过[2]。

注释　1. 翰墨场：文场，文坛。伏波：伏波将军马援，东汉名将。菩提坊：相传为释迦牟尼成佛得道的地方，这里泛指寺院。维摩：为佛教中有名的居士。此处作者以维摩自比。2. 浮鼻过：牛渡水时，鼻子露出水中以呼吸，故云“浮鼻”。

闭门觅句陈无己，
对客挥毫秦少游[1]。
正字不知温饱未，
西风吹泪古藤州[2]。

注释　1. 陈无己：即陈师道，字无己，传说他作诗时关在屋子内，蒙头苦思。故云“闭门觅句”。秦少游：即秦观。2. 正字：官职名，陈师道曾为秘书省正字，家境贫苦，所以作者此句有“温饱”之问。藤州：今广西藤县，秦观晚年从贬所回归途中，死于藤州。

睡　起

柿叶铺庭红颗秋，
熏炉沉水度衣篝[1]。
松风梦与故人遇，
同驾飞鸿跨九州[2]。

注释　1. 红颗：指柿子，阴历九月成熟，果圆而色红。沉水：一种熏香料。度：透过。衣篝：罩在熏笼上熏衣服用的竹笼。2. 九州：指全国各地。

池口风雨留三日[1]

孤城三日风吹雨，
小市人家只菜蔬。
水远山长双属玉，
身闲心苦一舂锄[2]。
翁从旁舍来收网，
我适临渊不羡鱼[3]。
俯仰之间已陈迹[4]，
暮窗归了读残书。

注释　1. 池口：今安徽贵池，地处长江边上。2. 属玉：鸟名。舂锄：即白鹭。3. 适：恰恰。临渊不羡鱼：此处反用典故，表示自己不求做官的淡泊心情。4.“俯仰”句：本意是感叹人生的短促，这里表示人生无常，官场险恶。

寄贺方回[1]

少游醉卧古藤下[2]，
谁与愁眉唱一杯？
解作江南断肠句，
只今惟有贺方回[3]。

注释　1. 贺方回：指词人贺铸。2. 少游：秦少游，即秦观。古藤：即藤州，秦观病卒于此。3.“解作”句：指贺铸的《青玉案》中的“试问闲愁都几许？一川烟草，满城风絮。梅子黄时雨”词句。

清平乐

春归何处？寂寞无行路。若有人知春去处，唤取归来同住。

春无踪迹谁知？除非问取黄

鹂[1]。百啭无人能解，因风飞过蔷薇[2]。

注释 1. 问取：问。2. 因风：趁着风势。

念奴娇

八月十七日，同诸甥步自永安城楼[1]，过张宽夫园待月[2]。偶有名酒，因以金荷酌众客[3]。客有孙彦立，善吹笛。援笔作乐府长短句，文不加点。

断虹霁雨，净秋空，山染修眉新绿。桂影扶疏，谁便道，今夕清辉不足[4]。万里青天，姮娥何处[5]，驾此一轮玉。寒光零乱，为谁偏照醽醁[6]。

年少从我追游，晚凉幽径，绕张园森木。共倒金荷家万里，难得尊前相属[7]。老子平生，江南江北，最爱临风曲。孙郎微笑，坐来声喷霜竹[8]。

注释 1. 永安城：在戎州，即今四川宜宾。2. 张宽夫：作者友人。3. 金荷：酒杯。4. 清辉：此指月光。5. 姮娥：即“嫦娥”，神话中的月中女神。6. 醽醁（líng lù）：美酒名。7. 相属(zhǔ)：互相劝酒。8. 坐来：适才，正当其时。霜竹：此指笛子。

水调歌头·游览

瑶草一何碧[1]，春入武陵溪[2]。溪上桃花无数，花上有黄鹂。我欲穿花寻路，直入白云深处，浩气展虹霓[3]。只恐花深里，红露湿人衣[4]。

注释 1. 瑶草：传说中的仙草，帝女死后所化。泛指珍美的草。2. 武陵溪：用陶渊明《桃花源记》事，此处指岸边种着桃树的溪流。3. 虹霓：雨后或日出、日没之际天空中所现的七色圆弧。4. 红露：花上露水。

坐玉石，攲玉枕[5]，拂金徽[6]。谪仙何处[7]，无人伴我白螺杯[8]。我为灵芝仙草，不为朱唇丹脸，长啸亦何为。醉舞下山去，明月逐人归。

5. 攲：古通“倚”，斜靠着。6. 金徽：用金属镶制的琴面音位标识，此处指琴。7. 谪仙：唐代诗人李白被贺知章赞为“谪仙人”。8. 白螺杯：白螺做的酒杯，此处借指饮酒。

踏莎行

临水夭桃[1]，倚墙繁李。长杨风掉青骢尾[2]。尊中有酒且酬春，更寻何处无愁地。

明日重来，落花如绮。芭蕉渐展山公启[3]。欲笺心事寄天公[4]，教人长对花前醉。

注释　1. 夭桃：繁盛美艳的桃花。2.“长杨”句：谓风吹垂杨摆动似青骢马尾一般。3.“芭蕉”句：谓芭蕉展开就像当年山涛公展开的奏折启事一样。山公启：据《晋书·山涛传》记载，山涛任吏部尚书时，对所选用的人才都亲作评论，各加品题，时称“山公启事”。4. 笺：写信。

西江月

老夫既戒酒不饮，遇宴集，独醒其旁。坐客欲得小词，援笔为赋。

断送一生惟有，破除万事无过[1]。远山横黛蘸秋波[2]，不饮旁人笑我。

花病等闲瘦弱[3]，春愁无处遮拦[4]。杯行到手莫留残，不道月斜人散[5]。

注释　1.“断送”二句：韩愈有“断送一生惟有酒”（《遣兴》）、“破除万事无过酒”（《赠郑兵曹》）的诗句，此二句省去末尾“酒”字，以示戒酒之意。2.“远山”句：形容席上妓女劝酒的情态。远山横黛：指眉毛。秋波：指眼波。3.“花病”句：谓暮春群花凋零，好似病体瘦弱之人。等闲：无端。4. 遮拦：此处乃排遣之意。5.“杯行”二句：意谓开怀畅饮，不思月斜人散的结局。

品令·茶词

凤舞团团饼[1]。恨分破、教孤令[2]。金渠体净，只轮慢碾，玉尘光莹[3]。汤响松风，早减了、二分酒病[4]。

味浓香永。醉乡路、成佳境。恰如灯下，故人万里，归来对影[5]。口不能言，心下快活自省[6]。

注释　1.“凤舞”句：指龙凤团茶，乃宋初皇宫贡茶，先制成茶饼，然后以蜡封之，盖上龙凤图案。2.“恨分破”句：唐宋人品茶，先将茶饼碾碎成末，方能入水，故云。孤令：孤单，孤独。3.“金渠”三句：形容茶加工之精细，成色之纯净。4.“汤响”二句：谓茶煎好后，清香袭人，不饮也已清神醒酒。汤：热水。松风：煎茶时水沸如松涛之声。5.“醉乡路”四句：意谓饮茶如饮美酒、如对故人。6.“口不能言”二句：谓品茶的妙处只可意会，不能言传。

鹧鸪天

坐中有眉山隐客史应之和前韵[1]，即席答之。

黄菊枝头生晓寒。人生莫放酒杯干。风前横笛斜吹雨，醉里簪花倒着冠[2]。

身健在，且加餐[3]。舞裙歌板尽清欢[4]。黄花白发相牵挽，付与时人冷眼看。

注释　1. 史应之：黄庭坚在戎州贬所结识的友人。2.“醉里”句：形容醉后狂态。晋朝山简镇守襄阳时，喜欢在外饮酒，常常大醉，骑马倒戴白帽而归。3.“身健在”二句：谓多进饮食，保重身体。4. 歌板：即拍板，古代用以打拍子的乐器，妓女们歌唱时常用。清欢：清雅恬适之乐。

李元膺

李元膺（生卒年不详），东平（今属山东）人，为哲宗、徽宗时人，曾任南京教官。能诗词，近人辑有《李元膺词》一卷。

十忆诗（选二）

忆　书

纤玉参差象管轻，
蜀笺小研碧窗明[1]。
袖纱密掩嗔郎看[2]，
学写鸳鸯字未成。

注释　1. 纤玉：纤纤玉指，形容美人细长如玉的手指。参差：长短不齐。象管：以象牙为笔杆的毛笔，也泛指笔。蜀笺：蜀地产的笺纸。2. 嗔：假装生气。

忆　博

小阁争筹画烛低，
锦茵围坐玉相敧[1]。
娇羞惯被郎君戏，
袖掩春葱出注迟[2]。

注释　1. 筹：古代博戏所用的筹码。锦茵：丝织物做的垫子、褥子等物。玉：玉人，容貌美丽的人。敧：通"倚"。2. 春葱：形容白嫩的手指。注：用来赌博的财物。

洞仙歌

一年春物，惟梅柳间意味最深。至莺花烂漫时，则春已衰迟，使人无复新意。余作《洞仙歌》，使探春者歌之，无后时之悔。

雪云散尽，放晓晴庭院。杨柳于人便青眼[1]。更风流多处，一点梅心，相映远，约略颦轻笑浅[2]。

一年春好处，不在浓芳，小艳疏香最娇软。到清明时候，百

注释　1. 青眼：古人谓初生的柳叶为柳眼。此处因柳叶青色，故称青眼。2. 颦轻笑浅：轻轻地皱眉，浅浅地微笑，常用来形容女子优雅温婉的情态。

紫千红花正乱，已失春风一半。早占取、韶光共追游[3]，但莫管春寒，醉红自暖。

3. 韶光：美好的光阴，多指春天。

晁元礼

晁元礼（1046—1113），一作端礼，字次膺，任城（今山东济宁）人。神宗熙宁六年（1073）进士。政和三年（1113），进《并蒂芙蓉》词得到徽宗称赏，以承事郎为大晟府协律，未及供职即病逝。今传《闲斋琴趣外篇》。

绿头鸭

晚云收，淡天一片琉璃。烂银盘[1]、来从海底，皓色千里澄辉。莹无尘、素娥淡伫[2]，静可数、丹桂参差[3]。玉露初零，金风未凛，一年无似此佳时。露坐久、疏萤时度，乌鹊正南飞[4]。瑶台冷[5]，阑干凭暖，欲下迟迟。

念佳人、音尘别后，对此应解相思。最关情、漏声正永，暗断肠、花阴偷移。料得来宵，清光未减，阴晴天气又争知。共凝恋、如今别后，还是来年期。人强健，清尊素影，长愿相随。

注释　1. 烂银盘：指月亮。烂银，灿烂如银。2. 素娥：即嫦娥。3. 丹桂：传说月中有桂树，常以“丹桂”为月亮的代称。4.“乌鹊”句：化用曹操《短歌行》诗：“月明星稀，乌鹊南飞。”5. 瑶台：美玉砌成的高台。

王诜

王诜（约1048—1104），字晋卿，太原人，徙居汴京（今河南开封）。熙宁二年（1069）尚英宗女蜀国公主，为驸马都尉。与苏轼、黄庭坚、米芾等交往。能诗善画，尤擅山水。黄庭坚赞其词“清丽幽远”，今存词十三首。

蝶恋花

钟送黄昏鸡报晓。昏晓相催，世事何时了。万恨千愁人自老。春来依旧生芳草。

忙处人多闲处少[1]。闲处光阴，几个人知道。独上高楼云渺渺[2]。天涯一点青山小。

注释　1.“忙处”句：谓世人忙忙碌碌，少有闲暇。2. 渺渺：形容悠远。

李之仪

李之仪（1048—1127），字端叔，号姑溪居士。滨州无棣（今属山东）人。神宗时进士，元祐初为枢密院编修官，崇宁初谪居当涂。其词长于淡语、景语、情语。有《姑溪居士文集》《姑溪词》。

书　扇

几年无事傍江湖，
醉倒黄公旧酒垆[1]。
觉后不知明月上，
满身花影倩人扶[2]。

注释　1. 傍江湖：流落江湖，漂泊江湖。黄公旧酒垆：魏晋时黄公开的一家酒店，嵇康、阮籍等常饮于此。2. 觉后：醒来后。

卜算子

我住长江头，君住长江尾。
日日思君不见君，共饮长江水。
此水几时休，此恨何时已[1]。
只愿君心似我心，定不负相思意。

注释　1. 已：停止，完结。

谢池春

残寒消尽，疏雨过、清明后。
花径敛余红[1]，风沼萦新皱。乳燕
穿庭户，飞絮沾襟袖。正佳时，
仍晚昼[2]，着人滋味[3]，真个浓如酒。
频移带眼[4]，空只恁，厌厌瘦。
不见又思量，见了还依旧。为问
频相见，何似长相守。天不老，
人未偶，且将此恨，分付庭前柳[5]。

注释　1. 敛：聚集，堆积。2. 晚昼：傍晚。3. 着（zhuó）人：让人感受到。4. 频移带眼：形容日渐消瘦。5. 分付：交托，寄予。

朱　服

朱服（1048—?），字行中。湖州乌程（今浙江湖州）人。神宗熙宁六年（1073）进士，历官国子司业、中书舍人等。坐与苏轼游，被贬。现存词仅《渔家傲》一首，《乌程旧志》评道：“读其词，想见其人不愧为苏轼党也。”

渔家傲

小雨纤纤风细细，万家杨柳青烟里。恋树湿花飞不起。愁无比，和春付与东流水。

九十光阴能有几[1]？金龟解尽留无计[2]。寄语东阳沽酒市[3]。拚一醉，而今乐事他年泪。

注释 1. 九十光阴：指孟、仲、季三春共九十天。2. 金龟解尽：用贺知章以金龟换酒事。据孟棨《本事诗》记载，贺知章读李白《蜀道难》，“称叹者数四，号为谪仙，解金龟换酒，与倾尽醉”。金龟，唐代亲王及三品以上官员佩饰金龟。3. 东阳：今浙江金华市。

时　彦

时彦（？—1107），字邦美。汴京（今河南开封）人。神宗元丰二年（1079）举进士第一，历官开封府尹、吏部尚书等。存词一首。

青门饮

胡马嘶风[1]，汉旗翻雪[2]，彤云又吐[3]，一竿残照。古木连空，乱山无数，行尽暮沙衰草。星斗横幽馆，夜无眠，灯花空老。雾浓香鸭[4]，冰凝泪烛，霜天难晓。

长记小妆才了[5]，一杯未尽，离怀多少。醉里秋波，梦中朝雨[6]，都是醒时烦恼。料有牵情处，忍思量耳边曾道。甚时跃马归来，认得迎门轻笑。

注释 1. “胡马”句：语出《古诗十九首·行行重行行》：“胡马依北风，越鸟巢南枝。”此处指边境地区的景象。2. 汉旗：此指宋朝使臣的队伍。3. 彤云：红色的云霞。4. 香鸭：鸭形香炉。5. 小妆：犹言浅妆、淡妆。6. 朝雨：暗用宋玉《高唐赋》中“巫山云雨”的典故。

秦观

秦观（1049—1100），字少游，又字太虚，号淮海居士，高邮（今江苏高邮）人。元丰八年（1085）进士，历任太学博士、秘书省正字、国史院编修官等职。以文章受赏于苏轼，为“苏门四学士”之一。其词俊逸精妙，情韵兼胜，历来被视为婉约词之正宗。有《淮海集》《淮海居士长短句》。

春日

一夕轻雷落万丝，
霁光浮瓦碧参差[1]。
有情芍药含春泪，
无力蔷薇卧晓枝[2]。

注释 1. 万丝：形容绵绵如丝的细雨。霁光：雨后初晴的阳光。2. 春泪：形容未干的雨点。无力：指柔弱貌。此句将芍药比喻成含泪的佳人，将蔷薇比喻成娇柔的少女。

泗州东城晚望

渺渺孤城白水环，
舳舻人语夕霏间[1]。
林梢一抹青如画，
应是淮流转处山[2]。

注释 1. 舳舻：本指船头和船尾，这里代指船。霏：雾霭。2.“应是”句：谓那儿应当是淮河拐弯处的山。

秋日

霜落邗沟积水清[1]，
寒星无数傍船明。

注释 1. 邗沟：指自扬州西北至淮安市北入淮的一段运河。

菰蒲深处疑无地[2]，
忽有人家笑语声。

2. 菰蒲：泛指水草。此句指：在水草茂盛的地方，怀疑那里会没有陆地。

金山晚眺

西津江口月初弦，
水气昏昏上接天[1]。
清渚白沙茫不辨，
只应灯火是渔船[2]。

注释　1. 西津：长江上的一个渡口，在镇江西北。月初弦：农历初八前后，月亮呈半圆状，弧圈向上，称为“上弦”。2. 渚：水中的小块陆地和沙洲。“只应”句：灯火闪烁处应该是停泊着渔船。

踏莎行

雾失楼台，月迷津渡[1]，桃源望断无寻处[2]。可堪孤馆闭春寒[3]，杜鹃声里斜阳暮。

驿寄梅花[4]，鱼传尺素[5]，砌成此恨无重数。郴江幸自绕郴山，为谁流下潇湘去[6]？

注释　1. 津渡：渡口。2. 桃源：一说语出晋陶渊明《桃花源记》；一说指郴州名胜苏仙岭；一说用刘晨、阮肇入天台山遇仙女之典。喻指美好的事物无处可寻。3. 可堪：哪堪。4. 驿寄梅花：用陆凯自江南寄梅花给范晔事。此处作者以远离故乡的范晔自比。5. 鱼传尺素：语出古乐府诗《饮马长城窟行》：“客从远方来，遗我双鲤鱼。呼儿烹鲤鱼，中有尺素书。”尺素，指书信。6.“郴江”二句：借山水感慨身世。郴：郴州，今属湖南。幸自：本自，原来。

鹊桥仙

纤云弄巧[1]，飞星传恨[2]，银

注释　1. 纤云弄巧：云彩弄出巧妙的

汉迢迢暗度[3]。金风玉露一相逢[4]，便胜却人间无数。

柔情似水，佳期如梦，忍顾鹊桥归路[5]。两情若是久长时，又岂在朝朝暮暮[6]。

花样。此处暗喻七夕，旧时七夕有乞巧的风俗。2. 飞星传恨：谓流星飞越银河，似为牛郎织女传达离别之恨。3. "银汉"句：传说中牛郎织女每年七夕渡过银河相会。银汉：银河，天河。4. 金风玉露：喻指秋天。5. "忍顾"句：言不忍分别。忍顾：怎忍回顾。6. 朝朝暮暮：谓朝夕相聚。

满庭芳

山抹微云，天粘衰草，画角声断谯门[1]。暂停征棹[2]，聊共引离尊[3]。多少蓬莱旧事，空回首、烟霭纷纷。斜阳外，寒鸦万点，流水绕孤村[4]。

消魂。当此际，香囊暗解[5]，罗带轻分。谩赢得、青楼薄幸名存[6]。此去何时见也，襟袖上、空惹啼痕。伤情处，高城望断，灯火已黄昏。

注释　1. 谯门：城门上望远之楼。2. 征棹：远行的船只。3. 共引离尊：言饯行时举杯劝酒。4. "寒鸦"二句：从隋炀帝诗"寒鸦飞数点，流水绕孤村"化出。5. 香囊：盛香料的袋子，佩于身或悬于帐以为饰物。6. "谩赢得"句：语出唐杜牧《遣怀》诗："十年一觉扬州梦，赢得青楼薄幸名。"薄幸：薄情。

千秋岁

水边沙外，城郭春寒退[1]。花影乱，莺声碎。飘零疏酒盏，离

注释　1. 城郭：泛指城郊。城，内城的墙。郭，外城的墙。

别宽衣带。人不见，碧云暮合空相对[2]。

忆昔西池会，鹓鹭同飞盖[3]。携手处，今谁在，日边清梦断[4]，镜里朱颜改。春去也，飞红万点愁如海。

2.“人不见”二句：化用南朝梁江淹《休上人怨别》“日暮碧云合，佳人殊未来”诗意。3.“忆昔”句：回忆过去与同僚们同游西池的盛会。鹓鹭：二鸟名，因其飞行有序，此喻朝官之行列。飞盖：高高的车篷，此借指车。4.日边：借指皇帝身边。

望海潮

梅英疏淡[1]，冰澌溶泄[2]，东风暗换年华。金谷俊游，铜驼巷陌[3]，新晴细履平沙。长记误随车。正絮翻蝶舞，芳思交加[4]。柳下桃蹊[5]，乱分春色到人家。

西园夜饮鸣笳。有华灯碍月，飞盖妨花[6]。兰苑未空[7]，行人渐老[8]，重来是事堪嗟。烟暝酒旗斜。但倚楼极目，时见栖鸦。无奈归心，暗随流水到天涯。

注释　1.疏淡：稀少，褪色。2.冰澌溶泄：结冰的流水已经融化。冰澌：流冰。3.铜驼巷陌：西晋都城洛阳皇宫前有一条繁华街道名为铜驼街，因宫前立有铜驼而得名。巷陌，街道。4.芳思：犹言春情。5.桃蹊：开满桃花的路。典出《史记·李将军列传》：“谚曰：桃李不言，下自成蹊。”6.“有华灯”二句：形容灯火通明，游人极多。碍月、妨花：形容妨碍了欣赏自然美景。华灯：光辉灿烂的灯。7.兰苑：对园林的美称，此指西园。8.行人：出行之人，此为作者自指。

八六子

倚危亭，恨如芳草，萋萋刬

尽还生[1]。念柳外青骢别后，水边红袂分时[2]，怆然暗惊。

无端天与娉婷[3]，夜月一帘幽梦，春风十里柔情。怎奈向[4]、欢娱渐随流水，素弦声断[5]，翠绡香减。那堪片片飞花弄晚，蒙蒙残雨笼晴。正销凝[6]，黄鹂又啼数声。

注释　1. 刬（chǎn）：削去，铲平，后写作“铲”。2. 红袂（mèi）：红色的衣袖，此处代指女子。3. 娉（pīng）婷：美好貌，指美人。4. 怎奈向：怎奈何。向：语助词。5. 素弦：素琴，不加装饰的琴。6. 销凝：因伤感而出神，亦作“消凝”，销魂、凝魂的略语。

水龙吟

小楼连远横空，下窥绣毂雕鞍骤[1]。朱帘半卷，单衣初试，清明时候。破暖轻风，弄晴微雨[2]，欲无还有。卖花声过尽、斜阳院落，红成阵、飞鸳甃[3]。

玉佩丁东别后[4]，怅佳期、参差难又[5]。名缰利锁[6]，天还知道，和天也瘦[7]。花下重门，柳边深巷，不堪回首。念多情但有，当时皓月，向人依旧。

注释　1. 绣毂：华丽的车辆。毂，原指车轮中心的圆木，周围与车辐的一端相接，中有圆孔，用以插轴。后代指车轮、车辆。雕鞍：用彩画装饰的马鞍，也代指马。2. 弄晴微雨：微微细雨，若有若无，似乎在逗弄着晴天。3. 鸳甃（zhòu）：用对称的砖瓦砌成的井壁。甃，井壁。4. 丁东：亦作“丁冬”“东丁”，象声词。5. 参差（cēn cī）：犹“差池”，蹉跎、失误之意。6. 名缰利锁：指功名利禄对人的羁绊。7. “天还知道”二句：言如果天有感情，连天亦不免当此苦况而消瘦，何况于人。和：犹连也。

画堂春·春情

东风吹柳日初长。雨余芳草斜

阳。杏花零落燕泥香[1]。睡损红妆。

香篆暗消鸾凤[2]，画屏萦绕潇湘[3]。暮寒轻透薄罗裳。无限思量。

注释　1. 燕泥：燕子筑巢所衔的泥，此处泛指泥土。2. 香篆：焚香时所起的烟缕。因其曲折似篆文，故称。3.“画屏”句：谓屏风上绘的潇湘风景。

江城子

西城杨柳弄春柔[1]，动离忧，泪难收。犹记多情曾为系归舟。碧野朱桥当日事，人不见，水空流。

韶华不为少年留[2]，恨悠悠，几时休？飞絮落花时候一登楼。便做春江都是泪，流不尽，许多愁[3]。

注释　1. 西城：此指汴京西门外的金明池、琼林苑等处。弄春柔：以柔情相撩拨。2. 韶华：此指美好的青春年华。3.“便做”三句：从南唐李煜《虞美人》词“问君能有几多愁？恰似一江春水向东流”变化而来。便做：即使，纵使。

浣溪沙

漠漠轻寒上小楼[1]，晓阴无赖似穷秋[2]，淡烟流水画屏幽。

自在飞花轻似梦，无边丝雨细如愁，宝帘闲挂小银钩[3]。

注释　1. 漠漠：弥漫的样子。2.“晓阴”句：早晨天气阴沉，如同深秋一样寒冷，令人烦忧。无赖：无可奈何，令人烦闷。穷秋：深秋，秋末。3. 银钩：银制的帘钩，形容其精美。

画堂春

落红铺径水平池，弄晴小雨霏霏。杏园憔悴杜鹃啼[1]，无奈春归。

柳外画楼独上，凭阑手捻花枝[2]。放花无语对斜晖，此恨谁知。

注释　1. 杏园憔悴：暗含落第之意。杏园：在长安曲江池畔，唐时为新进士游宴之地。2. 手捻（niǎn）花枝：唐宋词中常用以表达人物愁苦无聊之情状。捻，以手指持物。

阮郎归

湘天风雨破寒初，深沉庭院虚。丽谯吹罢小单于[1]，迢迢清夜徂[2]。

乡梦断，旅魂孤，峥嵘岁又除[3]。衡阳犹有雁传书[4]，郴阳和雁无[5]。

注释　1. “丽谯”句：城楼上画角吹响《小单于》的曲调。丽谯：高楼，后指谯楼。小单（chán）于：唐代大曲名。2. “迢迢”句：谓夜晚漫长凄清。徂（cú）：往，到。3. 峥嵘：比喻特出，不寻常。4. “衡阳”句：古传北雁南飞，至衡阳（今湖南省衡阳市）而止，城南有回雁峰。5. 郴阳：今湖南省郴州市，在衡阳之南。

如梦令

池上春归何处？满目落花飞絮。孤馆悄无人，梦断月堤归路。无绪。无绪。帘外五更风雨[1]。

注释　1. “帘外”句：谓半夜醒来听到屋外的风雨声，心情愁闷。欧阳修《浪淘沙》词：“帘外五更风，吹梦无踪。”语意与此句相近。

如梦令

楼外残阳红满，春入柳条将半。桃李不禁风，回首落英无限[1]。肠断。肠断。人共楚天俱远[2]。

注释　1. 落英：落花。2. 楚天：古代楚国之地，泛指南方。

赵令畤

赵令畤（1051—1134），初字景贶，改字德麟，号聊复翁。宋太祖次子燕王德昭之玄孙。苏轼荐其才于朝，以此坐元祐党籍，被废十年。后袭封安定郡王。有《侯鲭录》《聊复集》。

清平乐

春风依旧，著意隋堤柳[1]。搓得鹅儿黄欲就[2]，天气清明时候。

去年紫陌青门[3]，今宵雨魄云魂[4]。断送一生憔悴，只消几个黄昏？

注释　1. 隋堤柳：隋炀帝开通济渠，沿渠堤植柳。2. 鹅儿黄：指柳条似鹅黄。3. 紫陌青门：此指游冶之处。4. 雨魄云魂：暗用宋玉《高唐赋》中“巫山云雨”的典故。

小重山

楼上风和玉漏迟。秋千庭院静，百花飞。午窗才起暖金卮[1]。匀面了[2]，阑畔看春池。

注释　1. 金卮：金制酒器，此处是对酒器的美称。2. 匀面：谓化妆时用手搓脸使脂粉匀净。

何事苦颦眉。碧云春信断，尽来时。鸳鸯游戏镇相随。云雾敛，新月挂天西。

浣溪沙

水满池塘花满枝，乱香深里语黄鹂。东风轻软弄帘帏。

日正长时春梦短，燕交飞处柳烟低。玉窗红子斗棋时[1]。

注释　1. 斗棋：下棋。

蝶恋花

欲减罗衣寒未去。不卷珠帘，人在深深处。红杏枝头花几许？啼痕止恨清明雨[1]。

尽日沉烟香一缕[2]。宿酒醒迟[3]，恼破春情绪[4]。飞燕又将归信误，小屏风上西江路。

注释　1. 啼痕：指红杏带雨，宛若啼哭之痕。2. 沉烟：即沉水香，俗称沉香，是一种珍贵香料。3. 宿酒：隔夜仍使人醉而不醒的酒力。4. 恼破：恼到极点。

蝶恋花

卷絮风头寒欲尽，坠粉飘香，日日红成阵。新酒又添残酒困，今春不减前春恨。

蝶去莺飞无处问，隔水高楼，望断双鱼信[1]。恼乱横波秋一寸[2]，斜阳只与黄昏近。

注释　1. 双鱼：指书信。2. 横波秋一寸：形容女子水汪汪的眼睛。

乌夜啼・春思

楼上萦帘弱絮，墙头碍月低花。年年春事关心事[1]，肠断欲栖鸦。

舞镜鸾衾翠减[2]，啼珠凤蜡红斜[3]。重门不锁相思梦，随意绕天涯。

注释　1.“年年”句：谓春天景物总是引发人的相思愁绪。2. 鸾衾：绣有鸾凤花饰的衾被。3. 啼珠：此处喻指烛泪。凤蜡：蜡烛的美称。

贺　铸

贺铸（1052—1125），字方回，号庆湖遗老，卫州（今河南新乡）人。先为武弁，后改文职。为人豪爽精悍，书无所不读。家藏书万余卷，手自校雠，无一字脱误。其诗词雅丽，有古乐府之风。有《庆湖遗老集》《东山词》。

野　步

津头微径望城斜，
水落孤村格嫩沙[1]。
黄草庵中疏雨湿，
白头翁妪坐看瓜。

注释　1.“津头”句：由渡口通向城里的小路弯弯曲曲。“水落”句：江水和孤村之间，隔着一道细沙滩。格：阻隔。

病后登快哉亭[1]

经雨清蝉得意鸣，
征尘断处见归程[2]。
病来把酒不知厌，
梦后倚楼无限情[3]。
鸦带斜阳投古刹，
草将野色入荒城[4]。
故园又负黄华约，
但觉秋风发上生[5]。

注释　1. 快哉亭：在徐州东南角城隅上，本为唐薛能阳春亭故址，宋李邦直改建，苏轼知徐州时题名“快哉”。2. 征尘：这里指路上车马过后扬起的风尘。断：散尽。3. 厌：饱，满足。倚楼：登楼凭栏，这里指登楼远望。情：指思念故园之情。4. 鸦带斜阳：乌鸦在夕晖中飞行之景象。投：投宿。古刹（chà）：古寺。将：带，引。5. 故园：老家。负：辜负，违背，错过。黄华：即黄花，指菊花。秋风发上生：暗指头发凋零或始生白发。

青玉案

凌波不过横塘路[1]。但目送、芳尘去[2]。锦瑟华年谁与度[3]。月桥花院，琐窗朱户[4]，只有春知处。

注释　1. 凌波：形容女子步态轻盈。语出曹植《洛神赋》：“凌波微步，罗袜生尘。”横塘：在姑苏城外，贺铸在此建有别墅。2. 芳尘去：借指美人已去。3. 锦瑟华年：借指大好的青春年华。4. 琐窗：雕飞云冉冉蘅皋暮[5]。彩笔新题断肠句[6]。试问闲愁都几许[7]。一川烟草[8]，满城风絮，梅子黄时雨。

绘连琐花纹的窗子。5. 蘅皋：长着香草的水边高地。蘅，杜蘅，一种香草。皋，水边高地。6. 彩笔：比喻有写作的才华。7. 都几许：共有多少。8. 一川：遍地。

望湘人

厌莺声到枕，花气动帘，醉魂愁梦相半。被惜余熏，带惊剩眼[1]，几许伤春春晚。泪竹痕鲜[2]，佩兰香老，湘天浓暖。记小江风月佳时，屡约非烟游伴[3]。

须信鸾弦易断[4]，奈云和再鼓[5]，曲中人远。认罗袜无踪，旧处弄波清浅。青翰棹舣[6]，白蘋洲畔，尽目临皋飞观[7]。不解寄、一字相思，幸有归来双燕。

注释　1. 带惊剩眼：指身体日渐消瘦，典出《南史·沈约传》。2. 泪竹：又称"湘妃竹"，即斑竹。相传舜妃娥皇、女英听说舜南巡死于苍梧，葬在湖南九嶷山，一路寻来，伤心不已，她们的眼泪洒在山野的竹子上，形成美丽的斑纹，成为斑竹。3. 非烟：武公业之妾步非烟，貌美而有文才。此处借指才貌双全的女子。4. 鸾弦：《汉武外传》记载："西海献鸾胶，武帝弦断，以胶续之，弦二头遂相着，终日射，不断，帝大悦。"此处反用其典。5. 云和：琴瑟的代称。6. 青翰：船名。因船上有鸟形刻饰，涂以青色，故名。7. 临皋：临水之地。飞观：原指高耸的宫阙，此处泛指高楼。

石州引

薄雨收寒，斜照弄晴，春意空阔。长亭柳色才黄，远客一枝先折。烟横水际，映带几点归鸿，东风消尽龙沙雪[1]。还记出关来，恰而今时节。

注释　1. 龙沙：指漠北。

将发。画楼芳酒，红泪清歌[2]，便成轻别。回首经年，杳杳音尘都绝。欲知方寸[3]，共有几许新愁，芭蕉不展丁香结[4]。枉望断天涯，两厌厌风月。

2. 红泪：指女子伤心的血泪。3. 方寸：指心。4.“芭蕉”句：语出李商隐《代赠》诗：“芭蕉不展丁香结，同向春风各自愁。”芭蕉叶先卷后舒，丁香花蕾丛生，喻人愁结不解。

薄　幸

淡妆多态，更的的[1]、频回眄睐[2]。便认得琴心先许[3]，欲绾合欢双带[4]。记画堂、风月逢迎，轻颦浅笑娇无奈。向睡鸭炉边，翔鸳屏里，羞把香罗暗解。

自过了烧灯后[5]，都不见踏青挑菜[6]。几回凭双燕，丁宁深意，往来却恨重帘碍。约何时再，正春浓酒困，人闲昼永无聊赖。厌厌睡起，犹有花梢日在。

注释　1. 的的：明媚貌。2. 眄（miǎn）睐：顾盼。3. 琴心：寄心思于琴声。用司马相如琴挑卓文君事。4. 绾（wǎn）：盘结。合欢双带：象征男女欢爱的丝带。5. 烧灯：指元宵节。6. 踏青挑菜：指春日郊游。古代南方以二月初二为“踏青节”，又称“挑菜节”。

六州歌头

少年侠气，交结五都雄[1]。肝胆洞，毛发耸[2]。立谈中，死生同[3]，

注释　1. 五都：唐代以长安、洛阳、凤翔、江陵、太原为五都。此泛指北宋北方的各大都市。2.“肝胆”二句：意为肝胆相照，正义凛然。3.“立谈”二句：

一诺千金重。推翘勇[4]，矜豪纵，轻盖拥，联飞鞚[5]，斗城东[6]。轰饮酒垆，春色浮寒瓮，吸海垂虹[7]。间呼鹰嗾犬，白羽摘雕弓，狡穴俄空[8]。乐匆匆。

似黄粱梦。辞丹凤[9]，明月共，漾孤篷。官冗从[10]，怀倥偬[11]，落尘笼。簿书丛[12]，鹖弁如云众[13]，供粗用，忽奇功。笳鼓动，《渔阳弄》，《思悲翁》[14]。不请长缨，系取天骄种[15]，剑吼西风。恨登山临水，手寄七弦桐[16]，目送归鸿。

谓须臾而谈即意气相投，可以同生共死。4. 推翘勇：推崇特出的勇敢。5.“轻盖”二句：谓轻车簇拥，联马驰逐。鞚：有嚼口的马络头，此代指马。6. 斗城：原指汉代长安故城。此借指北宋汴京，即今之开封。7. 吸海垂虹：比喻狂饮之态。8.“间呼鹰”三句：谓带着鹰犬到郊外射猎，一举荡平狡兔的巢穴。白羽：指箭。9. 丹凤：指京城。唐时长安有丹凤门，故以丹凤代指京城。10. 冗从：汉时散职侍从官。作者多年任禁廷侍卫武官，与“冗从”相近。11. 怀倥偬：谓情怀愁苦。倥偬，困苦窘迫。12. 簿书丛：谓公文事务繁琐。簿书，官署之簿籍文书。13. 鹖弁（hé biàn）：即鹖冠，以鹖羽为饰之冠，古代为武官之冠。此代指武官。弁，帽子。14.“笳鼓”三句：谓战事发生。笳鼓：笳声与鼓声，借指军乐。15. 天骄种：原指胡族，此泛指外寇。16. 七弦桐：指琴，多以桐木制成，或五弦或七弦，故名。

感皇恩

兰芷满汀洲[1]，游丝横路。罗袜尘生步。迎顾。整鬟颦黛，脉脉两情难语。细风吹柳絮，人南渡。

回首旧游，山无重数。花底深，朱户何处。半黄梅子，向晚一帘疏雨。断魂分付与。春将去[2]。

注释　1. 兰芷：兰草和白芷，两种香草。汀洲：水中小洲。2. 将：携带。

临江仙·人日席上作[1]

巧剪合欢罗胜子[2]，钗头春意翩翩。艳歌浅拜笑嫣然。愿郎宜此酒，行乐驻华年。

未是文园多病客[3]，幽襟凄断堪怜[4]。旧游梦挂碧云边。人归落雁后，思发在花前[5]。

注释 1. 人日：旧俗以农历正月初七为人日。2. 罗胜子：即罗胜，古代饰物，用丝罗剪制。3. 文园多病客：汉代司马相如曾任文园令，“常有消渴疾”。此指称病闲居之人。4. 幽襟：犹幽怀，指隐藏在内心的情感。凄断：伤心。5.“人归”二句：用隋薛道衡《人日思归》成句，表达思乡之情。

鹧鸪天

重过阊门万事非[1]，同来何事不同归[2]？梧桐半死清霜后[3]，头白鸳鸯失伴飞。

原上草，露初晞[4]。旧栖新垄两依依[5]。空床卧听南窗雨，谁复挑灯夜补衣。

注释 1. 阊（chāng）门：苏州城的西门。万事非：谓人事全非。2. 何事：为何。3. 梧桐半死：比喻遭丧偶之痛。4. 露初晞：谓露水易干，喻人生短促。5.“旧栖”句：谓对旧居和新坟都留恋难舍，不忍离去。

醉中真

不信芳春厌老人，老人几度送余春。惜春行乐莫辞频。

巧笑艳歌皆我意，恼花颠酒

拚君嗔[1]。物情惟有醉中真。

注释　1. 颠酒：指发酒疯。嗔，恼怒，生气。

减字浣溪沙

楼角初消一缕霞，淡黄杨柳暗栖鸦。玉人和月摘梅花。

笑捻粉香归洞户[1]，更垂帘幕护窗纱。东风寒似夜来些[2]。

注释　1. 洞户：门户相通的房间。2. 些：句末语气助词。此处读 shā。

蝶恋花

几许伤春春复暮。杨柳清阴，偏碍游丝度。天际小山桃叶步[1]，白蘋花满湔裙处[2]。

竟日微吟长短句[3]。帘影灯昏，心寄胡琴语。数点雨声风约住，朦胧淡月云来去。

注释　1. 桃叶步：形容女性的步态之美。2. 湔（jiān）：洗涤。3. 长短句：指词。

天门谣・登采石蛾眉亭[1]

牛渚天门险[2]，限南北、七雄豪占[3]。清雾敛，与闲人登览[4]。

注释　1. 蛾眉亭：据《安徽通志》载，蛾眉亭在安徽当涂县北二十里，据牛渚绝壁，前直二梁山，夹江对峙如蛾眉然，待月上潮平波滟滟，塞管轻吹新阿滥[5]。风满槛，历历数、西州更点[6]。

故名。2. 牛渚：安徽采石山濒江有矶，突出江中，地势险要，即牛渚矶。天门：牛渚矶西南方有两山夹江耸立，称为东、西梁山，又叫天门山。3. 七雄豪占：吴、东晋、宋、齐、梁、陈六朝及南唐均于此筑垒屯兵。4. 与：予，放。5. 塞管：指笛子。阿滥：即《阿滥堆》，曲名。6. 更点：报更的梆鼓声。

李 甲

李甲（生卒年不详），字景元，号华亭逸人，华亭（今上海松江）人。元符中为武康令。善画，亦善填词，小令有闻于时。存词九首。

帝台春

芳草碧色，萋萋遍南陌。暖絮乱红，也知人，春愁无力。忆得盈盈拾翠侣[1]，共携赏、凤城寒食。到今来，海角逢春，天涯为客。

愁旋释，还似织；泪暗拭，又偷滴。谩伫立、遍倚危栏，尽黄昏，也只是、暮云凝碧[2]。拚则而今已拚了，忘则怎生便忘得。又还问鳞鸿[3]，试重寻消息。

注释　1. 拾翠侣：此指同游的女子。语本曹植《洛神赋》："尔乃众灵杂遝，命俦啸侣，或戏清流，或翔神渚，或采明珠，或拾翠羽。" 2. 暮云凝碧：化用江淹"日暮碧云合，佳人殊未来"诗意。3. 鳞鸿：即鱼雁，古谓鱼雁可以传书。

仲 殊

仲殊（生卒年不详），字师利，俗姓张名挥，安州（今湖北安陆）人。曾举进士，因事出家。住苏州承天寺、杭州宝月寺，苏轼曾与之交往。崇宁中自缢死。能文，善歌词，“每一阕出，人争传玩”。存词七十首。

柳梢青

岸草平沙。吴王故苑，柳袅烟斜[1]。雨后寒轻，风前香软，春在梨花。

行人一棹天涯。酒醒处、残阳乱鸦。门外秋千，墙头红粉[2]，深院谁家。

注释　1. 柳袅：柳枝柔弱细长貌。2. 红粉：此处代指美女。

夏云峰・伤春

天阔云高，溪横水远，晚日寒生轻晕[1]。闲阶静、杨花渐少，朱门掩、莺声犹嫩。悔匆匆、过却清明，旋占得余芳，已成幽恨。都几日阴沉，连宵慵困，起来韶华都尽。

怨入双眉闲斗损，乍品得情怀，看承全近[2]。深深态、无非自

注释　1. 轻晕：指淡淡的光圈。2. 看承：看待，照顾。全近：极其亲近。

许，厌厌意、终羞人问。争知道，
梦里蓬莱，待忘了余香，时传音信，
纵留得莺花[3]，东风不住，也则眼
前愁闷[4]。

3. 莺花：莺啼花开，指春光明媚。4. 也则：依然。

晁补之

晁补之（1053—1110），字无咎，号归来子，巨野（今属山东）人。神宗元丰二年（1079）进士，历仕校书郎、礼部郎中等职。“苏门四学士”之一。苏轼称其文“博辩隽伟，绝人远甚”。有《鸡肋集》《晁氏琴趣外篇》。

流　民

生涯不复旧桑田，
瓦釜荆篮止道边[1]。
日暮榆园拾青荚，
可怜无数沈郎钱[2]。

注释　1. 生涯：生计。瓦釜：陶制的炊具。荆篮：荆条编织的篮子。2. 青荚：榆荚，俗称榆钱。沈郎钱：东晋沈充所铸的小钱，后常用来喻指榆荚。

贵溪在信州城南其水西流七百里入江[1]

玉山东去不通州[2]，
万壑千岩隘上游。
应会逐臣西望意[3]，

注释　1. 贵溪：信江的一段。信州：在今江西上饶市。2. 玉山：一名怀玉山，为信江的源头。3. 会：理会，懂得。逐臣：被放逐的臣子。西望意：向西北遥望京师之意。

故教溪水只西流。

摸鱼儿·东皋寓居[1]

买陂塘[2]、旋栽杨柳，依稀淮岸江浦[3]。东皋嘉雨新痕涨，沙觜鹭来鸥聚[4]。堪爱处，最好是、一川夜月光流渚。无人独舞。任翠幄张天[5]，柔茵藉地[6]，酒尽未能去。

青绫被[7]，莫忆金闺故步[8]，儒冠曾把身误[9]。弓刀千骑成何事，荒了邵平瓜圃[10]。君试觑[11]，满青镜、星星鬓影今如许。功名浪语[12]。便似得班超，封侯万里，归计恐迟暮[13]。

注释　1. 东皋：东边临水的高地。2. 陂（bēi）塘：池塘。3. “依稀”句：谓居处池塘柳色仿佛秦淮河、长江一带风光秀美。4. 沙觜：向水中央突出的沙角。5. 翠幄：绿色帐篷，此处比喻树上茂密的绿叶。6. 柔茵：软草。藉：衬垫。7. 青绫被：汉代尚书郎值夜班，官供新青缣白绫被。8. 金闺：即金马门，汉武帝时学士起草文稿的地方，代指朝廷。故步：指往事旧踪。9. “儒冠”句：谓读书做官误了终身。儒冠：指读书人。10. “荒了”句：谓因追求功名，误了田园乐趣。邵平瓜圃：秦时东陵侯邵平在秦亡后隐居长安城东种瓜，后用来指退隐。11. 觑（qù）：细看。青镜：指青铜镜。12. 浪语：指废话、空话。13. “便似得”三句：意谓即使如东汉班超一样在万里之外建功立业，终至封侯，只怕归来人已老了。

洞仙歌·泗州中秋作[1]

青烟幂处[2]，碧海飞金镜[3]。永夜闲阶卧桂影[4]。露凉时，零乱多少寒螀[5]，神京远，惟有蓝桥路近[6]。

水晶帘不下，云母屏开[7]，冷

注释　1. 泗州：今安徽泗县。2. 幂（mì）：遮盖。3. 金镜：指满月。4. 桂影：传说月中有桂树，此处“桂影”暗指月光。5. 寒螀（jiāng）：寒蝉。6. 蓝桥：指情人相遇之处。相传唐代秀才裴航与仙女云英曾相会于此桥，后结为夫妻，双双成仙而去。7. 云母屏：用云母雕画装饰的屏风。

浸佳人淡脂粉。待都将许多明，付与金尊，投晓共流霞倾尽[8]。更携取胡床上南楼[9]，看玉做人间，素秋千顷。

8. 流霞：仙酒名。9.“更携取”句：用庾亮上南楼据胡床赏月之典。

八声甘州·扬州次韵和东坡钱塘作[1]

谓东坡、未老赋归来，天未遣公归[2]。向西湖两处，秋波一种，飞霭澄辉[3]。又拥竹西歌吹[4]，僧老木兰非[5]。一笑千秋事，浮世危机[6]。

应倚平山栏槛，是醉翁饮处[7]，江雨霏霏。送孤鸿相接，今古眼中稀。念平生、相从江海，任飘蓬、不遣此心违。登临事，更何须惜，吹帽淋衣。

注释　1. 此词次苏东坡在杭州所作《八声甘州·寄参寥子》一词之韵。2.“谓东坡”二句：言苏东坡早欲归隐，而天意未许。3.“向西湖”三句：谓东坡近年先出知杭州，继知颍州，两地皆有西湖，其水波霞光之美丽景色相同。4.“又拥”句：言东坡现为扬州知州。化用杜牧《题扬州禅智寺》诗：“谁知竹西路，歌吹是扬州。”5.“僧老”句：化用王播《题木兰院》诗：“三十年前此院游，木兰花发院新修。如今再到经行处，树老无花僧白头。”表达人世沧桑之感。6. 浮世危机：谓人世浮华，富贵中蕴藏着危机。苏东坡《宿州次韵刘泾》诗云：“晚觉文章真小技，早知富贵有危机。”7.“应倚”二句：欧阳修号醉翁，曾知扬州，饮于平山堂，故云。

水龙吟·次韵林圣予惜春

问春何苦匆匆，带风伴雨如驰骤[1]。幽葩细萼[2]，小园低槛，壅培未就[3]。吹尽繁红，占春长久，

注释　1. 驰骤：快速奔跑。2. 幽葩（pā）细萼：指各种娇嫩的花朵。葩，花。3. 壅培：给植物施肥培土。

不如垂柳。算春常不老，人愁春老，愁只是、人间有。

春恨十常八九，忍轻辜、芳醪经口[4]。那知自是，桃花结子，不因春瘦。世上功名，老来风味，春归时候。最多情犹有，尊前青眼[5]，相逢依旧。

4. 芳醪（láo）：美酒。醪，酒。5. 青眼：以黑眼珠对人。晋阮籍能为青白眼，常以青眼对所器重的人，后因以"青眼"称对人喜爱或器重。

忆少年・别历下[1]

无穷官柳，无情画舸[2]，无根行客。南山尚相送，只高城人隔。

罨画园林溪绀碧[3]，算重来、尽成陈迹。刘郎鬓如此[4]，况桃花颜色。

注释　1. 历下：山东历城，今属济南。2. 画舸（gě）：彩绘的船只。舸：大船。3. 罨（yǎn）画：色彩缤纷之画。绀（gàn）：红青色。4. 刘郎：指唐代诗人刘禹锡。他因参与永贞革新被贬郎州，十年后才回到长安。他去京郊玄都观赏桃花，写下了《玄都观桃花》诗："紫陌红尘拂面来，无人不道看花回。玄都观里桃千树，尽是刘郎去后栽！"被人劾以"语涉讥刺"而再度遭贬，一去就是十二年。十二年后，诗人再游玄都观，写下了《再游玄都观》："百亩庭中半是苔，桃花净尽菜花开。种桃道士归何处？前度刘郎今又来。"

陈师道

陈师道（1053—1102），字履常，一字无己，号后山居士，彭城（今江苏徐州）人。曾因苏轼举荐，为徐州教授。家贫，常常整天不炊。平生好苦吟，每登临得句，即急归，卧一榻，以被蒙首，恶闻人声，谓之吟榻。有《后山居士文集》《后山诗话》等。

九日寄秦觏[1]

疾风回雨水明霞，
沙步丛祠欲暮鸦[2]。
九日清樽欺白发，
十年为客负黄花[3]。
登高怀远心如在，
向老逢辰意有加[4]。
淮海少年天下士，
可能无地落乌纱[5]。

注释　1. 九日：指农历九月初九重阳节。秦觏：秦观之弟。2.“疾风”句：谓疾风将雨吹散，水光和霞光上下相映。沙步：即瓜步，镇名，在长江北岸。丛祠：位于草木丛中的神祠。3. 清樽：犹言美酒。欺白发：指年老酒量变差。黄花：菊花。旧时有重阳赏菊的风俗。这里是说自己因频年作客在外，辜负了故园的菊花。4. 意有加：加倍感叹。5. 淮海少年：秦觏为扬州高邮人，故称其为淮海少年。天下士：犹言国士，此为对秦觏的赞美。“可能”句：逢此佳节，像你这样的天下名士，岂能不登高赋诗？可能：岂能。乌纱：代指诗文。

绝　句

书当快意读易尽，
客有可人期不来[1]。
世事相违每如此，
好怀百岁几回开[2]。

注释　1. 可人：犹言知己。2. 好怀：愉悦的心情。此句谓：一生之中，能有几次开怀而乐？

登快哉亭

城与清江曲[1]，泉流乱石间。
夕阳初隐地，暮霭已依山[2]。
度鸟欲何向，奔云亦自闲[3]。

注释　1.“城与”句：指依江建城。2. 初隐地：刚刚落入地平线。暮霭：傍晚的云气。3. 度鸟：归鸟。奔云：流云。

登临兴不尽，稚子故须还[4]。

4.“登临”二句：意为因家中稚子候门，只得未尽兴而返。

别三子[1]

夫妇死同穴，父子贫贱离[2]，
天下宁有此[3]？昔闻今见之。
母前三子后，熟视不得追，
嗟夫胡不仁[4]，使我至于斯！
有女初束发[5]，已知生离悲。
枕我不肯起，畏我从此辞。
大儿学语言，拜揖未胜衣[6]。
唤爷我欲去，此语那可思[7]。
小儿襁褓间[8]，抱负有母慈。
汝哭犹在耳，我怀人得知[9]？

注释　1. 元丰七年（1084），陈师道因母老家贫，遣其妻及三子一女随岳父赴任西川。2.“夫妇”句：语出《诗经·王风·大车》“谷则异室，死则同穴”，谓夫妇生前不能相守，只能希望死后合葬时相聚了。“父子”句：意思是父子之间，即使是生活贫困，也应该相濡以沫，不离不弃，此刻却骨肉分离了。3. 宁：岂。4. 胡：何，为什么。不仁：残忍，残暴。5. 束发：古代女子十五岁束发加簪，称为及笄，是女子成年的标志。6. 胜衣：儿童年龄稍大，能够承受成人的礼服。此句反用其意，谓其年龄幼小，还不能成服行礼。7. 那可思：不堪回想。8. 襁褓：背负婴儿的布袋和布兜。9. 人：他人。

示三子[1]

去远即相忘，归近不可忍[2]。
儿女已在眼，眉目略不省[3]。
喜极不得语，泪尽方一哂[4]。
了知不是梦[5]，忽忽心未稳。

注释　1. 元祐二年（1087），陈师道因苏轼推荐得任徐州教授，将妻儿从四川接回，全家始得团聚。2. 不可忍：指盼望重逢的心情无法抑制。3. 省（xǐng）：辨识。4. 哂（shěn）：微笑。5. 了：副词。完全，全然。

舟　中[1]（选一）

恶风横江江卷浪，
黄流湍猛风用壮[2]。
疾如万骑千里来，
气压三江五湖上[3]。
岸上空荒火夜明，
舟中坐起待残更。
少年行路今头白，
不尽还家去国情[4]。

注释　1. 绍圣元年（1094），陈师道任颍州（今安徽阜阳）教授，为言官弹劾罢官。此诗即离开颍州时作。2. 江：指颍水。黄流：暗喻仕途险恶。湍（tuān）：急流的水。3. 气：气势，此指水势。压：超过。三江五湖：泛指大江大河。4. 去国：离开朝廷，此指罢官离职。

十七日晚潮

漫漫平沙走白虹，
瑶台失手玉杯空[1]。
晴天摇动清江底[2]，
晚日浮沉急浪中。

注释　1.“漫漫”句：像跨在漫漫平沙上的白色长虹。“瑶台”句：如瑶台仙人玉杯失手而洒下的琼浆。2. 晴天：指晴日天空上的云朵。此句指天空上云朵的倒影在清澈的江底摇动。

春怀示邻里

断墙着雨蜗成字[1]，
老屋无僧燕作家。
剩欲出门追语笑[2]，

注释　1. 蜗成字：蜗牛爬过后留下的黏液，形如篆字。2. 剩欲：更欲，很想。

却嫌归鬓逐尘沙。
风翻蛛网开三面，
雷动蜂巢趁两衙[3]。
屡失南邻春事约，
只今容有未开花[4]。

3. 网开三面：用商汤故事，后用作称颂帝王施行仁政的典故。两衙：谓蜂群早晚两次聚合，如同部属之参衙。4. 春事：指探春赏花之事。容有：也许还有。

张　耒

张耒（1054—1114），字文潜，号柯山，楚州淮阴（今江苏淮安）人。神宗熙宁间进士，曾知润州，后被指为元祐党人，数遭贬谪，晚居陈州。“苏门四学士”之一。诗平易舒坦，不尚雕琢，其词风格与柳永、秦观相近。有《柯山集》《宛邱集》。

破　幌

破幌一点白，卧知千里明[1]。
低窗通雪气，乔木尚风声[2]。
传警军城静，鸣钟梵刹清[3]。
高眠寻断梦，邻树已乌惊[4]。

注释　1. 破幌：透过帘子。此二句谓：透过帘间的一点白光，从床上就知道窗外已经是雪满大地、千里晶莹。2. 乔木：高大的树木。尚：辅助，佐助。3. 传警：军中于早上鸣吹警角。梵刹：佛寺。4. 高眠：犹高卧，指安闲地躺着。“邻树”句：谓近邻树上的乌鸦已经被雪花惊醒了。

屋　东

苍鸠呼雨屋东啼[1]，
麦穗初长燕子飞。

注释　1. 苍鸠呼雨：旧时有苍鸠鸣叫即是呼雨之说。

竹里人家鸡犬静，
水边官舍吏民稀[2]。
溪声夜涨寒通枕，
山色朝晴翠染衣。
赖有西邻好诗句，
赓酬终日自忘饥[3]。

2. 吏民稀：此指官职清闲，百姓安乐。3. 赓酬：与人作诗唱和。

海州道中[1]（选一）

孤舟夜行秋水广，
秋风满帆不摇桨[2]。
荒田寂寂无人声，
水边跳鱼翻水响。
河边守罾茅作屋，
罾头月明人夜宿[3]。
船中客觉天未明，
谁家鞭牛登陇声[4]。

注释　1. 海州：在今江苏连云港市。2. 秋水广：秋天河水满涨。3. 守罾(zēng)：守着鱼网。罾头：鱼网旁边。4. 陇：田边土埂。

福昌官舍[1]

小园寒尽雪成泥，
堂角方池水接溪[2]。
梦觉隔窗残月尽，
五更春鸟满山啼[3]。

注释　1. 福昌：今河南洛阳市宜阳县。2. “小园”二句：寒尽春来，小园积雪消融。庭院角落，溪水叮咚入池。3. “梦觉”句：谓梦醒时分，望见残月将尽。五更天气，只闻春鸟合鸣。

风流子

木叶亭皋下，重阳近，又是捣衣秋[1]。奈愁入庾肠[2]，老侵潘鬓[3]，谩簪黄菊，花也应羞。楚天晚，白苹烟尽处，红蓼水边头。芳草有情，夕阳无语，雁横南浦，人倚西楼。

玉容[4]，知安否，香笺共锦字[5]，两处悠悠。空恨碧云离合，青鸟沈浮[6]。向风前懊恼，芳心一点，寸眉两叶，禁甚闲愁。情到不堪言处，分付东流。

注释　1. 捣衣秋：古代妇女有秋夜捣衣、远寄征人的习俗。2. 庾肠：化用庾信羁留北地而不忘家国的典故，借指思乡的愁肠。3. 潘鬓：指鬓发初白。典出晋潘岳《秋兴赋》："斑鬓髟以承弁兮，素发飒以垂领。" 4. 玉容：容颜姣好，此处代指词人思念的女子。5. 香笺、锦字：皆指书信。6. 青鸟：传说中西王母的信使。

周邦彦

周邦彦（1056—1121），字美成，号清真居士。钱塘（今浙江杭州）人。以献《汴都赋》被神宗任命为太学正，历官国子主簿、提举大晟府等。诗词文赋，无所不擅。词作格律严谨，语言富丽精雅，为后来格律派词人所宗。有《清真居士集》。

春　雨

耕人扶耒语林丘[1]，
花外时时落一鸥。
欲验春来多少雨？

注释　1. 耒：古代用来耕地翻土的农具。

野塘漫水可回舟[2]。

2. 验：证实。回舟：来回荡舟。

兰陵王

柳阴直，烟里丝丝弄碧。隋堤上、曾见几番，拂水飘绵送行色[1]。登临望故国，谁识京华倦客。长亭路、年去岁来，应折柔条过千尺[2]。

闲寻旧踪迹，又酒趁哀弦，灯照离席，梨花榆火催寒食[3]。愁一箭风快[4]，半篙波暖，回头迢递便数驿，望人在天北。

凄恻，恨堆积。渐别浦萦回[5]，津堠岑寂[6]，斜阳冉冉春无极。念月榭携手，露桥闻笛。沉思前事，似梦里，泪暗滴。

注释　1. 飘绵：飘扬的柳絮。行色：行旅出发前后的情景。2. 柔条：指柳枝。3. 榆火：旧时清明前二日为寒食节，禁火，节后另取新火。唐代朝廷于清明取榆柳之火以赐近臣。4. 一箭风快：指顺风时船行如箭。5. 别浦：此指行人离别的河岸。6. 津堠（hòu）：渡口供瞭望歇息的土堡。堠，守望兼记里数的土堡。

六丑·蔷薇谢后作

正单衣试酒[1]，怅客里、光阴虚掷。愿春暂留，春归如过翼[2]，一去无迹。为问家何在？夜来风雨，葬楚宫倾国[3]。钗钿坠处遗

注释　1. 试酒：唐宋时夏历三、四月间有品尝新酒的习俗。2. 过翼：飞鸟。3. 楚宫倾国：楚王宫里的美女，此代指蔷薇花。倾国，美人的代称。

香泽[4]，乱点桃蹊，轻翻柳陌。多情为谁追惜？但蜂媒蝶使，时叩窗槅[5]。

东园岑寂，渐蒙笼暗碧[6]。静绕珍丛底[7]，成叹息。长条故惹行客[8]，似牵衣待话，别情无极。残英小、强簪巾帻[9]，终不似、一朵钗头颤袅，向人欹侧[10]。漂流处、莫趁潮汐，恐断红、尚有相思字[11]，何由见得？

4. 钗钿：妇女头上的装饰物，此处比喻掉落的花瓣。5. 窗槅（gé）：窗格子。6. 蒙笼暗碧：指绿叶。7. 珍丛：此指花丛。8.“长条”句：蔷薇枝条有刺，故会钩人衣服。9. 巾帻（zé）：古代的头巾或以幅巾制成的帽子。10. 欹侧：倾斜。“向人欹侧”有悦人、媚人之意。11. “恐断红”句：此处化用“红叶题诗”的故事。据唐范摅《云溪友议》卷下记载，唐宣宗时卢渥赴京应举，偶过御沟边，拾得红叶一片，上题诗曰：“流水何太急，深宫尽日闲。殷勤谢红叶，好去到人间。”后来卢渥中试任范阳令，娶得宫中放出的韩姓宫女为妻，此女正是题诗之人。

瑞龙吟

章台路[1]，还见褪粉梅梢，试花桃树[2]。愔愔坊陌人家[3]，定巢燕子，归来旧处。

黯凝伫，因念个人痴小[4]，乍窥门户[5]。侵晨浅约宫黄[6]，障风映袖，盈盈笑语。

前度刘郎重到[7]，访邻寻里，同时歌舞，惟有旧家秋娘[8]，声价如故。吟笺赋笔，犹记燕台句[9]。知谁伴，名园露饮，东城闲步[10]？事与孤鸿去[11]，探春尽是，伤离意绪。官柳低金缕。归骑晚、纤纤池

注释　1. 章台：代指妓女聚居之地。2. 试花：形容刚开花。3. 愔愔（yīn yīn）：幽静的样子。坊陌：一作坊曲，唐制妓女所居曰坊曲。4. 个人：那人，伊人。5. 门户：宋人称妓院为门户人家。故“乍窥门户”有倚门卖笑之意。6. 浅约宫黄：又称约黄，古代妇女涂黄色脂粉于额上作妆饰，故称额黄。宫中所用者为最上，故称宫黄。约，此处为细细按抹之意。7. “前度”句：语本唐刘禹锡《再游玄都观》诗：“种桃道士归何处，前度刘郎今又来。”8. 旧家秋娘：泛指歌妓舞女。9.“吟笺”句：唐代李商隐曾作《燕台》诗四首，为洛阳富商之女柳枝所叹赏，但二人好事未谐，柳枝为东诸侯娶去。此词用这一典故，暗示昔日情人已归他人。10. “知谁伴”三句：此处用杜牧与旧爱张好好事。露饮：露天饮酒。11.“事与”句：化用杜牧《题安州浮云寺楼寄湖州张郎中》诗：“恨如春草多，事与孤鸿去。”

塘飞雨。断肠院落，一帘风絮。

满庭芳·夏日溧水无想山作[1]

风老莺雏[2]，雨肥梅子，午阴嘉树清圆。地卑山近，衣润费炉烟[3]。人静乌鸢自乐[4]，小桥外、新绿溅溅[5]。凭阑久，黄芦苦竹，疑泛九江船[6]。

年年，如社燕[7]，飘流瀚海[8]，来寄修椽[9]。且莫思身外，长近尊前[10]。憔悴江南倦客，不堪听、急管繁弦。歌筵畔，先安枕簟，容我醉时眠。

注释　1. 溧水：今江苏溧水县。2. 风老莺雏：谓幼莺在风中长大。老，使之变老。3. "地卑山近"二句：意谓溧水近山，其地卑湿，故衣多潮湿，需频用炉烟熏干。4. "人静"句：语出杜甫诗："人静乌鸢乐。"乌鸢：即乌鸦。5. 溅溅：水流声。6. 九江船：用白居易元和十年（815）左迁九江郡司马，曾于秋夜送客湓浦，闻船中琵琶女弹奏，写下《琵琶行》之事，此处借以寄寓天涯飘零之意。7. 社燕：燕于春天社日来，秋天社日去，故称社燕。8. 瀚海：大沙漠。此处泛指遥远、荒僻之地。9. 修椽（chuán）：承受屋瓦的长椽，燕子筑巢处。10. "且莫思"二句：语本杜甫《绝句漫兴》："莫思身外无穷事，且尽生前有限杯。"身外：指世俗的功名利禄等身外之物。

花犯·梅花

粉墙低，梅花照眼，依然旧风味。露痕轻缀，疑净洗铅华[1]，无限佳丽。去年胜赏曾孤倚，冰盘同燕喜[2]。更可惜、雪中高树，香篝熏素被[3]。

今年对花最匆匆，相逢似有

注释　1. 铅华：搽脸的脂粉。2. "冰盘"句：指以梅子下酒。冰盘：指玉盘。燕喜：宴饮喜悦，同"宴喜"。3. 香篝：即熏香，喻梅。素被：喻雪。

恨，依依愁悴。吟望久，青苔上，旋看飞坠。相将见、翠丸荐酒[4]，人正在、空江烟浪里。但梦想、一枝潇洒，黄昏斜照水[5]。

4. 翠丸：指梅子。5.“黄昏”句：用林逋《山园小梅》中“疏影横斜水清浅，暗香浮动月黄昏”咏梅诗句。

少年游

并刀如水[1]，吴盐胜雪[2]，纤手破新橙[3]。锦幄初温[4]，兽烟不断[5]，相对坐调笙。

低声问：向谁行宿[6]？城上已三更。马滑霜浓，不如休去，直是少行人。

注释　1. 并刀：指并州出产的剪刀，以锋利著称。2. 吴盐：吴地所产的优质细盐，晶莹如雪。因新橙带酸味，蘸盐佐食味更佳。3. 破：剖开。4. 锦幄：华丽的帐幕，代指女子居住的华美内室。5. 兽烟：兽形香炉中的烟气。6. 谁行（háng）：当时口语，意为哪里、何处。

西河·金陵怀古

佳丽地[1]，南朝盛事谁记[2]？山围故国绕清江[3]，髻鬟对起[4]。怒涛寂寞打孤城，风樯遥度天际[5]。

断崖树，犹倒倚，莫愁艇子曾系[6]。空余旧迹郁苍苍，雾沉半垒。夜深月过女墙来[7]，伤心东望淮水[8]。

注释　1. 佳丽地：指金陵（今南京市）。语本谢朓《入朝曲》：“江南佳丽地，金陵帝王州。”2. 南朝：宋、齐、梁、陈四个朝代的总称。3. 故国：指金陵，为南朝故都。4. 髻鬟：女人发髻的统称，此处喻山的形状。5. 风樯：指帆船。樯，桅杆。6. 莫愁：《旧唐书·音乐志》载，石城有女子名莫愁，善歌舞。金陵又名石头城，故词人以为莫愁与金陵有关。7. 女墙：城上的小墙。8. 淮水：指秦淮河，横贯金陵城。

酒旗戏鼓甚处市？想依稀、王谢邻里[9]。燕子不知何世[10]。入寻常、巷陌人家，相对如说兴亡，斜阳里。

9. 王谢：六朝时王、谢两家世为望族，居南京乌衣巷，故常并称。10.“燕子”句：化用刘禹锡《金陵五题·乌衣巷》诗：“朱雀桥边野草花，乌衣巷口夕阳斜。旧时王谢堂前燕，飞入寻常百姓家。”

风流子

新绿小池塘，风帘动、碎影舞斜阳。羡金屋去来[1]，旧时巢燕；土花缭绕[2]，前度莓墙[3]。绣阁里、凤帏深几许？听得理丝簧[4]。欲说又休，虑乖芳信[5]，未歌先咽，愁近清觞[6]。

遥知新妆了，开朱户、应自待月西厢[7]。最苦梦魂，今宵不到伊行[8]。问甚时说与，佳音密耗，寄将秦镜[9]，偷换韩香[10]？天便教人，霎时厮见何妨！

注释　1. 金屋：此指华美的房屋。2. 土花：苔藓。3. 莓墙：生满青苔的墙垣。4. 丝簧：指管弦乐器。5. 乖：违背，耽误。6. 清觞：洁净酒杯。7. 待月西厢：据唐代元稹《会真记》，崔莺莺曾以“待月西厢下，迎风户半开。拂墙花影动，疑是玉人来”诗约会张生，故“待月西厢”含有男女私会之意。8. 伊行（háng）：伊人身边。9. 秦镜：东汉秦嘉寄赠妻子的明镜。据《艺文类聚》记载，东汉秦嘉在外做官，得到一面明镜，寄赠给妻子徐淑以表思念。此喻指男女间相爱的信物。10. 韩香：《晋书·贾充传》记载，贾充之女贾午与韩寿私通，将御赐的西域奇香偷赠情郎。韩寿把香带在身上，被贾充所知，就把女儿许配给了韩寿。故“韩香”常喻指男女间相爱的信物。

蝶恋花·秋思

月皎惊乌栖不定，更漏将残，轳辘牵金井[1]。唤起两眸清炯炯[2]，泪花落枕红绵冷。

注释　1. 轳辘：汲取井水的绞车。2. 炯炯（jiǒng）：光亮的样子。

执手霜风吹鬓影，去意徊徨[3]，别语愁难听。楼上阑干横斗柄[4]，露寒人远鸡相应。

3. 徊徨：彷徨不安的样子。4. 阑干：横斜貌。斗柄：北斗七星，四颗排列像斗杓，三颗排列像斗柄，故云。

解语花·元宵

风销焰蜡[1]，露浥烘炉[2]，花市光相射。桂华流瓦[3]，纤云散、耿耿素娥欲下[4]。衣裳淡雅，看楚女纤腰一把。箫鼓喧、人影参差，满路飘香麝[5]。

因念都城放夜[6]，望千门如昼，嬉笑游冶。钿车罗帕[7]，相逢处、自有暗尘随马。年光是也，惟只见、旧情衰谢。清漏移、飞盖归来[8]，从舞休歌罢[9]。

注释　1. 焰蜡：燃着的蜡烛。2. 浥：沾湿。烘炉：指花灯。3. 桂华：月光。相传月中有桂树，故以桂代指月。4. 耿耿：光明貌。素娥：月中女神名嫦娥，亦称素娥，此代指月。5. 香麝：即麝香，此处泛指各种香料。6. 放夜：开放夜禁。宋代京城街衢禁止夜行，唯正月十五夜弛禁，谓之“放夜”。7. 钿车罗帕：此指女子乘车出游。钿车，用金宝嵌饰的车子。罗帕，丝织方巾。8 飞盖：此指飞驰的车子。9. 从：听任。

解连环

怨怀无托。嗟情人断绝，信音辽邈[1]。纵妙手、能解连环[2]，似风散雨收，雾轻云薄。燕子楼空[3]，暗尘锁、一床弦索。想移根换叶，尽是旧时，手种红药[4]。

注释　1. 辽邈：遥远无期。2. 解连环：比喻解决难题。典出《战国策·齐策六》：秦昭王曾经派使者给齐国的君王后送去一个玉连环，齐国群臣都不知如何解。君王后于是拿锥砸破那个玉连环，然后告诉秦国使者曰：“谨以解矣。”3. 燕子楼空：谓佳人已去。4. 红药：即红色芍药，在古代是表示爱情的信物。

汀洲渐生杜若[5]。料舟依岸曲，人在天角。谩记得、当日音书，把闲语闲言，待总烧却。水驿春回，望寄我、江南梅萼。拚今生、对花对酒，为伊泪落。

5. 杜若：生在水边的一种香草，也是情人之间传达情意的寄赠之物。

玉楼春

桃溪不作从容住[1]，秋藕绝来无续处。当时相候赤阑桥[2]，今日独寻黄叶路。

烟中列岫青无数[3]，雁背夕阳红欲暮。人如风后入江云，情似雨余粘地絮。

注释 1.“桃溪”句：据南朝刘义庆《幽明录》记载，刘晨、阮肇入天台山采药，迷路断食，摘桃充饥，在桃溪边遇见二位仙女，偕至洞府，结为伉俪。半年后思乡心切，二女相送出溪口，返家一看，竟已历七世。此处以刘、阮遇仙女的故事形容由于轻易和情人分别而产生的追悔之情。2. 赤阑桥：有朱红栏杆的桥梁。3. 列岫（xiù）：排列成行的山。岫，山。

渡江云

晴岚低楚甸[1]，暖回雁翼，阵势起平沙。骤惊春在眼，借问何时，委曲到山家。涂香晕色，盛粉饰、争作妍华。千万丝、陌头杨柳，渐渐可藏鸦。

堪嗟，清江东注，画舸西流，

注释 1. 岚：山林中的雾气。楚甸：犹楚地。甸，田野。

指长安日下[2]。愁宴阑、风翻旗尾，潮溅乌纱[3]。今宵正对初弦月，傍水驿、深舣蒹葭。沉恨处，时时自剔灯花。

2. 日下：指京都。3. 乌纱：古代官员所戴的乌纱帽。

夜飞鹊·别情

河桥送人处，凉夜何其[1]。斜月远、坠余辉。铜盘烛泪已流尽，霏霏凉露沾衣。相将散离会[2]，探风前津鼓[3]，树杪参旗[4]。花骢会意[5]，纵扬鞭、亦自行迟。

迢递路回清野，人语渐无闻，空带愁归。何意重经前地，遗钿不见[6]，斜径都迷。兔葵燕麦[7]，向斜阳、欲与人齐。但徘徊班草[8]，欷歔酹酒[9]，极望天西。

注释　1. 夜何其：夜到了什么时分。2. 相将：行将，将要。离会：饯别宴会。3. 津鼓：指渡口行舟催发的鼓声。4. 树杪（miǎo）：树梢。参（shēn）旗：星名，又名“天旗”“天弓”，初秋时于黎明前出现于天空。5. 花骢：毛色斑驳的马。6. 遗钿：指女子遗落的金钿。钿，古代妇女常用的首饰，是以金属制成的花状的饰物。7. 兔葵燕麦：泛指各种野草。8. 班草：铺草于地而坐。9. 欷歔：哀而不泣。酹（lèi）酒：洒酒于地表示祭奠或立誓，此处用为祷祝之意。

风流子

枫林凋晚叶，关河迥，楚客惨将归。望一川暝霭，雁声哀怨，半规凉月[1]，人影参差。酒醒后，

注释　1. 半规：半圆形。

泪花销凤蜡[2]，风幕卷金泥[3]。砧杵韵高，唤回残梦，绮罗香减[4]，牵起余悲。

亭皋分襟地[5]，难拚处[6]，偏是掩面牵衣。何况怨怀长结，重见无期。想寄恨书中，银钩空满[7]，断肠声里，玉箸还垂[8]。多少暗愁密意，唯有天知。

2. "泪花"句：指蜡泪，此处喻指离愁。3. 金泥：此指装饰帘幕的金屑。4. 绮罗香：指女子衣裙上的香气。5. 分襟：离别。6. 难拚：犹难舍。7. 银钩：比喻遒媚刚劲的书法。8. 玉箸：比喻眼泪。

瑞鹤仙

悄郊原带郭。行路永、客去车尘漠漠。斜阳映山落，敛余红犹恋，孤城栏角。凌波步弱[1]，过短亭[2]、何用素约[3]。有流莺劝我[4]，重解绣鞍，缓引春酌[5]。

不记归时早暮，上马谁扶，醒眠朱阁。惊飙动幕[6]，扶残醉，绕红药。叹西园已是，花深无地，东风何事又恶？任流光过却，犹喜洞天自乐[7]。

注释　1. 凌波步弱：形容女子的步态轻盈柔弱。2. 短亭：古时于城外五里处设短亭，十里处设长亭，供行人休息。3. 素约：旧约，事先约好。4. 流莺：比喻女子语声娇软。5. 春酌：春酒。6. 惊飙（biāo）：惊人的狂风。7. 洞天：道家谓神仙所居地，此处比喻自家的小天地。

苏幕遮

燎沉香[1]，消溽暑[2]。鸟雀呼晴，侵晓窥檐语[3]。叶上初阳干宿雨，水面清圆，一一风荷举。

故乡遥，何日去。家住吴门[4]，久作长安旅[5]。五月渔郎相忆否？小楫轻舟，梦入芙蓉浦[6]。

注释　1. 沉香：一种名贵香料，置水中则下沉，故又名沉水香，其香味可辟恶气。2. 溽暑：潮湿的暑气。3. 侵晓：天色渐明之时，拂晓。4. 吴门：古吴县亦称吴门，即今江苏苏州，此处以吴门泛指江南一带。5. 长安：借指北宋都城汴京。6. 芙蓉：荷花的别名。浦：水滨。

尉迟杯・离恨

隋堤路，渐日晚、密霭生深树。阴阴淡月笼沙[1]，还宿河桥深处。无情画舸，都不管、烟波隔前浦。等行人、醉拥重衾，载将离恨归去。

因思旧客京华，长偎傍疏林，小槛欢聚。冶叶倡条俱相识[2]，仍惯见珠歌翠舞。如今向、渔村水驿，夜如岁、焚香独自语。有何人、念我无聊，梦魂凝想鸳侣。

注释　1. 淡月笼沙：语本杜牧《泊秦淮》诗："烟笼寒水月笼沙。"2. "冶叶"句：化用李商隐《燕台四首》其一"蜜房羽客类芳心，冶叶倡条遍相识"之句，诗句以蜜蜂寻芳遍及枝枝叶叶，喻写昔日在京华冶游的欢乐场面。冶叶倡条：喻指歌妓舞女。

拜星月慢

夜色催更，清尘收露，小曲幽坊月暗。竹槛灯窗，识秋娘庭院[1]。笑相遇，似觉琼枝玉树相倚，暖日明霞光烂。水盼兰情[2]，总平生稀见。

画图中、旧识春风面[3]。谁知道、自到瑶台畔。眷恋雨润云温[4]，苦惊风吹散。念荒寒、寄宿无人馆，重门闭，败壁秋虫叹[5]。怎奈向、一缕相思，隔溪山不断。

注释　1. 秋娘：指歌妓。2. 水盼兰情：谓眼波如水，心性如兰，形容女子秀外慧中。3. “画图”句：化用杜甫《咏怀古迹五首·其三》“画图省识春风面”之句。春风面：比喻美丽的容貌。4. 雨润云温：用宋玉《高唐赋》中“巫山云雨”的典故。5. “败壁”句：暗用欧阳修《秋声赋》“但闻四壁虫声唧唧，如助予之叹息”之意。

浣溪沙

楼上晴天碧四垂[1]，楼前芳草接天涯，劝君莫上最高梯。

新笋已成堂下竹[2]，落花都上燕巢泥，忍听林表杜鹃啼[3]。

注释　1. 碧：指碧空，蔚蓝的天空。2. 堂下：屋前。3. 林表：林梢。

宴清都

地僻无钟鼓。残灯灭，夜长

人倦难度。寒吹断梗[1]，风翻暗雪，洒窗填户。宾鸿谩说传书[2]，算过尽、千俦万侣。始信得、庾信愁多[3]，江淹恨极须赋[4]。

凄凉病损文园[5]，徽弦乍拂[6]，音韵先苦。淮山夜月，金城暮草[7]，梦魂飞去。秋霜半入清镜[8]，叹带眼、都移旧处[9]。更久长、不见文君[10]，归时认否。

注释　1. 断梗：折断的苇梗。2. 宾鸿：即鸿雁。3. 庾信愁多：庾信有《愁赋》。4.“江淹”句：江淹作有《别赋》《恨赋》。5. 病损文园：谓像司马相如一样多病。6. 徽弦：琴上的徽和弦，此代指琴。7. 金城：如金属铸成的坚固城墙。8.“秋霜”句：指照镜时发现头发半白。秋霜：喻白发。9.“叹带眼”句：形容日渐消瘦。10. 文君：汉司马相如的妻子卓文君，此借指妻子。

霜叶飞

露迷衰草。疏星挂，凉蟾低下林表[1]。素娥青女斗婵娟[2]，正倍添凄悄。渐飒飒、丹枫撼晓。横天云浪鱼鳞小。似故人相看，又透入、清辉半饷，特地留照。

迢递望极关山，波穿千里，度日如岁难到。凤楼今夜听秋风，奈五更愁抱。想玉匣、哀弦闭了[3]。无心重理相思调。见皓月、牵离恨，屏掩孤颦[4]，泪流多少。

注释　1. 凉蟾：代指月亮。2.“素娥”句：化用唐代李商隐《霜月》诗：“青女素娥俱耐冷，月中霜里斗婵娟。”素娥：月中嫦娥。青女：传说中掌管霜雪的女神。斗婵娟：争艳比美。3. 玉匣：精美的匣子，此指琴匣。4. 孤颦：孤独愁苦。

忆旧游

记愁横浅黛，泪洗红铅[1]，门掩秋宵。坠叶惊离思，听寒螿夜泣[2]，乱雨萧萧。凤钗半脱云鬓，窗影烛花摇。渐暗竹敲凉，疏萤照晚，两地魂销。

迢迢。问音信，道径底花阴[3]，时认鸣镳[4]。也拟临朱户，叹因郎憔悴，羞见郎招。旧巢更有新燕，杨柳拂河桥。但满目京尘，东风竟日吹露桃[5]。

注释　1.“记愁横”二句：谓常记分别时情人愁锁眉黛，泪洗脂粉。2. 寒螿（jiāng）：即寒蝉。3. 径底：小径上。底，宋人口语，犹言里。4. 鸣镳：马嘶。镳：马勒，此代指马。5. 露桃：指桃树、桃花。语本《乐府诗集·鸡鸣》：“桃生露井上，李树生桃旁。”

氐州第一

波落寒汀，村渡向晚，遥看数点帆小。乱叶翻鸦，惊风破雁[1]，天角孤云缥缈。官柳萧疏[2]，甚尚挂、微微残照。景物关情，川途换目，顿来催老。

渐解狂朋欢意少，奈犹被思牵情绕。座上琴心[3]，机中锦字[4]，最觉萦怀抱。也知人、悬望久，蔷薇谢、归来一笑。欲梦高唐[5]，未成眠、霜空又晓。

注释　1.“乱叶”二句：谓大风刮得落叶乱舞，惊起暮鸦翻飞，也惊破了鸿雁飞行的行列。2. 官柳：泛指大道上的柳树。3. 座上琴心：用司马相如琴挑卓文君的故事，暗示词人与情人当初也是在宴会上目成心许的。4. 机中锦字：指情人寄来的书信，用前秦窦滔因罪徙流沙，其妻苏氏织锦为回文诗以赠的故事。5. 欲梦高唐：指在梦中与情人相会，典出宋玉《高唐赋》。

早梅芳

花竹深，房栊好[1]。夜阒无人到[2]。隔窗寒雨，向壁孤灯弄余照。泪多罗袖重，意密莺声小[3]。正魂惊梦怯，门外已知晓。

去难留，话未了。早促登长道。风披宿雾，露洗初阳射林表。乱愁迷远览[4]，苦语萦怀抱。谩回头，更堪归路杳。

注释　1. 房栊：窗棂，亦泛指房屋。2. 阒（qù）：形容寂静。3. 莺声小：此处形容女子低柔的话语声。4. 远览：远看。

扫地花

晓阴翳日[1]，正雾霭烟横，远迷平楚[2]。暗黄万缕。听鸣禽按曲，小腰欲舞。细绕回堤，驻马河桥避雨。信流去。想一叶怨题[3]，今在何处。

春事能几许。任占地持杯，扫花寻路。泪珠溅俎[4]。叹将愁度日，病伤幽素[5]。恨入金徽[6]，见说文君更苦。黯凝伫。掩重关、遍城钟鼓。

注释　1. 翳（yì）：遮蔽，障蔽。2. 平楚：犹平野。3. 一叶怨题：用红叶题诗典故。4. 俎（zǔ）：古代祭祀时放祭品的器物，此泛指食器。5. 幽素：幽寂，寂静。6. 金徽：指琴。

隔浦莲

新篁摇动翠葆[1]。曲径通深窈[2]。夏果收新脆[3]，金丸落[4]、惊飞鸟。浓霭迷岸草。蛙声闹。骤雨鸣池沼。

水亭小。浮萍破处，帘花檐影颠倒。纶巾羽扇[5]，困卧北窗清晓[6]。屏里吴山梦自到。惊觉。依然身在江表。

注释　1. 新篁：新生之竹。翠葆：指草木新生枝芽。2. 深窈：幽深。3. 新脆：新鲜脆嫩。4. 金丸：此指金黄色的果实。5. 纶巾羽扇：指儒士的装束。6. 清晓：清晨。

浣溪沙

雨过残红湿未飞，珠帘一行透斜晖。游蜂酿蜜窃香归。

金屋无人风竹乱[1]，衣篝尽日水沉微[2]。一春须有忆人时。

注释　1. 金屋：班固《汉武故事》记载，汉武帝刘彻幼时喜爱表姐陈阿娇，姑母问他要不要娶阿娇为妻时，武帝说："若得阿娇作妇，当作金屋贮之也。"此借指华丽的房屋。2. 衣篝：指熏衣的熏笼。水沉：即沉水香。

庆宫春

云接平冈，山围寒野，路回渐转孤城。衰柳啼鸦，惊风驱雁，动人一片秋声。倦途休驾[1]，淡烟里、微茫见星。尘埃憔悴，生怕

注释　1. 休驾：使车马停歇。

黄昏，离思牵萦。

华堂旧日逢迎。花艳参差[2]，香雾飘零[3]。弦管当头，偏怜娇凤，夜深簧暖笙清。眼波传意，恨密约、匆匆未成。许多烦恼，只为当时，一饷留情。

2. 花艳：喻指女子的美貌。3. 香雾：指美人香气。

法曲献仙音

蝉咽凉柯[1]，燕飞尘幕，漏阁签声时度[2]。倦脱纶巾，困便湘竹[3]，桐阴半侵朱户。向抱影凝情处。时闻打窗雨。

耿无语。叹文园、近来多病[4]，情绪懒，尊酒易成间阻[5]。缥缈玉京人，想依然、京兆眉妩[6]。翠幕深中，对徽容[7]、空在纨素。待花前月下，见了不教归去。

注释　1. 凉柯：秋天的树枝。2. 签声：古代晚间报更时更筹掷地的响声。3. 湘竹：此借指竹席。4.“叹文园”句：用司马相如养病文园之典。5. 间阻：阻隔，间隔。6. 京兆眉妩：汉京兆尹张敞为妻子画眉甚美，长安中传“张京兆眉妩”。后用以称女子眉样美好。7. 徽容：画像的美称。

侧　犯

暮霞霁雨，小莲出水红妆靓。风定。看步袜江妃照明镜[1]。飞萤

注释　1. 步袜：语括曹植《洛神赋》“凌波微步，罗袜生尘”之句，形容女子步态优美。江妃：传说中的神女，此代

度暗草，秉烛游花径[2]。人静。携艳质、追凉就槐影。

金环皓腕[3]，雪藕清泉莹。谁念省[4]。满身香、犹是旧荀令[5]。见说胡姬[6]，酒垆寂静。烟锁漠漠，藻池苔井。

指莲花。2.“飞萤”二句：谓萤火虫在草丛中飞舞，犹如举着灯烛在花径上游玩。3.皓腕：形容女子洁白的手腕。4.念省：知道，懂得。5.荀令：东汉荀彧曾为尚书令，据说他至人家坐处三日，香气不歇。6.胡姬：原指胡人酒店中的卖酒女，后泛指酒店中卖酒的女子。

华胥引

川原澄映[1]，烟月冥蒙[2]，去舟如叶。岸足沙平，蒲根水冷留雁唼[3]。别有孤角吟秋，对晓风鸣轧[4]。红日三竿，醉头扶起还怯。

离思相萦，渐看看、鬓丝堪镊[5]。舞衫歌扇，何人轻怜细阅。点检从前恩爱，但凤笺盈箧，愁剪灯花，夜来和泪双叠[6]。

注释　1.川原：指河流与原野。2.烟月冥蒙：谓烟雾笼罩的月色昏暗迷蒙。3.唼(shà)：水鸟或鱼吃东西的声音。4.鸣轧：吹角声。5.鬓丝堪镊：谓鬓角上有白发可以拔除了。6.“愁剪”二句：意谓灯花和眼泪双双落下，重叠在一起。

绕佛阁·旅情

暗尘四敛。楼观迥出，高映孤馆。清漏将短，厌闻夜久，签声动书幔[1]。桂华又满。闲步露草，

注释　1.签声：详见周邦彦《法曲献仙音》注解。

偏爱幽远。花气清婉。望中迤逦，城阴度河岸。

倦客最萧索，醉倚斜桥穿柳线。还似汴堤，虹梁横水面。看浪飐春灯[2]，舟下如箭。此行重见。叹故友难逢，羁思空乱。两眉愁、向谁舒展？

2. 飐（zhǎn）：风吹使颤动。

浣溪沙

日射欹红蜡蒂香[1]。风干微汗粉襟凉。碧纱对掩簟纹光[2]。

自剪柳枝明画阁，戏抛莲菂种横塘[3]。长亭无事好思量。

注释　1. 蜡蒂：黄蜡色的花蒂。2. 簟（diàn）纹：席子的纹路。簟，竹席。3. 莲菂（dì）：莲实。

满江红

昼日移阴，揽衣起、春帷睡足。临宝鉴[1]，绿云撩乱[2]，未忺妆束[3]。蝶粉蜂黄都褪了，枕痕一线红生肉[4]。背画栏、脉脉悄无言，寻棋局。

重会面，犹未卜。无限事，萦心曲。想秦筝依旧，尚鸣金屋[5]。

注释　1. 宝鉴：宝镜，镜子的美称。2. 绿云：形容女子乌黑的头发。3. 未忺（xiān）妆束：没有心情妆扮。忺，高兴，适意。4. “蝶粉蜂黄”二句：描写女子睡起后的面容，粉黛已残，粉红的脸颊上留下一条白色的枕痕。5. 金屋：用汉武帝金屋藏娇之典，暗指情人在外仍有相好的女子。

芳草连天迷远望，宝香熏被成孤宿。最苦是、蝴蝶满园飞，无人扑。

浣溪沙

翠葆参差竹径成[1]，新荷跳雨碎珠倾[2]。曲阑斜转小池亭。

风约帘衣归燕急[3]，水摇扇影戏鱼惊。柳梢残日弄微晴。

注释　1. 竹径成：谓春笋入夏已长成竹林。2. 跳雨：形容雨滴打在荷叶上不停跳动。3. 约：缠束。帘衣：帘幕。

南乡子

晨色动妆楼。短烛荧荧悄未收[1]。自在开帘风不定，飕飕。池面冰澌趁水流[2]。

早起怯梳头。欲绾云鬟又却休。不会沉吟思底事，凝眸。两点春山满镜愁[3]。

注释　1. 荧荧：光闪烁的样子。2. 冰澌：解冻时流动的冰。3. 两点春山：指女子的双眉。

解蹀躞

候馆丹枫吹尽[1]，面旋随风舞。

注释　1. 候馆：旅舍。

夜寒霜月，飞来伴孤旅。还是独拥秋衾，梦余酒困都醒，满怀离苦。

甚情绪。深念凌波微步[2]。幽房暗相遇。泪珠都作，秋宵枕前雨。此恨音驿难通[3]，待凭征雁归时，带将愁去。

2. 凌波微步：指女子轻盈的步态，此代指女子。3. 音驿：指书信传递。

玲珑四犯

秾李夭桃[1]，是旧日潘郎[2]，亲试春艳。自别河阳，长负露房烟脸[3]。憔悴鬓点吴霜[4]，念想梦魂飞乱。叹画阑玉砌都换[5]。才始有缘重见。

夜深偷展香罗荐[6]。暗窗前、醉眠葱蒨[7]。浮花浪蕊都相识[8]，谁更曾抬眼。休问旧色旧香，但认取、芳心一点。又片时一阵，风雨恶，吹分散。

注释　1. 秾李夭桃：指美艳的李花、桃花。2. 潘郎：西晋诗人潘岳，字安仁，美姿容，辞藻绝丽。此处乃作者自指。3. 露房烟脸：形容含烟带露的花蕊。4. 吴霜：指白发。语本李贺《还自会稽歌》："吴霜点归鬓，身与塘蒲晚。" 5. 玉砌：玉石砌的台阶，亦用为台阶的美称。6. 荐：垫子。7. 葱蒨：草木青翠茂盛的样子。8. 浮花浪蕊：寻常花草，此处比喻轻浮的女子。

塞垣春

暮色分平野。傍苇岸、征帆卸。烟村极浦[1]，树藏孤馆，秋景如画。

注释　1. 极浦：遥远的水滨。

渐别离气味难禁也。更物象[2]、供潇洒。念多材浑衰减，一怀幽恨难写。

追念绮窗人[3]，天然自、风韵娴雅[4]。竟夕起相思，谩嗟怨遥夜[5]。又还将、两袖珠泪，沈吟向寂寥寒灯下。玉骨为多感，瘦来无一把。

2. 物象：此指景物、风景。3. 绮窗人：闺中人。绮窗，雕刻或绘饰得很精美的窗户。4. 娴雅：形容女子举止神态文雅大方。5.“竟夕”二句：语本唐代张九龄《望月怀远》诗：“情人怨遥夜，竟夕起相思。”

玉烛新·梅花

溪源新腊后[1]。见数朵江梅，剪裁初就。晕酥砌玉芳英嫩，故把春心轻漏。前村昨夜，想弄月、黄昏时候。孤岸峭，疏影横斜，浓香暗沾襟袖[2]。

尊前赋与多材，问岭外风光，故人知否。寿阳谩斗。终不似，照水一枝清瘦[3]。风娇雨秀。好乱插、繁花盈首。须信道，羌管无情，看看又奏[4]。

注释 1. 新腊：腊月初临。腊，腊月，农历十二月。2.“想弄月”四句：化用林逋《山园小梅》诗意：“疏影横斜水清浅，暗香浮动月黄昏。”3.“寿阳”三句：意谓女性刻意化出的梅花妆，始终比不上梅花的天然意趣。寿阳：用寿阳公主梅花妆事。4.“羌管”二句：意谓梅花飘落。笛曲有《梅花落》，故云。

绮寮怨

上马人扶残醉，晓风吹未醒。映水曲、翠瓦朱檐，垂杨里、乍见津亭[1]。当时曾题败壁[2]，蛛丝罩、淡墨苔晕青。念去来，岁月如流，徘徊久、叹息愁思盈。

去去倦寻路程，江陵旧事，何曾再问杨琼[3]。旧曲凄清，敛愁黛[4]、与谁听？尊前故人如在，想念我、最关情。何须渭城[5]，歌声未尽处，先泪零。

注释　1. 津亭：建于渡口旁的亭子，供行人休息。2. 曾题败壁：曾在破败的墙壁上题诗。3. 杨琼：唐时江陵歌妓，此处代指一位与词人有过恋情的歌妓。4. 愁黛：愁眉。5. 渭城：曲名，亦称《渭城曲》，为送别之曲。

夜游宫

叶下斜阳照水，卷轻浪、沉沉千里。桥上酸风射眸子[1]。立多时，看黄昏、灯火市。

古屋寒窗底，听几片、井桐飞坠。不恋单衾再三起[2]。有谁知，为萧娘[3]，书一纸？

注释　1. 酸风射眸子：指冷风刺眼使人酸鼻，语本李贺《金铜仙人辞汉歌》："东关酸风射眸子。"酸风，冷风。2. 单衾：薄被。3. 萧娘：女子的泛称。

陈　瓘

陈瓘（1057—1122），字莹中，号了斋，沙县（今福建沙县）人。元丰二年（1079）进士，累迁至左司谏。因极论蔡京一党误国，屡遭迫害。善书法，字画精劲萧散。有《宋忠肃陈了斋四明尊尧集》。

青玉案

碧空黯淡同云绕[1]。渐枕上、风声峭。明透纱窗天欲晓。珠帘才卷，美人惊报，一夜青山老[2]。

使君留客金尊倒。正千里琼瑶未经扫[3]。欺压梅花春信早。十分农事，满城和气，管取明年好。

注释　1. 同云：将要降雪时天空出现的云。2.“一夜”句：青山覆盖着白雪，就像白了头的老人，故云。3. 琼瑶：此喻雪花。

孔　夷

孔夷（生卒年不详），字方平，自号滍皋渔父，化名为鲁逸仲。汝州龙兴（今河南宝丰）人。元祐间隐士。存词三首，风格婉丽。

南　浦

风悲画角，听单于[1]、三弄落谯门[2]。投宿骎骎征骑[3]，飞雪满孤村。酒市渐阑灯火，正敲窗、乱叶舞纷纷。送数声惊雁，乍离

注释　1. 单于：唐代大曲有《小单于》。2. 三弄：指同一段曲调反复演奏三次。3. 骎骎（qīn qīn）：马行迅疾的样子。

烟水，嘹唳度寒云[4]。

好在半胧淡月，到如今、无处不销魂。故国梅花归梦，愁损绿罗裙[5]。为问暗香闲艳，也相思、万点付啼痕。算翠屏应是，两眉余恨倚黄昏。

4. 嘹唳：响亮而凄楚的声音。5. 绿罗裙：此指故乡身着绿罗裙的恋人。

谢 懋

谢懋（生卒年不详），字勉仲，号静寄居士，洛师（今河南洛阳）人。哲宗元祐六年（1091）进士。其词“片言只字，戛玉铿金，蕴藉风流，为世所贵”。存词十四首。

鹊桥仙·七夕

钩帘借月，染云为幌，花面玉枝交映。凉生河汉一天秋，问此会、今宵孰胜[1]。

铜壶尚滴，烛龙已驾，泪浥西风不尽[2]。明朝乌鹊到人间[3]，试说向、青楼薄幸[4]。

注释　1.“问此会”句：意谓今夜天上牛郎织女相会，地上女子与情人约会，不知二者哪个更美好。2.“铜壶”三句：意谓天将明而情郎未至，女子空对着西风洒泪不尽。烛龙：此处借指太阳。3. 乌鹊：指神话中七夕为牛郎、织女造桥，使之能相会的喜鹊。4. 青楼薄幸：此处指情郎。

阮　阅

阮阅（生卒年不详），字闳休，号散翁，舒城（今安徽舒城）人。神宗元丰八年（1085）进士。建炎元年（1127），知袁州。诗长于绝句，时号"阮绝句"。词亦见称于世。有《诗话总龟》《郴江百咏》《阮户部词》。

眼儿媚

楼上黄昏杏花寒，斜月小栏干。一双燕子，两行征雁，画角声残。

绮窗人在东风里，洒泪对春闲[1]。也应似旧，盈盈秋水，淡淡春山[2]。

注释　1. 春闲：此指春天寂寞无聊的时光。2."盈盈"二句：喻指女子的眉眼。秋水：喻眼波。春山：喻双眉。

毛　滂

毛滂（1061—?），字泽民，号东堂。衢州江山（今浙江江山）人。哲宗元祐间为杭州法曹参军，受到苏轼的赏识。徽宗时依附曾布、蔡京，人品颇为时论所不满。工诗善文，尤长乐府，东坡誉其"秋兴之作，追配骚人"。有《东堂词》。

惜分飞·富阳僧舍代作别语[1]

泪湿阑干花着露[2]，愁到眉峰碧聚。此恨平分取，更无言语空相觑。

注释　1. 富阳：今浙江富阳县。2. 阑干：眼泪纵横的样子。

断雨残云无意绪，寂寞朝朝暮暮。今夜山深处，断魂分付潮回去。

玉楼春·立春日

小园半夜东风转。吹皱冰池云母面[1]。晓披阊阖见朝阳[2]，知向碧阶添几线。

小烟弄柳晴先暖。残雪禁梅香尚浅。殷勤洗拂旧东君[3]，多少韶华聊借看。

注释　1. 云母面：喻池上薄冰如云母一样洁白透明。2. 披：开。阊阖：宫门。3. “殷勤”句：谓残雪消融，犹如将春天洗涤拂拭干净。东君：传说中的司春之神。

小重山·立春日欲雪

谁劝东风腊里来。不知天待雪[1]，恼江梅。东郊寒色尚徘徊。双彩燕，飞傍鬓云堆[2]。

玉冷晓妆台。宜春金缕字，拂香腮[3]。红罗先绣踏青鞋。春犹浅，花信更须催。

注释　1. 天待雪：指天要下雪。2. “双彩燕”二句：指女性头上戴着剪彩制成的燕状头饰。南朝梁宗懔《荆楚岁时记》记载：“立春之日，悉剪彩为燕，戴之。”3. “宜春”二句：指女子立春日戴着写着“宜春”二字的头饰。宜春：旧时立春时所剪或书写的字样，贴于窗户、器物、彩胜等之上，以示迎春。

王寀

王寀（1068—1119），字辅道，号南陔，江州德安（今江西德安）人。少好学，工词章。后登第，官至校书郎。好神仙道术，后为林灵素所陷，下狱弃市。有《南陔集》，已佚。

浪花

一江秋水浸寒空，
渔笛无端弄晚风[1]。
万里波心谁折得[2]？
夕阳影里碎残红。

注释　1. 无端：无缘无故。弄：吹奏。2. 折得：摘取。

谢逸

谢逸（1068—1112），字无逸，号溪堂。临川（今江西抚州）人。屡举进士不第，遂不仕。以诗文自娱，终身隐居。曾作蝶诗三百首，盛传一时，时人称之为“谢蝴蝶”。存词六十二首，皆为小令，轻倩可人。

渔家傲

秋水无痕清见底。蓼花汀上西风起。一叶小舟烟雾里。兰棹舣[1]。柳条带雨穿双鲤。

自叹直钩无处使[2]。笛声吹彻云山翠。脍落霜刀红缕细[3]。新酒美。醉来独枕莎衣睡[4]。

注释　1. 兰棹：即兰舟，船的美称。2. 直钩：传说姜太公曾钓于渭滨，所用钓钩是直的且不设饵，后用以借指归隐生活。3. 脍：细切的肉。霜刀：雪亮锋利的刀。4. 莎衣：即蓑衣。莎，通“蓑”。

江神子

杏花村馆酒旗风。水溶溶，飏残红[1]。野渡舟横，杨柳绿阴浓。望断江南山色远，人不见，草连空。

夕阳楼外晚烟笼。粉香融，淡眉峰。记得年时，相见画屏中。只有关山今夜月，千里外，素光同[2]。

注释　1. 飏（yáng）：飞扬，飘扬。2. 素光：洁白明亮的光辉。

千秋岁

楝花飘砌，蔌蔌清香细[1]。梅雨过，苹风起[2]。情随湘水远，梦绕吴峰翠。琴书倦，鹧鸪唤起南窗睡。

密意无人寄[3]，幽恨凭谁洗。修竹畔，疏帘里。歌余尘拂扇，舞罢风掀袂。人散后，一钩淡月天如水。

注释　1. 蔌蔌（sù sù）：飘落的样子。2. 苹风：掠过苹草之风，指微风。3. 密意：亲密的情意。

如梦令

花落莺啼春暮。陌上绿杨飞絮。金鸭晚香寒[1]，人在洞房深处[2]。无语。无语。叶上数声疏雨。

注释　1. 金鸭：指鸭形的金属香炉。2. 洞房：深邃的内室。

晁冲之

晁冲之（生卒年不详），字叔用，巨野（今山东巨野）人。晁公武之父。晁氏是北宋名门、文学世家。早年曾受过陈师道的指教。绍圣初，党争剧烈，兄弟辈多人遭到谪贬放逐，便于阳翟（今河南禹州市）具茨山隐居，自号具茨。有《具茨集》。

夜　行

老去功名意转疏，
独骑瘦马取长途[1]。
孤村到晓犹灯火，
知有人家夜读书。

注释　1.“老去”句：指自己现在已经到了老年，功名之心变得很淡泊了。取长途：指自己行进在漫长的客路之上。

传言玉女

一夜东风，吹散柳梢残雪。御楼烟暖[1]，正鳌山对结[2]。箫鼓

注释　1. 御楼：指皇宫的楼阁。2. 鳌山：指叠成山状的彩灯。

向晚[3]，凤辇初归宫阙。千门灯火，九街风月。

绣阁人人，乍嬉游、困又歇。笑匀妆面，把朱帘半揭。娇波向人[4]，手捻玉梅低说。相逢常是，上元时节[5]。

3. 箫鼓：箫与鼓，泛指乐器。4. 娇波：此指娇媚的眼波。5. 上元：即正月十五元宵节。

汉宫春・梅

潇洒江梅，向竹梢稀处，横两三枝。东君也不爱惜，雪压霜欺。无情燕子，怕春寒、轻失花期[1]。惟是有、南来归雁，年年长见开时。

清浅小溪如练，问玉堂何似[2]，茅舍疏篱。伤心故人去后，冷落新诗。微云淡月，对江天、分付他谁。空自倚、清香未减，风流不在人知。

注释　1.“无情”二句：燕子春社日方北归，此时梅的花时已过，故云。2. 玉堂：指豪贵的宅第。

临江仙

忆昔西池池上饮[1]，年年多少欢娱。别来不寄一行书，寻常相

注释　1. 西池：即金明池，在汴京城西，故称西池，为当时名胜。

见了，犹道不如初。

安稳锦衾今夜梦[2]，月明好渡江湖。相思休问定何如。情知春去后，管得落花无。

2. 锦衾：锦缎被子。

赵鼎臣

赵鼎臣（1070—？），字承之，号苇溪翁，又号竹隐畸士，韦城（今河南滑县）人。哲宗元祐六年（1091）进士，官至太府卿。与苏轼、王安石诸人交好，相与酬和。有《竹隐畸士集》。

念奴娇

旧游何处，记金汤形胜[1]，蓬瀛佳丽[2]。渌水芙蓉[3]，元帅与宾僚[4]，风流济济。万柳庭边，雅歌堂上，醉倒春风里。十年一梦[5]，觉来烟水千里。

惆怅送子重游，南楼依旧不，朱阑谁倚。要识当时，惟是有明月，曾陪珠履[6]。量减杯中，雪添头上[7]，甚矣吾衰矣[8]。酒徒相问[9]，为言憔悴如此。

注释　1. 金汤形胜：形容地势险要，城池坚固。2. 蓬瀛：传说中蓬莱、瀛洲二座海上仙山，此借指游乐之地。3. 渌水：清澈的水。4. 宾僚：宾客幕僚。5. 十年一梦：语本杜牧《遣怀》诗："十年一觉扬州梦，赢得青楼薄幸名。"6. 珠履：装饰着珠宝的鞋子。7. 雪添头上：谓头发变得如雪一样白。8. "甚矣"句：语出《论语・述而》："甚矣吾衰也！"9 酒徒：此指酒友。

秦 湛

秦湛（生卒年不详），字处度，高邮（今江苏高邮）人。秦观之子。少好学，善画着色山水。绍兴二年（1132），通判常州。存词一首。

卜算子·春情

春透水波明，寒峭花枝瘦。
极目烟中百尺楼，人在楼中否。

四和袅金凫[1]，双陆思纤手[2]。
拟倩东风浣此情，情更浓于酒[3]。

注释　1. 四和：香名，亦称四合香。金凫：即金鸭，指鸭形的铜香炉。2.“双陆”句：谓思念情人玩弄双陆的纤纤玉手。双陆：古代的一种博戏，相传是三国时曹植所制。3.“拟倩”二句：谓打算请东风来涤荡相思之情，谁知情意更浓，浓过美酒。

范 周

范周（生卒年不详），字无外，吴县（今江苏苏州）人。范仲淹侄孙。负才不羁，工诗词。尝于元宵夜作《宝鼎现》词投知州盛季文，极蒙嘉奖，其词遂流传天下。存词二首。

宝鼎现

夕阳西下，暮霭红隘，香风罗绮。乘丽景、华灯争放，浓焰烧空连锦砌[1]。睹皓月、浸严城如画，花影寒笼绛蕊[2]。渐掩映、芙

注释　1. 锦砌：台阶的美称。2. 绛蕊：红色的花蕊。

蓉万顷，迤逦齐开秋水。

太守无限行歌意[3]。拥麾幢[4]、光动珠翠。倾万井[5]、歌台舞榭，瞻望朱轮骈鼓吹[6]。控宝马、耀貔貅千骑[7]。银烛交光数里。似乱簇、寒星万点，拥入蓬壶影里[8]。

宴阁多才，环艳粉、瑶簪珠履[9]。恐看看、丹诏催奉，宸游燕侍[10]。便趁早、占通宵醉。缓引笙歌妓。任画角、吹老寒梅，月落西楼十二。

3. 行歌：边行走边歌唱，以抒发自己的感情。4. 麾（huī）幢：官员出行仪仗中的旗帜。5. 万井：指全城百姓。6. 朱轮骈鼓吹：指车子上罗列着演奏乐曲的乐队。朱轮，朱红漆的车轮，此代指车子。骈，聚集，罗列。鼓吹，此指奏乐的乐队。7. 貔貅（pí xiū）：传说中一种凶猛的野兽，比喻骁勇的部队。8. 蓬壶：传说海中有三神山，其一名蓬莱，又作蓬壶。此喻指灯市风光犹如仙境。9. "宴阁"二句：谓酒宴上有许多盛装的歌舞伎。10. "恐看看"二句：谓只怕很快太守就要被诏入朝廷，委以重任。丹诏：帝王的诏书。以朱笔书写，故称。宸游：帝王出游。燕侍：宴饮时陪侍。

唐庚

唐庚（1071—1121），字子西，人称鲁国先生，眉州丹棱（今四川丹棱）人。哲宗绍圣元年（1094）进士，张商英荐其才，除京畿路提举常平。商英罢相，坐贬惠州。宣和三年（1121）归蜀，道卒。诗文精密工致，有"小东坡"之称。有《眉山唐先生文集》《唐子西文录》。

春归

东风定何物？所至辄苍然[1]。
小市花间合，孤城柳外圆[2]。
禽声犯寒食[3]，江色带新年。
无计驱愁得，还推到酒边[4]。

注释　1. 定：究竟。辄：就。苍然：一片绿色。2. 孤城：这里指惠州城，作者当年贬居于此地。3. 禽声：鸟声。寒食：清明前一天，不举火，吃冷食。4. "无计"二句：我无法将愁思驱赶走，反被它推到了酒杯边。

春日郊外

城中未省有春光[1]，
城外榆槐已半黄。
山好更宜余积雪，
水生看欲倒垂杨[2]。
莺边日暖如人语[3]，
草际风来作药香。
疑此江头有佳句，
为君寻取却茫茫[4]。

注释　1. 未省：还不知道。2. 倒垂杨：此处指江水中的柳树倒影。3. 莺边日暖：意即日边莺暖。莺暖，指黄莺的叫声婉转温柔。4. “疑此”二句：作者想在这美好的春日江头作诗一首，但一时又感到茫然而难以下手。

徐　俯

徐俯（1075—1141），字师川，号东湖居士，洪州分宁（今江西修水）人。黄庭坚之甥。因其父死于国事，授通直郎。绍兴二年（1132），赐进士出身，官至参知政事。工诗词，语言秀丽，意境开阔。有《东湖集》。

春游湖

双飞燕子几时回？
夹岸桃花蘸水开[1]。
春雨断桥人不度，
小舟撑出柳阴来[2]。

注释　1. 蘸水：浸水。2. “春雨”二句：指春雨之后，湖水上涨，将小桥淹没了半截，人们正犯愁无法通行，却有一只小船从柳荫中撑了出来。

念奴娇

素光练静，照青山隐隐，修眉横绿。鳷鹊楼高天似水[1]，碧瓦寒生银粟[2]。万丈辉光，奔云涌雾，飞过卢鸿屋[3]。更无尘翳[4]，皓然冷浸梧竹。

因念鹤发仙翁，当时曾共赏，紫岩飞瀑。对影三人聊痛饮[5]，一洗闲愁千斛[6]。斗转参移[7]，翻然归去，万里骑黄鹄。一川霜晓，叫云吹断横玉[8]。

注释　1. 鳷（zhī）鹊楼：楼阁名，在江苏南京。2. 银粟：此喻寒霜。3. 卢鸿屋：此处借指隐士居所。卢鸿，唐时著名隐士，筑庐隐居嵩山。4. 尘翳（yì）：尘垢。5. "对影"句：化用李白《月下独酌》："举杯邀明月，对影成三人。"6. 斛（hú）：旧量器名，亦是容量单位，一斛本为十斗，后来改为五斗。7. 斗转参移：谓时光流逝。斗、参（shēn），皆星宿名，均为二十八宿之一。8. 横玉：指笛子。玉，玉笛。

叶梦得

叶梦得（1077—1148），字少蕴，号石林居士，吴县（今江苏苏州）人。绍圣四年（1097）进士，曾官翰林学士、户部尚书、江东安抚大使兼知建康府等。兼善诗文，有《建康集》《石林词》。

虞美人

雨后，同干誉、才卿置酒来禽花下作[1]。

落花已作风前舞，又送黄昏雨。晓来庭院半残红，惟有游丝千丈袅晴空。

注释　1. 来禽，即林檎，南方叫花红，北方名沙果。

殷勤花下同携手，更尽杯中酒。美人不用敛蛾眉[2]，我亦多情无奈酒阑时。

2. 蛾眉：指女子长而美的眉毛。

念奴娇

洞庭波冷，望冰轮初转[1]，沧海沉沉。万顷孤光云阵卷，长笛吹破层阴。汹涌三江[2]，银涛无际，遥带五湖深[3]。酒阑歌罢，至今鼍怒龙吟[4]。

回首江海平生，漂流容易散，佳期难寻。缥缈高城风露爽，独倚危槛重临。醉倒清尊，姮娥应笑，犹有向来心[5]。广寒宫殿，为予聊借琼林。

注释　1. 冰轮：指明月。2. 三江：《吴地记》以松江、娄江、东江为三江。3. 五湖：太湖的别名。一说是太湖附近的菱湖、游湖、莫湖、贡湖、胥湖的总称。4. 鼍怒龙吟：此喻波浪啸涌。鼍（tuó），亦称扬子鳄、鼍龙、猪婆龙，爬行动物，穴居江河岸边，吻短，背部、尾部均有鳞甲。5. 向来心：此指以往的志向和情怀。

醉蓬莱

问东风何事，断送残红，便拚归去。牢落征途[1]，笑行人羁旅。一曲阳关，断云残霭，做渭城朝雨[2]。欲寄离愁，绿阴千啭，黄鹂

注释　1. 牢落：犹寥落，零落荒芜貌。2.“一曲”三句：化用王维《送元二使安西》诗：“渭城朝雨浥轻尘，客舍青青柳色新。劝君更尽一杯酒，西出阳关无故人。”此借指离别。

空语。

遥想湖边，浪摇空翠，弦管风高，乱花飞絮。曲水流觞，有山公行处[3]。翠袖朱阑，故人应也，弄画船烟浦。会写相思，尊前为我，重翻新句。

3.“曲水”二句：谓外出游冶饮酒。山公：指晋代山简，性嗜酒，镇守襄阳，常游高阳池，饮辄大醉。此代指嗜酒的朋友。

贺新郎

睡起流莺语，掩苍苔房栊向晚，乱红无数。吹尽残花无人见，惟有垂杨自舞。渐暖霭、初回轻暑，宝扇重寻明月影，暗尘侵、上有乘鸾女[1]。惊旧恨，遽如许。

江南梦断横江渚。浪粘天、葡萄涨绿[2]，半空烟雨。无限楼前沧波意，谁采苹花寄取？但怅望、兰舟容与[3]。万里云帆何时到，送孤鸿、目断千山阻。谁为我，唱金缕[4]。

注释　1. 乘鸾女：本指月中的仙女，词中借指歌妓。2. 葡萄涨绿：形容江水碧绿，语本李白《襄阳歌》：“遥看汉水鸭头绿，恰似葡萄初酦醅。”3. 容与：舒缓的样子。4. 金缕：曲名。

刘一止

刘一止（1078—1160），字行简，湖州归安（今浙江湖州）人。徽宗宣和三年（1121）进士，累官至给事中。其诗自成一家，其词造语清新。因《喜迁莺·晓行》词盛传于京师，号“刘晓行”。有《苕溪集》《苕溪词》。

喜迁莺·晓行

晓光催角，听宿鸟未惊，邻鸡先觉。迤逦烟村[1]，马嘶人起，残月尚穿林薄[2]。泪痕带霜微凝，酒力冲寒犹弱。叹倦客，悄不禁重染，风尘京洛。

追念人别后，心事万重，难觅孤鸿托。翠幌娇深[3]，曲屏香暖，争念岁华飘泊[4]。怨月恨花烦恼，不是不曾经着。者情味[5]，望一成消减，新来还恶。

注释　1. 迤逦：曲折连绵貌。2. 林薄：草木交错丛生之处。3. 幌：窗帘、帷幔。4. 争念：怎念，怎会想到。5. 者：这。

李　光

李光（1078—1159），字泰发。越州上虞（今浙江上虞）人。北宋崇宁五年（1106）进士。曾任侍御史，反对割地事金。后为吏部尚书，授参知政事。因指斥秦桧，被贬藤州，又移琼州安置。秦桧死后得复官秩。卒谥庄简，有《庄简集》。

越州双雁道中[1]

晚潮落尽水涓涓，
柳老秧齐过禁烟[2]。
十里人家鸡犬静，
竹扉斜掩护蚕眠[3]。

注释　1. 越州：今浙江绍兴。2. 禁烟：古代寒食节时禁止烟火，举家吃冷食。3. 蚕眠：蚕蜕皮时，不食不动，其状如眠，故云“蚕眠”。

左　纬

左纬（生卒年不详），字经臣，号委羽居士。台州黄岩（今浙江黄岩）人，生活于两宋之交，一生未仕，《徐氏笔精》卷四说他“宣和间以诗名”，可见其在徽宗时诗坛上有一定的地位。有《委羽居士集》。

送许左丞至白沙为舟人所误[1]

短棹无寻处，严城欲闭门[2]。
水边人独自[3]，沙上月黄昏。
老别难禁泪[4]，空归易断魂。
岂知今夜梦，先过白沙村。

注释　1. 白沙：指浙江乐清的白沙岭。2. 短棹：犹言轻舟。严城：指城门已经关闭，不许行人通过。3. 独自：独立。4. 老别：人在年老的时候离别，此指以后见面难。

汪　藻

汪藻（1079—1154），字彦章，号浮溪，德兴（今江西德兴）人。徽宗崇宁二年（1103）进士，累官中书舍人、翰林学士等。属时多事，诏令多出其手。后遭谗夺职居永州，累赦不宥。博览群书，老不释卷。工俪语，所为制词，人多传诵。有《浮溪集》。

漫　兴

燕子年年入户飞，
向人无是亦无非[1]。
来春强健还相见，
送汝将雏又一归[2]。

注释　1. 向：与，跟。"向人"句：指燕子和人没有任何恩怨是非。2. 将：带领。雏：幼鸟。

小重山

月下潮生红蓼汀。浅霞都敛尽，四山青。柳梢风急堕流萤。随波处，点点乱寒星[1]。

别语寄丁宁。如今能间隔，几长亭。夜来秋气入银屏。梧桐雨，远恨不同听[2]。

注释　1."柳梢"三句：谓流萤被狂风从柳梢吹落，飘落水中随波逐流，如同点点寒星在水面闪烁。2."梧桐雨"二句：谓二人相隔很远，只能各自听雨打梧桐，充满愁怨。

点绛唇

新月娟娟[1]，夜寒江静山衔斗[2]。起来搔首，梅影横窗瘦。

好个霜天，闲却传杯手[3]。君知否？乱鸦啼后，归兴浓如酒。

注释　1. 娟娟：明媚貌。2. 斗：北斗星。3.“闲却”句：言无意饮酒。

韩　驹

韩驹（1080—1135），字子苍，学者称“陵阳先生”，仙井监（今四川仁寿）人。政和二年（1112）召试，赐进士出身，历官秘书少监、中书舍人等。尝从苏辙学，为两宋之交江西诗派诗人。有《陵阳集》。

念奴娇·月

海天向晚，渐霞收余绮，波澄微绿。木落山高真个是，一雨秋容新沐。唤起嫦娥，撩云拨雾，驾此一轮玉[1]。桂华疏淡，广寒谁伴幽独。

不见弄玉吹箫[2]，尊前空对此，清光堪掬[3]。雾鬓风鬟何处问[4]，云雨巫山六六[5]。珠斗斓斒[6]，银河清浅，影转西楼曲。此情谁会，倚风三弄横竹[7]。

注释　1. 一轮玉：喻明月。2. 弄玉吹箫：比喻男女情投意合，结成爱侣，共享幸福。弄玉，秦穆公之女。3. 掬：指用两手捧。4. 雾鬓风鬟：形容女子细密而蓬松的美发。5.“云雨”句：用宋玉《高唐赋》中“巫山云雨”的典故。六六：谓巫山三十六峰。6. 珠斗：指北斗七星。因斗星相贯如珠，故名。斓斒（bān）：色彩错杂鲜明貌。7. 横竹：指横笛。笛以竹制而横吹，故称。

陈　克

陈克（1081—?），字子高，自号赤城居士。临海（今浙江临海）人，后侨居金陵。绍兴七年（1137）曾单骑从军，入吕祉幕府为参谋。诗多情致，词尤工。著《天台集》，已佚，今传其《赤城词》。

菩萨蛮

绿芜墙绕青苔院，中庭日淡芭蕉卷。蝴蝶上阶飞，烘帘自在垂。

玉钩双语燕，宝甃杨花转[1]。几处簸钱声[2]，绿窗春睡轻。

注释　1. 甃（zhòu）：井壁，借指井。2. 簸钱：古代一种掷钱赌输赢的游戏，以测正反面中否而决胜负。

谒金门

愁脉脉[1]。目断江南江北。烟树重重芳信隔。小楼山几尺。

细草孤云斜日。一向弄晴天色。帘外落花飞不得。东风无气力。

注释　1. 愁脉脉（mò mò）：愁思绵绵。

菩萨蛮

赤阑桥尽香街直[1]，笼街细柳娇无力。金碧上青空[2]，花晴帘

注释　1. 香街：飘溢花香的街道。2. 金碧：形容金碧辉煌的高楼大屋。

影红。

黄衫飞白马[3]，日日青楼下。醉眼不逢人[4]，午香吹暗尘。

3. 黄衫：隋唐时少年所穿的华贵服装。《新唐书·礼乐志》载唐明皇尝以“乐工少年姿秀者十数人，衣黄衫，文玉带，立左右”。
4. 不逢人：指目中无人，表现其骄横之态。

朱敦儒

朱敦儒（1081—1159），字希真，号岩壑，洛阳（今河南洛阳）人。志行高洁，靖康、建炎间屡召不起。绍兴三年（1133）以荐补右迪功郎，历任秘书省正字、兵部郎中等职。晚年致仕后受秦桧笼络而起，为时论所讥。有词集《樵歌》。

念奴娇

别离情绪，奈一番好景，一番悲戚。燕语莺啼人乍远，还是他乡寒食。桃李无言，不堪攀折，总是风流客。东君也自，怪人冷淡踪迹。

花艳草草春工[1]，酒随花意薄，疏狂何益。除却清风并皓月，脉脉此情谁识。料得文君[2]，重帘不卷，且等闲消息[3]。不如归去，受他真个怜惜。

注释　1. 春工：春季造化万物之工。2. 文君：借指妻子。3. 等闲消息：指生活随意、马虎。等闲，随便。消息，休养、休息。

西江月

世事短如春梦，人情薄似秋云。不须计较苦劳心[1]，万事原来有命。

幸遇三杯酒好，况逢一朵花新。片时欢笑且相亲[2]，明日阴晴未定。

注释　1. 计较：算计。2. 相亲：相亲爱，相亲近。

念奴娇

插天翠柳，被何人，推上一轮明月。照我藤床凉似水，飞入瑶台琼阙[1]。雾冷笙箫，风轻环佩[2]，玉锁无人掣[3]。闲云收尽，海光天影相接。

谁信有药长生，素娥新炼就、飞霜凝雪。打碎珊瑚，争似看、仙桂扶疏横绝[4]。洗尽凡心，满身清露，冷浸萧萧发。明朝尘世，记取休向人说。

注释　1. 瑶台琼阙：此指月宫仙境。2. 风轻环佩：谓风轻轻送来月中仙子身上环佩的响声。环佩，环形玉佩。3. “玉锁”句：谓月宫紧锁，无人开门。掣（chè）：拉，拔。4. “打碎”二句：谓那些“打碎珊瑚”之类的夸豪斗富之举，远比不上赏玩月中枝叶扶疏的仙桂来得超凡脱俗。打碎珊瑚：典出《世说新语·汰侈》，石崇和王恺斗富，打碎皇帝赐给王恺的一棵高二尺许的珊瑚树，然后主动提出赔偿，命左右取出六七枚高三四尺的珊瑚树让王恺挑选，王恺见了茫然自失。

相见欢

金陵城上西楼[1]。倚清秋。万

注释　1. 金陵：即南京。西楼：一般

里夕阳垂地、大江流。

中原乱[2]。簪缨散[3]。几时收？
试倩悲风吹泪、过扬州[4]。

泛指高楼，此处应指南京城楼。2. 中原乱：指公元1127年的靖康之乱。时金兵南侵，汴京陷落，徽、钦二帝被掳北上。3. 簪缨散：谓士族逃散流亡。簪缨，古代达官贵人的冠饰，借指高官显宦。4. 扬州：时为抗金前线，屡受金兵进犯。

孙觌

孙觌（1081—1169），字仲益，晋陵（今江苏常州）人。大观三年（1109）进士。后举词学兼茂科。历官翰林学士及吏、户二部尚书。因忤执政，归隐太湖。为文工四六，有《鸿庆居士集》。

枫桥

白首重来一梦中，
青山不改旧时容[1]。
乌啼月落桥边寺，
倚枕犹闻半夜钟[2]。

注释　1. 白首：年老的时候。旧时容：以前的样子。此句谓：青山不改，昔人已老。2. "乌啼"二句：化用唐代张继《枫桥夜泊》中"月落乌啼霜满天""夜半钟声到客船"句。

赵佶

赵佶（1082—1135），即宋徽宗，神宗皇帝第十一子。元符三年（1100）即位，靖康二年（1127）为金人掳掠北去，绍兴五年（1135）卒于五国城。擅书画，能诗词。尤工长短句，被掳北上途中所作《宴山亭》"词极凄婉"。有《宋徽宗词》。

宴山亭·北行见杏花

裁剪冰绡[1]，轻叠数重，淡著燕脂匀注[2]。新样靓妆[3]，艳溢香融，羞杀蕊珠宫女[4]。易得凋零，更多少、无情风雨。愁苦，问院落凄凉，几番春暮？

凭寄离恨重重，者双燕何曾[5]，会人言语？天遥地远，万水千山，知他故宫何处？怎不思量？除梦里有时曾去。无据，和梦也新来不做。

注释　1. 冰绡：洁白而轻薄的丝织品。绡，生丝织物。2. 燕脂：又写作“烟脂”“胭脂”“烟支”“燕支”“焉支”等，相传乃商纣王用红蓝花汁凝结制成，女子用以妆饰面部。3. 靓妆：脂粉妆饰。4. 蕊珠：蕊珠宫，道家传说中的神仙宫阙。5. 者：同“这”。

周紫芝

周紫芝（1082—1155），字少隐，号竹坡居士。宣城（今属安徽）人。绍兴十二年（1142）登第，历官枢密院编修等。其诗自然顺畅，其词清丽婉曲，皆无雕琢痕迹。有《竹坡诗话》《太仓稊米集》《竹坡词》等。

秋　晚

月向寒林欲上时，
露从秋后已沾衣[1]。
微萤不自知时晚，
犹抱余光照水飞[2]。

注释　1. 向：倚靠，挨着。从：来自。秋后：深秋。2.“微萤”句：谓小小的萤火虫还不知道秋天是它的残年了，还拿着它最后的光明照着湖水纷飞。

鹧鸪天

一点残釭欲尽时[1]，乍凉秋气满屏帏[2]。梧桐叶上三更雨，叶叶声声是别离[3]。

调宝瑟，拨金猊[4]。那时同唱《鹧鸪词》。如今风雨西楼夜，不听清歌也泪垂。

注释　1. 釭：油灯。2. 屏帏：屏帐，借指内室。3. "梧桐"二句：语本温庭筠《更漏子》"梧桐树，三更雨，不道离情正苦。一叶叶，一声声，空阶滴到明"词意。4. 金猊：狻猊形的铜香炉。

踏莎行

情似游丝，人如飞絮。泪珠阁定空相觑[1]。一溪烟柳万丝垂，无因系得兰舟住[2]。

雁过斜阳，草迷烟渚，如今已是愁无数。明朝且做莫思量[3]，如何过得今宵去！

注释　1. 阁定：停住。2. 无因：没有理由。3. 且：姑且。

曹　组

曹组（生卒年不详），字元宠，颍昌（今河南许昌）人。六次应举不第，宣和三年（1121）诏赴殿试，赐同进士出身。能诗文，工谑词，所著《红窗迥》百余篇，滑稽俚俗，闻者绝倒。

如梦令

门外绿荫千顷，两两黄鹂相应。睡起不胜情[1]，行到碧梧金井[2]。人静，人静，风动一枝花影。

注释　1. 不胜（shēng）情：承受不住心中的情思。胜，承受，经得起。2. 金井：井栏上有华丽雕饰的井。

蓦山溪·梅

洗妆真态，不在铅华御[1]。竹外一枝斜，想佳人、天寒日暮[2]。黄昏小院，无处着清香，风细细，雪垂垂，何况江头路。

月边疏影，梦到销魂处。结子欲黄时，又须作廉纤细雨[3]。孤芳一世，供断有情愁，消瘦损，东阳也[4]，试问花知否？

注释　1. 御：施用。2.“竹外”二句：化用苏轼《和秦太虚梅花》诗“竹外一枝斜更好”及杜甫《佳人》诗“天寒翠袖薄，日暮倚修竹”之句意，以佳人喻梅。3. 廉纤：细微，纤细。4. 东阳：南朝梁沈约曾为东阳太守。此处用沈约自言消瘦之典。

万俟咏

万俟咏（生卒年不详），字雅言，自号大梁词隐。籍里不详。哲宗元祐时已是“诗赋科老手”，但屡试不第，至徽宗政和初才被授予大晟府制撰。其词审音辨律，造语典丽，每出一词，次日即盛传都下。今存词二十九首。

三台·清明应制[1]

见梨花初带夜月，海棠半含朝雨。内苑春[2]、不禁过青门，御沟涨、潜通南浦。东风静，细柳垂金缕，望凤阙、非烟非雾[3]。好时代、朝野多欢，遍九陌[4]、太平箫鼓。

乍莺儿百啭断续，燕子飞来飞去。近绿水、台榭映秋千，斗草聚[5]、双双游女。饧香更[6]、酒冷踏青路，会暗识、夭桃朱户。向晚骤、宝马雕鞍，醉襟惹、乱花飞絮。

正轻寒轻暖漏永，半阴半晴云暮。禁火天、已是试新妆，岁华到、三分佳处。清明看、汉蜡传宫炬，散翠烟、飞入槐府[7]。敛兵卫、阊阖门开[8]，住传宣、又还休务[9]。

注释　1. 应制：奉皇帝之命而写作。2. 内苑：皇帝的御花园，即禁苑。3. “望凤阙”句：谓皇宫有祥瑞喜气。凤阙：汉代宫阙名，后泛指宫殿、朝廷。4. 九陌：汉长安城中有八街、九陌。后来泛指都城大路。5. 斗草：又称“斗百草”，南朝梁宗懔《荆楚岁时记》记载：“五月五日，谓之浴兰节。荆楚人并踏百草，又有斗百草之戏。”斗草的方法，一种是比赛谁采的花草种类多，叫“文斗”；一种是比试谁采的草茎韧性强，称为“武斗”。6. 饧（táng）：麦芽糖。7. 槐府：贵人宅第，门前多植槐。8. 阊阖：指宫之正门。9. 休务：停止办公。

梅花引·冬怨

晓风酸[1]。晓霜干。一雁南飞人度关。客衣单。客衣单。千里

注释　1. 酸：指风寒冷刺人。

断魂，空歌行路难[2]。

寒梅惊破前村雪。寒鸡啼破西楼月。酒肠宽。酒肠宽。家在日边[3]，不堪频倚阑。

2. 行路难：乐府杂曲歌辞名，内容多写世路艰难和离情别意。3. 日边：犹言天边，指极远的地方。

田 为

田为（生卒年不详），字不伐，籍里不详。通音乐，善琵琶。政和末，供职大晟府任典乐。宣和元年（1119），为大晟府乐令。才思与万俟咏相仿，词善写人意中事，杂以俗言俚语，曲尽要妙。今存词六首。

江神子慢

玉台挂秋月[1]，铅素浅[2]，梅花傅香雪[3]。冰姿洁，金莲衬[4]、小小凌波罗袜。雨初歇，楼外孤鸿声渐远，远山外、行人音信绝。此恨对语犹难，那堪更寄书说。

教人红消翠减[5]，觉衣宽金缕[6]，都为轻别。太情切，消魂处、画角黄昏时节，声呜咽。落尽庭花春去也，银蟾迥[7]、无情圆又缺。恨伊不似余香，惹鸳鸯结。

注释　1. 玉台：指镜台。秋月：指圆镜。2. 铅素：搽脸的粉。3. “梅花”句：言粉面饰着梅花妆。香雪：此喻妇女用的香粉。4. 金莲：代指女子的小脚。5. 红消翠减：喻人消瘦，容颜憔悴。6. 金缕：金线缝织的衣服，泛指华丽的衣服。7. 银蟾：指明月。

徐 伸

徐伸（生卒年不详），字干臣，三衢（今浙江衢州）人。政和初，为大晟府典乐。宣和中，出知常州。存词一首。

转调二郎神

闷来弹鹊，又搅碎、一帘花影。漫试着春衫，还思纤手，熏彻金猊烬冷。动是愁端如何向？但怪得新来多病。嗟旧日沈腰[1]，如今潘鬓[2]，怎堪临镜？

重省，别时泪湿，罗衣犹凝。料为我厌厌，日高慵起[3]，长托春酲未醒[4]。雁足不来[5]，马蹄难驻，门掩一庭芳景。空伫立，尽日阑干倚遍，昼长人静。

注释　1. 沈腰：指消瘦而腰围变小，典出《南史·沈约传》。2. 潘鬓：指鬓发变白。3. 慵起：懒起。4. 酲（chéng）：喝醉酒神志不清。5. 雁足：借指送书信者。

蒋元龙

蒋元龙（生卒年不详），字子云，丹徒（今江苏丹徒）人。以特科入官，终县令。工于乐府，存词三首。

好事近

叶暗乳鸦啼，风定老红犹落[1]。

注释　1. 老红：残红，枯萎的花朵。

蝴蝶不随春去，入熏风池阁[2]。

休歌金缕劝金卮[3]，酒病煞如昨[4]。帘卷日长人静，任杨花飘泊。

2. 熏风：指初夏时的东南风。3. 金缕：曲名。金卮：金杯，此指酒。4. 煞：很，极。

何籀

何籀（生卒年不详），字子初，信安（今浙江衢州）人。因其《宴清都》词有“天远山远水远人远”之句，一时号为“何四远”。存词一首。

宴清都

细草沿阶软。迟日薄[1]，蕙风轻蔼微暖。春工靳惜[2]，桃红尚小，柳芽犹短。罗帏绣幕高卷。又早是、歌慵笑懒。凭画楼，那更天远，山远，水远，人远。

堪叹。傅粉疏狂[3]，窃香俊雅[4]，无计拘管[5]。青丝绊马，红巾寄泪，甚处迷恋[6]。无言泪珠零乱。翠袖滴、重重渍遍。故要知[7]、别后思量。归时觑见。

注释　1. 迟日：此指春日。语出《诗经·豳风·七月》：“春日迟迟。”2. 春工靳惜：谓春天这位造物的工匠吝惜自己的力量。靳(jìn)惜：吝啬，吝惜。3. 傅粉：此代指情郎。4. 窃香：此代指情郎，用贾午窃香给情郎韩寿事。5. 拘管：管束，监督。6.“青丝”三句：谓情郎被别的女人牵绊住，不知在何处流连忘返。红巾寄泪：宋张君房《丽情集》载，唐代名妓灼灼“以软绡多聚红泪密寄”情人裴质。7. 故要知：故意要使对方知道。

廖世美

廖世美，生平事迹不详。存词二首。

烛影摇红·题安陆浮云楼[1]

霭霭春空，画楼森耸凌云渚。
紫薇登览最关情[2]，绝妙夸能赋。
惆怅相思迟暮，记当日、朱阑共语。
塞鸿难问，岸柳何穷，别愁纷絮。

催促年光，旧来流水知何处？
断肠何必更残阳，极目伤平楚。
晚霁波声带雨，悄无人、舟横野渡[3]。数峰江上，芳草天涯，参差烟树。

注释 1. 安陆：今湖北安陆市。2. 紫薇：唐代称中书省为紫薇。此处指唐诗人杜牧，他曾官中书舍人，人称“杜紫薇”。3.“晚霁”二句：语本韦应物《滁州西涧》诗：“春潮带雨晚来急，野渡无人舟自横。”霁：雨停。

李　纲

李纲（1083—1140），字伯纪，邵武（今福建邵武）人。政和间进士，北宋末任太常少卿。靖康元年（1126）以尚书右丞任亲征行营使，击退金兵。后为南宋首任宰相。能诗词，有《梁溪集》。

病　牛

耕犁千亩实千箱，
力尽筋疲谁复伤[1]？
但得众生皆得饱，
不辞羸病卧残阳[2]。

注释 1. 实：充实。箱：即“厢”，此指官府的粮仓。谁复伤：有谁来怜惜你。伤，哀怜、同情。2. 但得：只要能够。众生：天下的老百姓。辞：推辞。羸病：瘦弱有病。卧残阳：挣扎于晚年。

李清照

李清照（1084—1155），号易安居士，济南章丘（今山东济南）人。父李格非为“苏门后四学士”之一。幼承家学，早有才名。工书能文，通晓音律。十八岁适太学生赵明诚。中原沦陷后，流亡南方，境遇孤苦。以词著名，有《漱玉词》。

春　残

春残何事苦思乡，
病里梳头恨最长[1]。
梁燕语多终日在，
蔷薇风细一帘香[2]。

注释　1. 恨：思乡怀病之感。2. 语多：不停地鸣叫。风细：微风。

夏日绝句

生当作人杰，死亦为鬼雄[1]。
至今思项羽，不肯过江东[2]。

注释　1. 人杰：人中豪杰。鬼雄：鬼中的豪杰。2. “至今”二句：项羽当年兵败，认为自己无颜回去与父老相见，便自刎而死。此句表达了作者对南宋苟安江南的现状的愤恨。

题八咏楼[1]

千古风流八咏楼，
江山留与后人愁[2]。
水通南国三千里，
气压江城十四州[3]。

注释　1. 八咏楼：在宋婺州（今浙江金华），原名元畅楼，后因沈约《八咏诗》题其壁间，后人称为“八咏楼”。2. “江山”句：指江山如画，但危在旦夕，令人生愁。3. 南国：泛指中国南方。十四州：宋两浙路计辖二府十二州，统称十四州。

声声慢

寻寻觅觅，冷冷清清，凄凄惨惨戚戚。乍暖还寒时候[1]，最难将息[2]。三杯两盏淡酒，怎敌他、晚来风急。雁过也，最伤心，却是旧时相识。

满地黄花堆积，憔悴损，如今有谁堪摘。守着窗儿，独自怎生得黑？梧桐更兼细雨，到黄昏、点点滴滴。这次第[3]，怎一个、愁字了得。

注释　1. 乍暖还寒：指天气忽冷忽热，变化无常。2. 将息：调养，休息。3. 次第：情形，光景。

如梦令

昨夜雨疏风骤，浓睡不消残酒。试问卷帘人[1]，却道海棠依旧。知否？知否？应是绿肥红瘦[2]。

注释　1. 卷帘人：此指侍女。2. 绿肥红瘦：指枝叶繁茂，花儿憔悴。

醉花阴

薄雾浓云愁永昼，瑞脑消金兽[1]。佳节又重阳，玉枕纱厨[2]，

注释　1. 瑞脑：香料名，一称龙脑。金兽：兽形铜香炉。2. 纱厨：纱帐。

半夜凉初透。

东篱把酒黄昏后[3]，有暗香盈袖[4]。莫道不消魂，帘卷西风，人比黄花瘦[5]。

3. 东篱：菊圃。典出陶渊明《饮酒·其五》："采菊东篱下，悠然见南山。" 4. 暗香：幽香。5. 黄花：菊花。

一剪梅

红藕香残玉簟秋[1]，轻解罗裳，独上兰舟。云中谁寄锦书来？雁字回时[2]，月满西楼[3]。

花自飘零水自流。一种相思，两处闲愁。此情无计可消除。才下眉头，却上心头。

注释　1. 红藕：红色的荷花。玉簟：竹席的美称。2. "云中"二句：古有鸿雁传书之说，又大雁飞行时排列成"人"字或"一"字形状，故云。3. 西楼：此指思念者的居所。

凤凰台上忆吹箫

香冷金猊，被翻红浪[1]，起来慵自梳头。任宝奁尘满[2]，日上帘钩。生怕离怀别苦，多少事、欲说还休。新来瘦，非干病酒，不是悲秋。

休休，这回去也，千万遍《阳关》，也则难留。念武陵人远，

注释　1. 红浪：形容红锦被乱摊在床上。2. 宝奁：精美的梳妆镜匣。

烟锁秦楼[3]。惟有楼前流水，应念我、终日凝眸[4]。凝眸处，从今又添，一段新愁。

3.“念武陵”二句：谓与丈夫分离已久。武陵人远：用汉代刘晨、阮肇入天台山采药迷路，在桃林中遇到两位仙女乐而忘返的故事，暗示丈夫不在身边。秦楼：此处指词人居所。4. 凝眸：凝视。

如梦令

常记溪亭日暮，沉醉不知归路[1]。兴尽晚回舟，误入藕花深处[2]。争渡，争渡，惊起一滩鸥鹭。

注释　1. 沉醉：大醉。2. 藕花：荷花。

武陵春

风住尘香花已尽，日晚倦梳头。物是人非事事休，欲语泪先流。闻说双溪春尚好[1]，也拟泛轻舟[2]。只恐双溪舴艋舟[3]，载不动、许多愁。

注释　1. 双溪：水名，在浙江金华，附近风景幽美。2. 拟：准备，打算。3. 舴艋（zé měng）舟：小船。

永遇乐

落日熔金[1]，暮云合璧[2]，人在何处？染柳烟浓，吹梅笛怨[3]，

注释　1. 落日熔金：形容落日带着金黄的光芒。2. 暮云合璧：黄昏时的云彩连成一片，就像一块块璧玉连缀而成。3. 吹

春意知几许？元宵佳节，融和天气，次第岂无风雨[4]。来相召、香车宝马，谢他酒朋诗侣。

中州盛日[5]，闺门多暇，记得偏重三五[6]。铺翠冠儿[7]，捻金雪柳[8]，簇带争济楚[9]。如今憔悴，风鬟雾鬓[10]，怕见夜间出去。不如向、帘儿底下，听人笑语。

梅笛怨：笛子吹奏出《梅花落》，声调凄凉悲怨。4. 次第：转眼间。5. 中州：河南古称中州，这里代指北宋都城汴京，即今河南开封。6. 三五：谓元宵节。7. 铺翠冠儿：用翡翠装饰的冠帽。8. 捻金：用捻成的金线编制的绢花。雪柳：用素娟白纸搓成的柳枝状饰物。9. 簇带：头上插戴很多饰物。济楚：整齐漂亮。10. 风鬟雾鬓：此处形容女子头发蓬松散乱。

渔家傲

天接云涛连晓雾，星河欲转千帆舞。仿佛梦魂归帝所[1]，闻天语，殷勤问我归何处。

我报路长嗟日暮，学诗谩有惊人句[2]。九万里风鹏正举[3]，风休住，蓬舟吹取三山去[4]。

注释　1. 帝所：天帝居住的地方。2. 谩：空，徒。3. "九万"句：比喻得时势有作为，典出《庄子·逍遥游》："鹏之徙于南冥也，水击三千里，抟扶摇而上者九万里。" 4. 蓬舟：像蓬蕖被风吹转的船。三山：古代传说中在渤海上的蓬莱、方丈、瀛洲三座仙山。

浣溪沙

小院闲窗春色深。重帘未卷影沉沉。倚楼无语理瑶琴[1]。

远岫出山催薄暮[2]，细风吹雨

注释　1. 瑶琴：用玉装饰的琴，泛指古琴。2. 远岫（xiù）：远处的峰峦。薄暮：迫近傍晚。薄，迫近。

弄轻阴。梨花欲谢恐难禁。

念奴娇

萧条庭院，又斜风细雨，重门须闭。宠柳娇花寒食近，种种恼人天气。险韵诗成[1]，扶头酒醒[2]，别是闲滋味。征鸿过尽，万千心事难寄。

楼上几日春寒，帘垂四面，玉阑干慵倚。被冷香消新梦觉，不许愁人不起。清露晨流，新桐初引[3]，多少游春意。日高烟敛，更看今日晴未。

注释　1. 险韵诗：用冷僻、难押的字做韵脚的诗。2. 扶头酒：易使人醉的烈性酒。3. 初引：枝叶刚刚抽芽。

吕本中

吕本中（1084—1145），初名大中，字居仁，学者称东莱先生，开封（今河南开封）人，祖籍寿州（今安徽寿县）。北宋末已出仕，高宗绍兴六年（1136）赐同进士出身，累官至中书舍人。诗受黄庭坚、陈师道影响，风格明快晓畅，有《东莱先生诗集》。

夜 雨

梦短添惆怅，更深转寂寥[1]。
如何今夜雨[2]，只是滴芭蕉。

注释 1. 梦短：指短暂的睡眠之后。惆怅：失意，伤感。更深：夜深。寂寥：寂静空旷，这里指孤独、冷落。2. 如何：为何，为什么。

木芙蓉[1]

小池南畔木芙蓉，
雨后霜前着意红[2]。
犹胜无言旧桃李，
一生开落任东风[3]。

注释 1. 木芙蓉：即木莲花。2. 着意：特意。3.“犹胜”二句：古语有“桃李不言，下自成蹊”句，此二句指桃李的开落只能任凭东风，而木芙蓉却能耐得风雪。

别 夜

薄酒残灯欲别情，
暗萤依草不能明[1]。
悬知先入他年话[2]，
一夜蛙声连雨声。

注释 1. 暗萤：因雨夜，故萤火不明。2.“悬知”句：韦应物、苏轼等诗人都有夜雨对床的诗句，后来就成为兄弟离别的典故。悬知：料想。他年话：往日的佳话。

春晚郊居[1]

柳外楼高绿半遮，
伤心春色在天涯。
低迷帘幕家家雨，
淡荡园林处处花。
檐影已飞新社燕，
水痕初没去年沙。
地偏长者无车辙，
扫地从教草径斜[2]。

注释　1. 此诗大约是政和四年（1114）吕本中居闲扬州时作。2. 长者：贵显者。《史记·陈丞相世家》："家乃负郭穷巷，以弊席为门，然门外多有长者车辙。"从教：任随。

兵乱后自嬉杂诗[1]（选二）

晚逢戎马际[2]，处处聚兵时。
后死翻为累，偷生未有期[3]。
积忧全少睡，经劫抱长饥[4]。
欲逐范仔辈，同盟起义师[5]。

注释　1. 靖康二年（1127）三月，汴京被金人占领、围闭。吕本中困在汴京城中作此组诗，原有二十九首。2. 晚：晚年，时作者四十四岁。戎马：兵火战乱。3. 期：期限，尽头。4. 长饥：当时汴京城中饿死者不可胜数。5. 范仔：其人不详。作者自注："近闻河北布衣范仔起义师。"

万事多反复，萧兰不辨真[1]。
汝为误国贼，我作破家人。
求饱羹无糁，浇愁爵有尘[2]。
往来梁上燕，相顾却情亲。

注释　1. 萧：艾蒿，象征坏人。兰：兰草，象征好人。不辨真：分辨不出真假好坏。2. 糁：煮熟的米粒。爵：酒杯。

连州阳山归路[1]

稍离烟瘴近湘潭，
疾病衰颓已不堪[2]。
儿女不知来避地，
强言风物胜江南[3]。

注释　1. 连州：今广东连州市。阳山：今广东阳山县。2. 烟瘴：如烟似雾的热毒瘴气。不堪：狼狈不堪。3. 避地：躲避祸乱的地方。强言：硬说。

满江红

东里先生，家何在、山阴溪曲[1]。对一川平野，数间茅屋。昨夜冈头新雨过，门前流水清如玉。抱小桥、回合柳参天[2]，摇新绿。

疏篱下，丛丛菊。虚檐外，萧萧竹。叹古今得失，是非荣辱。须信人生归去好，世间万事何时足。问此春、春酝酒何如[3]，今朝熟。

注释　1. 山阴：山的北侧。古以山南水北为阳，以山北水南为阴。2 回合：环绕，聚合。3. 春酝：春季酿造。

采桑子

恨君不似江楼月，南北东西。南北东西。只有相随无别离。

恨君却似江楼月，暂满还亏[1]。

注释　1. 满：指月圆。亏：指月缺。

暂满还亏。待得团圆是几时？

曾 几

曾几（1084—1166），字吉甫，河南洛阳人，祖籍赣州（今江西赣州），南渡后累官至礼部侍郎，晚年居江西上饶茶山，因号茶山居士。颇高寿，享年八十二，卒谥文清。为陆游的老师。诗以杜甫、黄庭坚为宗，语言自然清新，有《茶山集》。

寓居吴兴[1]

相对真成泣楚囚，
遂无末策到神州[2]。
但知绕树如飞鹊，
不解营巢似拙鸠[3]。
江北江南犹断绝，
秋风秋雨敢淹留。
低回又作荆州梦[4]，
落日孤云始欲愁。

注释　1. 此诗是作者南渡之后寓居吴兴（今浙江湖州）时作。2. 楚囚：被俘的楚国人。《世说新语·言语》载东晋初年南渡贵族聚会于新亭，怀念中原，相对垂泪。王导责之曰："当共戮力王室，克复神州，何至作楚囚相对。"神州：指中原。3. 绕树如飞鹊：比喻自己流离失所的窘况。4. 荆州梦：三国时王粲离开长安，至荆州依刘表，郁郁不得志。曾几此时寓居吴兴，或寄人篱下，而梦中想起王粲的类似遭遇。

苏秀道中，自七月二十五日夜大雨三日，秋苗以苏，喜而有作[1]

一夕骄阳转作霖，
梦回凉冷润衣襟。
不愁屋漏床床湿，
且喜溪流岸岸深[2]。
千里稻花应秀色[3]，
五更桐叶最佳音。
无田似我犹欣舞，
何况田间望岁心[4]！

注释　1. 苏：苏州，今属江苏。秀：秀州，今浙江嘉兴。2.“不愁”二句：化用杜甫《茅屋为秋风所破歌》“床头屋漏无干处”和《春日江村五首》其一“农务村村急，春流岸岸深”句。3.“千里”句：用唐殷尧藩《喜雨》成句。4. 望岁：盼望丰收。岁，年景，收成。《左传・昭公三十二年》：“闵闵焉如农夫之望岁。”

三衢道中[1]

梅子黄时日日晴，
小溪泛尽却山行[2]。
绿阴不减来时路，
添得黄鹂四五声。

注释　1. 三衢：今浙江衢州市。2. 泛尽：游完了；走到头了。

赵　鼎

赵鼎（1085—1147），字元镇，号得全居士，解州闻喜（今山西闻喜）人。徽宗崇宁五年（1106）进士，官至宰相。受秦桧等人的打击陷害，不食而死。善文、诗、词，有《得全居士集》《得全居士词》。

满江红

丁未九月南渡，泊舟仪真江口作。[1]

惨结秋阴，西风送、霏霏雨湿。凄望眼、征鸿几字，暮投沙碛[2]。试问乡关何处是，水云浩荡迷南北[3]。但一抹、寒青有无中，遥山色。

天涯路，江上客。肠欲断，头应白。空搔首兴叹，暮年离拆[4]。须信道消忧除是酒，奈酒行有尽情无极[5]。便挽取、长江入尊罍[6]，浇胸臆。

注释　1. 丁未：建炎元年（1127）。此年四月，金人掳掠徽、钦二帝北去。五月，赵构在南京（今河南商丘）即位，改元建炎。九月，金人南犯，宋政权退驻淮甸，并下诏修缮建康城池，准备南渡。仪真：今江苏仪征。2. 沙碛（qì）：沙滩，沙洲。3.“试问”二句：化用唐代崔颢《黄鹤楼》诗：“日暮乡关何处是，烟波江上使人愁。”乡关：故乡。4. 离拆：犹分离。5. 行（háng）：此处表示多数。6. 尊罍（léi）：泛指酒器。

向子諲

向子諲（1085—1152），字伯恭，号芗林居士，开封（今河南开封）人，南渡后徙居临江军（今江西樟树）。元符三年（1100）以恩荫补官，绍兴八年（1138）除户部侍郎。寻宋金议和，以不肯拜金诏而忤秦桧，遂致仕。有《酒边集》。

鹧鸪天

有怀京师上元，与韩叔夏司谏、王夏卿侍郎、曹仲谷少卿同赋[1]。

紫禁烟花一万重[2]，鳌山宫阙倚晴空[3]。玉皇端拱彤云上[4]，人物嬉游陆海中[5]。

星转斗，驾回龙。五侯池馆醉春风。而今白发三千丈[6]，愁对寒灯数点红。

注释　1. 韩叔夏：名璜，有峻节，后因忤逆秦桧被罢归。王夏卿：疑即王孝迪，靖康元年（1126）正月，除中书侍郎。曹仲谷：事迹不详。2. 紫禁：古代以紫微垣比喻皇帝的居处，故称皇宫为紫禁，皇城为紫禁城。3. 鳌山：指叠成山状的彩灯。倚晴空：谓高耸入云。4.“玉皇”句：指皇帝接受臣民的朝拜。玉皇：此指宋朝君王。彤云：即红云，指朝臣所穿的喜庆朝服。5. 陆海：物产富饶之地，此指繁华的汴京。6.“而今”句：化用李白《秋浦歌》“白发三千丈，缘愁似个长”诗意。

蔡　伸

蔡伸（1088—1156），字伸道，自号友古居士。莆田（今福建莆田）人。北宋大书法家蔡襄之孙。政和五年（1115）进士，官至左中大夫。为人清正，文武全才。善骑射，又喜为歌诗字画，精通音律。有《友古居士词》。

苏武慢

雁落平沙，烟笼寒水，古垒鸣笳声断。青山隐隐，败叶萧萧，天际暝鸦零乱。楼上黄昏，片帆千里归程，年华将晚。望碧云空暮，佳人何处，梦魂俱远。

忆旧游、邃馆朱扉，小园香径，尚想桃花人面[1]。书盈锦轴[2]，恨

注释　1. 桃花人面：化用唐代崔护《题都城南庄》中“人面不知何处去，桃花依旧笑春风”诗意，代指美女。2. 锦轴：锦、绫装裱的卷轴，作为书写之用。

满金徽，难写寸心幽怨。两地离愁，一尊芳酒凄凉[3]，危阑倚遍。尽迟留[4]，凭仗西风，吹干泪眼。

3. 芳酒：美酒。4. 迟留：停留，逗留。

柳梢青

数声鶗鴂，可怜又是，春归时节。满院东风，海棠铺绣，梨花飘雪。

丁香露泣残枝，算未比、愁肠寸结。自是休文[1]，多情多感，不干风月[2]。

注释　1. 休文：南朝沈约字休文，武康人，历仕南朝宋、齐、梁，以不得重用，郁郁成病，日渐消瘦。2. 干：关联。

潘　汾

潘汾（生卒年不详），字元质，金华（今浙江金华）人，生平事迹无考。存词六首。

倦寻芳·闺思

兽环半掩[1]，甃甃无尘[2]，庭院潇洒。树色沉沉，春尽燕娇莺姹。梦草池塘青渐满[3]，海棠轩槛红相亚。听箫声，记秦楼夜约，彩鸾

注释　1. 兽环：兽形门环，此处代指门。2. 甃甃：用对称的砖瓦砌成的井壁。3.“梦草”句：用谢灵运梦见谢惠连而得“池塘生春草”句的典故及诗意。

齐跨[4]。

渐迤逦、更催银箭[5]，何处贪欢，犹系骄马。旋剪灯花，两点翠眉谁画。香灭羞回空帐里，月高犹在重帘下。恨疏狂[6]，待归来、碎揉花打。

4."听箫声"三句：用弄玉、箫史秦楼吹箫之典。5. 银箭：银饰的标记时刻以计时的漏箭。6. 疏狂：豪放，不受拘束。此处借指情郎。

李重元

李重元，生平事迹不详。存《忆王孙》词四首。

忆王孙

萋萋芳草忆王孙[1]，柳外楼高空断魂，杜宇声声不忍闻[2]。欲黄昏，雨打梨花深闭门。

注释　1."萋萋"句：语本刘安《招隐士》赋："王孙游兮不归，春草生兮萋萋。"王孙：旧诗词中对男子的称呼。2. 杜宇：即杜鹃鸟，相传是古蜀帝杜宇的魂所化，鸣声如说"不如归去"。

李　玉

李玉，生平事迹不详。存词一首，因而留名。陈廷焯评道："此词绮丽风华，情韵并盛，允推名作。"

贺新郎·春情

篆缕销金鼎[1]，醉沉沉、庭阴转午，画堂人静。芳草王孙知何处？惟有杨花糁径[2]。渐玉枕、腾腾春醒，帘外残红春已透，镇无聊、殢酒厌厌病[3]。云鬓乱[4]，未忺整[5]。

江南旧事休重省，遍天涯、寻消问息，断鸿难倩。月满西楼凭阑久，依旧归期未定。又只恐、瓶沉金井[6]，嘶骑不来银烛暗，枉教人、立尽梧桐影。谁伴我，对鸾镜。

注释　1. 篆缕：香炉上飘升的香烟。因香烟上升时曲折如篆字而得名。金鼎：香炉。2. 糁（sǎn）：散落。3. 殢酒：因醉酒而困。殢，困扰。4. 云鬓：又名“雾鬓”“蝉鬓”，是古代女子鬓饰中的一种薄鬓，相传为三国时期魏文帝宫人莫琼树所创。5. 忺（xiān）：高兴，适意。6.“又只恐”句：语本白居易《井底引银瓶》诗“瓶沉簪折知奈何，似妾今朝与君别”，表明思妇对丈夫变心而遗弃自己的担忧。

陈与义

陈与义（1090—1138），字去非，号简斋，洛阳（今河南洛阳）人。政和三年（1113）进士，官至参知政事。早期诗作属江西一派，南渡后诗风有所转变，颇有感怀时事之作。又能词，虽不多，语意超绝。有《简斋集》《无住词》。

登岳阳楼[1]

洞庭之东江水西，
帘旌不动夕阳迟。
登临吴蜀横分地，
徙倚湖山欲暮时[2]。

注释　1. 建炎二年（1128）秋，陈与义避战乱流亡到湖南岳阳，登岳阳楼后作此诗。2. 吴蜀：三国时吴与蜀争夺荆州，吴国鲁肃率兵驻扎在岳阳。徙倚：徘徊。

万里来游还望远，
三年多难更凭危[3]。
白头吊古风霜里，
老木沧波无限悲。

3. 三年：指靖康元年（1126）金兵侵宋至建炎二年（1128）。危：高。此指岳阳楼。

伤　春[1]

庙堂无策可平戎，
坐使甘泉照夕烽[2]。
初怪上都闻战马，
岂知穷海看飞龙[3]。
孤臣霜发三千丈，
每岁烟花一万重[4]。
稍喜长沙向延阁，
疲兵敢犯犬羊锋[5]。

注释　1. 此诗作于建炎四年（1130）春，当时金兵南犯，高宗皇帝逃入大海，国事危急。2. 庙堂：朝廷。坐：遂，因。甘泉：秦汉时宫殿名，这里借指汴京宫殿。夕烽：夜间告急的烽火。3. 上都：指北宋都城汴京。穷海：大海深处。飞龙：指皇帝。建炎三年（1129）十二月，金兵犯临安，高宗逃往明州（今浙江宁波）入海，以后再逃往温州。4. 孤臣：作者自指。烟花：泛指春景。一万重：极言春意浓厚，以反衬愁思深重。5. 向延阁：指潭州（今湖南长沙）知州向子諲。向子諲曾任直秘阁，秘阁为宋代宫廷藏书阁，所以借用西汉宫中藏书阁延阁指代。犬羊：指金兵。建炎四年（1130）二月，金兵入侵长沙，向子諲率长沙军民血战八天，城始陷落。

牡　丹[1]

一自胡尘入汉关，
十年伊洛路漫漫[2]。
青墩溪畔龙钟客[3]，
独立东风看牡丹。

注释　1. 洛阳牡丹为天下之最，宋代尤为繁盛。诗人由牡丹而思及洛阳，进而思及已经沦陷十年的中原大地，曲折地表达了对中原故土的怀念。2. 胡尘：指金兵。十年：自靖康元年（1126）汴京沦陷、北宋灭亡，至此已十年。伊洛：

即伊水和洛水，这里代指洛阳。3. 龙钟客：作者自指。龙钟，形容老态。

襄邑道中

飞花两岸照船红，
百里榆堤半日风[1]。
卧看满天云不动，
不知云与我俱东[2]。

注释　1.“百里”句：船行顺风，百里的水路半天就到达了。2.“卧看”二句：躺在船舱里仰望天空的云彩不动，原来我不知道云儿和我都在向东移动。

秋　夜

中庭淡月照三更，
白露洗空河汉明[1]。
莫遣西风吹叶尽，
却愁无处着秋声[2]。

注释　1. 中庭：即庭院中。河汉：银河。2.“莫遣”二句：西风不要吹尽所有的树叶，否则就听不到这萧萧的秋风声了。遣：派。

再登岳阳楼感慨赋诗

岳阳壮观天下传，
楼阴背日堤绵绵[1]。
草木相连南服内，

注释　1.“楼阴”句：岳阳楼北倚长江，江边有大堤，故云。绵绵：绵长貌。

江湖异态栏干前[2]。
乾坤万事集双鬓，
臣子一谪今五年[3]。
欲题文字吊古昔[4]，
风壮浪涌心茫然。

2. 南服：指南方地区。江湖异态：指长江水浑浊，洞庭湖水碧青。3. 集双鬓：指作者鬓发已白。“臣子”句：指作者曾于宣和六年（1124）被贬，至此恰好五年。4. “欲题”句：指西汉贾谊贬谪长沙时，过湘水，凭吊屈原事。

除　夜

城中爆竹已残更，
朔吹翻江意未平[1]。
多事鬓毛随节换，
尽情灯火向人明[2]。
比量旧岁聊堪喜，
流转殊方又可惊[3]。
明日岳阳楼上去，
岛烟湖雾看春生[4]。

注释　1. 朔吹：北风。2. “多事”句：犹言黑发变白，更添烦恼之意。尽情：多情。3. 流转：辗转流亡。殊方：异乡。4. 岛：指洞庭湖上的君山。

临江仙

高咏楚词酬午日[1]，天涯节序匆匆。榴花不似舞裙红，无人知此意，歌罢满帘风。

万事一身伤老矣，戎葵凝笑

注释　1. 午日：指农历五月初五端午节，相传屈原于此日投汨罗江而死，后人便设端午节纪念他。

墙东[2]。酒杯深浅去年同，试浇桥下水，今夕到湘中[3]。

2. 戎葵：即蜀葵，两年生草本植物，夏日开花，有红黄白等色。3. 湘中：今湖南一带。

临江仙·夜登小阁忆洛中旧游[1]

忆昔午桥桥上饮[2]，坐中多是豪英。长沟流月去无声，杏花疏影里，吹笛到天明。

二十余年如一梦，此身虽在堪惊。闲登小阁看新晴[3]，古今多少事，渔唱起三更。

注释　1. 洛中：指词人的家乡洛阳。2. 午桥：在洛阳南，唐裴度有别墅在午桥。3. 新晴：雨后初晴，月夜清明。

张元幹

张元幹（1091—1161），字仲宗，号芦川居士，永福（今福建永泰）人。靖康元年（1126）协助李纲抗击金兵、保卫汴京。南渡后，作《贺新郎·送胡邦衡待制》词得罪秦桧，被削籍除名。有《芦川归来集》《芦川词》。

兰陵王·春恨

卷珠箔，朝雨轻阴乍阁[1]。阑干外、烟柳弄晴，芳草侵阶映红药。东风妒花恶，吹落梢头嫩萼。屏山掩、沉水倦熏[2]，中酒心情怯杯勺[3]。

注释　1. 乍阁：初停。阁，同“搁”。2. 沉水：即沉香，香料名。3. 杯勺：酒器，酒杯。

寻思旧京洛[4]，正年少疏狂，歌笑迷著。障泥油壁催梳掠[5]，曾驰道同载[6]，上林携手[7]，灯夜初过早共约，又争信飘泊[8]。

寂寞，念行乐。甚粉淡衣襟，音断弦索，琼枝璧月春如昨[9]。怅别后华表，那回双鹤[10]。相思除是，向醉里，暂忘却。

4. 旧京洛：指未沦陷时的汴梁和洛阳。北宋以汴京为东京，洛阳为西京。5. 障泥油壁：指车马。障泥，马腹上护泥之布垫，此处代指马。油壁，车上油彩饰画之壁，此处代指车。6. 驰道：御道，皇帝经行的道路。7. 上林：即上林苑，汉代皇帝的花园，在长安西面，周围数百里。8. 灯夜：指正月十五元宵灯节。9. 琼枝璧月：形容女子的娇姿美貌。10."怅别后"二句：表达时世变迁之感。典出陶潜《搜神后记》丁令威化鹤归来之事。

贺新郎・送胡邦衡待制[1]

梦绕神州路[2]，怅秋风连营画角，故宫离黍[3]。底事昆仑倾砥柱，九地黄流乱注[4]。聚万落千村狐兔。天意从来高难问，况人情老易悲难诉[5]。更南浦，送君去。

凉生岸柳催残暑。耿斜河[6]，疏星淡月，断云微度。万里江山知何处。回首对床夜语[7]。雁不到，书成谁与[8]。目尽青天怀今古，肯儿曹恩怨相尔汝[9]。举大白[10]，听金缕[11]。

注释　1. 胡邦衡：即胡铨，字邦衡。绍兴八年（1138），秦桧当国，力主和议，胡铨上书请斩秦桧等以谢天下，被除名编管昭州，改监广州都盐仓。四年后，改为除名编管新州。途过福州时，张元幹写下这首词和另外两首诗，为他送行。2. 神州：古时称中国为赤县神州，此指中原沦陷地区。3. 故宫：此指北宋故都汴京的宫殿。离黍：语出《诗经・王风・黍离》"彼黍离离"，为慨叹亡国之典。4."底事"二句：意谓北宋王朝崩溃，金兵入侵给国家和人民带来了灾难。底事：为什么。倾：倒塌。九地：遍地。黄流乱注：黄河水乱流，泛滥成灾。5."天意"二句：言天威莫测，世态炎凉，化用杜甫《暮春江陵送马大卿公恩命追赴阙下》"天意高难问，人情老易悲"句意。天意：隐指皇帝之意。6. 耿：明亮。斜河：斜转的银河，表示夜深了。7. 对床夜语：指知己深夜谈心。8."雁不到"二句：谓书信难通。传说雁能传书，但北雁南飞，止于衡阳。胡铨所去的新州远在衡阳之南，乃雁所不到之处。9."肯儿曹"句：谓临别不作儿女惜别之态。肯：岂肯。

儿曹：小儿女辈。尔汝：彼此以你我相称，表示亲密。10. 大白：酒杯。11. 金缕：即《贺新郎》的别名。

石州慢

寒水依痕[1]，春意渐回，沙际烟阔[2]。溪梅晴照生香，冷蕊数枝争发。天涯旧恨，试看几许消魂？长亭门外山重叠。不尽眼中青，是愁来时节。

情切，画楼深闭，想见东风，暗消肌雪[3]。孤负枕前云雨[4]，尊前花月。心期切处，更有多少凄凉，殷勤留与归时说。到得再相逢，恰经年离别。

注释　1. 寒水依痕：语本杜甫《冬深》诗："花叶随天意，江溪共石根。早霞随类影，寒水各依痕。"2. 沙际：语本杜甫《阆水歌》："正怜日破浪花出，更复春从沙际归。"3. 肌雪：指雪白的肌肤。4. 孤负：即辜负。

满江红·自豫章阻风吴城山作[1]

春水迷天，桃花浪[2]、几番风恶。云乍起、远山遮尽，晚风还作。绿卷芳州生杜若[3]，数帆带雨烟中落。傍向来，沙嘴共停桡[4]，伤漂泊。

寒犹在，衾偏薄。肠欲断，愁难着。倚篷窗无寐[5]，引杯孤酌。

注释　1. 豫章：今江西南昌。吴城山：在南昌东，临大江。2. 桃花浪：犹桃花汛。旧历三月，春暖雪化，河流在桃花盛开时节突然疾速上涨，故名。3. 杜若：香草名。4. 沙嘴：沙洲突出水中，称沙嘴。停桡：停船。5. 篷窗：船窗。

寒食清明都过却，最怜轻负年时约。想小楼、终日望归舟，人如削。

吕渭老

吕渭老（生卒年不详），一作滨老，字圣求，槜李（今浙江嘉兴）人。宣和、靖康年间在朝做过小官。以诗名世。其词风婉媚深窈，近于柳永、周邦彦。有《圣求词》。

薄　幸

青楼春晚，昼寂寂、梳匀又懒。乍听得、鸦啼莺弄，惹起新愁无限。记年时、偷掷春心，花前隔雾遥相见。便角枕题诗[1]，宝钗贳酒[2]，共醉青苔深院。

怎忘得、回廊下，携手处、花明月满。如今但暮雨，蜂愁蝶恨，小窗闲对芭蕉展。却谁拘管？尽无言、闲品秦筝，泪满参差雁[3]。腰肢渐小，心与杨花共远。

注释　1. 角枕：兽角制的或用兽角装饰的枕头。2. 宝钗：镶嵌着金银珠宝的发钗。贳（shì）：赊。3. 参差雁：形容筝柱斜列如雁行。

刘子翚

刘子翚（1101—1147），字彦冲，号病翁，崇安（今属福建南平）人。曾任承务郎、兴化军通判。后退居屏山，学者称屏山先生，朱熹尝从其问学。擅长散文，所作诗篇感慨时事，《汴京纪事》二十首尤具特色。有《屏山集》。

汴京纪事[1]（选五）

帝城王气杂妖氛，
胡虏何知屡易君[2]。
犹有太平遗老在，
时时洒泪向南云[3]。

注释　1. 汴京：北宋的都城，今河南开封。此组诗原有二十首。2. 胡虏：指金人。何知：犹言不知。屡易君：指金人在汴京曾先后设立了两个傀儡政权。3. 太平遗老：在北宋太平时代生活过的老人。“时时”句：时刻想念着南方的赵宋王朝。

联翩漕舸入神州，
梁主经营授宋休[1]。
一自胡儿来饮马[2]，
春波惟见断冰流。

注释　1. 联翩：连接不断。漕舸：给官家运送钱粮的船只。漕，水路转运。舸，大船。神州：这里指北宋的都城汴京。梁主：指五代后梁太祖朱全忠。“梁主”此句指：梁太祖开创的基业传到宋朝一旦罢休。2. 胡儿：金兵。饮马：指入侵。

空嗟覆鼎误前朝[1]，
骨朽人间骂未销。
夜月池台王傅宅，
春风杨柳太师桥[2]。

注释　1. 空嗟：白白感叹。覆鼎：指大臣误国。前朝：北宋徽宗朝。2. 王傅宅：徽宗时宰相王黼，贪赃弄权，为当时“六贼”之一。太师：指蔡京，徽宗曾封其为太师。

梁园歌舞足风流，

美酒如刀解断愁[1]。
忆得少年多乐事，
夜深灯火上樊楼[2]。

注释　1. 梁园：即兔苑，汉代梁孝王所建，这里代指汴京当年的园林。“美酒”句：用李白“抽刀断水水更流，举杯消愁愁更愁”诗意。2. 樊楼：当年汴京城中著名的酒楼。

辇毂繁华事可伤，
师师垂老过湖湘[1]。
缕衣檀板无颜色，
一曲当时动帝王[2]。

注释　1. 辇毂：皇帝的车驾，这里指皇帝曾驾车去拜访名妓李师师。垂老：暮年。湖湘：洞庭湖、湘江，现在湖南一带。靖康之乱后，李师师曾流落于此。2. 缕衣：金线盘绣的舞衣。檀板：檀木制成的拍板。帝王：指宋徽宗。

岳　飞

岳飞（1103—1141），字鹏举，相州汤阴（今河南汤阴）人。抗金名将，历授少保，河南府路及陕西、河东北路招讨使。绍兴十一年（1141）被秦桧陷害而死。有《岳武穆集》。

池州翠微亭

经年尘土满征衣，
特特寻芳上翠微[1]。
好山好水看不足，
马蹄催趁月明归[2]。

注释　1. 经年：常年。征衣：战袍。特特：特地，专门。2. 不足：不够。趁：乘着。

满江红

怒发冲冠[1]，凭阑处、潇潇雨歇。抬望眼、仰天长啸[2]，壮怀激烈。三十功名尘与土，八千里路云和月。莫等闲、白了少年头，空悲切。

靖康耻[3]，犹未雪；臣子恨，何时灭。驾长车、踏破贺兰山缺[4]。壮志饥餐胡虏肉，笑谈渴饮匈奴血。待从头、收拾旧山河，朝天阙[5]。

注释　1. 怒发冲冠：愤怒得头发直竖，顶着帽子。2. 长啸：大声呼叫，发出高而长的声音。3. 靖康耻：指靖康二年（1127）金人攻陷汴京，虏徽、钦二帝北去之事。靖康，宋钦宗年号。4. 贺兰山：在宁夏西北，此处借指边塞关山。5. 朝天阙：朝见皇帝。天阙，天子的宫殿，亦指朝廷或京都。

小重山

昨夜寒蛩不住鸣[1]。惊回千里梦，已三更。起来独自绕阶行。人悄悄，帘外月胧明[2]。

白首为功名。旧山松竹老[3]，阻归程。欲将心事付瑶琴。知音少，弦断有谁听？

注释　1. 寒蛩：深秋的蟋蟀。2. 胧明：微明。3. 旧山：故乡，故居。

李石

李石（1108—1182？），字知几，号方舟，资州（今四川资中）人。高宗绍兴二十一年（1151）进士，历任太学博士、彭州通判、都官员外郎、成都路转运判官等职。有《方舟集》。

临江仙·佳人

烟柳疏疏人悄悄，画楼风外吹笙。倚阑闻唤小红声。熏香临欲睡，玉漏已三更。

坐待不来来又去[1]，一方明月中庭。粉墙东畔小桥横。起来花影下，扇子扑飞萤。

注释　1.“坐待”句：谓情郎来了又离去，当是女子相思之梦。坐待：坐等。

康与之

康与之（生卒年不详），字伯可，号顺庵，洛阳（今河南洛阳）人，居滑州（今河南滑县）。依附秦桧，为“秦门十客”之一，被擢为台郎。秦桧死后，编管钦州，复送新州牢城。其词多应制之作，谀艳粉饰，但音律严整，讲求措词。存词三十八首。

风入松·春晚

一宵风雨送春归，绿暗红稀。画楼整日无人到，与谁同捻花枝？门外蔷薇开也，枝头梅子酸时。

玉人应是数归期，翠敛愁眉。塞鸿不到双鱼远[1]，叹楼前、流水难西。新恨欲题红叶[2]，东风满院花飞。

注释　1.“塞鸿”句：用鱼雁传书之说，谓书信难通。塞鸿：塞外的鸿雁。2.“新恨”句：用红叶题诗典故。

丑奴儿令

冯夷剪碎澄溪练[1]，飞下同云[2]。着地无痕。柳絮梅花处处春。

山阴此夜明如昼，月满前村。莫掩溪门。恐有扁舟乘兴人[3]。

注释　1. 冯夷：传说中的黄河之神，即河伯。此处泛指水神。2. 同云：将要降雪时天空出现的云。3. 扁舟乘兴人：谓访友之人，用王子猷雪夜访戴安道事。刘义庆《世说新语·任诞》记载，王子猷雪夜泛舟山阴剡溪访戴安道，至门而返，人问其故，曰：“乘兴而来，兴尽而去，何必见戴。”

卖花声·闺思

蹙损远山眉[1]。幽怨谁知。罗衾滴尽泪胭脂[2]。夜过春寒愁未起，门外鸦啼。

惆怅阻佳期。人在天涯。东风频动小桃枝。正是销魂时候也，撩乱花飞。

注释　1.“蹙损”句：谓眉头紧锁，损害了远山眉的美丽。蹙：皱缩。2. 泪胭脂：泪成红色。

应天长·闺思

管弦绣陌，灯火画桥，尘香旧时归路。肠断萧娘，旧日风帘映朱户。莺能舞，花解语。念后约、顿成轻负。缓雕辔[1]、独自归来，凭栏情绪。

楚岫在何处[2]。香梦悠悠，花月更谁主。惆怅后期，空有鳞鸿寄纨素[3]。枕前泪，窗外雨。翠幕冷、夜凉虚度。未应信、此度相思，寸肠千缕。

注释　1. 雕辔：精美的马缰绳，此指骑马。2. 楚岫：指巫山，泛指男女欢会处。3."空有"句：谓空传书信。鳞鸿：即鱼雁，相传可以传书。纨素：白绸，古时书写所用。

曾　觌

曾觌（1109—1180），字纯甫，汴京（今河南开封）人。孝宗时期，官至开府仪同三司，加少保、醴泉观使。用事二十年，权震中外。因趋奉宫廷，词多应制之作。有《海野词》。

阮郎归

上苑初夏侍宴，池上双飞新燕掠水而去，得旨赋之。

柳阴庭馆占风光。呢喃清昼长。碧波新涨小池塘。双双蹴水忙[1]。

注释　1. 蹴水：踏水，踩水。

萍散漫，絮飘扬。轻盈体态狂。为怜流去落红香。衔将归画梁[2]。

2. 将：携带。

金人捧露盘·庚寅岁春奉使过京师感怀作[1]

记神京、繁华地，旧游踪。正御沟[2]、春水溶溶。平康巷陌[3]，绣鞍金勒跃青骢[4]。解衣沽酒醉弦管，柳绿花红[5]。

到如今、余霜鬓，嗟前事、梦魂中。但寒烟、满目飞蓬。雕栏玉砌，空锁三十六离宫[6]。塞笳惊起暮天雁[7]，寂寞东风。

注释　1. 京师：此指北宋都城汴京。2. 御沟：皇宫里的河流。3. 平康巷陌：本指歌女聚居之地，此泛指游乐场所。4. "绣鞍"句：谓骑着装饰华丽的好马。金勒：金饰的带嚼口的马络头。5. 柳绿花红：此代指弹奏管弦的歌舞伎。6. 离宫：行宫，皇帝出巡临时居住的宫室。7. 塞笳：塞外的胡笳。

陆　淞

陆淞（1109—1182），字子逸，小字斗哥，号云溪，山阴（今浙江绍兴）人。为陆游长兄。以祖恩补官，历秘阁校理、工部郎中等职。陈鹄《耆旧续闻》云："二陆兄弟，俱有时名。子逸词胜，而诗不及其弟。"存词二首。

瑞鹤仙

脸霞红印枕，睡觉来，冠儿

还是不整。屏间麝煤冷[1]，但眉峰压翠，泪珠弹粉。堂深昼永，燕交飞、风帘露井。恨无人说与相思，近日带围宽尽[2]。

重省。残灯朱幌，淡月纱窗，那时风景。阳台路迥，云雨梦，便无准[3]。待归来，先指花梢教看，欲把心期细问。问因循过了青春[4]，怎生意稳？

注释　1. 麝煤：墨的别称。此指屏风上的画。2. 带围宽尽：衣带变宽，形容体态变瘦。3. "阳台"三句：谓男女欢会不成。暗用宋玉《高唐赋》中"巫山云雨"的典故。4. 因循：拖拉，耽搁。

韩元吉

韩元吉（1118—1187），字无咎，号南涧，开封雍丘（今河南杞县）人。南渡后流寓信州（今江西上饶），官至吏部尚书。其"文献、政事、文学为一代冠冕"。词风接近辛弃疾，往往流露出"神州陆沉之慨"，风格雄浑豪放。存词八十二首。

六州歌头·桃花

东风着意，先上小桃枝。红粉腻，娇如醉，倚朱扉。记年时，隐映新妆面，临水岸，春将半，云日暖，斜桥转，夹城西。草软莎平，跋马垂杨渡[1]，玉勒争嘶。认蛾眉，凝笑脸，薄拂燕脂，绣户曾窥，恨依依。

注释　1. 跋马：勒马使之回转，此指驰马。

共携手处，香如雾，红随步[2]，怨春迟。消瘦损，凭谁问？只花知，泪空垂。旧日堂前燕，和烟雨，又双飞。人自老，春长好，梦佳期。前度刘郎，几许风流地，花也应悲[3]。但茫茫暮霭，目断武陵溪[4]，往事难追。

2. 红随步：指落花满地。3. 前度刘郎：据南朝刘义庆《幽明录》记载，刘晨、阮肇入天台山采药，迷路断食，摘桃充饥，在桃溪边遇见二位仙女，偕至洞府，结为伉俪。半年后思乡心切，二女相送出溪口，返家一看，竟已历七世。这里用以表示对不可复得恋情的伤感。4. 武陵溪：用陶渊明《桃花源记》事，谓旧迹难寻。

好事近·汴京赐宴闻教坊乐有感[1]

凝碧旧池头，一听管弦凄切[2]。多少梨园声在，总不堪华发。

杏花无处避春愁，也傍野烟发。惟有御沟声断，似知人呜咽。

注释　1. 宋孝宗乾道九年（1173）十二月，韩元吉作为使臣到金朝去祝贺次年三月初一的万春节（金主完颜雍生辰），行至北宋都城汴梁（时为金人的南京），金人设宴招待。席间韩元吉听到本来属于宋朝皇家音乐班子的演奏，百感交集，写下此词。2.“凝碧”二句：天宝末年，安禄山叛军攻陷东都洛阳，大会凝碧池，逼使梨园弟子为他奏乐，众乐人思念玄宗唏嘘泣下，乐工雷海青则掷乐器于地，面向西方失声大恸，安禄山当即下令将雷海青肢解于试马殿上。诗人王维当时正被安禄山拘禁于菩提寺，听到这一消息，作诗云：“万户伤心生野烟，百僚何日更朝天？秋槐叶落空宫里，凝碧池头奏管弦。”此词借用此典，以古喻今，表达心中的亡国之悲。

朱淑真

朱淑真（生卒年不详），号幽栖居士，钱塘（今浙江杭州）人，一说海宁（今属浙江）人。幼颖慧，素有才女之称。相传因父母做主，与所嫁丈夫志趣不合，抑郁而终。其诗词多怨恨之词，名曰《断肠集》。

约游春不去

邻姬约我踏青游，
强拂愁眉下小楼[1]。
去户欲行还自省，
也知憔悴见人羞[2]。

注释　1. 姬：古代对女子的美称。拂：画，涂。2. 去户：离开家门。自省：暗自思忖。憔悴：此处指面容愁苦不堪。

秋夜（选一）

凉天如水夜澄鲜，
桂子风清懒去眠[1]。
多谢嫦娥知我意[2]，
中秋未到月先圆。

注释　1. 澄鲜：形容月色澄澈明亮。桂子：桂花。2. 知我意：理解我的心意，即作者的赏月愿望。

秋夜有感

哭损双眸断尽肠，
怕黄昏后到昏黄[1]。

注释　1. 哭损：哭坏。“怕黄昏”句：怕到黄昏，偏偏又是黄昏。

更堪细雨新秋夜，
一点残灯伴夜长[2]。

2. 更堪：不堪，哪堪。一点：一盏，形容灯光之微弱。

元　夜[1]

火树银花触目红，
揭天鼓吹闹春风[2]。
新欢入手愁忙里，
旧事惊心忆梦中[3]。
但愿暂成人缱绻，
不妨常任月朦胧[4]。
赏灯那得工夫醉，
未必明年此会同[5]。

注释　1. 元夜：农历正月十五元宵节之夜。2. 火树银花：指焰火和花灯。揭天：冲天。鼓吹：锣鼓丝竹等的乐曲之声。3. 新欢：再次相逢的欢乐。入手：到手，得到。旧事：往事，可能指这对情侣被迫分离的痛苦经历。4. 缱绻：情意缠绵貌。任：听凭。5. 醉：此处指饮酒。此两句指：此刻哪有功夫去赏灯饮酒，明年的元宵节，我们未必再能相逢。

春词（选一）

屈指清明数日期，
纷纷红紫竞芳菲[1]。
池塘水暖鹣鹣并，
巷陌风轻燕燕飞[2]。
柳带万条笼淑景，
游丝千尺网晴晖[3]。
人间何处无春色，
只是团圆人未归[4]。

注释　1. 屈指：数着指头计算。芳菲：花草美盛芬芳。2. 鹣鹣：一种传说中的比翼鸟，后用来比喻恩爱的夫妻。燕燕：燕子。3. 淑景：美景。游丝：蜘蛛等昆虫所吐的丝，因飘荡在空中，故称为游丝。4.“只是”句：只可惜月亮虽圆，但心上人未归。

东马塍[1]

一塍芳草碧芊芊，
活水穿花暗护田[2]。
蚕事正忙农事急，
不知春色为谁妍？

注释　1. 东马塍（chéng）：地名，在杭州钱塘门外。塍，田间的界路。2. 芊芊：浓绿色。活水：流动的水。

蝶恋花·送春

楼外垂杨千万缕。欲系青春，少住春还去。犹自风前飘柳絮[1]。随春且看归何处。

绿满山川闻杜宇。便做无情，莫也愁人苦[2]。把酒送春春不语。黄昏却下潇潇雨。

注释　1. 犹自：仍然。2. "便做"二句：谓鸟儿纵然无情，凄厉的叫声不也在为人愁苦。

张　抡

张抡（生卒年不详），字才甫，一作材甫，号莲社居士。开封（今河南开封）人。绍兴三十一年（1161），权知阁门事，兼客省四方馆事。词多应制之作，"极其华艳，每进一词，上即命宫人以丝竹写之"。有《莲社词》。

烛影摇红·上元有怀

双阙中天[1]，凤楼十二春寒浅[2]。去年元夜奉宸游[3]，曾侍瑶池宴[4]。玉殿珠帘尽卷，拥群仙、蓬壶阆苑[5]。五云深处[6]，万烛光中，揭天丝管[7]。

驰隙流年，恍如一瞬星霜换[8]。今宵谁念泣孤臣，回首长安远。可是尘缘未断，漫惆怅、华胥梦短[9]。满怀幽恨，数点寒灯，几声归雁。

注释　1. 双阙：古代宫门前两边高台上的楼观。2. 凤楼：此指宫内楼阁。3. 宸游：此指帝王的宴游。4. 瑶池：传说中西王母所居之仙境。5. 蓬壶阆苑：指仙境，此喻宫廷。6. 五云：指五色祥云。7. 揭天：响声震天。丝管：弦乐器与管乐器，此借指乐声。8. 星霜：指年岁，一星霜即一年。9. 华胥梦：美梦。华胥，典出《列子》："（黄帝）昼寝而梦，游于华胥氏之国。"

袁去华

袁去华（生卒年不详），字宣卿，奉新（今江西奉新）人。高宗绍兴十五年（1145）进士。曾任善化、石首知县。善为词，尝赋《水调歌头·定王台》，为张孝祥所称赏。有《宣卿词》。

瑞鹤仙

郊原初过雨，见数叶零乱，风定犹舞。斜阳挂深树，映浓愁浅黛，遥山媚妩。来时旧路，尚岩花[1]、娇黄半吐。到而今惟有、溪边流水，见人如故。

无语，邮亭深静，下马还寻，

注释　1. 岩花：生长于岩缝的花卉。

旧曾题处。无聊倦旅，伤离恨，最愁苦。纵收香藏镜[2]，他年重到，人面桃花在否？念沉沉小阁幽窗，有时梦去。

2. 收香藏镜：指男女互赠爱情信物。

剑器近

夜来雨，赖倩得、东风吹住。海棠正妖娆处，且留取。悄庭户，试细听、莺啼燕语。分明共人愁绪，怕春去。

佳树，翠阴初转午。重帘未卷，乍睡起，寂寞看风絮。偷弹清泪寄烟波，见江头故人，为言憔悴如许。彩笺无数，去却寒暄[1]，到了浑无定据[2]。断肠落日千山暮。

注释　1. 寒暄：指说天气冷暖之类的应酬话。2. 浑无：全无。

安公子

弱柳千丝缕，嫩黄匀遍鸦啼处。寒入罗衣春尚浅，过一番风雨。问燕子来时，绿水桥边路，曾画楼、见个人人否？料静掩云窗，尘满哀弦危柱[1]。

庾信愁如许[2]，为谁都著眉端聚。独立东风弹泪眼，寄烟波东去。念永昼春闲，人倦如何度？闲傍枕、百啭黄鹂语。唤觉来厌厌，残照依然花坞[3]。

注释　1. 哀弦危柱：指弹奏哀怨乐曲的乐器。2. 庾信：庾信初仕梁，出使西魏被留长安，常思故国，作《哀江南赋》《愁赋》等。3. 花坞：四周高起中间凹下的种植花木的地方。

尤袤

尤袤（1124—1194），字延之，号遂初，无锡（今江苏无锡）人。高宗绍兴十八年（1148）进士。官至礼部尚书兼侍读，谥文简。著名藏书家，又工诗，为“中兴四大诗人”之一，有《梁溪遗稿》。

雪

睡觉不知雪，但惊窗户明[1]。
飞花厚一尺，和月照三更[2]。
草木浅深白，丘塍高下平[3]。
饥民莫咨怨，第一念边兵[4]。

注释　1. 睡觉：睡醒。但：只，唯。2. 和月：柔和的月光。三更：夜半时分。3. “草木”句：草木无论高矮，都成了白色。丘塍：土包和田间小路。4. 咨怨：叹息，怨恨。边兵：守边的士兵。此二句谓：饥民寒苦，但是不要哀怨，想一想，最苦的还是边防的士兵们。

失　题

维扬五易帅，山阳四易守[1]。
我来七八月，月月常奔走。

注释　1. 维扬：扬州府的别称。山阳：郡名，治所在今江苏淮安。

帑藏忧煎熬，官民困驰骤[2]。
世态竞趋新，人情盍谋旧[3]。
如其数移易，是使政纷揉[4]。
彼席不得温，设施亦何有[5]。
淮南重雕瘵[6]，十室空八九。
况复苦将迎[7]，不忍更回首。
尝闻古为治，必假岁月久。
安得如弈棋[8]，易置翻覆手。

2. 帑藏：国库。驰骤：奔驰，趋承。3. 趋新：这里指奔竞奉承新上任的长官。盍：为何，何不。4. 纷揉：纷乱。5. 席不得温：连席子也没有坐暖和，形容奔走忙碌，没有安定的时候。席，坐席。设施：措施。6. 瘵（zhài）：病痛。7. 将迎：送往迎来。8. 弈棋：下棋。

陆 游

陆游（1125—1209），字务观，号放翁，山阴（今浙江绍兴）人。以荫补官，绍兴三十二年（1162），赐进士出身，曾官礼部郎中。为我国现存诗最多的诗人，自言“六十年间万首诗”。其诗风格雄奇奔放、沉郁悲壮，洋溢着强烈的爱国主义激情。有《渭南文集》《剑南诗稿》《放翁词》等。

游山西村[1]

莫笑农家腊酒浑，
丰年留客足鸡豚[2]。
山重水复疑无路，
柳暗花明又一村[3]。
箫鼓追随春社近[4]，
衣冠简朴古风存。
从今若许闲乘月，
拄杖无时夜叩门[5]。

注释 1. 此诗是孝宗乾道年间作者退居家乡山阴时所作。2. 腊酒：上年冬天酿造的酒。浑：浑浊。酒的质量以较清者为优。豚（tún）：小猪。3. 柳暗花明：语本李商隐《夕阳楼》：“花明柳暗绕天愁。”4. 箫鼓：吹箫打鼓，这里指吹箫打鼓的声音。春社：立春之后第五个戊日，是祭祀社神即土地神的节日。5. 乘月：月下漫步。无时：不时，随时。

剑门道中遇微雨[1]

衣上征尘杂酒痕，
远游无处不消魂[2]。
此身合是诗人未？
细雨骑驴入剑门[3]。

注释　1. 乾道八年（1172）冬，陆游自南郑至成都赴任，此诗即作于赴任途中。2. 征尘：旅途的风尘。消魂：魂消魄散，形容极度的陶醉、欢乐，也用以形容极度的悲伤。3.“此身”二句：唐代诗人常骑驴赋诗，陆游骑驴过剑门，自嘲自己也俨然成了诗人。

长歌行[1]

人生不作安期生[2]，
醉入东海骑长鲸。
犹当出作李西平，
手枭逆贼清旧京[3]。
金印煌煌未入手，
白发种种来无情[4]。
成都古寺卧秋晚，
落日偏傍僧窗明。
岂其马上破贼手，
哦诗长作寒螿鸣[5]。
兴来买尽市桥酒，
大车磊落堆长瓶[6]。
哀丝豪竹助剧饮，
如巨野受黄河倾[7]。
平时一滴不入口，
意气顿使千人惊。

注释　1. 此诗作于淳熙元年（1174）任职于成都时。2. 安期生：秦时仙人。3. 李西平：唐名将李晟，曾收复长安，以功封西平郡王。枭（xiāo）：斩首示众。逆贼：指朱泚，唐代幽州昌平人，曾任卢龙节度使。唐德宗建中四年（783）在长安被拥立为帝，国号大秦，年号应天。兴元元年（784），唐将李晟收复长安，朱泚出逃为部将所杀。旧京：长安，这里指汴京。4. 煌煌：光彩夺目的样子。种种：头发稀疏短少的样子。5. 螿（jiāng）：一种体形较小的蝉。6. 市桥：成都七桥之一，在少城正南石牛门外郫江上。磊落：参差错落的样子。7. 巨野：即巨野泽。在今山东巨野县东北。

国仇未报壮士老，
匣中宝剑夜有声。
何当凯还宴将士，
三更雪压飞狐城[8]。

8. 飞狐城：在今河北涞源。其县北有飞狐关，为塞上险要关隘。这里泛指边塞。

关山月[1]

和戎诏下十五年[2]，
将军不战空临边。
朱门沉沉按歌舞，
厩马肥死弓断弦[3]。
戍楼刁斗催落月[4]，
三十从军今白发。
笛里谁知壮士心，
沙头空照征人骨。
中原干戈古亦闻，
岂有逆胡传子孙[5]？
遗民忍死望恢复，
几处今宵垂泪痕！

注释　1. 此诗作于孝宗淳熙四年（1177）任职成都时。关山月：乐府旧题。2. 和戎诏：指隆兴元年（1163）宋金签订的隆兴和约。3. 朱门：指豪门。沉沉：宅院深邃的样子。厩马：这里指战马。厩（jiù），马房。4. 戍楼：军中守望警戒的楼。刁斗：军中用于煮饭和打更的铜器。5. 逆胡：指金人。

夜读兵书

孤灯耿霜夕，穷山读兵书[1]。

注释　1. 耿：光明，此指照亮。穷山：深山。

平生万里心，执戈王前驱[2]。
战死士所有，耻复守妻孥[3]。
成功亦邂逅，逆料政自疏[4]。
陂泽号饥鸿，岁月欺贫儒[5]。
叹息镜中面，安得长肤腴[6]？

2. 万里心：为国立功的雄心壮志。戈：古代的一种兵器。王前驱：为王做前驱，此指为保家卫国而战斗。3. 所有：本分，职责。妻孥：妻子和儿女。4. 邂逅：偶然相遇。逆料：预料。政：同“正”，恰恰。疏：迂阔。5. 陂泽：低洼的积水处。饥鸿：比喻饥饿的人民。贫儒：贫困的读书人，此是作者自指。6. 肤腴：肌肤丰满润泽。

书　愤[1]

早岁那知世事艰，
中原北望气如山。
楼船夜雪瓜洲渡，
铁马秋风大散关[2]。
塞上长城空自许[3]，
镜中衰鬓已先斑。
出师一表真名世，
千载谁堪伯仲间[4]！

注释　1. 此诗作于宋孝宗淳熙十三年（1186），其时作者退居故乡山阴。2. 楼船：高大的战船。绍兴三十一年（1161），金兵大举南侵，刘锜、虞允文击败完颜亮于采石、瓜洲。“铁马”句：乾道八年（1172），陆游任川陕宣抚使司干办公事，直接参与了西部战线试图收复长安的一系列前哨战。大散关：在今陕西宝鸡西南大散岭上，当时是宋金交界的重要关隘。3. 塞上长城：南朝刘宋名将檀道济曾自诩为国家的万里长城。4. 出师一表：指《出师表》，诸葛亮于建兴五年（227）北上伐魏之前上给后主的奏章。其“鞠躬尽瘁，死而后已”的耿耿丹心，千百年来一直为后人传颂。名世：名传后世。

哀　郢[1]

远接商周祚最长[2]，
北盟齐晋势争强。
章华歌舞终萧瑟，
云梦风烟旧莽苍[3]。

注释　1. 郢：楚国的国都，在今湖北江陵。2. 祚：国统，皇位。3. 章华：章华台，春秋时楚灵王所筑。云梦：古代楚国的薮泽名。

草合故宫惟雁起[4]，
盗穿荒冢有狐藏。
离骚未尽灵均恨[5]，
志士千秋泪满裳。

4. 合：遮盖，掩埋。5. 离骚：屈原的代表作。灵均：屈原的字。

闻武均州报已复西京[1]

白发将军亦壮哉，
西京昨夜捷书来。
胡儿敢作千年计，
天意宁知一日回[2]。
列圣仁恩深雨露，
中兴赦令疾风雷[3]。
悬知寒食朝陵使，
驿路梨花处处开[4]。

注释　1. 西京：今河南洛阳市。2. 胡儿：指金朝统治者。“天意”句：谁知道上天的意图在一天之内突然改变过来。3. 列圣：指北宋历代帝王。赦令：皇帝的诏书、文告。4. 悬知：预想，料想。朝陵使：朝拜祭扫皇陵的使臣。北宋皇帝的陵寝在洛阳。驿路：古代传递文书的道路。

临安春雨初霁[1]

世味年来薄似纱[2]，
谁令骑马客京华。
小楼一夜听春雨，
深巷明朝卖杏花。
矮纸斜行闲作草，
晴窗细乳戏分茶[3]。

注释　1. 淳熙十三年（1186）春，陆游暂住临安期间作。2.“世味”句：写人情冷暖世态炎凉，官场尤为严重。3. 矮纸：短纸。草：草书。细乳：冲茶时水面泛起的细沫。分茶：与煎茶相区别的一种品茶方法。加入姜盐为煎茶，不加姜盐为分茶。

素衣莫起风尘叹，
犹及清明可到家[4]。

4. 素衣：白衣。这里是说不用担心风尘的污浊会玷污自己人品的清白，因为自己已经决定返回故乡了。

胡无人[1]

须如猬毛磔，面如紫石棱[2]。丈夫出门无万里，风云之会立可乘[3]。追奔露宿青海月[4]，夺城夜蹋黄河冰。铁衣度碛雨飒飒，战鼓上陇雷凭凭[5]。三更穷虏送降款[6]，天明积甲如丘陵。中华初识汗血马，东夷再贡霜毛鹰[7]。群阴伏，太阳升[8]；胡无人，宋中兴。丈夫报主有如此，笑人白首篷窗灯[9]。

注释　1. 胡无人：古乐府诗篇名。2. 猬毛：刺猬毛短，密而有刺。磔：张开，直立。棱：瘦劲貌。3. 无万里：不以万里为远。风云之会：《易经》："云从龙、风从虎。"后以"风云际会"比喻机会来到。4. 青海：青海湖，古代边防要地。5. 铁衣：铠甲。碛：水中沙滩。飒飒：风雨声。陇：陇山，在今陕西、甘肃两省的交界处。凭凭：敲击声。6. 降款：降书。7. 汗血马：良马名。霜毛鹰：一种性情勇猛的鹰。8. 群阴：指入侵中原的少数民族。9. 白首：白头。篷窗：茅屋的窗户。

秋夜将晓出篱门迎凉有感[1]

三万里河东入海，
五千仞岳上摩天[2]。
遗民泪尽胡尘里，
南望王师又一年[3]！

注释　1. 此诗是光宗绍熙三年（1192）作者闲居故乡山阴时所作。2. 河：指黄河。仞：长度单位，七尺或八尺为一仞。岳：指东岳泰山、西岳华山。3. 遗民：生活在金人占领区的汉族百姓。王师：指南宋的军队。

病起抒怀（选一）

病骨支离纱帽宽，
孤臣万里客江干[1]。
位卑未敢忘忧国，
事定犹须待阖棺[2]。
天地神灵扶庙社，
京华父老望和銮[3]。
出师一表通今古，
夜半挑灯更细看。

注释　1. 病骨支离：病后身体虚弱，筋骨无劲。纱帽宽：病后瘦损，感到原来的衣帽宽大。江干：江边。2. 阖棺：盖棺论定。3. 庙社：社稷，宗庙。和銮：车铃。这里指皇帝的车驾。

沈园二首[1]

城上斜阳画角哀[2]，
沈园非复旧池台。
伤心桥下春波绿，
曾是惊鸿照影来[3]。

注释　1. 沈园：地名，在绍兴禹迹寺南。陆游与原配唐婉伉俪情深，但因婆媳不和，被迫离异。绍兴二十五年（1155），陆游偶以春游，与唐婉相遇于沈园，作《钗头凤》一首题壁，唐婉不久郁郁而终。庆元五年（1199）春，陆游重经旧地，作此诗以寄托余哀。2. 画角：一种吹奏乐器，这里指凄厉的画角声。3. 桥：即罗汉桥，旧名春波桥，在县治南。惊鸿：比喻美人体态的轻盈，这里指唐婉。

梦断香消四十年，
沈园柳老不吹绵[1]。
此身行作稽山土，
犹吊遗踪一泫然[2]。

注释　1. 绵：柳絮。2. 行：即将。稽山：会稽山，在绍兴东南。泫（xuàn）然：泪流满面的样子。

闻　雁

过尽梅花把酒稀，
熏笼香冷换春衣[1]。
秦关汉苑无消息，
又在江南送雁归[2]。

注释　1. 过：探望，此作观看讲。稀：少。“熏笼”句：此时天气已暖，更换春衣，熏香的炉火停烧，所以香冷。2. 秦关：秦时的函谷关。汉苑：西汉的上林苑。无消息：它们都在金人的占领区，没有收复的消息。

农家叹

有山皆种麦，有水皆种粳[1]。
牛领疮见骨，叱叱犹夜耕[2]。
竭力事本业[3]，所愿乐太平。
门前谁剥啄[4]，县吏征租声。
一身入县庭，日夜穷笞搒[5]。
人孰不惮死[6]，自计无由生。
还家欲具说[7]，恐伤父母情。
老人倘得食，妻子鸿毛轻[8]！

注释　1. 粳：粳稻，水稻的一种。2. 牛领：牛的颈部。叱叱：大声吆喝。3. 本业：指农业，我国古代以农业为本业。4. 剥啄：敲门声。5. 笞搒（péng）：鞭打。6. 孰：谁。惮：怕。7. 具说：仔细地说。8.“老人”二句：老人倘若能够吃上饭，妻子和娇儿也就无力顾及了。

柳桥晚眺

小浦闻鱼跃，横林待鹤归[1]。
闲云不成雨，故傍碧山飞[2]。

注释　1. 浦：诗中指河边、岸边。横林：茂密横生的树林。2. 闲云：浮云、无雨的云，飘浮在空中，其状悠闲，故称闲云。傍：依着，靠着。

十一月四日风雨大作

僵卧孤村不自哀，
尚思为国戍轮台[1]。
夜阑卧听风吹雨[2]，
铁马冰河入梦来。

注释 1. 僵卧：病卧。戍：防守边疆。轮台：新疆古地名，这里泛指祖国边疆。2. 夜阑：夜深。

示儿

死去元知万事空，
但悲不见九州同[1]。
王师北定中原日，
家祭无忘告乃翁[2]。

注释 1. 元知：本来知道。元，通“原”。九州同：指全国统一。2. 乃翁：你的父亲，作者自指。

金错刀行[1]

黄金错刀白玉装，
夜穿窗扉出光芒[2]。
丈夫五十功未立，
提刀独立顾八荒[3]。
京华结交尽奇士，
意气相期共生死[4]。
千年史册耻无名，

注释 1. 金错刀：用黄金装饰花纹的宝刀。行：古代歌诗的一种体裁。2. 白玉装：刀柄上装饰以白玉。窗扉：窗扇。3. 八荒：八方的荒远之地。4. 京华：京城，指南宋的都城临安。意气：意志气概。相期：相互期望勉励。

一片丹心报天子[5]。
尔来从军天汉滨，
南山晓雪玉嶙峋[6]。
呜呼！楚虽三户能亡秦，
岂有堂堂中国空无人[7]！

5. 丹心：忠心。6. 天汉：汉水。南山：终南山。7. 楚虽三户：秦朝末年，楚地流传两句民谣："楚虽三户，亡秦必楚。"此指楚国项羽灭秦事。堂堂：形容强大。

楚 城[1]

江上荒城猿鸟悲，
隔江便是屈原祠[2]。
一千五百年间事，
只有滩声似旧时。

注释　1. 楚城：古代楚国的都城，在今湖北省秭归县东，长江南岸。2. 屈原祠：为纪念爱国诗人屈原而建，在秭归县东南五里长江北岸。

龙兴寺吊少陵先生寓居[1]

中原草草失承平，
戍火胡尘到两京[2]。
扈跸老臣身万里[3]，
天寒来此听江声。

注释　1. 龙兴寺：在四川忠县。吊：凭吊。少陵：杜甫自号少陵野老。2. 草草：指当时时事衰败。戍火：烽火，此指战争。胡尘：指安禄山起兵事。两京：唐之东都洛阳和都城长安。3. 扈跸：随从皇帝的车驾，此指杜甫曾由长安至凤翔投奔肃宗事。

钗头凤

红酥手[1]，黄縢酒[2]，满城春色宫墙柳[3]。东风恶[4]，欢情薄，一怀愁绪，几年离索[5]。错！错！错！

春如旧，人空瘦。泪痕红浥鲛绡透[6]。桃花落，闲池阁，山盟虽在[7]，锦书难托[8]。莫！莫！莫！

注释 1. 酥：柔软，此处形容皮肤滋润细腻。2. 黄縢酒：即黄封酒，古代官家酿酒以黄纸封口。3. 宫墙：指沈园之墙。4. 东风：此处借指破坏两人婚姻生活的势力。5. 离索：离散。6.“泪痕”句：谓带着胭脂的泪水把手帕都打湿了。浥：沾湿。鲛绡：此指手帕。7. 山盟：指男女间坚定不移的爱情誓约。8. 锦书难托：谓情书难以寄出。

卜算子·咏梅

驿外断桥边[1]，寂寞开无主。已是黄昏独自愁，更着风和雨[2]。

无意苦争春，一任群芳妒。零落成泥碾作尘[3]，只有香如故。

注释 1. 驿：驿站。2. 更着：又遭到，又加上。3. 碾（niǎn）：轧，压。

水龙吟·春日游摩诃池

摩诃池上追游路[1]，红绿参差春晚。韶光妍媚，海棠如醉，桃花欲暖。挑菜初闲[2]，禁烟将近[3]，一城丝管。看金鞍争道，香车飞盖，争先占、新亭馆。

注释 1. 摩诃池：在今成都城外昭觉寺。2. 挑菜初闲：谓已过了挑菜节。挑菜，唐宋风俗，农历二月初二日曲江挑菜，士民游观其间，谓之挑菜节。3. 禁烟将近：谓寒食节即将到来。禁烟，即寒食节，清明节前一天。古人在这一天不生火做饭，故名禁烟。

惆怅年华暗换。黯销魂、雨收云散。镜奁掩月[4]，钗梁拆凤，秦筝斜雁[5]。身在天涯，乱山孤垒，危楼飞观。叹春来只有，杨花和恨、向东风满。

4. 镜奁（lián）：即镜匣，盛妇女梳妆用品的匣子，里面装有可以支起来的镜子。5. 秦筝斜雁：筝柱斜排如雁斜飞，故云。

夜游宫·记梦寄师伯浑[1]

雪晓清笳乱起[2]。梦游处、不知何地。铁骑无声望似水[3]。想关河，雁门西，青海际[4]。

睡觉寒灯里。漏声断[5]、月斜窗纸。自许封侯在万里[6]。有谁知，鬓虽残，心未死。

注释　1. 师伯浑：名浑甫，四川眉山人，作者的朋友，隐士，长于书法。2. 清笳：此指凄清的胡笳声。3. 铁骑：指骑兵。4.“想关河”三句：谓梦境似是在西北边关。关河：关塞与河防。雁门：雁门关，在山西代县，是长城的重要关口。青海：青海湖，在青海省东北部。5. 漏声断：夜将尽。断，停。6.“自许”句：意谓自信能像班超那样立功于边塞。

诉衷情

当年万里觅封侯，匹马戍梁州[1]。关河梦断何处，尘暗旧貂裘[2]。

胡未灭[3]，鬓先秋[4]，泪空流。此生谁料，心在天山[5]，身老沧州[6]。

注释　1.“当年”二句：过去想要建功立业，在南郑一带参军任职。万里觅封侯：用班超事。梁州：今陕西南郑一带。2.“尘暗”句：自己的貂皮衣服破旧不堪，意谓自己不受重用，未能施展才华。3. 胡：指当时占据中原的金兵。4. 鬓先秋：谓鬓发斑白、疏落，如植物在秋天凋零。5. 天山：在新疆。此借指南宋的抗金前线。6. 沧州：滨水之地，指隐者的居处。此指绍兴镜湖边，词人退隐之地。

周必大

周必大（1126—1204），字子充，一字洪道，晚年自号平园老叟，庐陵（今江西吉安）人。绍兴二十一年（1151）进士，累官至参知政事。封益国公，谥文忠。诗词善于状物，颇有情趣，有《平园集》。

行舟忆永和兄弟

一挂吴帆不计程[1]，
几回系缆几回行。
天寒有日云犹冻，
江阔无风浪自生。
数点家山常在眼，
一声寒雁正关情[2]。
长年忽得南来鲤，
恐有音书作急烹[3]。

注释　1. 不计程：不知走了多少路程。2. 寒雁：古人以雁代指兄弟。这里既有实指又有虚指。3. 长年：舟师，古时对船工的称呼。鲤：古人用来代指书信。汉乐府《饮马长城窟行》中有“呼儿烹鲤鱼，中有尺素书”句。

范成大

范成大（1126—1193），字至能，号石湖居士，吴郡吴县（今江苏苏州）人。绍兴二十四（1154）年进士。曾任四川制置使兼知成都府，官至参知政事。为“中兴四大诗人”之一，其田园诗最有特色。有《石湖集》《石湖词》。

宜春苑[1]

狐冢獾蹊满路衢[2]，
行人犹作御园呼。

注释　1. 宜春苑：在汴京，北宋皇家园林。作者自注：“在旧宋门外，俗名东御园。”乾道六年（1170），作者奉旨使金，

连昌尚有花临砌，
肠断宜春寸草无[3]！

沿途有绝句七十二首以怀古伤今，本篇即其中之一。2. 獾（huān）：兽类动物，外形似狗，脚较短。蹊：小路。3. 连昌：连昌宫，唐代宫苑。

州　桥[1]

州桥南北是天街，
父老年年等驾回[2]。
忍泪失声问使者，
几时真有六军来[3]？

注释　1. 题下自注："南望朱雀门，北望宣德楼，皆旧御路也。"本篇为使金七十二绝句之一。州桥：又名天汉桥，横跨汴河，在汴京宫城正南。2. 天街：即御路，皇帝出行的必经之路。驾：南宋皇帝的车驾。3. 使者：南宋派往金国的使臣。六军：按古制，天子之师有六军。这里指南宋的军队。

蔺相如墓[1]

玉节经行虏障深，
马头酾酒奠疏林[2]。
兹行璧重身如叶，
天日应临慕蔺心[3]。

注释　1. 本篇亦为使金七十二绝句之一。2. 玉节：玉制的符节。节，使者出使的信物。虏障：指金人的军营。障，边境险要处戍守的堡寨。酾酒：斟酒，这里指奠酒祭祀。3. 临：鉴照。"天日"句：我效法蔺相如的决心天日可鉴。

四时田园杂兴[1]（选六）

蝴蝶双双入菜花，
日长无客到田家。
鸡飞过篱犬吠窦[2]，

注释　1.《四时田园杂兴》原有六十首，淳熙十三年（1186）作者在苏州石湖养病时作。2. 窦：洞穴，这里指狗窝。

知有行商来买茶。

梅子金黄杏子肥，
麦花雪白菜花稀[1]。
日长篱落无人过，
唯有蜻蜓蛱蝶飞[2]。

注释　1. 梅子：梅树的果实，夏季成熟，可以吃。麦花：荞麦花。荞麦是一种粮食作物，花为白色或淡红色。菜花：油菜花。2. 篱落：篱笆，用竹子或树枝编成的遮拦物。蛱（jiá）蝶：蝴蝶。

昼出耘田夜绩麻[1]，
村庄儿女各当家。
童孙未解供耕织，
也傍桑阴学种瓜。

注释　1. 耘：除草。绩：搓麻线。

黄尘行客汗如浆，
少住侬家漱井香[1]。
借与门前盘石坐，
柳阴亭午正风凉[2]。

注释　1. 行客：过路的客人。侬家：我家。2. 盘石：大石头。亭午：中午。

采菱辛苦废犁锄，
血指流丹鬼质枯[1]。
无力买田聊种水，
近来湖面亦收租。

注释　1. 鬼质枯：枯瘦如鬼。

新筑场泥镜面平，
家家打稻趁霜晴。
笑歌声里轻雷动，
一夜连枷响到明[1]。

注释　1. 连枷：稻谷脱粒的工具。

浙江小矶春日

客里无人共一杯[1]，
故园桃李为谁开？
春潮不管天涯恨，
更卷西兴暮雨来[2]。

注释　1. 客里：客居的时候。2. 天涯恨：离家流落他乡的忧愁。更：还，犹。

横　塘

南浦春来绿一川，
石桥朱塔两依然[1]。
年年送客横塘路，
细雨垂杨系画船。

注释　1. 南浦：泛指送别之处。“石桥”句：石桥、朱塔年年不变，成为离别的见证。此处以景物依然反衬人事之变化，物是人非，使人油然而生别离之情。

忆秦娥

楼阴缺，阑干影卧东厢月。

东厢月，一天风露，杏花如雪。

隔烟催漏金虬咽[1]，罗帏黯淡灯花结[2]。灯花结，片时春梦，江南天阔[3]。

注释 1. 金虬：指装置在漏器上的铜龙，水从龙口中吐出以计时。2. 罗帏：罗帐。3. "片时"二句：语本岑参《春梦》诗："枕上片时春梦中，行尽江南数千里。"

眼儿媚

萍乡道中乍晴[1]，卧舆中困甚[2]，小憩柳塘。

酣酣日脚紫烟浮[3]，妍暖破轻裘。困人天色，醉人花气，午梦扶头[4]。

春慵恰似春塘水，一片縠纹愁。溶溶泄泄[5]，东风无力，欲皱还休。

注释 1. 萍乡：今江西省萍乡市。2. 舆：指轿子。3. 酣酣：犹浓浓。日脚：从云缝斜射到地面的日光。4. 扶头：形容醉态。5. 溶溶泄泄：水波荡漾貌。

霜天晓角・梅

晚晴风歇，一夜春威折[1]。脉脉花疏天淡，云来去，数枝雪。

胜绝[2]，愁亦绝，此情谁共说。惟有两行低雁，知人倚、画楼月。

注释 1. 春威：春寒的威力。折：挫折。2. 胜绝：妙绝，美极。

杨万里

杨万里（1127—1206），字廷秀，号诚斋，吉州吉水（今江西吉水）人。绍兴二十四年（1154）进士，累官至秘书监。不断探索诗歌创作的门径，后自成一家，幽默平易，号“诚斋体”，为“中兴四大诗人”之一。有《诚斋集》《诚斋诗话》。

晓出净慈寺送林子方[1]

毕竟西湖六月中，
风光不与四时同[2]。
接天莲叶无穷碧，
映日荷花别样红[3]。

注释　1. 净慈寺：全名“净慈报恩光孝禅寺”，与灵隐寺为西湖南北山两大著名佛寺。2. 四时：春夏秋冬四季。在这里指六月以外的其他时节。3. 无穷碧：因莲叶面积很广，似与天相接，故呈现无穷的碧绿。

读元白长庆二集诗[1]

读遍元诗与白诗，
一生少傅重微之[2]。
再三不晓渠何意，
半是交情半是私[3]。

注释　1. 元白：指唐诗人元稹和白居易。长庆二集：指《元氏长庆集》和《白氏长庆集》。长庆，唐穆宗的年号（821—824）。2. 少傅：指白居易，他曾官太子少傅分司。重：敬重，推崇。微之：元稹的字。3. 渠：他。

稚子弄冰

稚子金盆脱晓冰，
彩丝穿取当银铮[1]。

注释　1. 稚子：幼子。金盆：铜盆。铮：古代的一种乐器。

敲成玉磬穿林响，
忽作玻璃碎地声[2]。

2. 磬：古代的一种乐器。

小　池

泉眼无声惜细流，
树阴照水爱晴柔[1]。
小荷才露尖尖角[2]，
早有蜻蜓立上头。

注释　1. 泉眼：清泉出水之处。惜：吝惜。晴柔：晴天里柔和的阳光。2. 尖尖角：还未绽开的嫩荷叶的尖端，因呈角状，故云。

宿灵鹫禅寺[1]

初疑夜雨忽朝晴，
乃是山泉终夜鸣。
流到前溪无半语，
在山做得许多声[2]。

注释　1. 灵鹫禅寺：故址在苏州城东北。2. 无半语：没有一点鸣水之声。“流到”句：谓前溪水路宽阔，不像在山上流淌时，因山势曲折而冲激作声。

初入淮河[1]（选二）

船离洪泽岸头沙[2]，
人到淮河意不佳。
何必桑干方是远，

注释　1. 淳熙十六年（1189），杨万里为接待金国贺正旦使，由杭州北行，此诗即途中所作。2. 洪泽：洪泽湖。由此北行，即是淮河。

中流以北即天涯[3]。

3. 桑干：桑干河，即今永定河，发源于山西朔州，由天津入海。北宋以前，这里是北部边塞。“中流”句：宋金以淮河为分界线，中流以北，即是天涯。

中原父老莫空谈，
逢着王人诉不堪[1]。
却是归鸿不能语，
一年一度到江南[2]。

注释　1. 王人：朝廷的使者，作者自指。中原父老看见南方使者，所“谈”所“诉”，当然就是对王师北伐的期盼。但南宋小朝廷一意求和，遗民的诉说只能是一厢情愿的空谈。所谓“莫空谈”，是愤激的反话。2.“却是”二句：以“不能语”的“归鸿”,反衬“诉不堪”的“中原父老”。“归鸿”虽不能语，却能“一年一度到江南”，人不如鸟，更见悲怆。

竹枝歌（选二）

岸旁燎火莫阑残[1]，
须念儿郎手脚寒。
更把绿荷包热饭[2]，
前头不怕上高滩。

注释　1. 燎火：篝火。阑残：衰竭，这里指熄灭。2. 更：又。

月子弯弯照九州，
几家欢乐几家愁。
愁杀人来关月事，
得休休处且休休[1]。

注释　1. 关月事：关月亮什么事。休休：指快乐、享乐。

过松源晨炊漆公店[1]（选一）

莫言下岭便无难，
赚得行人错喜欢。
政入万山围子里[2]，
一山放出一山拦。

注释　1. 松源、漆公店：地名，在今江西弋阳境内。绍熙三年（1192），杨万里任江东转运使，行部至松源，作此诗。2. 政：同“正”。围：一作“圈”。

悯　农

稻云不雨不多黄，
荞麦空花早着霜[1]。
已分忍饥度残岁，
更堪岁里闰添长[2]。

注释　1. 稻云：大片稻田好像空中的云块。不多黄：不很成熟。着霜：遭遇下霜。2. 已分：已经知道。残岁：年尾，一年中的最后几个月。更堪：更难忍受。闰添长：增了一个闰月，时间比往年更长。

湖天暮景

坐看西日落湖滨，
不是山衔不是云[1]。
寸寸低来忽全没，
分明入水只无痕[2]。

注释　1. 西日：西下的太阳。衔：吞没。不是云：意谓不是被云遮没。2.“寸寸”二句：一点点地下沉，突然完全不见，明明是掉进水中却没有留下痕迹。

初夏即事十二解（选一）

百日田干田父愁，
只消一雨百无忧[1]。
更无人惜田中水，
放下清溪恣意流[2]。

注释　1. 田干：田地干旱。田父：农夫。只消：只需。2. 更：却，但。恣意：任意，随便。此句谓：却没有人爱惜田中多余的水，放它进入小溪随意地乱流。

插秧歌

田夫抛秧田妇接，
小儿拔秧大儿插。
笠是兜鍪蓑是甲，
雨从头上湿到胛[1]。
唤渠朝餐歇半霎[2]，
低头折腰只不答。
秧根未牢莳未匝[3]，
照管鹅儿与雏鸭。

注释　1. 笠：斗笠。兜鍪：古代战士头上戴的头盔。蓑：蓑衣，古代用草或棕毛制成的雨衣。甲：铠甲。胛：肩胛，臂膀。2. 渠：他。半霎：一会儿，短时间。3. 莳（shì）：移植，栽种。匝：周遍，此指完毕。

闲居初夏午睡起（选一）

梅子留酸软齿牙[1]，
芭蕉分绿与窗纱。
日长睡起无情思，
闲看儿童捉柳花[2]。

注释　1. 留酸：余酸，指梅子的酸味还在口中。软齿牙：因酸而牙齿发软。2. 无情思：意绪阑珊。柳花：柳絮。

过石磨岭，岭皆创为田，直至其顶

翠带千环束翠峦，
青梯万级搭青天[1]。
长淮见说田生棘[2]，
此地都将岭作田。

注释 1. 带：腰带。环：作量词“条”之意。峦：小山。搭：相接，相连。2. 长淮：淮河，为宋金边界前线。田生棘：田地无人耕种而荒芜。棘，荆棘，此处泛指荒草。

萧德藻

萧德藻（生卒年不详），字东夫，号千岩老人，闽清（今福建闽清）人。绍兴二十一年（1151）进士，官乌程令。曾从曾几学诗。杨万里论同时诗人，将其与范成大、尤袤、陆游并举。有《千岩择稿》，已散佚。

樵　夫

一担干柴古渡头，
盘缠一日颇优游[1]。
归来涧底磨刀斧，
又作全家明日谋[2]。

注释 1. 盘缠：路费，借指开销。优游：悠闲，借指宽裕。这两句说：樵夫从山上把一担柴挑到河边渡头卖掉，够得上全家一天的开销了。2. 涧底：山间溪水边。谋：筹划。这两句说：卖柴归来到溪边把斧头磨一磨，又要筹划一家明天的生活了。

朱　熹

朱熹（1130—1200），字元晦，号晦庵，徽州婺源（今江西婺源）人。绍兴十八年（1148）进士，官至江东转运使。为宋代理学的集大成者。其诗词语言清秀，风格俊朗，无浓艳或典故堆砌之病。有《晦庵先生朱文公集》《晦庵词》等。

观书有感二首

半亩方塘一鉴开，
天光云影共徘徊[1]。
问渠那得清如许，
为有源头活水来[2]。

注释　1. 一鉴开：形容池水如镜面一般平静。鉴，镜子。徘徊：荡漾貌。2. 渠：它，指方塘。那得：哪得。如许：如此。为：因为。活水：流动的水。

昨夜江边春水生，
艨艟巨舰一毛轻[1]。
向来枉费推移力，
此日中流自在行[2]。

注释　1. 艨艟：古代战船。也作“蒙冲”。2. 向来：从前，指春水未涨之时。中流：水流的中央。

水口行舟（选一）

昨夜扁舟雨一蓑[1]，
满江风浪夜如何？
今朝试卷孤篷看[2]，
依旧青山绿树多。

注释　1. 扁舟：小船。雨一蓑：满蓑衣都是雨水。2. 孤篷：孤舟上御雨的帘篷。

春　日

胜日寻芳泗水滨，

无边光景一时新[1]。
等闲识得东风面[2]，
万紫千红总是春。

注释 1. 胜日：此指春天的晴日。寻芳：踏青、游玩之意。2. 等闲：不经意，不自觉地。识得：认识到，领略到。

张孝祥

张孝祥（1132—1169），字安国，号于湖居士，明州鄞县（今浙江宁波）人。绍兴二十四年（1154）廷试，高宗亲擢为进士第一。登第后即上书为岳飞叫屈，被秦桧党羽诬告入狱。后历任起居舍人、建康留守等职。有《于湖居士文集》《于湖词》。

六州歌头

长淮望断，关塞莽然平[1]。征尘暗，霜风劲，悄边声[2]。黯消凝，追想当年事[3]，殆天数，非人力，洙泗上[4]，弦歌地[5]，亦膻腥。隔水毡乡[6]，落日牛羊下，区脱纵横[7]。看名王宵猎[8]，骑火一川明，笳鼓悲鸣，遣人惊。

念腰间箭，匣中剑，空埃蠹[9]，竟何成！时易失，心徒壮，岁将零，渺神京。干羽方怀远[10]，静烽燧[11]，且休兵。冠盖使[12]，纷驰骛，若为情。闻道中原遗老，常南望、翠葆霓旌[13]。使行人到此，忠愤气

注释 1.“长淮”二句：宋金绍兴和议，以淮水为界。长淮：淮河。关塞：边界。莽然：草木茂盛的样子。2. 悄边声：边界上悄无声息，指停止了军事行动。3. 当年事：指靖康二年（1127）金兵侵扰中原、北宋灭亡的历史事件。4. 洙泗：洙水、泗水，流经曲阜。5. 弦歌地：此指孔子讲学的地方。弦歌，弹琴唱歌，古人讲学时常一边弹琴一边朗读。6. 毡乡：此指金人的毡帐。7. 区（ōu）脱：金人的哨所土堡。8. 名王宵猎：指金兵主将夜晚打猎。9. 空埃蠹：白白地积满灰尘，被蛀虫侵蚀。10.“干羽”句：指朝廷向金屈辱求和。干：木盾。羽：雉尾。舞干羽为古代庙堂之舞。11. 烽燧：遇到敌情时点燃的烽烟。12. 冠盖使：此指朝廷派遣的向金求和的使臣。13. 翠葆霓旌：指皇帝的仪仗。翠葆，翠羽装饰的旗帜。霓旌，饰以五彩羽毛的旗帜。

填膺，有泪如倾。

念奴娇·过洞庭

洞庭青草[1]，近中秋、更无一点风色。玉界琼田三万顷[2]，着我扁舟一叶。素月分辉，明河共影，表里俱澄澈。怡然心会，妙处难与君说。

应念岭海经年[3]，孤光自照[4]，肝胆皆冰雪。短发萧骚襟袖冷[5]，稳泛沧浪空阔。尽挹西江[6]，细斟北斗[7]，万象为宾客[8]。扣舷独啸，不知今夕何夕。

注释　1. 洞庭青草：洞庭湖在岳阳市西南，青草湖在洞庭之南，二湖相通。2. 玉界琼田：形容月光下的湖面晶莹如玉。3. 岭海：五岭以南的今广东、广西地区。张孝祥曾兼广南西路经略安抚使。4. 孤光：指月光。5. 萧骚：稀疏。6. 尽挹西江：舀尽长江水当酒浆。西江，长江连通洞庭湖，中上游在洞庭以西，故称西江。7. 细斟北斗：以北斗做酒器盛酒。北斗，星座名，由七颗星排成像舀酒的斗的形状。8. 万象：万物。

西江月

问讯湖边春色，重来又是三年。东风吹我过湖船，杨柳丝丝拂面[1]。

世路如今已惯，此心到处悠然[2]。寒光亭下水如天，飞起沙鸥一片[3]。

注释　1. 丝丝：形容柳条轻柔细软。2. 悠然：闲适的样子。3. 沙鸥：指栖息沙洲的鸥一类的水鸟。

沈　蔚

沈蔚（生卒年不详），字会宗，吴兴（今浙江吴兴）人。生平不详。存词二十二首。

小重山

花过园林清荫浓。琅玕新脱笋[1]，绿丛丛。雨声只在小池东。闲欹枕，直面芰荷风[2]。

长日敞帘栊。轻尘飞不到，画堂空。一尊今夜与谁同。人如玉，相对月明中。

注释　1. 琅玕：翠竹的美称。2. 芰荷：指菱叶与荷叶。

林　外

林外（生卒年不详），字岂尘，晋江（今福建晋江）人。高宗绍兴三十年（1160）进士，曾官兴化令。其人美风姿，词翰潇爽。有《洞仙歌》词一首。

洞仙歌·垂虹桥

飞梁压水[1]，虹影澄清晓。橘里渔村半烟草[2]。今来古往，物是人非，天地里，唯有江山不老。

雨巾风帽。四海谁知我。一剑横空几番过。按玉龙[3]、嘶未断，

注释　1. 飞梁：指垂虹桥，在苏州城东。2. 烟草：烟雾笼罩的草丛。3. 玉龙：喻指剑。

月冷波寒，归去也、林屋洞天无锁。
认云屏烟障是吾庐[4]，任满地苍苔，
年年不扫。

4. 云屏烟障：被云烟缭绕、遮挡。

辛弃疾

辛弃疾（1140—1207），字幼安，号稼轩。历城（今山东历城）人。绍兴三十一年（1161）率两千民众参加北方抗金义军，次年奉表归南宋，历任湖北、江西、湖南、福建、浙东安抚使等职。曾被劾落职，闲居上饶二十余年。为人豪爽尚气节，其词亦悲壮激烈。有《稼轩长短句》。

游武夷作棹歌呈晦翁[1]（选一）

巨石亭亭缺啮多，
悬知千古也消磨[2]。
人间正觅擎天柱[3]，
无奈风吹雨打何。

注释　1. 棹歌：划船时所唱的歌。棹，船桨，这里代指船。晦翁：朱熹，号晦庵，人称晦翁。2. 亭亭：高耸貌。啮：侵蚀。悬知：预知。3. 觅：寻找。

送剑与傅岩叟

莫邪三尺照人寒，
试与挑灯仔细看[1]。
且挂空斋作琴伴，
未须携去斩楼兰[2]。

注释　1. 莫邪：古代的宝剑名。挑灯：挑亮油灯。2. 楼兰：古代西域的一个国家，这里指北方金国。

江郎山和韵

三峰一一青如削，
卓立千寻不可干[1]。
正直相扶无倚傍，
撑持天地与人看[2]。

注释　1. 一一：一座座。卓立：直立。千寻：形容很高。寻，古代以八尺为一寻。干：冒犯。2. 倚傍：依靠。撑持：支撑。

永遇乐·京口北固亭怀古[1]

千古江山，英雄无觅、孙仲谋处[2]。舞榭歌台，风流总被、雨打风吹去。斜阳草树，寻常巷陌，人道寄奴曾住[3]。想当年，金戈铁马，气吞万里如虎[4]。

元嘉草草[5]，封狼居胥，赢得仓皇北顾[6]。四十三年[7]，望中犹记、烽火扬州路。可堪回首、佛狸祠下[8]，一片神鸦社鼓[9]。凭谁问，廉颇老矣，尚能饭否[10]？

注释　1. 京口：今江苏镇江。北固亭：在镇江城北北固山上，下临长江，三面滨水，形势险要。2. 孙仲谋：即孙权。3. 寄奴：宋武帝刘裕小字寄奴，曾住京口。4."想当年"三句：刘裕曾两度北伐，有气吞胡虏的英雄气概。金戈铁马：形容兵强马壮。5. 元嘉：宋文帝刘义隆的年号（424—453）。6."封狼居胥"二句：宋文帝曾说闻王玄谟论兵，使人有封狼居胥之意。元嘉二十七年（450），宋文帝在没有认真准备的情况下，命王玄谟率兵北伐，却大败而归。封狼居胥：用汉将霍去病典。霍去病曾率军追击匈奴至狼居胥（山名，在今蒙古），在山上筑台祭天而还。7. 四十三年：辛弃疾自绍兴三十二年（1162）奉表南渡至作此词时正是四十三年。8. 佛（bì）狸祠：在今江苏六合县瓜步山。魏太武帝小字佛狸，他击败南朝王玄谟北伐军后，追至瓜步山，于山上建立行宫，后称佛狸。9. 神鸦：吃祭品的乌鸦。社鼓：社日祭神的鼓声。10."凭谁问"三句：典出《史记·廉颇蔺相如列传》，廉颇受谗被疏，赵王有心起用，派使者去了解廉颇的情况，廉颇当着使者的面，一顿饭吃了一斗米、十斤肉，然后披甲上马，以示可用。辛弃疾认为自己和廉颇一样有志报国，然长期赋闲，无人问津，处境还不如廉颇。

摸鱼儿

淳熙己亥[1]，自湖北漕移湖南[2]，同官王正之置酒小山亭[3]，为赋。

更能消[4]、几番风雨，匆匆春又归去。惜春长怕花开早，何况落红无数。春且住。见说道、天涯芳草无归路。怨春不语，算只有殷勤，画檐蛛网，尽日惹飞絮。

长门事，准拟佳期又误，蛾眉曾有人妒。千金纵买相如赋，脉脉此情谁诉[5]？君莫舞。君不见、玉环飞燕皆尘土[6]。闲愁最苦，休去倚危栏，斜阳正在，烟柳断肠处。

注释　1. 淳熙己亥：宋孝宗淳熙六年（1179），辛弃疾时年四十岁。2. 漕移：辛弃疾由湖北转运副使调任湖南转运副使。漕，宋代称转运使为漕司，主管钱粮。3. 同官王正之：王正之于淳熙六年（1179）接替辛弃疾任湖北转运副使，故称“同官”。4. 消：消受，经受。5.“长门事”五句：司马相如《长门赋·序》载汉武帝陈皇后失宠，“别在长门宫，愁闷悲思。闻蜀郡成都司马相如天下工为文，奉黄金百斤，为相如、文君取酒，因于解悲愁之辞。而相如为文以悟主上。陈皇后复得亲幸”。然与历史不符，陈皇后失宠后再也没有得到汉武帝的宠幸。故而词中说陈皇后即使千金买来《长门赋》也没用，因为有人妒忌阻挠，她的痴情仍然无处可诉。6. 玉环：杨贵妃的小名，唐玄宗专宠她一人，但是由于安禄山叛乱，玄宗在马嵬坡忍痛将她赐死。飞燕：指汉成帝的宠妃赵飞燕，后被立为皇后，平帝继位被废为庶人，自杀。玉环、飞燕两人皆善舞，又皆善妒。

水龙吟·登建康赏心亭[1]

楚天千里清秋，水随天去秋无际。遥岑远目，献愁供恨，玉簪螺髻[2]。落日楼头，断鸿声里，

注释　1. 赏心亭：在建康（今南京）城西下水门城上，下临秦淮，是观览胜地。2.“遥岑”三句：指远山看起来像美人插戴的玉簪和螺形的发髻，却处处触发自己的愁恨。遥岑：远山。螺髻：形似螺

江南游子，把吴钩看了[3]，阑干拍遍，无人会、登临意。

休说鲈鱼堪脍，尽西风，季鹰归未[4]？求田问舍，怕应羞见，刘郎才气[5]。可惜流年，忧愁风雨，树犹如此[6]。倩何人，唤取红巾翠袖[7]，揾英雄泪[8]？

壳的发髻。3. 吴钩：古代吴国所产的宝刀。4.“休说”三句：据《晋书·张翰传》，张翰字季鹰，在洛阳时见秋风起，乃思吴中菰菜、莼羹、鲈鱼脍，曰：“人生贵得适志，何能羁宦数千里以要名爵乎？”遂命驾而归。5.“求田”三句：《三国志·魏志·陈登传》记载，许汜向刘备抱怨陈登（字元龙）对待贤士态度很糟糕。刘备听了反而责备许汜道：“君有国士之名，今天下大乱，帝王失所，望君忧国忘家，有救世之意，而君求田问舍，言无可采，是元龙所讳也，何缘当与君语？”6.“可惜”三句：《世说新语·言语》记载，东晋桓温带领队伍北征，路经金城，看到自己为琅琊王时在此栽种的柳树皆已十围，遂感慨道：“树犹如此，人何以堪？”7. 红巾翠袖：此指年轻貌美的女子。8. 揾（wèn）：擦掉。

菩萨蛮・书江西造口壁[1]

郁孤台下清江水[2]，中间多少行人泪[3]。西北望长安[4]，可怜无数山。

青山遮不住，毕竟东流去。江晚正愁余[5]，山深闻鹧鸪[6]。

注释　1. 造口：一称皂口，在今江西万安县西南六十里。2. 郁孤台：在今江西赣州市区。清江：这里指赣江。3. 行人：此指被金兵骚扰流离失所的人。4. 长安：这里代指北宋都城汴京。5. 愁余：使我发愁。6. 鹧鸪：鸟名，叫声悲切，听起来像在说“行不得也，哥哥”，故鹧鸪的叫声象征着忧愁。

祝英台令・晚春

宝钗分[1]，桃叶渡[2]。烟柳暗南浦。怕上层楼，十日九风雨。断肠片片飞红，都无人管，更谁

注释　1. 宝钗分：钗分两股，情人分别时，各执一股作为纪念。2. 桃叶渡：在南京秦淮河岸，晋王献之与妾桃叶作别处。

劝啼莺声住。

鬓边觑，试把花卜心期，才簪又重数[3]。罗帐灯昏，呜咽梦中语。是他春带愁来，春归何处？却不解、带将愁去。

3.“鬓边觑”三句：谓女子不断用所簪花瓣之单双，占卜心中期待的离人归来的日期。

青玉案·元夕[1]

东风夜放花千树，更吹落、星如雨[2]。宝马雕车香满路，凤箫声动[3]，玉壶光转[4]，一夜鱼龙舞[5]。

蛾儿雪柳黄金缕[6]，笑语盈盈暗香去。众里寻他千百度，蓦然回首[7]，那人却在，灯火阑珊处。

注释　1. 元夕：元宵节晚上。2. 花千树、星如雨：形容灯火辉煌。3. 凤箫：即排箫。4. 玉壶：一说喻皎洁明月，一说喻灯。5. 鱼龙：指鱼灯、龙灯。6.“蛾儿”句：指妇女头上戴的各种彩饰。周密《武林旧事》记载：“元夕节物，妇人皆戴珠翠、闹蛾、玉梅、雪柳。”7. 蓦然：猛然，忽然。

破阵子·为陈同甫赋壮词以寄[1]

醉里挑灯看剑，梦回吹角连营。八百里分麾下炙，五十弦翻塞外声[2]，沙场秋点兵。

马作的卢飞快[3]，弓如霹雳弦惊。了却君王天下事[4]，赢得生前

注释　1. 陈同甫：陈亮，字同甫。2.“八百里”二句：谓军营里奏乐啖肉，生活豪迈。八百里：牛名，晋王恺有牛名“八百里驳”。麾下：部下。炙：烤肉。五十弦：指瑟。此泛指乐器。翻：演奏。3. 的卢：额有白斑的烈马。4. 君王天下事：指抗金复国大业。

身后名。可怜白发生。

贺新郎・别茂嘉十二弟

绿树听鹈鴂[1]。更那堪、鹧鸪声住，杜鹃声切。啼到春归无啼处，苦恨芳菲都歇。算未抵[2]、人间离别。马上琵琶关塞黑[3]，更长门、翠辇辞金阙。看燕燕，送归妾[4]。

将军百战身名裂，向河梁、回头万里，故人长绝[5]。易水萧萧西风冷，满座衣冠似雪。正壮士、悲歌未彻[6]。啼鸟还知如许恨[7]，料不啼清泪长啼血。谁共我，醉明月？

注释　1. 鹈鴂（tí jué）：伯劳鸟，常于春分鸣，叫声悲切。2. 算未抵：料想还比不上。3. "马上"句：言昭君辞汉事。据《西京杂记》记载，汉元帝宫人王昭君嫁于匈奴，戎服乘马，提琵琶出塞，入匈奴，被封为"宁胡阏氏"。4. "看燕燕"二句：《诗经・邶风・燕燕》云："燕燕于飞，差池其羽。之子于归，远送于野。瞻望弗及，泣涕如雨。"《毛诗序》认为此诗乃"卫庄姜送归妾也"。5. "将军"三句：指汉代李陵与苏武之别，见《汉书・苏武传》。李陵多次与匈奴交战而终降于匈奴，因此身败名裂。而苏武陷于匈奴十九年终得归汉。临行前，两人诀别。李陵曾作《与苏武诗》："携手上河梁，游子暮何之？"6. "易水"三句：荆轲自燕入秦刺秦王，燕太子与宾客白衣冠送行至易水。荆轲作歌，有"风萧萧兮易水寒，壮士一去兮不复还"之句，事见《史记・刺客列传》。7. 如许：这么多。

西江月・夜行黄沙道中[1]

明月别枝惊鹊[2]，清风半夜鸣蝉。稻花香里说丰年。听取蛙声一片。

七八个星天外，两三点雨山前。旧时茅店社林边[3]。路转溪头忽见。

注释　1. 黄沙：黄沙岭，在江西上饶西。2. "明月"句：谓月光惊动了夜栖的乌鹊。别枝：远枝，斜枝。3. 茅店：茅屋客店。社林：社庙丛林。

念奴娇·书东流村壁[1]

野塘花落，又匆匆过了、清明时节。刬地东风欺客梦[2]，一枕云屏寒怯。曲岸持觞，垂杨系马，此地曾经别。楼空人去，旧游飞燕能说。

闻道绮陌东头[3]，行人曾见，帘底纤纤月[4]。旧恨春江流不尽，新恨云山千叠。料得明朝，尊前重见，镜里花难折。也应惊问：近来多少华发？

注释　1. 东流：今池州有东流县，淳熙五年（1178）稼轩自江西过此。2. 刬（chǎn）地：无端，平白地。3. 绮陌：繁华的街道。4. 纤纤月：喻美人纤细的小脚。

清平乐·村居

茅檐低小，溪上青青草。醉里吴音相媚好[1]，白发谁家翁媪[2]？

大儿锄豆溪东，中儿正织鸡笼。最喜小儿无赖[3]，溪头卧剥莲蓬。

注释　1. 吴音：泛指南方话。相媚好：形容声音柔软悦耳。2. 翁媪（ǎo）：老翁与老妇的并称。3. 无赖：顽皮。

贺新郎

邑中园亭，仆皆为赋此词[1]。一日，独坐停云[2]，水声山色，竞来相娱，意溪山欲援例者，遂作数语，庶几仿佛渊明思亲友之意云[3]。

甚矣吾衰矣[4]。怅平生、交游零落，只今余几。白发空垂三千丈[5]，一笑人间万事。问何物、能令公喜。我见青山多妩媚，料青山、见我应如是。情与貌，略相似。

一尊搔首东窗里。想渊明、停云诗就，此时风味[6]。江左沈酣求名者，岂识浊醪妙理[7]。回首叫、云飞风起。不恨古人吾不见，恨古人、不见吾狂耳[8]。知我者，二三子[9]。

注释　1.“邑中”二句：谓自己在江西铅山县境内游历过的亭园，都为其题写过《贺新郎》词。邑：指铅山县。仆：自称。2.停云：停云堂，在期思山上。3.“庶几”句：陶渊明有《停云》诗四章，其序云：“停云，思亲友也。”词人希望效仿其旨，抒发对亲友的怀念。4.“甚矣”句：语出《论语·述而》：“甚矣吾衰也，久矣吾不复梦见周公。”此处用以表达英雄迟暮之感。5.“白发”句：李白《秋浦歌》：“白发三千丈，缘愁似个长。”此化用其意。6.“一尊”句：用陶渊明《停云》诗“静寄东轩，春醪独抚。良朋悠邈，搔首延伫”意，谓体会到当年写此诗的风味。7.“江左”二句：表面申斥晋室南渡后那些醉中亦求名的名士，实则讽刺南宋醉生梦死的统治者。江左：江东，长江下游以东地区。东晋及南朝相继建都金陵，统辖江左一带。8.“不恨”二句：《南史·张融传》载：“融常叹云：‘不恨我不见古人，所恨古人不见我。’”此化用其意。9.“知我者”二句：意谓知己寥落。

鹧鸪天·鹅湖归病起作[1]

枕簟溪堂冷欲秋，断云依水晚来收。红莲相倚浑如醉，白鸟无言定自愁。

书咄咄[2]，且休休[3]，一丘一壑也风流。不知筋力衰多少，但觉新来懒上楼。

注释　1.鹅湖：鹅湖山，在江西铅山县东北。2.书咄咄：典出《晋书·殷浩传》，殷浩被贬放后，口无怨言，但终日用手指在空中画写“咄咄怪事”四字。咄咄，感叹声。3.休休：闲适貌。唐司空图隐居中条山，建休休亭。

沁园春·带湖新居将成

三径初成[1]，鹤怨猿惊，稼轩未来[2]。甚云山自许，平生意气，衣冠人笑，抵死尘埃[3]。意倦须还，身闲贵早，岂为莼羹鲈脍哉[4]。秋江上，看惊弦雁避[5]，骇浪船回。

东冈更葺茅斋[6]，好都把轩窗临水开。要小舟行钓，先应种柳，疏篱护竹，莫碍观梅。秋菊堪餐，春兰可佩，留待先生手自栽[7]。沉吟久[8]，怕君恩未许，此意徘徊。

注释　1. 三径：三条小路，指称隐者的家园。典出《三辅决录》：西汉末年，兖州刺史蒋诩辞官归隐，于院中特辟三径，经此三径出入，只与高人隐士相交往。2.“鹤怨”二句：谓仙鹤老猿埋怨自己迟迟不来，借以表达自己急于隐退之情。鹤怨猿惊：化用孔稚圭《北山移文》句意：“蕙帐空兮夜鹤怨，山人去兮晓猿惊。”3.“甚云山”四句：谓自己以“云山自许”而未离官场，遭到仕僚们嘲笑。衣冠：代指为官者。抵死：终究。尘埃：指污浊的红尘，即官场。4. 莼羹鲈脍：用张翰事，见前《水龙吟·登建康赏心亭》注解。5. 惊弦雁避：用“惊弓之鸟”的典故，此处比喻词人忧谗畏讥的心态。6. 葺：修建。7.“秋菊”三句：比喻志行高洁。8. 沉吟：深思吟味，迟疑不决。

南乡子·登京口北固亭有怀

何处望神州[1]。满眼风光北固楼。千古兴亡多少事，悠悠。不尽长江滚滚流[2]。

年少万兜鍪[3]。坐断东南战未休[4]。天下英雄谁敌手。曹刘[5]。生子当如孙仲谋[6]。

注释　1. 神州：此处代指被金兵占据的中原地区。2.“不尽”句：化用杜甫《登高》诗：“无边落木萧萧下，不尽长江滚滚来。”3.“年少”句：指孙权十九岁继承其兄孙策的事业，统率成千上万的人马。兜鍪（móu）：俗称头盔，借指兵士。4. 坐断：占据。5. 曹刘：指曹操和刘备，他们与孙权三分天下。6.“生子”句：《三国志·吴主传》注载曹操的感叹：“生子当如孙仲谋，刘景升儿子若豚犬耳。”孙仲谋：孙权的字。

水龙吟・为韩南涧尚书寿甲辰岁[1]

渡江天马南来[2]，几人真是经纶手[3]。长安父老，新亭风景，可怜依旧[4]。夷甫诸人，神州沉陆，几曾回首[5]。算平戎万里，功名本是，真儒事、君知否？

况有文章山斗[6]，对桐阴、满庭清昼[7]。当年堕地[8]，而今试看，风云奔走。绿野风烟，平泉草木，东山歌酒[9]。待他年，整顿乾坤事了，为先生寿。

注释　1. 韩南涧：指韩元吉，字无咎，号南涧，官至吏部尚书。他主张恢复中原，但反对轻举妄动。甲辰岁：宋孝宗淳熙十一年（1184）。2.“渡江”句：此指宋室南渡。3. 经纶手：治国的良才，治理国家的能手。4.“长安”三句：谓中原父老盼望恢复的心情及南渡群臣怀念故国的感伤依旧。新亭风景：典出《世说新语・言语》，后多指怀念故国或忧国伤时的悲愤心情。5.“夷甫”三句：指斥不图恢复进取的统治者。夷甫：西晋丞相王衍之字，其好清谈，不理政事。几曾：何尝。6. 文章山斗：称赞韩元吉的文章有如韩愈。7.“对桐阴”句：韩氏为汴京世族，陈振孙《直斋书录解题》载韩元吉《桐阴旧话》，说是“记其家世旧事，以京师第门有桐木，故云”。8. 堕地：诞生，出生。9.“绿野”三句：谓韩元吉的遭遇如裴度、李德裕、谢安等三位贤臣一样，赋闲在家。绿野：唐朝宰相裴度的别墅绿野堂。风烟：景色。平泉：唐朝宰相李德裕的别墅平泉庄。东山歌酒：《晋书・谢安传》载谢安早年曾隐居会稽之东山，“放情丘壑，然每游赏，必以妓女从”。

丑奴儿・书博山道中壁[1]

少年不识愁滋味，爱上层楼[2]。爱上层楼，为赋新词强说愁。

而今识尽愁滋味，欲说还休。欲说还休，却道天凉好个秋。

注释　1. 博山：在江西广丰西南。2. 层楼：高楼。

鹧鸪天·代人赋[1]

陌上柔条初破芽。东邻蚕种已生些。平冈细草鸣黄犊[2]，斜日寒林点暮鸦。

山远近，路横斜。青旗沽酒有人家[3]。城中桃李愁风雨，春在溪头野荠花[4]。

注释　1.代人赋：谓替别人赋词。2.黄犊：小牛。3.青旗：酒旗。沽酒：买酒。4.“城中”二句：谓城中的桃李禁不住春天的风雨，而溪旁的荠菜野花繁盛，春意盎然。

蝶恋花·戊申元日立春席间作[1]

谁向椒盘簪彩胜[2]。整整韶华，争上春风鬓[3]。往日不堪重记省，为花长把新春恨。

春未来时先借问。晚恨开迟，早又飘零近。今岁花期消息定，只愁风雨无凭准。

注释　1. 戊申：宋孝宗淳熙十五年（1188）。元日立春：正月初一正好又是立春。2. 椒盘：旧俗正月初一日各家以盘盛椒进献家长，号为椒盘。彩胜：古代的一种饰物。立春日用五色纸或绢剪制成小旌旗、燕、蝶、金钱等形状，簪于鬓上，以示迎春。3. 整整：辛弃疾所宠爱的一名吹笛婢，此处借指他家中的年轻人。

鹧鸪天

有客慨然谈功名，因追念少年时事戏作。[1]

壮岁旌旗拥万夫[2]。锦襜突骑渡江初[3]。燕兵夜娖银胡䩮[4]，汉

注释　1. 少年时事：指词人青年时期参加抗金斗争的事。据《宋史·辛弃疾传》记载，辛弃疾青年时率山东义军投耿京，后叛徒张安国杀耿京降金，辛弃疾等带五十骑兵直闯五万人的金营，活捉叛徒

箭朝飞金仆姑[5]。

追往事，叹今吾。春风不染白髭须[6]。都将万字平戎策[7]，换得东家种树书。

张安国交朝廷治罪。2.“壮岁”句：词人二十岁余起兵抗金。3.锦襜：锦绣短衣。突骑：快马骑士。4.“燕兵”句：谓金兵拿着兵器连夜追赶。燕兵：金兵。娖（chuò）：整顿。胡𩌏：箭袋。5.金仆姑：箭名，此指抗金义军之箭。6.“春风”句：指春风吹绿枯草，却不能使白须转黑。7.平戎策：此指辛弃疾所上论平定金人之方略的奏疏，今存《美芹十论》《九议》等。

清平乐·独宿博山王氏庵

绕床饥鼠，蝙蝠翻灯舞[1]。屋上松风吹急雨，破纸窗间自语[2]。

平生塞北江南[3]，归来华发苍颜[4]。布被秋宵梦觉，眼里万里江山[5]。

注释　1.翻灯舞：绕灯飞来飞去。2.“破纸”句：窗间破纸瑟瑟作响，好像在自言自语。3.塞北：泛指中原地区。4.归来：指罢官归隐。华发苍颜：头发花白，面容苍老。5.“布被”二句：谓梦中犹自念念不忘一统大业。

沁园春

灵山齐庵赋[1]，时筑偃湖未成。

叠嶂西驰，万马回旋，众山欲东[2]。正惊湍直下[3]，跳珠倒溅，小桥横截，缺月初弓。老合投闲，天教多事，检校长身十万松[4]。吾庐小，在龙蛇影外，风雨声中[5]。

注释　1.灵山：在江西上饶境内，是一座绵延百余里的大山。2.“叠嶂”三句：谓重叠的山峰本朝向西，忽然转为东向，有如万马回旋之势。3.惊湍：犹急流。4.检校：巡视。5.“吾庐小”三句：谓屋庐在松林中。龙蛇：形容松枝摆动的影子。风雨：形容松枝摇动的声音。

争先见面重重。看爽气朝来三数峰[6]。似谢家子弟，衣冠磊落[7]，相如庭户，车骑雍容[8]。我觉其间，雄深雅健，如对文章太史公[9]。新堤路，问偃湖何日，烟水蒙蒙。

6. 爽气朝来：语出《世说新语·简傲》，王子猷任车骑将军桓冲的参军，桓冲要他处理政务，他只是看着远处，以手版拄颊云："西山朝来，致有爽气。" 7. "似谢家"二句：典出《晋书·谢玄传》："安尝戒约子侄，因曰：'子弟亦何豫人事，而正欲使其佳？'玄曰：'譬如芝兰玉树，欲使其生于庭阶耳。'" 8. "相如"二句：典出《史记·司马相如列传》："相如之临邛，从车骑，雍容闲雅甚都。" 9. "雄深"二句：《新唐书·柳宗元传》载韩愈评柳文曰："雄深雅健，似司马子长。"太史公：指司马迁。

鹧鸪天

着意寻春懒便回[1]，何如信步两三杯？山才好处行还倦，诗未成时雨早催[2]。

携竹杖，更芒鞋，朱朱粉粉野蒿开[3]。谁家寒食归宁女[4]，笑语柔桑陌上来。

注释　1. 懒：指了无情趣。2. "山才"二句：谓人倦难行，急雨催诗。3. 朱朱粉粉：指红的、白的各种颜色。野蒿：谓野草野花。4. 归宁：已出嫁的闺女回娘家探望父母。

西江月·遣兴[1]

醉里且贪欢笑，要愁那得功夫。近来始觉古人书，信着全无是处[2]。

昨夜松边醉倒，问松"我醉如何"。只疑松动要来扶，以手推松曰"去"。

注释　1. 遣兴：排遣情绪。兴，意兴。2. "近来"二句：化用《孟子·尽心下》"尽信书，则不如无书"之意。

太常引·建康中秋为吕叔潜赋[1]

一轮秋影转金波，飞镜又重磨[2]。把酒问姮娥：被白发、欺人奈何[3]？

乘风好去，长空万里，直下看山河。斫去桂婆娑，人道是、清光更多[4]。

注释　1. 吕叔潜：名大虬，作者的朋友。2.“一轮”二句：言明月皎洁，似飞镜重磨。金波：指月。飞镜：喻月。3.“被白发”句：谓白发日增，似有意欺人。4.“斫去”二句：神话传说谓月宫有桂树，更有吴刚伐桂之说。杜甫《一百五日夜对月》诗云：“斫却月中桂，清光应更多。”斫（zhuó）：砍。婆娑：枝叶飘舞貌。

千秋岁·为金陵史致道留守寿[1]

塞垣秋草[2]。又报平安好。尊俎上，英雄表[3]。金汤生气象[4]，珠玉霏谭笑[5]。春近也，梅花得似人难老。

莫惜金尊倒。凤诏看看到[6]。留不住，江东小。从容帷幄去[7]，整顿乾坤了。千百岁，从今尽是中书考[8]。

注释　1. 金陵：又称建康，今南京的别称。史致道：即史正志，江苏丹阳人，宋孝宗乾道三年（1167）知建康府兼行宫留守，又兼沿江水军置制史。史正志一生主张北伐与恢复，是稼轩志同道合的朋友。2. 塞垣：指边境地带。3.“尊俎上”二句：谓祝寿宴席上英雄汇集。4. 金汤：坚固的城池，此指建康。5. 珠玉：此比喻俊杰、英才。霏：飘扬。谭笑：说笑。6. 凤诏：即诏书。7. 帷幄：此借指天子近侧或朝廷。8.“从今”句：谓从此功在史册。

念奴娇

晚风吹雨，战新荷、声乱明

珠苍壁[1]。谁把香奁收宝镜，云锦红涵湖碧[2]。飞鸟翻空，游鱼吹浪，惯趁笙歌席。坐中豪气，看公一饮千石[3]。

遥想处士风流[4]，鹤随人去，老作飞仙伯[5]。茅舍疏篱今在否，松竹已非畴昔。欲说当年，望湖楼下，水与云宽窄。醉中休问，断肠桃叶消息[6]。

注释　1.“晚风”二句：谓雨打新荷，声音如同明珠玉璧相撞。2.“谁把”二句：谓雨后湖面如镜，晚霞如红锦。3. 石（dàn）：容量单位，十斗为一石。4. 处士：指有才德而隐居不仕的人。5.“鹤随”二句：谓隐居修道。6. 桃叶：晋王献之之妾，此代指昔日情人。

汉宫春·立春日

春已归来，看美人头上，袅袅春幡[1]。无端风雨，未肯收尽余寒。年时燕子，料今宵、梦到西园。浑未办，黄柑荐酒，更传青韭堆盘[2]。

却笑东风，从此便熏梅染柳，更没些闲。闲时又来镜里，转变朱颜。清愁不断，问何人会解连环[3]。生怕见花开花落，朝来塞雁先还。

注释　1. 春幡：古俗，立春日女子剪彩纸为燕、蝶、花等形状，或戴在头上，或悬于花枝，以示迎春，叫“春幡”。2. 堆盘：亦称“辛盘”“春盘”，即在盘中盛上大蒜、韭菜等五种带有辛辣味的蔬菜，作为凉菜食用。古时立春日做五辛盘，用黄柑酿酒，称作洞庭春色。3. 解连环：此指解开心中愁绪。

木兰花慢・滁州送范倅[1]

老来情味减，对别酒，怯流年。况屈指中秋，十分好月，不照人圆。无情水都不管，共西风、只管送归船。秋晚莼鲈江上[2]，夜深儿女灯前。

征衫，便好去朝天[3]，玉殿正思贤[4]。想夜半承明[5]，留教视草[6]，却遣筹边[7]。长安故人问我，道寻常、泥酒只依然。目断秋霄落雁，醉来时响空弦[8]。

注释　1. 乾道八年（1172），辛弃疾知滁州，是年中秋范氏去任。范倅：滁州通判范昂。2. 莼鲈：莼菜羹和鲈鱼脍，用张翰事，见前《水龙吟・登建康赏心亭》注解。3. 朝天：指朝见天子。4. 玉殿：皇宫宝殿，代指皇帝。5. 承明：汉有承明庐，为朝官值宿之处。此指南宋宫廷草诏之所。6. 视草：为皇帝起草制诏。7. 筹边：筹划边防军务。8. 响空弦：用“惊弓之鸟”故事。

贺新郎・赋琵琶

凤尾龙香拨，自开元、《霓裳曲》罢，几番风月[1]。最苦浔阳江头客，画舸亭亭待发[2]。记出塞、黄云堆雪。马上离愁三万里，望昭阳、宫殿孤鸿没，弦解语，恨难说[3]。

辽阳驿使音尘绝，琐窗寒、轻拢慢捻[4]，泪珠盈睫。推手含情还却手[5]，一抹《梁州》哀彻。千

注释　1.“凤尾”三句：言杨贵妃善弹琵琶、能歌舞《霓裳羽衣曲》事。据《明皇杂录》记载，杨贵妃的琵琶以龙香板为拨，以檀木为槽，有金缕红纹，尾刻双凤，十分名贵。2.“最苦”二句：用白居易《琵琶行》事。白居易送客浔阳江头，船中遇到一位技艺高超的琵琶女，听了她的弹奏后，青衫被泪染湿。3.“记出塞”五句：此用昭君出塞之典。相传王昭君在去国离家的途中，在马上弹着琵琶诉说离愁，颇为哀怨。昭阳：汉长安未央宫中有昭阳殿，此处泛指汉宫。4. 轻拢慢捻：琵琶演奏手法。5. 推手、却手：弹琵琶的指法。推手前曰琵，引手却曰琶。

古事、云飞烟灭。贺老定场无消息[6]，想沉香亭北繁华歇[7]，弹到此，为呜咽。

6. 贺老：贺怀智，唐朝开元、天宝年间琵琶名手。元稹《连昌宫词》："贺老琵琶定场屋。" 7. "想沉香亭"句：沉香亭是唐代长安兴庆宫里的一组园林式建筑，唐明皇曾偕杨贵妃赏花沉香亭，李白奉命赋《清平调》三首，赞美杨贵妃艳丽的姿容。然杨贵妃最后在马嵬坡兵变中凄惶丧命，故云。

程 垓

程垓（生卒年不详），字正伯，号书舟，眉山（今属四川）人。生平事迹不详，为南宋孝宗朝人，与陆游、尤袤等同时。陆游曾为其题跋，尤袤曾谓其"文过于诗词"。其词作多写羁旅行役、离愁别绪，情意凄婉。

水龙吟

夜来风雨匆匆，故园定是花无几。愁多怨极，等闲孤负，一年芳意。柳困花慵，杏青梅小，对人容易[1]。算好春长在，好花长见，原只是、人憔悴。

回首池南旧事，恨星星[2]、不堪重记。如今但有，看花老眼，伤时清泪。不怕逢花瘦，只愁怕、老来风味。待繁红乱处，留云借月，也须拚醉。

注释　1. 容易：指春光的流逝太觉匆匆。2. 星星：形容鬓发花白。

陈 亮

陈亮（1143—1194），字同甫，婺州永康（今浙江永康）人。为人才气超迈，喜谈兵，议论风生，下笔数千言立就。绍熙五年（1194）举进士第一，未官而卒。有《龙川文集》《龙川词》。

水龙吟·春恨

闹花深处楼台[1]，画帘半卷东风软。春归翠陌，平莎茸嫩[2]，垂杨金浅。迟日催花[3]，淡云阁雨[4]，轻寒轻暖。恨芳菲世界，游人未赏，都付与、莺和燕。

寂寞凭高念远，向南楼、一声归雁。金钗斗草，青丝勒马，风流云散。罗绶分香[5]，翠绡封泪[6]，几多幽怨。正消魂，又是疏烟淡月，子规声断[7]。

注释　1. 闹花：盛开的百花。2. 平莎：平整的草。茸嫩：形容初生之草十分柔嫩。3. 迟日：春日昼长，故曰“迟日”。4. 阁雨：把雨止住。阁，同“搁”。5. 罗绶：罗带。6. 翠绡封泪：用唐代名妓灼灼“以软绡多聚红泪密寄”情人裴质之典。7. 子规：即杜鹃鸟。

章良能

章良能（？—1214），字达之，丽水（今浙江丽水）人，居吴兴。孝宗淳熙五年（1178）进士，累官至同知枢密院事、参知政事。间作小词，极有思致，存词一首。

小重山

柳暗花明春事深[1]，小阑红芍药[2]，已抽簪。雨余风软碎鸣禽[3]，迟迟日，犹带一分阴。

往事莫沉吟，身闲时序好，且登临。旧游无处不堪寻，无寻处，惟有少年心。

注释　1. 春事：春意，春色。2. 小阑：矮小的花栏。3. 碎鸣禽：形容鸟鸣声繁杂、纷纭。

张　镃

张镃（1153—1235），字功甫，号约斋，祖籍凤翔（今陕西凤翔），居临安。官至司农少卿。名将张俊之曾孙，词人张炎的曾祖父。文章诗赋，皆有可观。有《南湖集》《玉照堂词》。

满庭芳·促织儿[1]

月洗高梧，露漙幽草[2]，宝钗楼外秋深[3]。土花沿翠，萤火坠墙阴[4]。静听寒声断续，微韵转、凄咽悲沉。争求侣、殷勤劝织，促破晓机心[5]。

儿时曾记得，呼灯灌穴，敛步随音。任满身花影，独自追寻。携向华堂戏斗，亭台小、笼巧妆

注释　1. 促织儿：蟋蟀的别称。姜夔《齐天乐》词序云“丙辰岁，与张功甫会饮张达可之堂。闻屋壁间蟋蟀有声，功甫约余同赋，以授歌者。功甫先成，词甚美”，即指此词。2. 露漙（tuán）：露水很多的样子。3. 宝钗楼：此处泛指华美的楼阁。4. 墙阴：墙角。5. “争求侣”二句：传说蟋蟀鸣叫，一是为了求侣，二是为了促织。《毛诗疏义》谓蟋蟀：“幽州人谓之促织，督促之言也。里语曰：趣织（即促织）鸣，懒妇惊。”

金[6]。今休说，从渠床下，凉夜伴孤吟。

6.“亭台小”句：王仁裕《开元天宝遗事》记载：“每秋时，宫中妃妾皆以小金笼闭蟋蟀，置之枕函畔，夜听其声。民间争效之。”亭台：此指盛蟋蟀的笼子。

宴山亭

幽梦初回，重阴未开，晓色催成疏雨。竹槛气寒，蕙畹声摇[1]，新绿暗通南浦。未有人行，才半启、回廊朱户。无绪，空望极霓旌[2]，锦书难据。

苔径追忆曾游，念谁伴秋千，彩绳芳柱。犀帘黛卷[3]，凤枕云孤[4]，应也几番凝伫。怎得伊来，花雾绕、小堂深处。留住，直到老、不教归去。

注释　1. 畹：古代地积单位，或曰十二亩，或曰三十亩。2. 霓旌：原为皇帝出行仪仗的一种七彩旗，此处借指云霞。3. 犀帘：用犀牛皮制的帘子，泛指精美的帘子。4. 凤枕：泛指香艳精美的枕头。

刘　过

刘过（1154—1206），字改之，自号龙洲道人，吉州太和（今江西泰和）人。胸怀大志，力主抗金，恒以功名自期，却怀才不遇，终身未仕。以“诗侠”名江湖，陆游、辛弃疾、陈亮皆折节与之交。有《龙洲集》《龙洲词》。

夜思中原

中原邈邈路何长，

文物衣冠天一方[1]。
独有孤臣挥血泪，
更无奇杰叫天阊[2]。
关河夜月冰霜重，
宫殿春风草木荒。
犹耿孤忠思报主[3]，
插天剑气夜光芒。

注释　1. 邈邈：遥远。文物：礼乐、典章制度的总称。衣冠：指世家大族。2. 天阊：天门，指皇宫的正门。3. 耿：忠诚。

唐多令

安远楼小集，侑觞歌板之姬黄其姓者[1]，乞词于龙洲道人，为赋此《唐多令》。同柳阜之、刘去非、石民瞻、周嘉仲、陈孟参、孟容，时八月五日也。

芦叶满汀洲，寒沙带浅流。二十年重过南楼。柳下系船犹未稳，能几日，又中秋。

黄鹤断矶头[2]，故人曾到否？旧江山浑是新愁。欲买桂花同载酒，终不似，少年游。

注释　1. 侑觞：劝酒。歌板之姬：指歌妓。2. 黄鹤矶：在今武汉蛇山西北，上有黄鹤楼。矶，临江的山崖。

汪　莘

汪莘（1155—1227），字叔耕，自号方壶居士，休宁（今属安徽）人。有诗名。嘉定间，以布衣上封事，不用，退而筑室柳溪之上，围以方渠，吟咏自适。今存《方壶存稿》。

夏日西湖闲居（选二）

十里湖山苦见招[1]，
柳堤荷荡赤栏桥。
待他朝市人归后，
独泛扁舟吹玉箫[2]。

注释　1. 苦见招：苦苦相邀。2. 朝市：朝廷和集市，指公众聚集的地方。扁舟：小舟。

露冷风清斗柄迁，
芙蕖零落谢家船[1]。
都人正作黄粱梦，
独占西湖明月天[2]。

注释　1. 斗柄迁：即斗转参横，谓北斗星已经转向，参星也打横，表示天色将明。芙蕖：荷花的别称。谢家船：谢三郎的钓鱼船，此人幼好垂钓，后落发为僧。2. 都人：城中的人。黄粱梦：比喻虚幻的人生。“独占”句：明月当空的西湖美好风光，都被我一人占尽。

姜　夔

姜夔（约1155—1209），字尧章，号白石道人，鄱阳（今江西鄱阳）人。早岁孤贫，屡试不中，终身未仕。然才华横溢，工于诗词，擅长书法，精通音律，声名震耀海内，当世名流皆极推重。有《白石道人诗集》《白石道人歌曲》等。

过垂虹[1]

自作新词韵最娇，

注释　1. 垂虹：垂虹桥，在江苏吴江，

小红低唱我吹箫[2]。
曲终过尽松陵路[3]，
回首烟波十四桥。

环如半月，长若垂虹。2. 新词：指作者新作的两首咏梅词《暗香》和《疏影》。小红：范成大的家妓，后随作者归吴兴。3. 松陵：吴江的别称。

除夜自石湖归苕溪[1]（选四）

细草穿沙雪半销，
吴宫烟冷水迢迢[2]。
梅花竹里无人见，
一夜吹香过石桥[3]。

注释　1. 除夜：除夕之夜。石湖：在苏州西南，诗人范成大别墅所在地。苕溪：即湖州的代称。2. 吴宫：春秋时吴国王宫的遗址在苏州。3. 石桥：苏州附近的垂虹桥。

黄帽传呼睡不成[1]，
投篙细细激流冰。
分明旧泊江南岸，
舟尾春风飐客灯[2]。

注释　1. 黄帽：船夫，即黄头郎。旧说土胜水，其色黄，故刺船之郎皆戴黄帽。2. 飐：吹动。

千门列炬散林鸦，
儿女相思未到家[1]。
应是不眠非守岁，
小窗春意入灯花[2]。

注释　1. 炬：火把。散：惊散。“儿女”句：谓儿女们都在叨念爹爹除夕之夜尚未到家。2. 守岁：旧时风俗，除夕之夜终夜不睡，以待天明新年。灯花：旧时，灯爆火花，有报喜之意。此二句谓：孩子们通宵不睡并非是为了除夕守岁，而是在窗下看那预报亲人归来的灯花。

笠泽茫茫雁影微，
玉峰重叠护云衣[1]。
长桥寂寞春寒夜，
只有诗人一舸归[2]。

注释　1. 笠泽：太湖的别称。玉峰：白雪覆盖的山峰。2. 长桥：又名宝带桥，在江苏吴江。诗人：作者自谓。舸：小船。

湖上寓居杂咏[1]（选二）

苑墙曲曲柳冥冥[2]，
人静山空见一灯。
荷叶似云香不断，
小船摇曳入西陵[3]。

注释　1. 湖：指杭州西湖。2. 冥冥：昏暗，指夜晚的柳色。3. 西陵，今浙江萧山。

荷叶披披一浦凉，
青芦奕奕夜吟商[1]。
平生最识江湖味[2]，
听得秋声忆故乡。

注释　1. 披披：散开的样子。浦：水边。“青芦”句：青翠的芦苇夜间临风发出肃杀的声音。吟商：吟唱商音。商，古代五音之一，《礼记·月令》：“孟秋之月，其音商。”故秋风又叫“商风”。2.“平生”句：我平生客寓各地，对漂泊江湖的滋味最有体会。

姑苏怀古[1]

夜暗归云绕柁牙，
江涵星影鹭眠沙[2]。
行人怅望苏台柳，

注释　1. 姑苏：苏州西南有姑苏山，因而苏州也别称姑苏。2. 柁牙：船柁。柁，同“舵”。牙：牙樯，樯即桅杆。

曾与吴王扫落花[3]。

3. 苏台：姑苏台，即吴宫，故址在苏州西南灵岩山。

扬州慢

淳熙丙申至日[1]，余过维扬。夜雪初霁，荠麦弥望。入其城则四顾萧条，寒水自碧，暮色渐起，戍角悲吟；余怀怆然，感慨今昔，因自度此曲。千岩老人以为有《黍离》之悲也[2]。

淮左名都[3]，竹西佳处[4]，解鞍少驻初程。过春风十里，尽荠麦青青。自胡马、窥江去后[5]，废池乔木，犹厌言兵。渐黄昏、清角吹寒，都在空城。

杜郎俊赏[6]，算而今、重到须惊。纵豆蔻词工，青楼梦好，难赋深情。二十四桥仍在[7]，波心荡、冷月无声。念桥边红药，年年知为谁生？

注释　1. 淳熙丙申至日：宋孝宗淳熙三年（1176）冬至日。2. 千岩老人：诗人萧德藻，字东夫，晚年居湖州，自称千岩老人。《黍离》之悲：《诗·王风》有《黍离》篇，据说是东周的大夫看到西周镐京的故宫长满了禾黍，念周室衰微，彷徨不忍去，因作此诗。故“黍离之悲”即指故国之思、亡国之哀。3. 淮左名都：即扬州。宋朝设淮南路，后分为东西两路。淮南东路称淮左，扬州为其首府。4. 竹西：亭名，在扬州城北五里禅智寺侧，环境清幽。5. “自胡马”句：高宗在位期间，金人曾两次大规模南侵。6. 杜郎：指唐代诗人杜牧。7. 二十四桥：在扬州城西门外。《扬州画舫录》云，二十四桥，一名红药桥，即吴家砖桥，古有二十四美人吹箫于此，故名。杜牧《寄扬州韩绰判官》诗云：“青山隐隐水迢迢，秋尽江南草未凋。二十四桥明月夜，玉人何处教吹箫。”

暗　香

辛亥之冬[1]，余载雪诣石湖[2]。止既月[3]，授简索句[4]，且征新声，作此两曲，石湖把玩不已，使二妓肄习之，音节谐婉，乃名之曰《暗香》《疏影》。

旧时月色，算几番照我，梅

注释　1. 辛亥：光宗绍熙二年（1191）。2. 石湖：范成大晚年隐居苏州石湖，自号石湖居士。3. 止既月：停留满一个月。4. 简：纸。

边吹笛。唤起玉人，不管清寒与攀摘。何逊而今渐老[5]，都忘却、春风词笔。但怪得[6]、竹外疏花，香冷入瑶席。

江国，正寂寂。叹寄与路遥，夜雪初积。翠尊易泣[7]，红萼无言耿相忆[8]。长记曾携手处，千树压、西湖寒碧[9]。又片片、吹尽也，几时见得？

5. 何逊：字仲言，南朝梁诗人，曾为扬州法曹，廨舍有梅花一株，常吟咏其下。在扬州有《咏早梅》诗："兔园标物序，惊时最是梅。"后居洛，思梅花，请再往。抵扬州，花方盛开，对花彷徨终日。6. 怪得：惊异。7. 翠尊：翠绿酒杯，这里指酒。8. 红萼：此指梅花。耿：耿然于心，不能忘怀。9."千树"句：宋时杭州西湖上的孤山梅树成林，故云。

疏　影

苔枝缀玉[1]，有翠禽小小，枝上同宿[2]。客里相逢，篱角黄昏，无言自倚修竹。昭君不惯胡沙远，但暗忆、江南江北。想佩环、月夜归来，化作此花幽独[3]。

犹记深宫旧事，那人正睡里，飞近蛾绿[4]。莫似春风，不管盈盈，早与安排金屋。还教一片随波去，又却怨、玉龙哀曲[5]。等恁时、重觅幽香，已入小窗横幅[6]。

注释　1. 苔枝：生有苔藓的梅枝。2."有翠禽"二句：柳宗元《龙城录》记载，隋代开皇年间，赵师雄游罗浮山，日暮在松林间停车休息，见一淡妆素服女子迎候他。与之说话，闻到袭人的芳香。两人遂至酒家共饮，有绿衣童子，笑歌戏舞为他们助兴。后师雄喝醉睡去，第二天天亮后，发现自己在一棵大梅花树下，上有翠鸟鸣叫。3."昭君"四句：化用王建《塞上咏梅》诗"天山路边在株梅，年年花发黄云下。昭君已没汉使回，前后征人谁系马"及杜甫《咏怀古迹五首》其三"一去紫台连朔漠，独留青冢向黄昏。画图省识春风面，环佩空归夜月魂"，将梅花与昭君故事联系起来，叹其红颜薄命。4."犹记"三句：用梅花落在寿阳公主额上，在两眉之间形成梅花妆的故事。蛾绿：指女子之眉。5. 玉龙哀曲：指笛曲《梅花落》。玉龙，笛之异名。6. 横幅：横挂的画幅。

齐天乐

丙辰岁[1]，与张功甫会饮张达可之堂[2]。闻屋壁间蟋蟀有声，功甫约余同赋，以授歌者。功甫先成，词甚美。余徘徊茉莉花间，仰见秋月，顿起幽思，寻亦得此。蟋蟀，中都呼为促织[3]，善斗，好事者或以三二十万钱致一枚，镂象齿为楼观以伫之。

庾郎先自吟愁赋[4]，凄凄更闻私语。露湿铜铺[5]，苔侵石井，都是曾听伊处。哀音似诉，正思妇无眠，起寻机杼。曲曲屏山，夜凉独自甚情绪？

西窗又吹暗雨，为谁频断续，相和砧杵？候馆迎秋，离宫吊月，别有伤心无数。《豳》诗漫与[6]，笑篱落呼灯，世间儿女。写入琴丝，一声声更苦[7]。

注释　1. 丙辰：宁宗庆元二年（1196）。2. 张功甫：即作者友人张镃。张达可：功甫的堂兄弟。3. 中都：京都，此指南宋京城临安（今杭州）。4.“庾郎”句：庾郎指南北朝诗人庾信，其《愁赋》今已不传，仅存零句。此处借指张功甫咏蟋蟀词。5. 铜铺：铜制门环的底座，多制成虎、螭等头形。6.《豳》诗：指《诗经·豳风·七月》“七月在野，八月在宇，九月在户，十月蟋蟀入我床下”句。7.“写入”二句：此处词人自注：“宣政间有士大夫制《蟋蟀吟》。”

念奴娇

余客武陵[1]，湖北宪治在焉。古城野水，乔木参天。余与二三友，日荡舟其间，薄荷花而饮，意象幽闲，不类人境。秋水且涸，荷叶出地寻丈[2]，因列坐其下，上不见日，清风徐来，绿云自动。间于疏处，窥见游人画船，亦一乐也。朅来吴兴[3]，数得相羊荷花中[4]，又夜泛西湖，光景奇绝，故以此句写之。

闹红一舸，记来时、尝与鸳

注释　1. 武陵：今湖南常德。2. 寻丈：将近一丈，约八尺至十尺。寻，古代的长度单位，一寻等于八尺。丈，十尺。古代尺制比现代略小。3. 朅（qiè）来：来到。朅，发语词。4. 相羊：同“徜徉”，指徘徊、流连。

鸯为侣。三十六陂人未到[5]，水佩风裳无数，翠叶吹凉，玉容消酒，更洒菰蒲雨[6]。嫣然摇动，冷香飞上诗句。

日暮，青盖亭亭，情人不见，争忍凌波去？只恐舞衣寒易落，愁入西风南浦。高柳垂阴，老鱼吹浪，留我花间住。田田多少[7]，几回沙际归路。

5. 三十六陂：言水塘极多。三十六，虚指，极言其多。陂，池沼。6. 菰蒲：生于陂塘间的水草。菰，茭白。7. 田田：形容荷叶茂密相连的样子。

长亭怨慢

余颇喜自制曲。初率意为长短句，然后协以律，故前后阕多不同。桓大司马云[1]："昔年种柳，依依汉南。今看摇落，凄怆江潭。树犹如此，人何以堪！"此语余深爱之。

渐吹尽，枝头香絮。是处人家，绿深门户。远浦萦回，暮帆零乱向何许？阅人多矣，谁得似、长亭树？树若有情时，不会得、青青如此。

日暮。望高城不见，只见乱山无数。韦郎去也，怎忘得、玉环分付[2]。第一是早早归来，怕红萼无人为主。算空有并刀[3]，难剪离愁千缕。

注释　1. 桓大司马：东晋桓温，字元子，明帝女婿，官至大司马。2. "韦郎"二句：据《云溪友议》记载，唐代韦皋游江夏，与一位名叫玉箫的婢女有情，临别时以玉指环相赠，并许诺少则五年多则七年一定来娶她。结果过了八年，韦皋仍不至，玉箫遂绝食而死。韦皋后来得到一位歌姬，长得酷似玉箫，中指肉隆起，隐然如玉环。3. 并刀：并州出产的剪刀，以锋利著称。

点绛唇·丁未冬过吴松作[1]

燕雁无心[2]，太湖西畔随云去。数峰清苦，商略黄昏雨[3]。

第四桥边[4]，拟共天随住[5]。今何许？凭栏怀古，残柳参差舞。

注释　1. 丁未：孝宗淳熙十四年（1187）。吴松：江苏吴县。是年春，姜夔由杨万里介绍到苏州去见范成大。2. 无心：没有机心，纯任自然。3. 商略：商量，酝酿。4. 第四桥：《苏州府志》卷三十四《津梁》：“甘泉桥一名第四桥，以泉品居第四也。”5. 天随：唐代诗人陆龟蒙号天随子。

琵琶仙

《吴都赋》云：“户藏烟浦，家具画船。”惟吴兴为然。春游之盛，西湖未能过也。己酉岁[1]，余与萧时父载酒南郭[2]，感遇成歌。

双桨来时，有人似、旧曲桃根桃叶[3]。歌扇轻约飞花，蛾眉正奇绝。春渐远，汀洲自绿，更添了几声啼鴂。十里扬州[4]，三生杜牧[5]，前事休说。

又还是、宫烛分烟[6]，奈愁里、匆匆换时节。都把一襟芳思，与空阶榆荚。千万缕、藏鸦细柳，为玉尊、起舞回雪。想见西出阳关[7]，故人初别。

注释　1. 己酉：孝宗淳熙十六年（1189）。2. 萧时父：萧德藻之侄，姜夔妻族。3. 旧曲：指歌妓聚居之所。桃根桃叶：桃叶是晋王献之妾，桃根是桃叶的妹妹。此指词人在合肥时曾有过的一对姐妹花恋人。4. 十里扬州：语出杜牧《赠别》诗：“春风十里扬州路，卷上珠帘总不如。”5. 三生：谓过去、现在、未来三世人生。6. 宫烛分烟：代指寒食节。7. 西出阳关：语出王维《渭城曲》“劝君更进一杯酒，西出阳关无故人”，为送别之意。

翠楼吟

淳熙丙午冬[1]，武昌安远楼成[2]，与刘去非诸友落之，度曲见志。余去武昌十年，故人有泊舟鹦鹉洲者[3]，闻小姬歌此词，问之，颇能道其事。还吴，为余言之，兴怀昔游，且伤今之离索也。

月冷龙沙[4]，尘清虎落[5]，今年汉酺初赐[6]。新翻胡部曲[7]，听毡幕元戎歌吹[8]。层楼高峙，看槛曲萦红，檐牙飞翠。人姝丽，粉香吹下，夜寒风细。

此地宜有词仙，拥素云黄鹤，与君游戏。玉梯凝望久，但芳草萋萋千里。天涯情味，仗酒祓清愁[9]，花销英气。西山外，晚来还卷，一帘秋霁。

注释　1. 淳熙丙午：宋孝宗淳熙十三年（1186）。时姜夔离汉阳往湖州，经武昌。2. 安远楼：即武昌南楼，在黄鹤楼上。3. 鹦鹉洲：在今武汉市汉阳西南长江中。4. 龙沙：指塞外之地。5. 虎落：遮护城堡或营寨的竹篱。6. 汉酺初赐：汉律，三人以上无故不得聚饮，违者罚金四两。朝廷有庆祝之事，特许臣民会聚欢饮，称赐酺。酺，合聚饮食。7. 胡部曲：唐时西凉地方乐曲，此处泛指少数民族地区传入的音乐。8. 元戎：大军。9. 祓（fú）：消除。

一萼红

丙午人日[1]，余客长沙别驾之观政堂[2]。堂下曲沼，沼西负古垣，有卢橘幽篁[3]，一径深曲。穿径而南，官梅数十株，如椒如菽，或红破白露，枝影扶疏。着屐苍苔细石间[4]，野兴横生，亟命驾登定王台[5]，乱湘流入麓山[6]。湘云低昂，湘波容与，兴尽悲来，醉吟成调。

古城阴，有官梅几许，红萼未宜簪。池面冰胶，墙腰雪老，云意还又沉沉。翠藤共、闲穿径竹，

注释　1. 人日：农历正月初七。2. 长沙别驾：指潭州通判萧德藻。别驾，通判的别称。3. 卢橘：金橘。4. 屐：鞋底装有双齿的木鞋。5. 定王台：在长沙城东，汉长沙定王所筑。6. 乱：横渡。麓山：一名岳麓山，在长沙城西，下临湘江。

渐笑语、惊起卧沙禽。野老林泉，故王台榭，呼唤登临。

南去北来何事，荡湘云楚水，目极伤心。朱户黏鸡[7]，金盘簇燕[8]，空叹时序侵寻[9]。记曾共、西楼雅集，想垂柳、还袅万丝金。待得归鞍到时，只怕春深。

7. 黏鸡：人日有在门上贴画鸡的风俗。《荆楚岁时记》载："人日贴画鸡于户，悬苇索其上，插符于旁，百鬼畏之。" 8."金盘"句：周密《武林旧事》云：立春前一日"后苑办造春盘供进，及分赐贵邸宰臣巨珰，翠缕红丝，金鸡玉燕，备极精巧，每盘值万钱"。金盘：指春盘，立春日取生菜、果品等拼搭的冷盘。9. 侵寻：渐进。

八归·湘中送胡德华

芳莲坠粉，疏桐吹绿，庭院暗雨乍歇。无端抱影销魂处，还见筱墙萤暗[1]，藓阶蛩切。送客重寻西去路，问水面、琵琶谁拨[2]？最可惜、一片江山，总付与啼鴂。

长恨相逢未款，而今何事，又对西风离别？渚寒烟淡，棹移人远，飘渺行舟如叶。想文君望久[3]，倚竹愁生步罗袜。归来后，翠尊双饮，下了珠帘，玲珑闲看月。

注释 1. 筱（xiǎo）墙：竹墙。筱，细竹子，亦称"箭竹"。2."问水面"句：语本白居易《琵琶行》："忽闻水上琵琶声，主人忘归客不发。" 3. 文君：此指胡德华之妻。

踏莎行

自沔东来[1]。丁未元日[2]，至金陵江上，感梦而作。

燕燕轻盈[3]，莺莺娇软[4]，分明又向华胥见[5]。夜长争得薄情知？春初早被相思染。

别后书辞，别时针线，离魂暗逐郎行远[6]。淮南皓月冷千山[7]，冥冥归去无人管。

注释　1. 沔（miǎn）：唐、宋州名，今湖北汉阳（属武汉市），姜夔早岁流寓此地。2. 丁未元日：宋孝宗淳熙十四年（1187）正月初一。3. 燕燕轻盈：形容女子身轻如燕。4. 莺莺娇软：形容女子的声音如黄莺一般婉转娇柔。5. 华胥：美梦。6. 郎行：情郎那边。7. 淮南：指合肥，宋时合肥属淮南路。

鹧鸪天·元夕有所梦

肥水东流无尽期[1]，当初不合种相思。梦中未比丹青见[2]，暗里忽惊山鸟啼。

春未绿，鬓先丝，人间别久不成悲。谁教岁岁红莲夜[3]，两处沉吟各自知。

注释　1. 肥水：即淝水，在今安徽境内，分东西两支，此指东流经合肥入巢湖的一支。2. 丹青：我国古代绘画常用朱红色、青色，故称画为“丹青”。3. 红莲：指元宵花灯。

淡黄柳

客居合肥南城赤阑桥之西，巷陌凄凉，与江左异；惟柳色夹道，依依可怜。因度此曲，以纾客怀[1]。

注释　1. 纾（shū）：排除，宽解。

空城晓角[2]，吹入垂杨陌。马上单衣寒恻恻[3]。看尽鹅黄嫩绿，都是江南旧相识。

正岑寂[4]，明朝又寒食。强携酒、小桥宅[5]，怕梨花落尽成秋色。燕燕飞来，问春何在？惟有池塘自碧。

2. 晓角：早晨的号角。3. 恻恻：与“侧侧”同义，轻寒貌。4. 岑寂：寂静。5. 小桥宅：此指姜夔合肥情人的住处。三国时，东吴乔玄的两个女儿大乔、小乔皆人间绝色。而“乔”姓本作“桥”。这里暗用此典，代指姜夔所爱的姐妹二人。

杏花天影

丙午之冬，发沔口[1]。丁未正月二日[2]，道金陵，北望淮楚，风日清淑，小舟挂席[3]，容与波上。

绿丝低拂鸳鸯浦，想桃叶，当时唤渡。又将愁眼与春风，待去，倚兰桡[4]，更少驻。

金陵路，莺吟燕舞。算潮水知人最苦。满汀芳草不成归，日暮，更移舟、向甚处？

注释　1. 沔口：沔水为汉水上游，汉水入长江处谓之沔口，即今湖北汉口。2. 丁未：淳熙十四年（1187）。3. 挂席：扬帆。4. 兰桡：船桨的美称，代指船。

霓裳中序第一

丙午岁，留长沙，登祝融[1]，因得其祠神之曲，曰《黄帝盐》、《苏合香》[2]。又于乐工故书中得商调《霓裳曲》十八阕，皆虚谱无辞。按沈氏乐律《霓裳》道调[3]，此乃商调。乐天诗云散序六阕[4]，此特

注释　1. 祝融：南岳衡山（在今湖南衡山县北）七十二峰之最高峰。2.《黄帝盐》《苏合香》：祭神的古曲。《黄帝盐》为杖鼓曲，《苏合香》为软舞曲。3. 沈氏

两阕，未知孰是？然音节闲雅，不类今曲。余不暇尽作，作《中序》一阕传于世[5]。余方羁游，感此古音，不自知其辞之怨抑也。

亭皋正望极，乱落江莲归未得。多病却无气力，况纨扇渐疏，罗衣初索。流光过隙，叹杏梁[6]、双燕如客。人何在？一帘淡月，仿佛照颜色。

幽寂，乱蛩吟壁，动庾信、清愁似织。沉思年少浪迹，笛里关山[7]，柳下坊陌。坠红无信息[8]，漫暗水、涓涓溜碧。飘零久、而今何意，醉卧酒垆侧[9]。

乐律：指沈括《梦溪笔谈》卷五《乐律》。4.“乐天”句：白居易《霓裳羽衣歌·和微之》云：“散序六奏未动衣，阳台宿云慵不飞。”5.《中序》：《霓裳》全曲分三大段：散序，六遍；中序，十八遍；曲破，十二遍。6. 杏梁：屋梁的美称。7. 笛里关山：古笛曲有《关山月》，杜甫《洗兵马》诗云：“三年笛里关山月，万国兵前草木风。”8. 坠红：落花。9.“醉卧”句：刘义庆《世说新语·任诞》载，阮籍家附近有一小酒店，女店主颇有姿色，“当垆沽酒”，阮籍常去那里喝酒，“醉，便眠卧其侧”。女店主的丈夫怕阮籍心怀不轨，就监视他的一举一动，却发现他从无越轨行为。

徐照

徐照（？—1211），字道晖，一字灵晖，号山民，永嘉（今浙江温州）人。终身布衣，家贫多病，喜山水，好吟诗。与赵师秀、徐玑、翁卷并称为“永嘉四灵”。有《芳兰轩集》。

石门瀑布[1]

一派从天落，曾经李白看。
千年流不尽，六月地长寒。
洒木喷微沫，冲崖激怒湍[2]。
人言深碧处，常有老龙蟠[3]。

注释　1. 石门：即石门山，在作者故乡永嘉北。山多名胜，瀑布最著名，叶适《宿石门》诗道：“好溪泻百壑，南北倾万峰。”2. 湍：急流的水。3. 徐玑有《题石门洞》：“洞里龙为宅，溪边石作门。”

江心寺[1]

两寺今为一[2]，僧多外国人。
流来天际水[3]，截断世间尘。
鸦宿腥林径，龙归损塔轮[4]。
却疑成片石，曾坐谢公身[5]。

注释　1. 江心寺：在浙江温州北瓯江中一个孤岛江心屿上。2. 两寺：指龙翔、兴庆二寺院，后合二为一。3. 天际水：指瓯江之水。4. 塔轮：宝塔顶上的装饰物。5. 谢公：指南朝诗人谢灵运，曾为永嘉太守。

俞国宝

俞国宝（生卒年不详），临川（今属江西抚州）人，孝宗淳熙年间为太学生，因《风入松》词为太上皇赵构所赏，释褐授官。有《醒庵遗珠集》，不传。存词十三首。

风入松

一春长费买花钱[1]，日日醉湖边。玉骢惯识西湖路，骄嘶过、沽酒楼前。红杏香中箫鼓，绿杨影里秋千。

暖风十里丽人天[2]，花压鬓云偏。画船载取春归去，余情付、湖水湖烟。明日重扶残醉，来寻陌上花钿[3]。

注释　1. 买花钱：赏花钱。指花边买醉、席上听歌之事。2. 丽人天：指女子踏青游春的时节，语本唐杜甫《丽人行》："三月三日天气新，长安水边多丽人。"3. 花钿：亦称面花或花子，是古代女子贴在眉间、脸上或鬓发上的一种小装饰。

史达祖

史达祖（生卒年不详），字邦卿，号梅溪，汴梁（今河南开封）人。为宰相韩侂胄堂吏，深受信用，奉行文字，拟帖撰旨，俱出其手。韩败，受黥刑，贬死。以咏物见长，有《梅溪词》。

双双燕・咏燕

过春社了[1]，度帘幕中间，去年尘冷。差池欲住[2]，试入旧巢相并。还相雕梁藻井[3]，又软语商量不定。飘然快拂花梢，翠尾分开红影。

芳径，芹泥雨润[4]，爱贴地争飞，竞夸轻俊。红楼归晚[5]，看足柳昏花暝。应自栖香正稳，便忘了天涯芳信[6]。愁损翠黛双蛾[7]，日日画阑独凭。

注释　1. 春社：春天祭祀土地神的节日，在春分后、清明前，正是春暖花开的季节。相传燕子于春天的社日北来，秋天的社日南归。2. 差（cī）池：燕子飞行时羽毛参差不齐的样子。3. 相（xiàng）：仔细看。藻井：有彩色图案装饰的天花板。4. 芹泥：水边长芹草的泥地。5. 红楼：泛指华美的楼房。6. 天涯芳信：古人有燕子传书之说。7. 翠黛双蛾：指闺中少妇。

绮罗香・咏春雨

做冷欺花，将烟困柳，千里偷催春暮。尽日冥迷，愁里欲飞还住。惊粉重、蝶宿西园，喜泥润、燕归南浦。最妨他、佳约风流，钿车不到杜陵路[1]。

注释　1. 杜陵：在长安城东南，汉宣帝陵墓所在地，唐宋为郊游胜地。

沉沉江上望极，还被春潮晚急，难寻官渡[2]。隐约遥峰，和泪谢娘眉妩[3]。临断岸、新绿生时，是落红、带愁流处。记当日、门掩梨花，剪灯深夜语。

2. 官渡：官府置船以渡行人。3. 谢娘：唐代李德裕有歌妓名谢秋娘，后泛指歌女。

东风第一枝·咏春雪

巧沁兰心，偷粘草甲[1]，东风欲障新暖。谩凝碧瓦难留，信知暮寒犹浅。行天入镜[2]，做弄出、轻松纤软。料故园、不卷重帘，误了乍来双燕。

青未了、柳回白眼[3]，红欲断、杏开素面。旧游忆着山阴[4]，后盟遂妨上苑[5]。寒炉重熨，便放慢、春衫针线。怕凤靴[6]、挑菜归来[7]，万一灞桥相见。

注释　1. 草甲：草皮。2. 行天入镜：喻雪后水面、地面积雪之明净。3. 柳回白眼：早春时初生的柳芽被雪掩盖而泛白称之“白眼”；一说指早春时初生的柳叶如人睡眠初醒。4.“旧游”句：用王子猷雪夜访戴安道事。5.“后盟”句：用汉司马相如赴梁王兔园之宴，因大雪而迟到的故事。6. 凤靴：妇女所穿的饰以凤纹的靴子。7. 挑菜：指踏青。

三姝媚

烟光摇缥瓦[1]，望晴檐多风，柳花如洒。锦瑟横床，想泪痕尘影，

注释　1. 缥瓦：琉璃瓦的别称。

凤弦常下[2]。倦出犀帷[3]，频梦见、王孙骄马。讳道相思，偷理绡裙，自惊腰衩[4]。

惆怅南楼遥夜，记翠箔张灯，枕肩歌罢。又入铜驼[5]，遍旧家门巷，首询声价。可惜东风，将恨与闲花俱谢。记取崔徽模样[6]，归来暗写。

2. 凤弦：即琴弦、音弦。3. 犀帷：以犀牛角装饰的帷帐。4. 衩：指衣裙下摆开口的地方。5. 铜驼：汉代洛阳有铜驼街，乃繁华游乐之地，这里借指南宋京师临安。6. 崔徽：唐代歌妓。元稹《崔徽歌》题注记河中府歌妓崔徽，与裴敬中相恋。既别，徽相思成疾，请画家丘夏写肖像寄敬中，曰："崔徽一旦不及画中人，且为郎死。"不久抱恨病死。

秋 霁

江水苍苍，望倦柳愁荷，共感秋色。废阁先凉，古帘空暮，雁程最嫌风力[1]。故园信息，爱渠入眼南山碧[2]。念上国[3]，谁是、脍鲈江汉未归客[4]。

还又岁晚、瘦骨临风，夜闻秋声[5]，吹动岑寂。露蛩悲、青灯冷屋[6]，翻书愁上鬓毛白。年少俊游浑断得[7]，但可怜处，无奈苒苒魂惊[8]，采香南浦，剪梅烟驿[9]。

注释 1. 雁程：指大雁南飞之行程。2. 渠：它。3. 上国：京师，首都。4. 脍鲈：用张翰事，详见辛弃疾《水龙吟·登建康赏心亭》注解。5. 秋声：西风吹动树木所发出的声音。6. 青灯：油灯发青色的灯光，指油灯。7. 浑：全。断：断绝。8. 苒苒：原指草长势茂盛，也指草木枝叶柔嫩，此处有柔弱之意。9. 剪梅烟驿：用陆凯自江南寄梅花给范晔事，详见舒亶《虞美人（芙蓉落尽天涵水）》注解。

喜迁莺

月波疑滴，望玉壶天近[1]，了无尘隔。翠眼圈花[2]，冰丝织练，黄道宝光相直[3]。自怜诗酒瘦，难应接许多春色。最无赖，是随香趁烛，曾伴狂客。

踪迹，漫记忆，老了杜郎[4]，忍听东风笛。柳院灯疏，梅厅雪在，谁与细倾春碧[5]？旧情拘未定，犹自学当年游历。怕万一，误玉人夜寒帘隙。

注释　1. 玉壶：比喻明月。2. 翠眼圈花：翠眼，疑为绿色罗帛万眼灯；圈花，疑为大型五彩花灯。二者并用，泛指各式花灯。3. 黄道：古人想象中太阳绕地的轨迹，此处借指月光。4. 杜郎：唐代诗人杜牧，此处为作者自指。5. 春碧：指春日新酒，新酿之酒呈绿色，故云。

夜合花

柳锁莺魂，花翻蝶梦[1]，自知愁染潘郎[2]。轻衫未揽，犹将泪点偷藏。念前事，怯流光，早春窥、酥雨池塘[3]。向消凝里，梅开半面，情满徐妆[4]。

风丝一寸柔肠，曾在歌边惹恨，烛底萦香。芳机瑞锦，如何

注释　1. 蝶梦：指梦境。2. 潘郎：西晋诗人潘岳，字安仁，美姿容，辞藻绝丽，尤善为哀诔之文。此为作者自指。3. 酥雨：细雨。4. 徐妆：又称“半面妆”，即只妆半边脸面，左、右颊颜色不一。

未织鸳鸯。人扶醉，月依墙，是当初，谁敢疏狂！把闲言语，花房夜久，各自思量。

玉蝴蝶

晚雨未摧宫树，可怜闲叶，犹抱凉蝉。短景归秋[1]，吟思又接愁边。漏初长、梦魂难禁，人渐老、风月俱寒。想幽欢、土花庭甃[2]，虫网阑干。

无端啼蛄搅夜[3]，恨随团扇[4]，苦近秋莲[5]。一笛当楼，谢娘悬泪立风前。故园晚、强留诗酒，新雁远、不致寒暄。隔苍烟、楚香罗袖，谁伴婵娟。

注释　1. 短景：谓白昼不长。入秋昼短，故云短景。景，日光。2. 庭甃：庭院中的井栏。3. 蛄：蝼蛄，虫名，穴居土中而鸣。4. 恨随团扇：汉成帝妃子班婕妤失宠，作《怨歌行》，又名《团扇歌》："新裂齐纨素，皎洁如霜雪。裁为合欢扇，团团似明月。出入君怀袖，动摇微风发。常恐秋节至，凉飙夺炎热。弃捐箧笥中，恩情中道绝。" 5. 苦近秋莲：莲心苦，故用以作比。

八　归

秋江带雨，寒沙萦水，人瞰画阁愁独[1]。烟蓑散响惊诗思，还被乱鸥飞去，秀句难续。冷眼尽归图画上，认隔岸、微茫云屋。

注释　1. 瞰（kàn）：俯视。

想半属、渔市樵村，欲暮竞然竹[2]。

须信风流未老，凭持尊酒，慰此凄凉心目。一鞭南陌，几篙官渡，赖有歌眉舒绿[3]。只匆匆眺远，早觉闲愁挂乔木。应难奈、故人天际，望彻淮山，相思无雁足[4]。

2. 然竹：以竹烧火。语本唐柳宗元《渔翁》诗："渔翁夜傍西岩宿，晓汲清湘燃楚竹。"3. 歌眉：指歌女。舒绿：指舒展愁眉。绿，古人以青绿色的黛画眉，故此处用眉毛的颜色代指眉。4. 无雁足：指无书信。古代传说雁足可传书，故以之指代书信。

徐玑

徐玑（1162—1214），字致中，又字文渊，号灵渊，永嘉（今浙江永嘉）人。曾任武当和长泰县令，诗学晚唐贾岛、姚合，标榜野逸清瘦之风，以五言律诗见长，为"永嘉四灵"之一，有《泉山集》。

山居

柳竹藏花坞，茅茨接草池[1]。
开门惊燕子，汲水得鱼儿[2]。
地僻春犹静，人闲日自迟[3]。
山禽啼忽住，飞起又相随。

注释　1. 花坞：四周高起中间凹下的花圃。茅茨（cí）：茅屋。2. 汲水：提水，打水。3. 日自迟：指日照时间很长，即春日天长之意。

建剑道中[1]

云麓烟峦知几层[2]，
一湾溪转一湾清。

注释　1. 建剑：建安和剑州，皆在今福建境内。2. 云麓烟峦：云烟笼罩的峰峦。麓：山脚。

行人只在清湾里，
尽日松声杂水声[3]。

3.“行人”二句：行人的身影总是倒映在清澈的溪水中，整天听的都是松涛声和流水声。

翁　卷

翁卷（生卒年不详），字续古，一字灵舒。永嘉（今浙江永嘉）人。布衣终身，隐居田园，以吟咏自适。在“永嘉四灵”中年事最高。有《西岩集》《苇碧轩集》。

乡村四月

绿遍山原白满川，
子规声里雨如烟[1]。
乡村四月闲人少，
才了蚕桑又插田[2]。

注释　1. 子规：即杜鹃。2. 才了：刚刚完毕。

野　望

一天秋色冷晴湾[1]，
无数峰峦远近间。
闲上山来看野水，
忽于水底见青山[2]。

注释　1.“一天”句：满天的秋色映照着寒冷的水湾。2. 野水：野外的溪水。“忽于”句：突然在溪水之底看到了青山的倒影。

林 升

林升（生卒年不详），字梦屏，平阳（今浙江平阳）人。孝宗淳熙时人，擅长诗文。

题临安邸[1]

山外青山楼外楼，
西湖歌舞几时休[2]？
暖风熏得游人醉，
直把杭州作汴州[3]。

注释　1. 临安：南宋都城，今杭州。邸：旅店。2. 休：停罢，停止。3. 熏：吹。直：竟然。汴州：即开封，当年北宋的都城所在地。

戴复古

戴复古（1167—1248？），字式之，号石屏，台州黄岩（今浙江黄岩）人。终生未仕，游历江湖，曾从陆游学诗，诗风质朴自然，在江湖诗派中成就较高。有《石屏集》《石屏词》。

淮村兵后[1]

小桃无主自开花，
烟草茫茫带晓鸦[2]。
几处败垣围故井，
向来一一是人家[3]。

注释　1. 淮村：淮河两岸的村庄。兵后：遭受兵乱之后。2. 带：环绕，飞旋。“烟草”句：暮霭笼罩着荒草，四周飞旋着群鸦。3. 向来：以前。一一：处处。

频酌淮河水[1]

有客游濠梁，频酌淮河水[2]。
东南水多咸，不如此水美。
春风吹绿波，郁郁中原气[3]。
莫向北岸汲[4]，中有英雄泪。

注释　1. 淮河：当时淮河是宋金的分界线。南宋王朝偏安江南，把淮河以北的半壁江山抛置脑后。诗人游览至此，多次喝淮河水，意在表明对中原故国的怀念。2. 有客：诗人自指。濠梁：濠州（今安徽凤阳）的别称，在淮水边上。3. 郁郁：旺盛。4. 汲：取水。

江阴浮远堂[1]

横冈下瞰大江流[2]，
浮远堂前万里愁。
最苦无山遮望眼，
淮南极目尽神州[3]！

注释　1. 江阴：今江苏江阴市。浮远堂：在江阴城北君山上，可俯瞰长江，遥望淮水。2. 横冈：东西走向的山冈，此指君山。3. 极目：放眼远望。神州：指被金人占领的中原。

卢祖皋

卢祖皋（生卒年不详），字申之，又字次夔，号蒲江，永嘉（今浙江永嘉）人。楼钥之甥。庆元五年（1199）进士，累官至将作少监、权直学士院。与同里赵师秀、翁卷等为诗友。乐章甚工，字字协律，浙人皆唱之。有《蒲江词稿》。

江城子

画楼帘幕卷新晴，掩银屏，晓寒轻。坠粉飘香，日日唤愁生。暗数十年湖上路，能几度、著娉婷[1]。

年华空自感飘零，拥春酲，对谁醒？天阔云闲，无处觅箫声。载酒买花年少事[2]，浑不似、旧心情。

注释　1. 著：遭遇。娉婷：原指姿态美好的女子，此借指歌女。2. 载酒买花：指风流韵事。

宴清都·初春

春讯飞琼管[1]，风日薄，度墙啼鸟声乱。江城次第[2]，笙歌翠合，绮罗香暖[3]。溶溶涧渌冰泮[4]，醉梦里，年华暗换。料黛眉[5]、重锁隋堤，芳心还动梁苑[6]。

新来雁阔云音，鸾分鉴影，无计重见。啼春细雨，笼愁淡月，恁时庭院。离肠未语先断，算犹有、凭高望眼。更那堪、衰草连天，飞梅弄晚。

注释　1. 琼管：亦作“璚管”，玉制律管。古代用合于十二律的箫管，分别置葭（芦苇）灰于孔中，封闭室内，以候节气。节气至，则相应律管葭灰飞出。2. 次第：光景，情形。3. 绮罗：指华丽的服饰，代指女人。4. 渌（lù）：清澈。泮：溶解，分离。5. 黛眉：此以美人黛眉比喻柳叶。6. 梁苑：即梁园，又称兔园，在今河南开封市东南，汉梁孝王所建。此泛指华美的园林。

韩　嘐

韩嘐（生卒年不详），字子耕，号萧闲。生平事迹不详。著有《萧闲词》，今不传。存词六首。

高阳台・除夜

频听银签[1]，重燃绛蜡[2]，年华衮衮惊心[3]。饯旧迎新，能消几刻光阴？老来可惯通宵饮？待不眠、还怕寒侵。掩清尊、多谢梅花，伴我微吟。

邻娃已试春妆了[4]，更蜂腰簇翠，燕股横金[5]。勾引东风，也知芳思难禁。朱颜那有年年好，逞艳游、赢取如今。恣登临、残雪楼台，迟日园林。

注释　1. 银签：指漏箭，计时的器具。2. 绛蜡：指红烛。3. 衮衮：形容时光仓促流逝。4. 娃：古代专指美女。5. 蜂腰、燕股：古代妇女剪彩制成的蜂、燕形状的头饰。

严　仁

严仁（生卒年不详），字次山，号樵溪，邵武（今属福建）人。好古博雅，与严羽、严参同称“邵武三严”。存词三十首，半数以上描写闺情，黄昇《花庵词选》评价说：“次山词极能道闺闱之趣。”

玉楼春・春思

春风只在园西畔，荠菜花繁胡蝶乱。冰池晴绿照还空[1]，香径落红吹已断。

意长翻恨游丝短，尽日相思罗

注释　1. 晴绿：指池水。

带缓。宝奁如月不欺人[2]，明日归来君试看。

2. 奁：古代女子梳妆用的镜匣，或盛放梳妆用品的匣子。

赵师秀

赵师秀（1170—1220），字紫芝，又字灵秀，号天乐，永嘉（今浙江永嘉）人。"永嘉四灵"之一。绍熙元年（1190）进士，曾任上元县主簿、筠州推官。好苦吟，才思有限，曾说五律"一篇幸止有四十字，更增一字，吾未如之何矣"。有《清苑斋诗集》。

约　客[1]

黄梅时节家家雨，
青草池塘处处蛙[2]。
有约不来过夜半，
闲敲棋子落灯花。

注释　1. 诗题一作《有约》。2."黄梅"二句：句法出自吕本中《春晚郊居》："低迷帘幕家家雨，淡荡园林处处花。"

雁荡宝冠寺

行向石栏立，清寒不可云。
流来桥下水，半是洞中云。
欲住逢年尽，因吟过夜分[1]。
荡阴当绝顶，一雁未曾闻[2]。

注释　1. 夜分：夜半。2. 荡阴：指绝顶之湖。此二句谓：作者以为到了雁荡总能听见雁声，结果却是相反。

刘克庄

刘克庄（1187—1269），初名灼，字潜夫，号后村，莆田（今属福建）人。宁宗嘉定二年（1209）以荫补将仕郎，后以咏《落梅》诗得祸，闲废十年。官至工部尚书。谥文定。词多感慨世事，为辛派后劲，有《后村先生大全集》。

戊辰纪事[1]

诗人安得有青衫，
今岁和戎百万缣[2]。
从此西湖休插柳，
剩栽桑树养吴蚕[3]。

注释　1. 戊辰：宋宁宗嘉定元年（1208），时宰相韩侂胄当政，草草出兵北伐，结果招致大败。战后求和，每年需向金人交纳大量财货。2. 青衫：古代读书人或一般人穿的衣服。缣：黄绢。此二句谓：朝廷和约赔款的绢帛，达百万之巨，让诗人连青衫也穿不起了。3. 剩：全、都的意思。此二句谓：从今后西湖边上不要再插杨柳了，全种上桑树养蚕，以供政府和戎。此为讽刺。

筑城行

万夫喧喧不停杵，
杵声丁丁惊后土[1]。
遍村开田起窑灶，
望青斫木作楼橹[2]。
天寒日短工役急，
白棒诃责如风雨[3]。
汉家丞相方忧边，
筑城功高除美官[4]。
旧时广野无城处，
而今烽火列屯戍[5]。

注释　1. 杵：筑土用的木槌。丁丁：象声词。后土：土地神。2. 青：树林。斫：砍。楼橹：古代军中用于瞭望敌情的无顶盖楼台。3. 诃：大声叱责。4. 汉家：此代指南宋。除：拜官授职。美官：肥缺。5. 屯戍：边境上的哨所。

君不见高城齾齾如鱼鳞，
城中萧疏空无人[6]！

6. 齾齾（yà yà）：缺齿，这里指城墙高低参差。

早　行

店妪明灯送，前村认未真[1]。
山头云似雪，陌上树如人[2]。
渐觉高星少，才分远烧新[3]。
何烦看堠子，来往暗知津[4]。

注释　1. 妪：老妇。认：辨认。2. 陌：田间小路。3. 远烧：远处燃烧的野火。新：辨认得清晰，犹言天色很早。4. 堠子：标记里程的土堆。知津：识途。"何烦"二句谓：出门多年，不必再看堠子就已经知道路程，有老马识途之意。

和仲弟[1]（选一）

一春檐溜不曾停，
滴破空阶藓晕青[2]。
便是儿时对床雨，
绝怜老大不同听[3]。

注释　1. 仲弟：指刘克逊，亦能诗。2. 藓晕：苔藓上的晕迹。3. 对床雨：指兄弟共处时，倾心而谈的情趣。"绝怜"句：可怜年龄老大时，我们兄弟却不能共听夜雨攀谈。

郊　行

一雨饯残热，忻然思杖藜[1]。
野田沙鹳立[2]，古木庙鸦啼。

注释　1. 饯：饯行，送行。忻（xīn）然：高兴的样子。2. 鹳（guàn）：生长在水边的一种鸟。

失仆迷行路，逢樵负过溪[3]。
独游吾有趣，何必问栖栖[4]？

3. 仆：仆人。樵：砍柴的人。4. 栖栖：忙碌不安。此句意思是何必栖栖遑遑，到处奔波呢！

军中乐[1]

行营面面设刁斗[2]，
帐门深深万人守。
将军贵重不据鞍，
夜夜发兵防隘口[3]。
自言虏畏不敢犯，
射麋捕鹿来行酒。
更阑酒醒山月落，
彩缣百段支女乐[4]。
谁知营中血战人，
无钱得合金疮药[5]！

注释　1. 此诗揭露南宋边将的腐败。辛弃疾《美芹十论・致勇》所说可与之印证：“营幕之间饱暖有不充，而主将歌舞无休时。锋镝之下肝脑不敢保，而主将雍容于帐中。”2. 行营：军营。刁斗：军中打更用的铜器。3. 据鞍：指骑马打仗。隘口：险要关口。4. 彩缣（jiān）：彩色细绢。百段：百匹。支：意为赏赐。女乐：军中歌妓舞女。5. 合：配药。按方配药叫合药。金疮药：治刀剑创伤的药。

苦寒行

十月边头风色恶[1]，
官军身上衣裘薄。
押衣敕使来不来[2]，
夜长甲冷睡难着。
长安城中多热官，

注释　1. 边头：边防。风色恶：天气恶劣。2. 敕使：奉皇帝旨意出门办事的官员。

朱门日高未启关[3]。
重重帏箔施屏山，
中酒不知屏外寒[4]。

3. 长安：这里指南宋的都城临安。热官：达官宠臣。启关：开门。4. 帏：帐幕，帐子。箔：竹帘，门帘。屏山：屏风。中酒：醉酒。

国殇行[1]

官军半夜血战来，
平明军中收遗骸[2]。
埋时先剥身上甲，
标成丛冢高崔嵬[3]。
姓名虚挂阵亡籍，
家寒无俸孤无泽[4]。
乌虖诸将官日穹[5]，
岂知万鬼号阴风。

注释　1. 国殇：为国家作战而牺牲的人。2. 平明：天大亮的时候。3. 冢：坟墓。崔嵬：山高的样子。4. 泽：雨露，引申为恩泽。5. 乌虖：同“呜呼”，感叹词。穹：泛指高大。

贺新郎·端午

深院榴花吐，画帘开，綀衣纨扇[1]，午风清暑。儿女纷纷夸结束[2]，新样钗符艾虎[3]。早已有、游人观渡[4]。老大逢场慵作戏[5]，任陌头、年少争旗鼓。溪雨急，浪花舞。

注释　1. 綀（shū）衣：粗布衣服。綀，粗麻织成的布。纨扇：细绢扇。2. 结束：装束，打扮。3. 钗符：即钗头符，古代女性端午节佩戴的头饰。艾虎：古俗端午节采艾制成虎形的饰物，佩戴之以辟邪气。4. 观渡：观看竞渡之戏。5. 逢场作戏：原指艺人遇到合适的场所就开场表演。后指随事应景，偶尔涉足游戏的事。

灵均标致高如许[6]，忆生平、既纫兰佩[7]，更怀椒糈[8]。谁信骚魂千载后[9]，波底垂涎角黍。又说是、蛟馋龙怒[10]。把似而今醒到了[11]，料当年、醉死差无苦[12]。聊一笑，吊千古。

6. 灵均：屈原之小字。标致：风度。7. 纫兰佩：联缀秋兰而佩带于身，谓清高的道德修养。8. 椒：香料，用以降神。糈：精米，用以祭神。9. 骚魂：屈原的魂魄。屈原曾作《离骚》，故称。10. 蛟馋龙怒：南朝梁《续齐谐记》载："屈原五月五日投汨罗水，楚人哀之，至此日，以竹筒子贮米，投水以祭之。汉建武中，长沙区曲忽见一士人，自云三闾大夫，谓曲曰：'闻君当见祭，甚善。常年为蛟龙所窃，今若有惠，当以楝叶塞其上，以彩丝缠之，此二物蛟龙所禅。'曲依其言。今五月五日作粽，并带楝叶五花丝，遗风也。"11. 把似：假如。12. 差：尚，略。

玉楼春・戏林推[1]

年年跃马长安市[2]。客舍似家家似寄。青钱换酒日无何[3]，红烛呼卢宵不寐[4]。

易挑锦妇机中字[5]。难得玉人心下事。男儿西北有神州，莫滴水西桥畔泪。

注释　1. 林推：作者一位姓林的同乡友人，任节度推官。2. 长安：借指南宋都城临安（今杭州）。3. 无何：没有什么，意谓什么正事都不做。4. 呼卢：古时一种博戏，又叫樗蒲。5. "易挑"句：谓夫妻之情深厚易见。用前秦窦滔因罪徙流沙，其妻苏氏织锦为回文诗以赠的故事。

贺新郎・九日

湛湛长空黑[1]，更那堪、斜风细雨，乱愁如织。老眼平生空四海，赖有高楼百尺[2]。看浩荡、千崖秋色。白发书生神州泪，尽凄凉、

注释　1. 湛湛：深，重，浓。2. 高楼百尺：喻指忧国忘家的志士登临、居住之所。

不向牛山滴[3]。追往事，去无迹。

少年自负凌云笔[4]。到而今、春华落尽[5]，满怀萧瑟。常恨世人新意少，爱说南朝狂客[6]。把破帽、年年拈出。若对黄花孤负酒，怕黄花、也笑人岑寂。鸿去北，日西匿[7]。

3. 牛山：在今山东临淄南。《晏子春秋·内篇谏上》："景公游于牛山，北临其国城而流涕曰：'若何滂滂去此而死乎？'" 4. 凌云笔：豪气凌云之笔墨，大手笔。5. 春华落尽：喻豪气消除。6. 南朝狂客：指孟嘉，详见苏轼《南乡子·重九涵辉楼呈徐君猷》注解。7. 日西匿：日落西山。匿，隐藏。

生查子·元夕戏陈敬叟[1]

繁灯夺霁华[2]，戏鼓侵明发[3]。物色旧时同，情味中年别。

浅画镜中眉[4]，深拜楼西月。人散市声收，渐入愁时节。

注释 1. 陈敬叟：刘克庄友人，名以庄，号月溪。2. 霁华：指明月、月光。3. 明发：破晓，天色发亮。4."浅画"句：用汉京兆尹张敞画眉故事，表示夫妇恩爱。

黄孝迈

黄孝迈（生卒年不详），字德文，号雪舟，福州闽清（今福建福州）人。生平事迹不详。与刘克庄同时而略晚。刘克庄曾赞他"妙才超轶，词采溢出，天设神授"。有《雪舟长短句》，不传。存词二首。

湘春夜月

近清明，翠禽枝上消魂[1]。可惜一片清歌，都付与黄昏。欲共柳花低诉，怕柳花轻薄，不解伤春。念楚乡旅宿，柔情别绪，谁与温存？

空尊夜泣，青山不语，残照当门。翠玉楼前[2]，惟是有、一波湘水，摇荡湘云。天长梦短，问甚时、重见桃根？这次第[3]、算人间没个并刀，剪断心上愁痕。

注释　1. 翠禽：犹言翠鸟，泛指羽毛美丽的小鸟。2. 翠玉楼：指华丽的楼阁。3. 次第：情形。

陆　叡

陆叡（？—1266），字景思，号云西，会稽（今浙江绍兴）人，北宋学者陆佃的五世孙。绍定五年（1232）进士，累官至礼部员外郎、江南东路计度转运副使兼淮西总领。存词三首。

瑞鹤仙

湿云粘雁影，望征路，愁迷离绪难整。千金买光景，但疏钟催晓，乱鸦啼暝。花悰暗省[1]，许多情，相逢梦境。便行云都不归

注释　1. 花悰（cóng）：芳心。悰，心情，情绪。

来，也合寄将音信。

孤迥[2]，盟鸾心在，跨鹤程高[3]，后期无准。情丝待剪，翻惹得旧时恨。怕天教何处，参差双燕，还染残朱剩粉。对菱花[4]、与说相思，看谁瘦损？

2. 孤迥：志意孤高，也有孤单寂寥之意。3. 跨鹤：指驾鹤西游，飞升成仙。4. 菱花：代指镜。

叶绍翁

叶绍翁（生卒年不详），字嗣宗，号靖逸，祖籍建安（今福建建瓯），后嗣于龙泉（今浙江龙泉）叶氏。仕历不详，弃官居西湖。江湖诗派诗人之一，擅长七言绝句，写景记游颇为清新隽永。有《四朝闻见录》，诗多散佚，仅《江湖小集》中存《靖逸小集》一卷。

游园不值

应怜屐齿印苍苔，
小扣柴扉久不开[1]。
春色满园关不住，
一枝红杏出墙来。

注释　1.“应怜”句：想必是爱惜园中的青苔，恐怕我的木屐的齿痕会印在上面，所以不开门。

夜书所见

萧萧梧叶送寒声，

江上秋风动客情[1]。
知有儿童挑促织，
夜深篱落一灯明[2]。

注释　1. 客情：羁旅之情。2. 促织：蟋蟀。篱落：篱笆。

岳王坟[1]

万古知心只老天，
英雄堪恨复堪怜[2]。
如公少缓须臾死，
此虏安能八十年[3]？
漠漠凝尘空偃月，
堂堂遗像在凌烟[4]。
早知埋骨西湖路，
学取鸱夷理钓船[5]。

注释　1. 岳王坟：即岳王墓，在杭州西湖边上栖霞岭下。2.“英雄”句：英雄遇害的遭遇，实在是又可恨又可怜。3. 虏：指金人。八十年：指金人占领中原长达八十年。4. 偃月：落月。凌烟：凌烟阁，唐代楼阁名，其中画开国功臣像。5. 鸱夷：指范蠡，曾自号“鸱夷子皮”，晚年驾舟游五湖。“学取”句：不如学习范蠡驾舟游荡五湖。

吴文英

吴文英（1200？—1260？），本姓翁，过继吴氏，字君特，号梦窗，晚年又号觉翁，四明（今浙江宁波）人。一生未第，游幕终身，流寓苏杭最久。为南宋后期重要词人，词风幽邃绵丽，多写男女缠绵情事。有《梦窗词》。

风入松

听风听雨过清明，愁草瘗花

铭[1]。楼前绿暗分携路，一丝柳、一寸柔情。料峭春寒中酒，交加晓梦啼莺。

西园日日扫林亭，依旧赏新晴。黄蜂频扑秋千索，有当时、纤手香凝。惆怅双鸳不到[2]，幽阶一夜苔生。

注释 1. 草：起草。瘗：埋葬。铭：文体的一种。2. 双鸳：指女子穿的绣有鸳鸯的绣鞋，此处代指女子的足迹。

唐多令·惜别

何处合成愁？离人心上秋[1]。纵芭蕉、不雨也飕飕[2]。都道晚凉天气好，有明月、怕登楼。

年事梦中休，花空烟水流，燕辞归、客尚淹留[3]。垂柳不萦裙带住，漫长是、系行舟。

注释 1. 心上秋：合起来是一"愁"字。2. 飕（sōu）飕：象声词，形容风雨的声音。3."燕辞归"句：用曹丕《燕歌行》"群燕辞归鹄南翔，念君客游思断肠。慊慊思归恋故乡，君何淹留寄他方"诗意。客：作者自指。

八声甘州·灵岩陪庾幕诸公游[1]

渺空烟四远，是何年、青天坠长星。幻苍崖云树，名娃金屋[2]，残霸宫城[3]。箭径酸风射眼[4]，腻水染花腥[5]。时靸双鸳响[6]，廊叶

注释 1. 灵岩：在苏州西南的木渎镇西北，上有春秋时吴国遗迹，山顶有灵岩寺，传为吴王夫差所建馆娃宫遗址。庾幕：僚属的美称，即提举常平司幕府。2. 名娃金屋：言吴王夫差为西施筑馆娃宫事。据汉袁康《越绝书》载：吴人于砚石山置馆娃宫，山上旧传有琴台；又有响屧廊，廊

秋声。

宫里吴王沉醉，倩五湖倦客[7]，独钓醒醒[8]。问苍波无语，华发奈山青。水涵空[9]、阑干高处，送乱鸦、斜日落渔汀。连呼酒，上琴台去，秋与云平。

以楠铺地，中虚而响；西施着木屧（木底鞋）行经廊上，行则有声。下文的“靸”“廊”“琴台”等均与此有关联。名娃：指西施。3. 残霸：吴王夫差先后破越败齐，国势强大，曾一度与晋国称霸中原，后为越国所败，身死国灭，霸业有始无终，故称“残霸”。4. 箭径：即采香径。《吴郡志》云：“灵岩山前有采香径，横斜如卧箭。” 5.“腻水”句：谓吴宫佳丽梳洗的脂粉水流出宫墙，使周围的山花都染上了脂粉的腥腻。腻水：语出杜牧《阿房宫赋》：“渭流涨腻，弃脂水也。”6. 靸（sǎ）：又称作“躧”或“屣”，古代一种无跟的鞋子，相当于现在的拖鞋。7. 五湖倦客：指范蠡。五湖，太湖之别名。8. 独钓醒醒：指范蠡功成身退，隐居江湖，头脑清醒。9. 水涵空：远水连空。

莺啼序·春晚感怀

残寒正欺病酒，掩沉香绣户。燕来晚、飞入西城，似说春事迟暮。画船载、清明过却，晴烟冉冉吴宫树[1]。念羁情、游荡随风，化为轻絮。

十载西湖，傍柳系马，趁娇尘软雾[2]。溯红渐、招入仙溪，锦儿偷寄幽素[3]。倚银屏、春宽梦窄[4]，断红湿、歌纨金缕[5]。暝堤空，轻把斜阳，总还鸥鹭。

幽兰旋老，杜若还生，水乡尚寄旅。别后访、六桥无信[6]，事往花委，瘗玉埋香，几番风雨[7]。

注释　1. 吴宫：此泛指南宋宫苑。临安旧属吴地，五代吴越王在此建都，故云。2. 娇尘软雾：形容西湖景色迷人，游人如云。3. 锦儿：据宋洪遂《侍儿小名录》载，“锦儿”本为钱塘名妓杨爱爱的侍婢，此处指词人的杭州妾。4. 春宽梦窄：春长梦短，指欢聚时间匆促。5. 歌纨：指歌妓歌唱时手执之绢扇。金缕：此指用金线绣成的舞衣。6. 六桥：杭州西湖外湖有映波、锁澜、望山、压堤、东浦、跨虹六桥，为苏轼所建。7.“事往”三句：表面是写暮春风雨摧残花朵，实则隐喻杭州妾不幸亡逝的悲剧。花委：即花萎、花谢。委，同“萎”。玉、香：皆借指美人。

长波妒盼，遥山羞黛，渔灯分影春江宿。记当时、短楫桃根渡[8]，青楼仿佛。临分败壁题诗，泪墨惨淡尘土。

危亭望极，草色天涯，叹鬓侵半苎[9]。暗点检、离痕欢唾，尚染鲛绡，亸凤迷归[10]，破鸾慵舞[11]。殷勤待写，书中长恨，蓝霞辽海沉过雁，漫相思、弹入哀筝柱。伤心千里江南，怨曲重招，断魂在否[12]？

8. 桃根渡：泛指深情男女的送别之地。9. 苎（zhù）：白色的苎麻，此处比喻白发。10. 亸（duǒ）凤：垂翅之凤。亸，下垂，松弛。11. 破鸾：即孤鸾，一说指破镜。12.“伤心”三句：语本《楚辞·招魂》：“目极千里兮伤春心，魂兮归来哀江南。”

祝英台近·除夜立春

剪红情，裁绿意，花信上钗股[1]。残日东风，不放岁华去。有人添烛西窗，不眠侵晓，笑声转、新年莺语。

旧尊俎，玉纤曾擘黄柑[2]，柔香系幽素。归梦湖边，还迷镜中路[3]。可怜千点吴霜[4]，寒消不尽，又相对、落梅如雨。

注释　1. 花信：花信风，应花期而来的风。此处指彩幡。2. 擘：剖分。3. 镜中路：言湖水如镜。4. 吴霜：形容白发。

祝英台近·春日客龟溪游废园[1]

采幽香，巡古苑，竹冷翠微路。斗草溪根[2]，沙印小莲步[3]。自怜两鬓清霜，一年寒食，又身在云山深处。

昼闲度，因甚天也悭春[4]，轻阴便成雨。绿暗长亭，归梦趁风絮。有情花影阑干，莺声门径，解留我霎时凝伫。

注释　1. 龟溪：水名，在今浙江德清县境。2. 斗草：一种游戏，也叫斗百草。3. 小莲步：形容缠过足的女人移动步伐时的模样。4. 悭（qiān）：吝啬。

渡江云·西湖清明

羞红颦浅恨，晚风未落，片绣点重茵[1]。旧堤分燕尾[2]，桂棹轻鸥[3]，宝勒倚残云[4]。千丝怨碧[5]，渐路入仙坞迷津。肠漫回，隔花时见、背面楚腰身。

逡巡[6]，题门惆怅[7]，坠履牵萦[8]。数幽期难准，还始觉留情缘眼，宽带因春[9]，明朝事与孤烟冷，做满湖风雨愁人。山黛暝，尘波澹绿无痕。

注释　1. 重茵：厚席，比喻芳草如茵。2. 燕尾：杭州西湖苏堤与白堤交叉，形如燕尾。3. 桂棹：以桂木为船桨之舟，代指华美的船。4. 宝勒：装饰宝物的马勒，代指良马。勒，马络头。5. 千丝：指柳丝。6. 逡巡：欲进不进，迟疑不决的样子。7. 题门：谓相访而不遇，用吕安题嵇康门事。典出《世说新语·简傲》："嵇康与吕安善，每一相思，千里命驾。安后来，值康不在，喜（嵇康兄）出户延之，不入，题门上作'凤'字而去。"8. 坠履：典出汉贾谊《新书·谕诚》："昔楚昭王与吴人战，楚军败，昭王走，决眦而行失之。行三十步，复旋取屦。及至于隋，左右问曰：'王何曾惜一踦屦乎？'昭王曰：'楚国虽贫，岂爱一踦屦哉！思与偕反也。'自是之后，楚国之俗无相弃者。"此谓对旧物十分珍惜。9. 宽带：身体日渐消瘦。

夜合花·自鹤江入京泊葑门有感[1]

柳暝河桥，莺清台苑，短策频惹春香[2]。当时夜泊，温柔便入深乡[3]。词韵窄[4]，酒杯长。剪蜡花、壶箭催忙[5]。共追游处，凌波翠陌，连棹横塘。

十年一梦凄凉，似西湖燕去，吴馆巢荒[6]。重来万感，依前唤酒银罂[7]。溪雨急，岸花狂，趁残鸦、飞过苍茫。故人楼上，凭谁指与，芳草斜阳？

注释　1. 鹤江：即白鹤溪，在常州武进区境内，与运河相通。吴文英自金陵（今南京）南下，入吴县，过太湖至临安，可经此江。葑门：在苏州城东。2. 策：马鞭。3.“温柔”句：意谓进入相思梦境。典出汉伶玄《飞燕外传》，谓汉成帝宠爱赵合德，称之为温柔乡。4. 词韵窄：形容感情无法用词章表达。5. 壶箭：即漏箭，见前柳永《戚氏》注解。6. 吴馆：指春秋时吴王夫差为西施建造的“馆娃宫”，在苏州灵岩山。此处借指旧日与妾同居处。7. 罂（yīng）：大腹小口的酒器。

霜叶飞·重九

断烟离绪关心事，斜阳红隐霜树。半壶秋水荐黄花，香噀西风雨[1]。纵玉勒、轻飞迅羽，凄凉谁吊荒台古[2]。记醉踏南屏[3]，彩扇咽寒蝉，倦梦不知蛮素[4]。

聊对旧节传杯，尘笺蠹管，断阕经岁慵赋。小蟾斜影转东篱[5]，夜冷残蛩语。早白发、缘愁万缕。

注释　1. 噀（xùn）：含在口里喷水。2. 荒台：彭城（今江苏徐州）戏马台，为楚项羽阅兵处。南朝宋武帝刘裕曾于重阳大会宾僚赋诗于此。此处借指古迹。3. 南屏：南屏山，为杭州西湖名胜。4. 蛮素：白居易家妓樊素和小蛮的合称，此处借指词人的妾。5. 小蟾：上弦月。古称月亮为蟾宫。

惊飙从卷乌纱去，漫细将、茱萸看，
但约明年，翠微高处。

宴清都·连理海棠

绣幄鸳鸯柱[1]。红情密、腻云低护秦树[2]。芳根兼倚，花梢钿合[3]，锦屏人妒。东风睡足交枝[4]，正梦枕、瑶钗燕股[5]。障滟蜡[6]、满照欢丛，嫠蟾冷落羞度[7]。

人间万感幽单，华清惯浴[8]，春盎风露。连鬟并暖，同心共结，向承恩处。凭谁为歌《长恨》？暗殿锁、秋灯夜语。叙旧期、不负春盟，红朝翠暮。

注释　1. 绣幄：绣幕，原指锦绣帷帐，此处借指树冠繁密的花丛。2. 秦树：汉宫苑中的树，有双株海棠，高数十丈。3. 钿合：即钿盒，镶嵌着珠宝金花的首饰盒，有上下两扇。陈鸿《长恨歌传》说唐玄宗与杨贵妃就是以金钗钿合定情。4. 交枝：枝柯相交，亲密有加。5. 燕股：钗有两股如燕尾。6. 滟蜡：形容蜡泪多。7. 嫠蟾：指月中孤独的嫦娥。嫠，指寡妇。蟾，传说月宫中有蟾蜍，此处代指月宫。8. 华清惯浴：用杨贵妃洗浴于华清池温泉事。白居易《长恨歌》云："春寒赐浴华清池，温泉水滑洗凝脂。侍儿扶起娇无力，始是新承恩泽时。"

齐天乐

烟波桃叶西陵路，十年断魂潮尾。古柳重攀，轻鸥聚别，陈迹危亭独倚。凉飔乍起[1]，渺烟碛飞帆[2]，暮山横翠。但有江花，共临秋镜照憔悴[3]。

华堂烛暗送客[4]，眼波回盼处，

注释　1. 飔（sī）：冷风。2. 烟碛：远处迷蒙的沙岸。碛，浅水中沙石或沙洲。3. 秋镜：秋水平如明镜。4. "华堂"句：据《史记·滑稽列传》记载，齐威王客卿淳于髡讲述自己参加热闹的酒会时说："日暮酒阑，合尊促坐，男女同席，履舄交错，杯盘狼藉，堂上烛灭，主人留髡而送客……"此句用其意，指伊人送走宾客，独留作者。

芳艳流水。素骨凝冰[5]，柔葱蘸雪[6]，犹忆分瓜深意。清尊未洗，梦不湿行云，漫沾残泪。可惜秋宵，乱蛩疏雨里。

5. 素骨凝冰：形容美女的肌肤洁白光滑。
6. 柔葱蘸雪：形容美人的手指白皙纤细。

花犯·郭希道送水仙索赋

小娉婷，清铅素靥，蜂黄暗偷晕[1]，翠翘欹鬓[2]。昨夜冷中庭，月下相认，睡浓更苦凄风紧。惊回心未稳，送晓色、一壶葱茜[3]，才知花梦准。

湘娥化作此幽芳[4]，凌波路，古岸云沙遗恨。临砌影，寒香乱、冻梅藏韵。熏炉畔、旋移傍枕，还又见、玉人垂绀鬒[5]。料唤赏、清华池馆[6]，台杯须满引[7]。

注释　1. 蜂黄：也称花黄、额黄，用树脂、蜂蜜或乳汁调制的黄色花粉。2. 翠翘：古代妇女戴的一种首饰，状似翠鸟尾上的长羽，故名。3. 葱茜(qiàn)：颜色青翠，此处指水仙。4. 湘娥：相传舜之二妃娥皇、女英死于江湘之间，人称湘娥。5. 绀(gàn)鬒(zhěn)：美发。绀，青色。鬒，头发稠密且黑。6. 清华池馆：指郭希道家花园。7. 台杯：有托的杯子，套杯。

浣溪沙

门隔花深旧梦游，夕阳无语燕归愁。玉纤香动小帘钩[1]。

落絮无声春堕泪[2]，行云有影

注释　1. 玉纤：指女子白皙纤细的手。2. 落絮：指柳絮随风飘落。

月含羞。东风临夜冷于秋。

浣溪沙

波面铜花冷不收[1]，玉人垂钓理纤钩。月明池阁夜来秋。

江燕话归成晓别，水花红减似春休[2]。西风梧井叶先愁。

注释　1. 铜花：指古代妇女常用的铜镜。因铜镜都刻有花纹，故称铜花。2. 水花：指荷花。

点绛唇·试灯夜初晴[1]

卷尽愁云，素娥临夜新梳洗[2]。暗尘不起，酥润凌波地[3]。

辇路重来[4]，仿佛灯前事。情如水，小楼熏被，春梦笙歌里。

注释　1. 试灯夜：吴俗正月十三日为试灯日。2. 素娥：嫦娥，此指月亮。3. 酥润：指道路为小雨所润湿。4. 辇（niǎn）路：帝王车驾行经之路，也泛指京都大道。辇，帝后所乘车舆。

踏莎行

润玉笼绡，檀樱倚扇，绣圈犹带脂香浅[1]。榴心空叠舞裙红，艾枝应压愁鬟乱。

注释　1. 绣圈：指古代女性脖颈上所戴的绣花圈饰。

午梦千山，窗阴一箭，香瘢新褪红丝腕。隔江人在雨声中，晚风菰叶生秋怨[2]。

2. 菰：俗称茭白，生浅水中，叶细长而尖。

瑞鹤仙

晴丝牵绪乱，对沧江斜日，花飞人远。垂杨暗吴苑[1]，正旗亭烟冷[2]，河桥风暖。兰情蕙盼，惹相思、春根酒畔[3]。又争知、吟骨萦消[4]，渐把旧衫重剪。

凄断。流红千浪，缺月孤楼，总难留燕。歌尘凝扇，待凭信，拚分钿。试挑灯欲写，还依不忍，笺幅偷和泪卷。寄残云、剩雨蓬莱[5]，也应梦见。

注释　1. 吴苑：指春秋时吴王阖闾在苏州所建宫苑。2. 旗亭：指飘扬着旗幡的酒楼。3. 春根：暮春时节。4. 吟骨萦消：憔悴消瘦。5. 蓬莱：仙境，传说中的海上三座仙山之一，此借指伊人居所。

鹧鸪天·化度寺作[1]

池上红衣伴倚阑，栖鸦常带夕阳还。殷云度雨疏桐落[2]，明月生凉宝扇闲。

乡梦窄，水天宽，小窗愁黛

注释　1. 化度寺：佛寺名，《杭州府志》载："化度寺在仁和县北江涨桥，原名'水云'，宋治平二年改。"2. 殷云：浓云。

淡秋山。吴鸿好为传归信，杨柳阊门屋数间[3]。

3. 阊门：苏州城西门。

夜游宫

人去西楼雁杳，叙别梦、扬州一觉[1]。云淡星疏楚山晓。听啼乌，立河桥，话未了。

雨外蛩声早，细织就、霜丝多少[2]？说与萧娘未知道，向长安，对秋灯，几人老？

注释　1.“叙别梦”句：语本杜牧《遣怀》诗：“十年一觉扬州梦，赢得青楼薄幸名。”2. 霜丝：指白发。

潘　牥

潘牥（1205—1246），字庭坚，号紫岩，福州富沙（今福建福州）人。理宗端平二年（1235）进士，历浙西提举常平司、太学正、潭州通判等职。为人才高气劲，读书五行俱下，终身不忘。有《紫岩集》，不传。存词五首。

南乡子·题南剑州妓馆[1]

生怕倚栏干，阁下溪声阁外山。惟有旧时山共水，依然，暮雨朝云去不还。

应是蹑飞鸾，月下时时整佩

注释　1. 南剑州：今福建南平。

环[2]。月又渐低霜又下，更阑，折得梅花独自看。

2. 佩环：妇女衣带上所系的玉质佩饰物，借指女子。

潘希白

潘希白（生卒年不详），字怀古，号渔庄，永嘉（今浙江永嘉）人。理宗宝祐元年（1253）进士，干办临安府节制司公事。恭帝德祐间起史馆检校，不赴。卜居于柳塘，极山水之胜。工诗词，存词一首。

大有·九日

戏马台前[1]，采花篱下[2]，问岁华、还是重九。恰归来、南山翠色依旧。帘栊昨夜听风雨，都不似登临时候。一片宋玉情怀[3]，十分卫郎清瘦[4]。

红萸佩，空对酒。砧杵动微寒，暗欺罗袖。秋已无多，早是败荷衰柳。强整帽檐攲侧[5]，曾经向天涯搔首。几回忆、故国莼鲈[6]，霜前雁后。

注释　1. 戏马台：在今江苏徐州城南，为楚项羽阅兵处。2. 采花篱下：用陶渊明《饮酒》诗其五“采菊东篱下，悠然见南山”诗意。3. 宋玉情怀：指悲秋情绪。4. 卫郎：指西晋卫玠，有羸疾，体不堪劳。5. 帽檐：用孟嘉事，详见苏轼《南乡子·重九涵辉楼呈徐君猷》注解。6. 故国莼鲈：用张翰事，详见辛弃疾《水龙吟·登建康赏心亭》注解。

谢枋得

谢枋得（1226—1289），字君直，号叠山，信州弋阳（今江西弋阳）人。宝祐四年（1256）进士，后以江东提刑、江西招谕使知信州。宋亡，变姓名入建宁唐石山。后被迫北行至大都，不食而死。门人私谥文节，世称叠山先生。有《叠山集》。

武夷山中

十年无梦得还家，
独立青峰野水涯[1]。
天地寂寥山雨歇，
几生修得到梅花[2]？

注释　1.“独立”句：谓自己不受尘俗污染。2. 梅花：古人以梅花耐寒高洁为岁寒三友之一，作者以此慰其志节。

北行别友

雪中松柏愈青青，
扶植纲常在此行[1]。
天下久无龚胜洁，
人间岂独伯夷清[2]。
义高便觉生堪舍，
礼重方知死甚轻[3]。
南八男儿终不屈，
皇天后土眼分明[4]。

注释　1. 纲常：三纲五常的简称，指当时的伦理道德。2. 龚胜：拒绝王莽篡汉，绝食而死。伯夷：商亡后，不食周粟而死。3. 礼：此指忠义。4. 南八：指南霁云，唐代名将，抵抗安禄山叛乱而亡。皇天后土：即指天地。

刘辰翁

刘辰翁（1232—1297），字会孟，号须溪，庐陵（今江西吉安）人。理宗景定三年（1262）进士，以亲老就赣州濂溪书院山长。宋亡以后，隐居著书。诗多感怀时事、伤悼故国。有《须溪集》《须溪词》。

兰陵王·丙子送春[1]

送春去，春去人间无路。秋千外、芳草连天，谁遣风沙暗南浦。依依甚意绪？漫忆海门飞絮[2]。乱鸦过、斗转城荒[3]，不见来时试灯处[4]。

春去谁最苦？但箭雁沉边[5]，梁燕无主[6]，杜鹃声里长门暮。想玉树凋土[7]，泪盘如露[8]。咸阳送客屡回顾，斜日未能度。

春去尚来否？正江令恨别[9]，庾信愁赋[10]，苏堤尽日风和雨。叹神游故国，花记前度。人生流落，顾孺子[11]，共夜语。

注释　1. 丙子：宋恭帝德祐二年（1276）。这年正月，元军攻入临安，掳去恭帝和太后，南宋将亡。2. 海门：临安陷落，南宋宗室、官吏和军队多从海上逃亡。3. 斗转：暗指时代改换。4. 试灯：指元宵节前张灯预赏。5. 箭雁沉边：指元相伯颜将南宋君臣带往北方事。箭雁，受伤的雁，比喻被俘的南宋君臣。6. 梁燕无主：借喻流离失所的南宋士大夫。7. 玉树凋土：比喻亡国。玉树，相传为汉“武帝所作，集众宝为之，以供神也”。8. 泪盘如露：汉武帝造神明台，上有铜人手托盛露铜盘。魏明帝命人将铜人从长安搬到洛阳，在拆卸时，铜人眼中流下泪来。此处表示亡国之痛。9. 江令：南朝梁诗人江淹，曾被罢黜任建安吴兴令，因称江令，著有《别赋》。10. 庾信：南北朝诗人，著有《愁赋》。11. 孺子：小孩子。

宝鼎现

红妆春骑，踏月影、竿旗穿市。望不尽、楼台歌舞，习习香尘莲步底。箫声断、约彩鸾归去[1]，未怕金吾呵醉[2]。甚辇路、喧阗且止，听得念奴歌起[3]。

父老犹记宣和事[4]，抱铜仙、清泪如水。还转盼、沙河多丽[5]。滉漾明光连邸第[6]，帘影冻、散红光成绮[7]。月浸葡萄十里[8]，看往来、神仙才子，肯把菱花扑碎。

肠断竹马儿童[9]，空见说、三千乐指[10]。等多时、春不归来，到春时欲睡。又说向灯前拥髻[11]，暗滴鲛珠坠[12]。便当日亲见《霓裳》，天上人间梦里。

注释　1. 彩鸾：据《宣和书谱》记载，唐书生文萧客寓钟陵，于中秋夜在歌场遇女仙吴彩鸾，二人结为夫妇。萧拙于为生，彩鸾日以小楷书《唐韵》一部，卖了养家。这样过了十年，其后两人一起乘虎入于越王山中，道成升天，后人誉为“神仙眷属”。2. 金吾：古代京城有金吾禁夜制度，唯元宵前后各一日敕许金吾弛禁。金吾，京城近卫部队，负责治安。3. 念奴：唐天宝时著名的歌女。4. 宣和：宋徽宗年号，指承平时期。5. 沙河：杭州南五里有沙河塘，为繁华地区。宋时居民甚盛，歌管不绝。6. 滉（huàng）漾：指水闪动、摇动。滉，水深广的样子。7. 散红光成绮：语本谢朓《晚登三山还望京邑》诗：“余霞散成绮，澄江静如练。”绮，有花纹的丝织品。8. 葡萄：此处形容深碧的水色。9. 竹马儿童：语本李白《长干行》：“郎骑竹马来，绕床弄青梅。”儿童多以竹杖当马骑，后以“竹马儿童”代指少年情郎。10. 三千乐指：三百人的乐队。指，用来计算人数，一人十指。11. 灯前拥髻：意谓感叹今昔。《飞燕外传》作者伶玄有妾名樊通德，会言赵飞燕姊妹故事。一次伶玄听完赵氏姐妹故事后，对通德说：“斯人俱灰灭矣，当时疲精力，驰骛嗜欲蛊惑之事，宁知终归荒田野草乎？”通德闻言，“占袖顾视烛影，以手拥髻，凄然泣下，不胜其悲”。12. 鲛珠：眼泪。

永遇乐

余自乙亥上元[1]，诵李易安《永遇乐》[2]，为之涕下。今三年矣，每闻此词，辄不自堪，遂依其声，又托之易安自喻。虽辞情不及，而悲苦过之。

璧月初晴[3]，黛云远淡，春事谁主？禁苑娇寒，湖堤倦暖，前度遽如许。香尘暗陌，华灯明昼，

注释　1. 乙亥上元：宋恭帝德祐元年（1275）元宵节。2. 李易安：李清照，号易安居士。3. 璧月：以圆形的玉比喻明月。

长是懒携手去。谁知道、断烟禁夜[4]，满城似愁风雨。

宣和旧日，临安南渡，芳景犹自如故。缃帙流离，风鬟三五，能赋词最苦[5]。江南无路，鄜州今夜[6]，此苦又谁知否？空相对、残釭无寐，满村社鼓。

4. 断烟禁夜：指元军实行宵禁，禁止夜行。5.“缃帙”三句：讲述李清照故事。北宋覆亡，李清照追随小朝廷南渡，与其夫赵明诚共同搜集珍藏的珍本古籍书画大多丧失遗落，故云“缃帙流离”。缃帙：包在书卷外的浅黄色封套，此作书卷的代称。6. 鄜（fū）州：地名，今陕西省富县。安史乱时杜甫独在沦陷的长安，思念家人，写下《月夜》诗云：“今夜鄜州月，闺中只独看。”刘辰翁此时与家人离散，以杜甫自比。

摸鱼儿·酒边留同年徐云屋[1]

怎知他、春归何处？相逢且尽尊酒。少年袅袅天涯恨，长结西湖烟柳。休回首，但细雨断桥，憔悴人归后。东风似旧，向前度桃花，刘郎能记[2]，花复认郎否？

君且住，草草留君剪韭[3]，前宵正恁时候。深杯欲共歌声滑，翻湿春衫半袖[4]。空眉皱，看白发尊前，已似人人有。临分把手，叹一笑论文，清狂顾曲[5]，此会几时又？

注释　1. 同年：科举同榜的人。2. 刘郎：即刘禹锡。3. 剪韭：指以粗茶淡饭待客。语本杜甫《赠卫八处士》诗：“夜雨剪春韭，新炊间黄粱。”4. 半袖：又叫“半臂”，唐宋妇女喜穿的一种服装。其形制为短袖，长与腰齐。5. 顾曲：听曲，用周郎顾曲典故。此处指在宴会上听乐。

周 密

周密（1232—1298），字公谨，号草窗，又号四水潜夫、弁阳老人等。祖籍济南（今山东济南），家居吴兴（今浙江吴兴）。端宗景炎元年（1276）为义乌令。入元隐居不仕。诗文皆有成就，有《齐东野语》《武林旧事》《草窗词》等。

高阳台·送陈君衡被召[1]

照野旌旗，朝天车马，平沙万里天低。宝带金章[2]，尊前茸帽风欹[3]。秦关汴水经行地，想登临、都付新诗。纵英游，叠鼓清笳，骏马名姬[4]。

酒酣应对燕山雪，正冰河月冻，晓陇云飞。投老残年，江南谁念方回[5]？东风渐绿西湖岸，雁已还，人未南归。最关情、折尽梅花，难寄相思。

注释　1. 陈君衡：名允平，号西麓，四明人。2. 宝带金章：即随身所带的印绶和官印，突出陈君衡的荣宠显达。3. 茸帽：皮帽。4. 名姬：指有名的美女。5. 方回：贺铸，字方回。黄庭坚诗："解道江南断肠句，只今惟有贺方回。"此以方回自比。

瑶花慢[1]

朱钿宝玦[2]，天上飞琼[3]，比人间春别。江南江北，曾未见，漫拟梨云梅雪。淮山春晚，问谁识、芳心高洁。消几番、花落花开，

注释　1. 题下原有残序："后土之花，天下无二本。方其初开，帅臣以金瓶飞骑进之天上，间亦分致贵邸。余客辇下，有以一枝（下缺）。"2. 朱钿宝玦：比喻琼花的珍贵美丽。3. 飞琼：传说中西王母的侍女，此处借以喻花为天上奇葩。

老了玉关豪杰[4]。

金壶剪送琼枝，看一骑红尘[5]，香度瑶阙。韶华正好，应自喜、初乱长安蜂蝶。杜郎老矣，想旧事、花须能说。记少年、一梦扬州[6]，二十四桥明月[7]。

4. 玉关：玉门关的简称。汉武帝置，因西域输入玉石取道于此而得名，故址在今甘肃敦煌西北小方盘城。5. 一骑红尘：语本唐杜牧《过华清宫绝句》："一骑红尘妃子笑，无人知是荔枝来。"下文的"杜郎"本指杜牧，其实是作者以杜牧自比。6. 一梦扬州：化用杜牧《遣怀》诗："落拓江湖载酒行，楚腰纤细掌中轻。十年一觉扬州梦，赢得青楼薄幸名。"7. 二十四桥：语本杜牧《寄扬州韩绰判官》诗："二十四桥明月夜，玉人何处教吹箫。"

玉京秋

长安独客[1]，又见西风、素月、丹枫，凄然其为秋也，因调夹钟羽一解。

烟水阔，高林弄残照，晚蜩凄切[2]。碧砧度韵[3]，银床飘叶[4]。衣湿桐阴露冷，采凉花，时赋秋雪[5]。叹轻别，一襟幽事，砌虫能说。

客思吟商还怯[6]，怨歌长、琼壶暗缺。翠扇恩疏[7]，红衣香褪[8]，翻成消歇。玉骨西风，恨最恨、闲却新凉时节。楚箫咽，谁寄西楼淡月。

注释　1. 长安：此处借指南宋都城临安（今杭州）。2. 蜩（tiáo）：蝉。3. 碧砧度韵：言妇女在水边浣衣。碧砧，漂没在绿水之中的捣衣石。度韵，指妇女们捣衣时发出的有节奏的声响。4. 银床：石井栏，色白如银。5. 凉花、秋雪：菊花、芦花等秋天开放的花，此处系指芦花。6. 吟商：吟咏秋天。商，五音之一，《礼记·月令》："孟秋之月其音商。"7. 翠扇恩疏：写荷叶稀疏，暗用汉班婕妤《团扇诗》："新裂齐纨素，鲜洁如霜雪。裁为合欢扇，团团似明月。出入君怀袖，动摇微风发。常恐秋节至，凉飙夺炎热。弃捐箧笥中，恩情中道绝。"8. 红衣香褪：形容秋日荷花凋零。红衣，借指荷花。

曲游春

禁烟湖上薄游[1]，施中山赋词甚佳[2]，余因次其韵。盖平时游舫，至午后则尽入里湖，抵暮始出

注释　1. 禁烟：指寒食节。2. 施中山：名岳，字仲山，吴人，作者的朋友。

断桥，小驻而归，非习于游者不知也。故中山亟击节余“闲却半湖春色”之句，谓能道人之所未云。

禁苑东风外，飏暖丝晴絮，春思如织。燕约莺期[3]，恼芳情偏在，翠深红隙。漠漠香尘隔，沸十里、乱丝丛笛。看画船、尽入西泠[4]，闲却半湖春色。

柳陌，新烟凝碧。映帘底宫眉[5]，堤上游勒[6]。轻暝笼寒，怕梨云梦冷，杏香愁幂[7]。歌管酬寒食，奈蝶怨、良宵岑寂。正满湖、碎月摇花，怎生去得?

3. 燕约莺期：比喻恋爱男女之间的约会。4. 西泠：西湖桥名，在孤山西侧。5. 宫眉：指流行的眉样，代指美女。6. 堤上游勒：堤上乘马的游人。7. 愁幂：被愁笼罩。

花犯·水仙花

楚江湄[1]，湘娥再见，无言洒清泪，淡然春意。空独倚东风，芳思谁寄？凌波路冷秋无际。香云随步起，漫记得、汉宫仙掌[2]，亭亭明月底。

冰丝写怨更多情[3]，骚人恨[4]，枉赋芳兰幽芷。春思远，谁叹赏、国香风味[5]？相将共、岁寒伴侣，小窗静，沉烟熏翠被。幽梦觉、涓涓清露，一枝灯影里。

注释　1. 湄：水边，水草交接之处。2. 汉宫仙掌：汉武帝刘彻曾在建章宫前造神明台，上铸铜柱、铜仙人，手掌擎露盘以承接甘露。3. 冰丝：指琴弦。4. 骚人：原指屈原，有《离骚》赞兰芷芬芳。后泛指忧愁失意的文人。5. 国香：指极香的花。

朱嗣发

朱嗣发（1234—1304），字士荣，号雪崖，乌程（今浙江湖州）人。宋亡前，居家奉亲；宋亡后，举充提学学官，不受。存词一首。

摸鱼儿

对西风、鬓摇烟碧，参差前事流水。紫丝罗带鸳鸯结，的的镜盟钗誓[1]。浑不记、漫手织回文[2]，几度欲心碎。安花著蒂，奈雨覆云翻，情宽分窄[3]，石上玉簪脆。

朱楼外，愁压空云欲坠，月痕犹照无寐。阴晴也只随天意，枉了玉消香碎。君且醉，君不见、长门青草春风泪。一时左计[4]，悔不早荆钗[5]，暮天修竹，头白倚寒翠[6]。

注释　1. 的的：明白，昭著。镜盟钗誓：指爱情的盟誓。镜盟，用乐昌公主与徐德言夫妻破镜重圆事。据唐孟棨《本事诗·情感》记载，陈将亡时，陈后主之妹乐昌公主与丈夫徐德言离散前，打破一镜，各持一半，约他日以破镜为据寻访对方。后乐昌公主入越公杨素之家，遣一个老仆到市集卖半镜，徐德言见到，拿出自己的那一半镜子合之，还题诗一首赠给乐昌公主。杨素知道此事后，将乐昌公主归还给徐德言，使他们破镜得以重圆。钗誓，唐陈鸿《长恨歌传》记载，唐明皇与杨贵妃“定情之夕，授金钗钿合以固之”。2. 回文：用苏蕙织锦为回文诗以赠丈夫事。3. 分(fèn)：缘分。4. 左计：失策。5. 荆钗：以荆枝当发钗，指贫家妇人朴陋的装饰。6.“暮天”二句：语本唐杜甫《佳人》诗：“天寒翠袖薄，日暮倚修竹。”

彭元逊

彭元逊（生卒年不详），字巽吾，庐陵（今江西吉安）人。景定二年（1261）参加解试，与刘辰翁相友善。宋亡后不仕，隐居山林。存词二十首。

疏影·寻梅不见

江空不渡，恨蘼芜杜若[1]，零落无数。远道荒寒，婉娩流年[2]，望望美人迟暮[3]。风烟雨雪阴晴晚，更何须[4]、春风千树。尽孤城、落木萧萧，日夜江声流去。

日晏山深闻笛[5]，恐他年流落，与子同赋。事阔心违，交淡媒劳[6]，蔓草沾衣多露[7]。汀洲窈窕余醒寐[8]，遗佩环、浮沉澧浦[9]。有白鸥、淡月微波，寄语逍遥容与[10]。

注释　1. 蘼芜、杜若：皆香草名。2. 婉娩：仪态美好柔顺，此指连绵不断。3. 美人迟暮：以迟暮之美人比喻零落之梅花。4. 须：等待。5. 日晏：天色已晚。6. 交淡媒劳：典出《九歌·湘君》："心不同兮媒劳，恩不甚兮轻绝。"谓两人心意不同，媒人徒劳。7. "蔓草"句：语本《诗·郑风·野有蔓草》："野有蔓草，零露漙兮。有美一人，清扬婉兮。邂逅相遇，适我愿兮。"此处反用其意，谓蔓草多露，阻碍了男女的遇合。词人将他与梅花比喻成没有缘分的恋人，以表达他寻梅不遇的失落。8. 窈窕：美好貌，亦代称美女。9. "遗佩"句：语本屈原《九歌·湘君》："捐余玦兮江中，遗余佩兮澧浦。"佩：玉佩。澧浦：澧水滨。澧水在湖南西北。10. 逍遥容与：自由自在，从容不迫。

六丑·杨花

似东风老大，那复有、当时风气。有情不收[1]，江山身是寄，浩荡何世？但忆临官道，暂来不住，便出门千里。痴心指望回风坠[2]，扇底相逢，钗头微缀。他家万条千缕，解遮亭障驿，不隔江水。

瓜洲曾舣[3]，等行人岁岁。日下长秋，城乌夜起。帐庐好在春睡，共飞归湖上，草青无地。愔愔雨、

注释　1. 有情：语本唐杜甫《白丝行》诗："落絮游丝亦有情，随风照日宜轻举。"此处化用其意，形容杨花承风飘荡。2. 回风：旋风。3. 瓜洲：镇名，又称瓜埠洲，亦作瓜州，在扬州邗江区南部，大运河入长江处。此处泛指渡口。

春心如腻。欲待化、丰乐楼前帐饮，
青门都废[4]。何人念、流落无几。
点点抟作[5]，雪绵松润，为君裛泪[6]。

4. 青门：古长安城门名，此处借指南宋都城。5. 抟：捏之成团。6. 裛（yì）泪：被泪水沾湿。

文天祥

文天祥（1236—1283），初名云孙，字天祥，改字宋瑞，又字履善，号文山，吉安（今属江西）人。宝祐四年（1256）进士第一。历任湖南提刑，知赣州。元兵渡江，起兵勤王。后被俘至元大都，终以不屈被害，封信国公。其诗慷慨激昂，苍凉悲壮，有《文山先生全集》。

扬子江[1]

几日随风北海游，
回从扬子大江头[2]。
臣心一片磁针石，
不指南方不肯休[3]。

注释　1. 扬子江：长江的别称。2. 北海：诗中指北方。回从：回到。3. 磁针石：指南针。南方：宋端宗在福州即位，这里的南方指南宋王朝，代表当时的国家。

金陵驿（选一）

草合离宫转夕晖[1]，
孤云飘泊复何依？
山河风景元无异，
城郭人民半已非[2]。

注释　1. 离宫：行宫。2.“山河”句：化用《世说新语·言语》：“风景不殊，正自有山河之异。”“城郭”句化用《搜神后记》中丁令威化鹤归辽东时所唱的“城郭如故人民非，何不学仙冢累累”。

满地芦花和我老，
旧家燕子傍谁飞？
从今别却江南路，
化作啼鹃带血归[3]。

3. 啼鹃：即杜鹃，相传为古蜀国国王杜宇死后所化，其声凄厉，啼至血出乃止。

过零丁洋[1]

辛苦遭逢起一经，
干戈寥落四周星[2]。
山河破碎风飘絮，
身世浮沉雨打萍。
惶恐滩头说惶恐，
零丁洋里叹零丁[3]。
人生自古谁无死？
留取丹心照汗青[4]！

注释　1. 祥兴二年（1279）正月，南宋最后一个抗元据点厓山（在广东新会南大海中）被攻陷，文天祥前一年底在广东海丰兵败被俘，此时被迫随船同往，十二日过零丁洋作此诗。次日到厓山，元将张弘范逼迫文天祥写信招降宋将张世杰，文天祥以此诗示之，张弘范见诗，遂不再逼。零丁洋：又名伶仃洋，在今广东中山市南。2. 遭逢：遇到朝廷选拔。起一经：指进士及第后进入仕途。文天祥宝祐四年（1256）以明经状元及第。一经，意为精通一种经书。干戈：本是兵器，此指战争。四周星：即四年。文天祥从德祐元年（1275）起兵抗元，至此已有四年。3. 惶恐滩：在今江西万安县，水流湍急，为赣江十八险滩之一。景炎二年（1277），文天祥在江西空坑兵败后曾过惶恐滩退往福建。零丁：孤苦。作者身陷敌手，孤掌难鸣，故自叹“零丁”。这两句巧用地名。4. 汗青：指史册。上古时期用竹简写字为书。制竹简时，先用火烤去竹汗（水分），故称“汗青”。

乱离歌（选一）

有妻有妻出糟糠，
自少结发不下堂[1]。
乱离中道逢虎狼，
凤飞翩翩失其凰[2]。
将雏一二去何方[3]，
岂料国破家亦亡。
不忍舍君罗襦裳[4]，
天长地久终茫茫。
牛女夜夜遥相望[5]，
呜呼一歌兮歌正长。
悲风北来起彷徨！

注释　1. 糟糠：指曾经共患难的妻子。下堂：谓妻妾被丈夫休退。2. 凤、凰：传说中的神鸟。雄谓凤，雌谓凰。翩翩：飞翔貌。3. 雏：幼禽，指幼儿。4. 襦：短衣。裳：下衣，裙子。5. 牛女：牛郎、织女。

王沂孙

王沂孙（1240？—1310？），字圣与，号碧山，又号中仙、玉笥山人，会稽（今浙江绍兴）人。入元后，曾一度出任庆元路学正。善文词，与周密、张炎等十四人结社作词，借咏物抒写亡国之痛。有《花外集》。

天香·龙涎香[1]

孤峤蟠烟[2]，层涛蜕月，骊宫夜采铅水[3]。汛远槎风[4]，梦深薇露[5]，化作断魂心字[6]。红瓷候火[7]，

注释　1. 龙涎香：一种名贵香料，素有“天香”“香料之王”等美誉。2. 峤：山锐而高，此处指海中礁石。蟠：盘曲而伏。3. 骊宫：骊龙所居之处。铅水：原指金铜仙人的泪水，此处借指龙涎。4. 槎（chá）：木筏。5. 薇露：蔷薇花制成的香

还乍识、冰环玉指[8]。一缕萦帘翠影，依稀海天云气。

几回殢娇半醉[9]，剪春灯、夜寒花碎。更好故溪飞雪，小窗深闭。荀令如今顿老，总忘却、尊前旧风味。漫惜余熏，空篝素被[10]。

水。《香谱》说制龙涎香时须取龙涎与蔷薇水共同研和。6. 心字：香名，以香末萦篆成心字，故云。7. 红瓷候火：《香谱》说制龙涎香，须用“慢火焙，稍干带润，入瓷合窨”。红瓷，存放龙涎香的红色瓷盒。候火，焙制时需要守候的适当文火。8. 冰环玉指：龙涎香制成的香饼形状如环如指。9. 殢娇：指故意撒娇缠人。此处形容香烟缠绕。10. 篝：熏笼。

眉妩·新月

渐新痕悬柳，淡彩穿花，依约破初暝[1]。便有团圆意，深深拜[2]，相逢谁在香径？画眉未稳，料素娥、犹带离恨。最堪爱、一曲银钩小[3]，宝帘挂秋冷[4]。

千古盈亏休问，叹漫磨玉斧[5]，难补金镜[6]。太液池犹在[7]，凄凉处、何人重赋清景？故山夜永[8]，试待他、窥户端正[9]。看云外山河[10]，还老尽、桂花影。

注释　1. 依约：仿佛。初暝：指天刚黑下来。2. 深深拜：古代有妇女拜新月的风俗。3. 银钩：比喻新月。4. 宝帘：这里指夜幕。5. 漫：同“谩”，徒然。玉斧：传说月由七宝合成，其凸处，常有八万二千户以斧凿修补之。6. 金镜：指月亮。7. 太液池：本汉唐宫内池名，这里泛指宋宫苑池沼。宋太祖曾在后池赏新月，召学士卢多逊作咏月诗，诗云：“太液池边看月时，好风吹动万年枝。谁家玉匣开新镜，露出清光些子儿。”此处暗用其事，感叹宋时盛世难以重现。8. 故山：故国。夜永：夜长。9. 端正：形容月正圆。10. 云外山河：暗指故国山河。

齐天乐·蝉

一襟余恨宫魂断[1]，年年翠阴

注释　1. 宫魂：相传蝉为宫中王后魂魄所化，故称。五代马缟《中华古今庭树。乍咽凉柯[2]，还移暗叶，重把离愁深诉。西窗过雨，怪瑶佩流空[3]，玉筝调柱[4]。镜暗妆残，为谁娇鬓尚如许[5]？

铜仙铅泪似洗，叹移盘去远，难贮零露[6]。病翼惊秋，枯形阅世[7]，消得斜阳几度？余音更苦，甚独抱清商[8]，顿成凄楚。漫想熏风[9]，柳丝千万缕。

注》记载："昔齐后忿而死，尸变为蝉，登庭树嘒唳而鸣，王悔恨，故世名蝉为齐女焉。"2. 乍：刚，才。咽：呜咽，形容蝉声悲切。凉柯：秋天的树枝。3. 瑶佩：美玉制成的佩饰。4. 调柱：调弄弦柱，指弹筝。5. 娇鬓：指娇美的蝉鬓。蝉鬓是古代妇女鬓发式样的一种，似蝉翼之薄，又因蝉身黑而光润，故称。6."铜仙"三句：用汉捧承露盘铜仙故事。7. 枯形：枯槁的形骸。典出晋孙楚《蝉赋》："翼如罗缠，形如枯槁。"8. 商：五音之一，这里形容蝉鸣清雅高洁。9. 熏风：东南风，和风。此处借指南宋盛世。

长亭怨慢·重过中庵故园[1]

泛孤艇、东皋过遍[2]，尚记当日，绿阴门掩。屐齿莓苔[3]，酒痕罗袖事何限？欲寻前迹，空惆怅、成秋苑。自约赏花人，别后总、风流云散[4]。

水远，怎知流水外，却是乱山尤远。天涯梦短，想忘了、绮疏雕槛[5]。望不尽、冉冉斜阳，抚乔木[6]、年华将晚。但数点红英，犹识西园凄婉。

注释　1. 中庵：作者友人。2. 东皋：泛指田野或高地。3. 屐齿：《急就篇》颜师古注："屐者，以木为之，而施两齿，可以践泥。"4. 风流云散：各自分散。语本晋王粲《赠蔡子笃》诗："风流云散，一别如雨。"5. 绮疏雕槛：雕刻成空心花纹的窗户和栏杆，形容华丽的门户。6. 抚乔木：含有怀念故国之意。典出《孟子·梁惠王下》："所谓故国者，非谓有乔木之谓也，有世臣之谓也。"

高阳台·和周草窗寄越中诸友韵[1]

残雪庭阴，轻寒帘影，霏霏玉管春葭[2]。小贴金泥[3]，不知春在谁家？相思一夜窗前梦[4]，奈个人[5]、水隔天遮。但凄然、满树幽香，满地横斜。

江南自是离愁苦，况游骢古道，归雁平沙。怎得银笺[6]，殷勤与说年华。如今处处生芳草，纵凭高、不见天涯。更消他，几度东风，几度飞花。

注释 1. 周草窗：周密，号草窗。周密和王沂孙是经常词赋相和的朋友。2. 玉管春葭：详见卢祖皋《宴清都·初春》注解。3. 小贴金泥：用泥金纸写的宜春帖子。古代风俗，立春日贴“宜春帖子”，帖子上或写“宜春”二字，或写诗句。4.“相思”句：唐卢仝《有所思》诗有“相思一夜梅花发，忽到窗前疑是君”，原为思念美人而作。此处化用之，表达对故人的深切怀念。5. 个人：指周密。6. 银笺：对信笺的美称。

法曲献仙音·聚景亭梅次草窗韵[1]

层绿峨峨[2]，纤琼皎皎[3]，倒压波痕清浅。过眼年华，动人幽意，相逢几番春换。记唤酒寻芳处，盈盈褪妆晚。

已消黯，况凄凉、近来离思，应忘却、明月夜深归辇[4]。荏苒一枝春[5]，恨东风、人似天远。纵有

注释 1. 聚景亭：南宋都城临安（今杭州）清波门外有聚景园，亭在园中。2. 层绿：指绿梅。峨峨：高峻貌。3. 纤琼：纤细娇弱的白梅。4.“明月”句：南宋皇室游幸聚景园，流连忘返，皇帝、皇后乘辇夜归。吴自牧《梦粱录》卷十九“园囿”：“显应观西斋堂观南聚景园，孝、光、宁三帝尝幸此，岁久芜圮，迨今仅存一堂两亭耳，堂扁曰‘鉴远’，亭曰‘花光’，一亭无扁，植红梅。”故词人通过“夜深归辇”四字轻轻点出今昔盛衰之感，表达江山易主的遗恨。5. 一枝春：指梅花。

残花，洒征衣、铅泪都满。但殷
勤折取，自遣一襟幽怨。

汪元量

汪元量（1241—1317？），字大有，号水云、楚狂，自称江南倦客，钱塘（今浙江杭州）人。入宫廷为琴师，宋亡后，与谢太后同被俘至大都。后以黄冠南归。其诗以亲身经历写亡国史实，风格苍凉沉郁，有《湖山类稿》《水云集》。

醉歌[1]（选二）

淮襄州郡尽归降，
鼙鼓喧天入古杭[2]。
国母已无心听政，
书生空有泪成行[3]。

注释　1. 宋恭帝德祐二年（1276）春，元兵攻陷临安。当时宋恭帝年仅六岁，其祖母谢太后和母亲全太后垂帘听政，派人向元军统帅伯颜献上传国玺和降表。汪元量闻此，写下十首《醉歌》。醉歌：取借酒浇愁之意，皆宋末史事，据事直书，而微辞自见。2. 鼙鼓：古代军中用的一种小鼓，这里指战鼓。古杭：指南宋都城临安。3. 国母：指谢太后。无心听政：这里是投降的饰称。书生：作者自指。

乱点连声杀六更，
荧荧庭燎待天明[1]。
侍臣已写归降表，
臣妾佥名谢道清[2]。

注释　1. 此首写谢太后签署降表时的情景。乱点：指打更的梆子声和鼓声短促零乱。杀：同“煞”，过了、完结之意。六更：宋代宫中有打六更的制度。打过六更，始开宫门，百官入朝。荧荧：形容光线微弱。庭燎：庭中的火炬。2. 臣妾：古代妇女对君上的谦称。佥名：同“签名”。谢道清：即谢太后。她以“国母”之尊向元主上降表，却自称“臣妾”，这本身就是极大的屈辱。

湖州歌[1]（选三）

一掬吴山在眼中，
楼台叠叠间青红[2]。
锦帆后夜烟江上，
手抱琵琶忆故宫[3]。

注释　1. 湖州歌：德祐二年（1276）三月，元兵攻陷临安后，将宋皇室后妃和宫女、乐官等掳掠北去，汪元量也被押同行。途中他写了九十八首诗史式的《湖州歌》，记录了北迁的见闻和感受。2. 一掬（jū）：一捧。远望吴山，山形很小，仿佛只有"一掬"。吴山：即杭州西南的胥山，一名城隍山。间（jiàn）：间隔。3. 锦帆：隋炀帝游江都时所乘龙舟用锦作帆，这里指被元兵押解北上的宋室宫人所乘的船。故宫：指南宋临安的皇宫。

北望燕云不尽头[1]，
大江东去水悠悠。
夕阳一片寒鸦外，
目断东西四百州[2]。

注释　1. 燕云：燕，原指契丹的燕京，非州名。云，指云州。北宋末，宋人将燕云作为企图收复的北部失地的泛称。2. 四百州：泛指宋朝的领土。

青天淡淡月荒荒[1]，
两岸淮田尽战场。
宫女不眠开眼坐，
更听人唱哭襄阳[2]。

注释　1. 荒荒：半明半暗的样子。荒，通"恍"。2. 哭襄阳：宋末襄阳一带的民歌。当年元兵围困襄阳，宰相贾似道坐视不救，终于陷落。民众痛恨奸权误国，编唱了这支歌曲。

利　州[1]

云栈遥遥马不前，

注释　1. 利州：治今四川广元。

风吹红树带青烟[2]。
城因兵破悭歌舞，
民为官差失井田[3]。
岩谷收罗追猎户，
江湖刻剥及渔船[4]。
酒边父老犹能说，
五十年前好四川[5]。

2. 云栈：高入云中的栈道。红树：枫树。带：缭绕。3. 悭：过分省俭，此指缺少。官差：官府分派给百姓的差役。井田：家园和土地。4. 岩谷：深山之中。收罗：指搜抓壮丁。刻剥：苛刻地盘剥利税。5. 酒边：酒柜旁边。父老：年纪大的百姓。四川：宋代“川陕四路”的简称，包括益州路、梓州路、利州路、夔州路。

郑思肖

郑思肖（1241—1318），字忆翁，连江（今福建连江）人。曾以太学生应博学鸿词试。宋亡，隐居苏州，坐卧必南向，自号所南，以示不忘宋室，又号三外野人。擅作墨兰，花叶萧疏而不画土根，诗多怀念宋室，以抒其悲痛之感。有《郑所南先生文集》。

咏制置李公芾[1]

举家自杀尽忠臣，
仰面青天哭断云[2]。
听得北人歌里唱，
潭州城是铁州城[3]。

注释　1. 咏：歌咏，歌唱。制置：掌管一方军事的制置使。李公芾：即李芾，公是对他的尊称。时芾兼知潭州，宋元之战中，全家殉国。2. 举家：全家。仰面青天：仰头而对青天。哭断云：哭声传上云霄，把天上的浮云都阻断了。3. 北人：这里指元人。潭州：今湖南长沙。铁州城：铁铸的城池，形容防卫坚固。

德祐二年岁旦[1]（选一）

有怀长不释[2]，一语一酸辛。
此地暂胡马[3]，终身只宋民。
读书成底事[4]？报国是何人？
耻见干戈里，荒城梅又春。

注释　1. 德祐二年：即公元 1276 年，宋亡之年。岁旦：元旦。2. 怀：心情。释：开怀，开心。3. 此地：指作者当时的所在地苏州。胡马：指元兵。4. 底事：何事，什么事。

画　菊

花开不并百花丛[1]，
独立疏篱趣无穷。
宁可枝头抱香死，
何曾吹落北风中[2]？

注释　1. 不并：不在一起，不列其中。疏篱：稀疏的篱笆。2. 宁可：宁愿。枝头抱香死：菊花开后，并不谢落在地，而是枯萎在枝头。何曾：不曾。北风：此处暗指元朝。

咏察使姜公才[1]

杀气盘空白昼阴，
始终不变似精金[2]。
直疑碧落三更月，
来作将军一片心[3]。

注释　1. 察使：官名，观察使的简称。姜公才：姜才，南宋名将，以善战闻名，宋元战争中殉国。2. 盘空：遮蔽天空。“始终”句：将军的忠心如同真金一样始终不变。3. 直疑：好似。碧落：天空。此两句谓：好似天空中的一轮明月，化作了将军的一片丹心。

黄公绍

黄公绍（生卒年不详），字直翁，号在轩，邵武（今福建邵武）人。咸淳元年（1265）进士。入元不仕，隐居樵溪。有《古今韵会》《在轩集》《在轩词》。

青玉案

年年社日停针线[1]，怎忍见、双飞燕？今日江城春已半，一身犹在，乱山深处，寂寞溪桥畔。

春衫着破谁针线？点点行行泪痕满。落日解鞍芳草岸，花无人戴，酒无人劝，醉也无人管。

注释　1. 社日：祭土神之日。停针线：古代春社日，官府及民间皆祭社神，祈求神明保佑风调雨顺，有饮酒、分肉、赛会、妇女停针线之俗。

姚云文

姚云文（生卒年不详），字圣瑞，高安（今江西高安）人。宋度宗咸淳四年（1268）进士，曾任高邮县尉。入元后，授承直郎，抚、建两路儒学提举。工于词，风韵不减秦淮海，一时莫不推之。有《江村遗稿》。

紫萸香慢

近重阳、偏多风雨，绝怜此日暄明。问秋香浓未，待携客、出西城。正自羁怀多感，怕荒台高处[1]，更不胜情。向尊前、又忆

注释　1. 荒台：原指彭城（今江苏徐州）戏马台，此处泛指高台名胜。

漉酒插花人[2]，只座上、已无老兵[3]。

凄清，浅醉还醒，愁不肯、与诗平。记长楸走马[4]，雕弓榨柳[5]，前事休评。紫萸一枝传赐[6]，梦谁到、汉家陵。尽乌纱、便随风去，要天知道，华发如此星星，歌罢涕零。

2. 漉酒：陶渊明尝取头上葛巾漉酒。漉，过滤。3. 老兵：《晋书》载谢奕尝逼桓温饮酒，温走避之。谢奕遂拉桓温属下一兵帅共饮，曰："失一老兵，得一老兵。"此指酒友。4. 长楸：古时道旁植楸树，绵延很长，故称长楸。5. 榨（zhà）柳：即百步穿杨意。榨，射击。6. 紫萸：即"茱萸"。落叶小乔木，开小黄花，香气辛烈。古俗农历九月九日重阳节，佩茱萸祛邪辟恶。

林景熙

林景熙（1242—1310），字德阳，号霁山，温州平阳人。曾任泉州教授、礼部架阁。宋亡后不仕，隐居家山，漫游吴越。其诗多写亡国之痛和追思之感，有《霁山集》。

山窗新糊有故朝封事稿阅之有感[1]

偶伴孤云宿岭东，
四山欲雪地炉红。
何人一纸防秋疏[2]？
却与山窗障北风。

注释　1. 故朝：宋朝。封事：内具机密的密封章奏。2. 防秋疏：防御北方游牧民族在秋季发动进攻的奏章。

题陆放翁诗卷后[1]

天宝诗人诗有史，
杜鹃再拜泪如水[2]。
龟堂一老旗鼓雄，
劲气往往摩其垒[3]。
轻裘骏马成都花，
冰瓯雪碗建溪茶[4]。
承平麾节半海宇，
归来镜曲盟鸥沙[5]。
诗墨淋漓不负酒，
但恨未饮月氏首[6]。
床头孤剑空有声，
坐看中原落人手[7]。
青山一发愁蒙蒙，
干戈已满天南东[8]。
来孙却见九州同，
家祭如何告乃翁[9]。

注释　1. 陆放翁：陆游。2. 天宝：唐玄宗李隆基的年号（742—755）。天宝诗人：指唐天宝时代的诗人杜甫。诗有史：杜甫的诗歌反映了一代史实，有“诗史”之称。杜鹃：鸟名，相传是古蜀国国王杜宇死后所化。3. 龟堂：陆游在山阴故居的书房名。旗鼓雄：谓陆游的诗歌雄浑悲壮，和杜诗旗鼓相当。摩：接近。垒：杜甫的营垒。4.“轻裘”句：追述陆游壮年从戎南郑的军旅生活。“冰瓯”句：追述陆游在建安提举常平茶盐公事的生活。5. 麾节：旌旗与府节。此指做官。半海宇：半个天下。镜曲：镜湖之滨，陆游故乡所在地。盟鸥：与白鸥相盟，古人用来表示退隐生活。6. 月氏：古代北方少数民族名，这里指金人。7. 坐看：白白地、眼睁睁地看。8. 青山一发：远望青山像一根头发一样。愁蒙蒙：悲愁无边无际。干戈：古代的两种兵器，这里指战争。9. 来孙：玄孙之子，泛指后代子孙。如何：怎么能够。

蒋　捷

蒋捷（生卒年不详），字胜欲，号竹山，阳羡（今江苏宜兴）人。度宗咸淳十年（1274）进士，宋亡后隐居太湖竹山，人称“竹山先生”，气节为时人所重。长于词，与周密、王沂孙、张炎并称“宋末四大家”。有《竹山词》。

瑞鹤仙 · 乡城见月

绀烟迷雁迹，渐碎鼓零钟，街喧初息。风檠背寒壁[1]，放冰蟾[2]，飞到蛛丝帘隙。琼瑰暗泣[3]，念乡关、霜华似织。漫将身、化鹤归来[4]，忘却旧游端的。

欢极蓬壶蕖浸[5]，花院梨溶，醉连春夕。柯云罢弈[6]，樱桃在[7]，梦难觅。劝清光，乍可幽窗相照，休照红楼夜笛。怕人间换谱《伊》《凉》[8]，素娥未识。

注释　1. 檠（qíng）：灯架。灯光在风中摇曳不定，故称“风檠”。2. 冰蟾：传说月中有蟾蜍，明月皎洁晶莹，又称冰蟾。3. 琼瑰：美玉。此处形容泪珠晶莹如玉。4. 化鹤归来：用丁令威化鹤归来之事。5. 蕖：芙蕖，即荷花。此处指荷花灯，宋代元宵节多点红莲灯。6. 柯云罢弈：典出《述异记》：“信安郡石室山，晋时王质伐木至，见童子数人棋而歌，质因听之。童子以一物与质，如枣核，质含之不觉饥，俄顷童子谓曰：‘何不去？’质起视，斧柯烂尽。既归，无复时人。”此谓世事变迁。7. 樱桃在：据段成式《酉阳杂俎》记载，某人暗恋邻女，梦见意中人赠予两枚樱桃，食之心喜，一觉醒来，枕边居然留有桃核。8.《伊》《凉》:《伊州》《凉州》，曲调名，均为北方少数民族乐曲。

贺新郎

梦冷黄金屋[1]。叹秦筝、斜鸿阵里[2]，素弦尘扑。化作娇莺飞归去，犹认纱窗旧绿。正过雨、荆桃如菽。此恨难平君知否？似琼台、涌起弹棋局[3]。消瘦影，嫌明烛。

鸳楼碎泻东西玉[4]，问芳踪、何时再展？翠钗难卜。待把宫眉横云样，描上生绡画幅。怕不是、新来装束。彩扇红牙今都在[5]，恨

注释　1. 黄金屋：用汉武帝“金屋藏娇”的典故。此处借指南宋故宫。2. 斜鸿阵里：古筝弦柱斜列如雁阵，故云。3. 弹棋：西汉末年开始流行的一种棋戏，玩法是以自己的棋子去弹对方的棋子。4.“鸳楼”句：以宫中杯碎酒泻暗喻亡国。东西玉：酒器名。5. 红牙：古乐器名，檀木制的拍板，用以调节乐曲的节拍。

无人、解听开元曲[6]。空掩袖，倚寒竹。

6. 开元曲：盛唐歌曲，此处借指宋朝盛世时的乐曲。开元，唐玄宗年号。

女冠子·元夕

蕙花香也，雪晴池馆如画。春风飞到，宝钗楼上[1]，一片笙箫，琉璃光射。而今灯漫挂，不是暗尘明月，那时元夜。况年来、心懒意怯，羞与蛾儿争耍[2]。

江城人悄初更打，问繁华谁解，再向天公借。剔残红灺[3]，但梦里隐隐，钿车罗帕。吴笺银粉砑[4]。待把旧家风景，写成闲话。笑绿鬟邻女，倚窗犹唱，夕阳西下。

注释　1. 宝钗楼：此处泛指酒楼歌榭。2.“况年来”二句：意谓没有心情打扮玩耍。蛾儿：古代妇女于元宵节前后插戴在头上的彩花。3. 灺（xiè）：蜡烛烧剩的部分，即残烛。4. 吴笺：吴地所产之笺纸，常借指书信。银粉砑（yà）：有光泽的银粉纸。砑，碾压、摩擦，使表面密实光亮。

张　炎

张炎（1248—1320？），字叔夏，号玉田，又号乐笑翁。祖籍凤翔（今陕西凤翔），寓居临安（今浙江杭州）。南宋初大将张俊后裔。入元后曾北游元都谋官，失意南归。工长短句，其《春水》词著名于时，号为“张春水”。有词集《山中白云词》及词论著作《词源》。

高阳台·西湖春感

接叶巢莺[1]，平波卷絮，断桥斜日归船。能几番游，看花又是明年。东风且伴蔷薇住，到蔷薇、春已堪怜。更凄然，万绿西泠[2]，一抹荒烟。

当年燕子知何处[3]，但苔深韦曲[4]，草暗斜川[5]。见说新愁，如今也到鸥边[6]。无心再续笙歌梦，掩重门、浅醉闲眠。莫开帘，怕见飞花，怕听啼鹃。

注释　1. 接叶巢莺：语本杜甫《陪郑广文游何将军山林》诗："卑枝低结子，接叶暗巢莺。"接叶，形容枝叶茂密，交互重叠。2. 西泠：西湖桥名。3. 当年燕子：语本刘禹锡《金陵五题·乌衣巷》诗："旧时王谢堂前燕，飞入寻常百姓家。"此以燕子喻兴亡之变。4. 韦曲：在长安城南，唐时韦氏累世贵族，所居之地名韦曲。此处指杭州西湖。5. 斜川：在江西星子、都昌两县之间，为文人雅集胜地。此处借喻西湖风景区。6. "见说"二句：沙鸥色白，因说系愁深而白，如人之白头。

渡江云

久客山阴，王菊存问予近作，书以寄之。

山空天入海，倚楼望极，风急暮潮初。一帘鸠外雨，几处闲田，隔水动春锄。新烟禁柳，想如今、绿到西湖。犹记得、当年深隐，门掩两三株。

愁余。荒洲古溆[1]，断梗疏萍[2]，更漂流何处。空自觉围羞带减[3]，影怯烟孤。长疑即见桃花面[4]，甚

注释　1. 溆：浦，水边。2. 断梗：比喻漂泊无定的旅人。疏萍：飘萍、流萍、泛萍。萍浮水面，随风漂荡，因以比喻漂泊的身世。3. 围羞带减：指腰围瘦损。4. 桃花面：用"人面桃花"的典故。

近来翻致无书。书纵远，如何梦也都无。

八声甘州

辛卯岁，沈尧道同余北归，各处杭、越。逾岁，尧道来问寂寞，语笑数日，又复别去，赋此曲，并寄赵学舟。

记玉关[1]、踏雪事清游，寒气脆貂裘。傍枯林古道，长河饮马，此意悠悠。短梦依然江表[2]，老泪洒西州[3]。一字无题处，落叶都愁[4]。

载取白云归去[5]，问谁留楚佩，弄影中洲？折芦花赠远，零落一身秋。向寻常、野桥流水，待招来、不是旧沙鸥。空怀感，有斜阳处，却怕登楼。

注释　1. 玉关：即玉门关，位于甘肃敦煌。此处泛指北方游历之事。2. 江表：指江南。3. 西州：古城名，在今南京市西。《晋书·谢安传》载：羊昙者，太山人，知名士也，为安所爱重。安薨后，辍乐弥年，行不由西州路。尝因石头大醉，扶路唱乐，不觉至州门。左右白曰："此西州门。"昙悲感不已，以马策扣扉，诵曹子建诗曰："生存华屋处，零落归山丘。"恸哭而去。此处指行经故国旧京（杭州），不胜其悲。4."一字"二句：翻用红叶题诗典故，详见周邦彦《六丑·蔷薇谢后作》注解。5."载取"句：表示隐居。南朝梁陶宏景《诏问山中何所有赋诗以答》："山中何所有，岭上多白云。只可自怡悦，不堪持赠君。"后以白云深处为隐士所居。

解连环·孤雁

楚江空晚，恨离群万里，怳然惊散[1]。自顾影、却下寒塘，正沙净草枯，水平天远。写不成书，只寄得、相思一点。料因循误了[2]，

注释　1. 怳然：失意貌。2. 因循：随便。

残毡拥雪[3]，故人心眼。

谁怜旅愁荏苒[4]，漫长门夜悄，锦筝弹怨。想伴侣、犹宿芦花，也曾念春前，去程应转。暮雨相呼，怕蓦地、玉关重见。未羞他、双燕归来，画帘半卷。

3. 残毡拥雪：典出《汉书·苏武传》，匈奴"幽（苏）武置大窖中，绝不饮食。天雨雪，武卧啮雪与旃毛并咽之，数日不死"。此处借喻宋亡后守节不屈者的艰难景况。4. 荏苒（rěn rǎn）：辗转，迁延。此处形容旅愁连绵不绝。

疏影·咏荷叶

碧圆自洁，向浅洲远浦，亭亭清绝。犹有遗簪[1]，不展秋心，能卷几多炎热？鸳鸯密语同倾盖[2]，且莫与、浣纱人说。恐怨歌、忽断花风，碎却翠云千叠。

回首当年汉舞，怕飞去漫皱，留仙裙褶[3]。恋恋青衫，犹染枯香，还叹鬓丝飘雪。盘心清露如铅水，又一夜西风吹折。喜净看、匹练飞光，倒泻半湖明月。

注释　1. 遗簪：指荷箭，未及展开的荷叶卷。2. 倾盖：车盖相倾，形容朋友相遇，一见如故。盖，车盖，形如伞。3."回首"三句：用赵飞燕事。据《飞燕外传》记载，汉成帝的皇后赵飞燕为成帝歌归风送远之曲，帝以文犀簪击玉瓯伴奏。歌舞中，酒酣风起，飞燕扬袖欲飞，曰："仙乎仙乎，去故而就新。"成帝赶紧令左右抓住赵飞燕的裙子不让她飞走，风停后，飞燕的裙子都被抓出了皱褶。赵飞燕因此说："帝恩我，使我仙去不得。"此后宫中女子专门将裙子打上皱褶，号留仙裙。

月下笛

孤游万竹山中[1]，闲门落叶，愁思黯然，因动黍离之感[2]。时寓甬东积翠山舍[3]。

注释　1. 万竹山：《赤城志》载："万竹山在县西南四十五里。绝顶曰新罗，万里孤云，清游渐远，故人何处。寒窗梦里，犹记经行旧时路。连昌约略无多柳[4]，第一是难听夜雨。漫惊回凄悄，相看烛影，拥衾无语。

张绪归何暮[5]。半零落依依，断桥鸥鹭。天涯倦旅，此时心事良苦。只愁重洒西州泪，问杜曲人家在否[6]。恐翠袖天寒，犹倚梅花那树。

九峰回环，道极险隘。岭上丛薄敷秀，平旷幽窈，自成一村。”2. 黍离：指故国之思、亡国之哀。3. 甬东：浙江舟山定海区。元大德二年（1298），张炎流寓甬东，距南宋灭亡已二十年。4. 连昌：又名兰昌宫、玉阳宫，是唐代最大的皇家行宫之一。5. 张绪：南齐吴郡人，风姿清雅，喜谈玄理，《南齐书》有传。《艺文类聚·木部》载：齐刘悛之为益州刺史，献蜀柳数株，条甚长，状若丝缕，武帝植于太昌云和殿前。常玩嗟之，曰："杨柳风流可爱似张绪。”此处作者以张绪自比。6. 杜曲：唐时望族杜氏世居之地，在长安县南。

谢　翱

谢翱（1249—1295），字皋羽，自号晞发子，又号宋累，长溪（今福建霞浦）人。景炎元年（1276）临安沦陷后，谢翱倾家资率乡兵追随文天祥抗元，为咨议参军。入元，坚不出仕。文天祥被害后，每逢忌日，皆要哭祭。有《晞发集》。

西台哭所思[1]

残年哭知己，白日下荒台[2]。
泪落吴江水[3]，随潮到海回。
故衣犹染碧，后土不怜才[4]。
未老山中客，惟应赋八哀[5]。

注释　1. 元世祖至元二十八年（1291），文天祥已遇害八年，谢翱邀友人登西台恸哭，遥祭文天祥，写下此诗。西台：故址在今浙江桐庐县富春江畔。2. 残年：暮年，晚年。荒台：即西台。3. 吴江：即富春江，古属吴地，故称。4. 故衣：文天祥在大都被囚三年，临刑时，仍穿宋朝的旧衣。染碧：染有血迹。后土：皇天后土的略称，指天地。5. 山中客：诗人自指。八哀：杜甫写有《八哀诗》，这里用以自比其诗。

效孟郊体[1]（选一）

闲庭生柏影，荇藻交行路[2]。
忽忽如有人[3]，起视不见处。
牵牛秋正中，海白夜疑曙[4]。
野风吹空巢，波涛在孤树[5]。

注释　1. 原有七首，此为第三首。2.“闲庭”二句：语出苏轼《记承天寺夜游》：“庭中如积水空明，水中藻荇交横，盖竹柏影也。”3. 忽忽：恍惚不定。4. 牵牛：即牛郎星，隔银河与织女星相对。仲秋时节，牵牛星正当顶。5. 空巢：喻南宋灭亡。波涛：形容风声。

过杭州故宫二首

禾黍何人为守阍[1]，
落花台殿暗销魂。
朝元阁下归来燕[2]，
不见前头鹦鹉言。

注释　1. 禾黍：指故宗庙宫室尽为禾黍。阍：宫门。2. 朝元阁：唐代长安骊山上的阁名，是天宝年间唐玄宗、杨贵妃经常游宴的处所。此处代指南宋宫殿。

紫云楼阁燕流霞，
今日凄凉佛子家[1]。
残照下山花雾散，
万年枝上挂袈裟[2]。

注释　1. 紫云楼：唐代长安楼阁名，此处代指南宋宫殿。燕：同“宴”。流霞：神话传说中的美酒名，此处泛指美酒。佛子：佛教徒。2. 万年枝：即冬青树。